石川啄木＊目次

第一章　自信と反抗　9
第二章　上京、失意、結婚　47
第三章　渋民村で代用教員となる　77
第四章　一家離散、北海道へ　95
第五章　函館の四カ月、札幌に二週間　119
第六章　小樽でも我儘を通す　149
第七章　釧路の極寒　171
第八章　小説の失意、短歌の昂揚　201
第九章　朝日新聞の校正係となる　233

第十章　傑作『ローマ字日記』　261
第十一章　啄木の悲哀、節子の悲哀　305
第十二章　悲嘆の中の『一握の砂』の成功　323
第十三章　二つの「詩論」　351
第十四章　大逆事件、入院　375
第十五章　最期の日々　399
最終章　死せるのちの啄木　419
註　435　参考文献　503
解説　私達自身のような「夭折の天才」　平野啓一郎

石川啄木

息子　淺造に捧げる

——わたしの生涯の最後の日々を幸福にしてくれたことに感謝して

第一章　自信と反抗

石川啄木（一八八六―一九一二）は、ことによるとこれまでの日本の歌人の中で一番人気があるかもしれない。啄木以前の無数の歌人たちが短歌を通して三十一文字で伝えようとしたのは、四季の花々や木々の葉の変化から直覚したものであり、また、それと同じくらい繰り返し詠まれたのが愛への憧れや郷愁だった。これらの歌の多くは比喩的描写が美しく、また極めて限られた表現形式に意味を添える暗示に富んでいたが、独創性を感じさせる歌はごくわずかだった。歌に詠まれる題材や影像、使われる語彙までが厳しく限定され、歌を詠むにふさわしいとされる場や時機も、数世紀にわたってほとんど変わることがなかった。多くの歌人は古歌から借用するのを習いとし、馴染みの主題に自分なりの変化を加えた。歌の調子や言葉遣いで強調すべき力点をわずかにずらすことによって新たな深みが得られ、それが人々の称賛の対象とされたのである。

例外は十人ないしは二十人ほどの偉大な歌人たちで、彼らの技巧や豊かな感受性は、仮に伝統的な題材を扱った時でも、その歌に比類ない生気を与えた。歌人の中には、短歌では表現できない知的な事柄を伝えることを願って漢詩を作る者たちもいた。これはヨーロッパの詩人たちがラテン語で詩を書いたのと同じことで、詩人たちは母国語では卑俗過ぎて自分の高尚な考えをうまく表現できないと思ったのだ。

日本の中世における連歌の発明、およびそこから派生した俳句は、題材や語彙の上でかなりの自由を歌人たちに与えた。しかし、歌人が過去から受け継いだ遺産を拒絶し、紛れもなく自分たちの時代の短歌を作ることを求めたのは、十九世紀後半になってからだった。

そうした歌人の一人に、正岡子規（一八六七―一九〇二）がいる。子規は、俳聖芭蕉の俳句の中でその名声に恥じない句は十に一つもないと断言して読者を驚かせた。子規が特に嘆いたのは、芭蕉のすべての俳句にひたすら深遠な意味を見つけようとする後世の俳句の宗匠たちに対してだった。

子規の「革新」は、次のような形を取った。桜の花や紅葉などのお決まりの題材の代わりに、子規は自分が眼にした出来事の記録として、またごくありふれた経験に対する反応として、短歌や俳句を作った。子規のこうした発明が、十九世紀の日本に押し寄せたヨーロッパの詩歌の波に押し流されることから短歌と俳句を救ったのだった。子規は伝統的な形式の詩歌に新しい生命を与え、永遠ではあっても陳腐なテーマの代わりに近代的な内容を短歌と俳句に吹き込んだ。

そのこと自体が子規を近代歌人にしたわけではない。近代歌人が普通やるように心の奥底にある感情の動きをあからさまに語ることは、子規はしなかったし、また自分を一人称で語ることもめったになかった。最もよく知られた子規の一連の短歌は、その歌に名声と究極の意味を与えることになった状況について何も語っていない。これらの歌が詠まれた時、子規はやがて自分を死に到らしめる病気のため、まったくと言っていいほど身体の自由が利かない状態にあった。

子規と違って、啄木は明らかに現代歌人だった。何が歌人を現代的にするかを定義することは難しいが、啄木の書いた作品のどれ一つを取ってみても、子規やそれ以前の日本の歌人とは違う世界に啄木が属していたことを明らかにしている。啄木の短歌が何世紀も前に確立された韻律の法則に従っていることは事実だが、それは極めて斬新である。次に挙げる短歌は、啄木の現代性の本質を伝えている。

我に似し友の二人よ
一人は死に
一人は牢を出でて今病む(1)

two friends
just like me:
one dead
one, out of jail
now sick (2)

曠野ゆく汽車のごとくに
このなやみ
ときどき我の心を通る(3)

like a train
through the wilderness

every so often
this torment
travels across my mind (4)

頬につたふ
なみだのごはず
一握の砂を示しし人を忘れず(5)

never forget
that man, tears
running down his face
a handful of sand
held out to show me (6)

これらの歌は、その現代的な性格にもかかわらず文語で詠まれている。その意味で、啄木はフランスの近代詩人に似ている。彼らもまた古い詩を破壊してまったく新しい詩を創造しようと試みたが、相変わらず韻を踏むことをやめなかったし、伝統的な形式で詩を書いた[7]。啄木は徐々にではあるが、美よりも真実が大事であると考えるようになった。

啄木は昔からある短歌を滅ぼそうと試みたわけではなくて、むしろ自分の詩の形式として理想的な形を短歌に見出した。啄木は書いている。

人は歌の形は小さくて不便だといふが、おれは小さいから却つて便利だと思つてゐる。さうぢやないか。人は誰でも、その時が過ぎてしまへば間もなく忘れるやうな、乃至は長く忘れずにゐるにしても、それを言ひ出すには余り接穂がなくてとうとう一生言ひ出さずにしまふといふやうな、内からか外からかの数限りなき感じを、後から後からと常に経験してゐる。多くの人はそれを軽蔑してゐる。軽蔑しないまでも殆ど無関心にエスケープしてゐる。しかしいのちを愛する者はそれを軽蔑することが出来ない。（中略）

さうさ。一生に二度とは帰つて来ないいのちの一秒だ。おれはその一秒がいとしい。たゞ逃がしてやりたくない。それを現すには、形が小さくて、手間暇のいらない歌が一番便利なのだ。実際便利だからね。歌といふ詩形を持つてるといふことは、我々日本人の少ししか持たない幸福のうちの一つだよ[8]。

短歌の簡潔さは、自分が直覚したものを誇張したり、すでに詩の第一連で表現されたものを第二連で繰り返しがちな詩人の性癖を抑える働きもした。すべてを「詩的に」する義務を感じていた初期の自分の歌を茶化して、啄木は次のように書く。

> 譬へば、一寸した空地に高さ一丈位の木が立つてゐて、それに日があたつてゐるのを見て或る感じを得たとすれば、空地を広野にし、木を大木にし、日を朝日か夕日にし、のみならず、それを見た自分自身を、詩人にし、旅人にし、若き愁ひある人にした上でなければ、其感じが当時の詩の調子に合はず、又自分でも満足することが出来なかつた[9]。

エッセイ『食ふべき詩』（明治四十二年）で自分の詩人としての来し方を振り返る頃には、啄木は次のような結論を出していた。すなわち、詩は「人間の感情生活（もつと適当な言葉もあらうと思ふが）の変化の**厳密なる**報告、正直なる日記でなければならぬ。従つて断片的でなければならぬ。——まとまりがあつてはならぬ[10]」。

啄木は詩の中で同時代の言葉を好んで使ったが[11]、短歌を詠む時には相変わらず古語を使った。これらの短歌は古語の知識がない読者にも比較的わかりやすいが、時として啄木研究の専門家の助けを必要とするような難解な一節が混じることもある。ともあれ、啄木の詩の変わらぬ人気の秘密は各音節が示している意味以上に、その表現の切迫性や独自性にあった。その短い生涯（啄木は二十六歳で死んだ）にもかかわらず、また、生活の糧（かて）を稼ぐために詩など書いていられない貧困の中に絶えずありながら、啄木は数多くの詩歌、批評、日記、小説、手紙を残した。その作品のすべてに、紛れもない啄木の声が異様な生気を帯びて刻印されている。

啄木は今から一世紀も前に死に、その後の日本が大きく変化を遂げたにもかかわらず、その詩歌や日記を読むと、まるで啄木が我々と同時代の人間のように見える。読みながら、我々は啄木と自分を隔てるものをまったく感じない。その自信満々の厚かましさに時に辟易（へきえき）することはあっても、たとえば『ローマ字日記（じにっき）』の次のような典型的な一節を読むと、我々は難なく啄木が我々の中の一人だと認める。

Sonnara naze kono Nikki wo Rōmaji de kaku koto ni sitaka? Naze da? Yo wa Sai wo aisiteru; aisiteru kara koso kono Nikki wo yomase taku nai no da.

――Sikasi kore wa Uso da! Aisiteru no mo Jijitu, yomase taku nai no mo Jijitu da ga, kono Hutatu wa kanarazu simo Kwankei site inai.(12)

（そんならなぜこの日記をローマ字で書くことにしたか？　なぜだ？　予(よ)は妻(さい)を愛してる。愛してるからこそこの日記を読ませたくないのだ、――しかしこれはうそだ！　愛してるのも事実、読ませたくないのも事実だが、この二つは必ずしも関係していない。）

その詩歌ほど読者には馴染みがないが、日記は啄木の最も注目すべき作品である。多くが、後日の回想ではなく日々書かれた本物の日記であるため、片々たる記述もあるが、文学的興味を感じさせないページは一つもない。啄木は、そこで裸のままの自分を見せている。読者に馬鹿(ばか)げていると思わせたり嘆かわしいと思わせたりするような行動もためらうことなく記録しているが、啄木は日記を自分以外の読者のために書いたのではなかった。また啄木は誰かに告白しようとしたわけでもなくて、その日その日の感情の動きや経験を自分のためにいいいいに記録したのだった。

その日記を読んだら啄木の批判や嘲笑(ちょうしょう)に晒(さら)されていることに戸惑いを覚えただろう人々について、啄木は躊躇(ちゅうちょ)なく名指しで書いている。しかし晩年になるに従って、啄木は女性たちとの情事の記述が妻に与える影響について心配し始めた。臨終の床で啄木は、次のようなことを友人に語ったという。「俺が死ぬと、俺の日誌を出版したいなどと言ふ馬鹿な奴が出て来るかも知れない、それは断つてくれ、俺が死んだら日記全部焼いてくれ[13]」。幸いにも、啄木の妻節子はこの指示に従うことを拒んだ。啄木の親友が夫の指示に従うべきだと主張すると、節子は、「はい、啄木が日記は燃やさなければならないと言ったことは知っています、しかし啄木に対する愛が私にそうさせないのです」と応えたという。日記が節子一人の手元にあった時に、節子が自分の特に嫌うページを破り捨てた可能性はある。しかし節子のお蔭で、日記はほぼ完全に近い形で残ったのだった。啄木の死からほどなくして節子が死去して以来、日記は北海道・函館の図書館にこの上ない宝物として保存されている。

　これまで優に千点を超える書物や研究論文が、啄木のために書かれてきた[14]。若くして死んだにもかかわらず、啄木は多作な作家だった。二段組みの小さな活字で印刷された筑摩書房版『石川啄木全集』全八巻（「啄木研究」と題された最終巻にも「小樽日報」「釧路新聞」時代に書いた新聞記事が収録されている）には、啄木自身の一生より遥かに長い生命を保つと思われる作品群が収録されている。啄木は、疑いもなく現代日本文学を代表する人物だった。

石川啄木が生まれたのは、東北地方岩手県の日戸という小さな村だった。一般に明治十九年（一八八六）に生まれたとされているが、研究者の中には啄木自筆の覚書や啄木の姉の回想を根拠に明治十八年に生まれたと考える者もいる。[15] 父の石川一禎（一八五〇—一九二七）は、日戸村の曹洞宗日照山常光寺の住職だった。啄木は自分の出生地に触れたことがなく、また啄木が住んだ他の土地に記念碑が建てられた後になっても、日戸村には昭和三十年（一九五五）まで記念碑がなかった。現在そこにある記念碑には、学校時代からの親友金田一京助（一八八二—一九七一）による碑文が刻まれている。伝記作者たちが啄木誕生の地を渋民村としていることの間違いを最初に指摘したのは金田一で、その渋民村は啄木がいつも自分の「故郷」と呼んでいた村だった。[16]

なぜ啄木は、日戸村に一切触れなかったのか。研究者たちは、いかにもそれらしい理由を発見した。啄木の父は、ある嫌疑をかけられて日戸村を出ていた。窮乏する檀家への施しとして曹洞宗総本山から贈られた金銭を父一禎が横領し、それを貸し付けて利子を取ったと村人たちが非難したというのだ。また一禎は、寺領の樹木を売った収益で貴金属などを購入し転任先へ持ち去ったとも言われた。

昭和二十年代後半に日戸村を訪れた斎藤三郎の報告によれば、年配の村人たちは未だに一禎の不法行為に憤慨していて、その反感は息子の啄木にも及んでいたという。果たして村人たちが非難するような罪を一禎が犯したのかどうか、判断することは難しい。しかし一禎の伝記作者でさえ、一禎が金に「ルーズ」だった事実を認めている。この伝記作者は、啄木が父一禎からこの気質を譲り受けていたのではないかとも言っている。(17)

戸籍によれば、啄木は一禎の息子でなく母工藤カツ（一八四七―一九一二）の私生児長男工藤一となっている。それまで僧侶たちの多くは宗派の教義に従って独身だったが、明治五年（一八七二）、明治政府によって妻帯を認められることになった。しかし妻帯した僧侶を認めないどころか、蔑視さえする風潮が相変わらず檀家の中にあった。数えで九歳の時に禅寺で得度した一禎は、啄木が生まれた時は曹洞宗の末寺の住職に過ぎなかった。まだ若く将来も不安定だった一禎は、このまま僧職を続けるには、たとえ子供たちが私生児と呼ばれることになっても妻帯を隠した方が得策だと思ったかもしれない。啄木の二人の姉も、やはりカツの戸籍に養女として登録されている。(18)

明治十九年（一八八六）、日戸村より遥かに裕福な渋民村宝徳寺の住職が急死し、その残された子供たちは後を継ぐには若すぎた。一禎は、宝徳寺の新住職に任命された。この異例の抜擢は、一禎が師事し薫陶を受けた葛原対月（一八二六―一九一〇）の口利きによるもので、葛原の妹は一禎の妻だった。宝徳寺の檀家の中には、こうした抜擢を受けるには一禎がまだ若く経験不足であると考える者たちもいた。また中には、寺を追われて貧困に窮するであろう前住職の家族を哀れに思う者もいた。一禎が読書好きで短歌を詠む嗜好（しこう）を持っていることも、一部の檀家の不興（ふきょう）を買った。

まだ幼児だった啄木は、日戸村から渋民村へと引っ越した。新たに得た地位で大胆になったか、一禎は明治二十五年（一八九二）に妻帯を公（おおやけ）にし、妻と子供たちに石川の姓を与えた。しかしあくまで子供は養子縁組とし、自分の実子でないように装（よそお）った。一禎が妻帯を明らかにしたことは、一部の檀家の反発をさらに強めたかもしれない。檀家の中には、一禎は檀家のために尽くすよりもむしろ火事で大きな被害を受けていた寺の再建に関心があると非難する者たちもいた。ほどなく、一禎が寺の資金を私的に流用しているという噂（うわさ）が流れた。一禎は何も悪いことはしていないと強く否定した。多くの檀家は一禎の真剣な申し開きを受け入れたが、一禎の支持派と反対派との争いは何年にもわたってくすぶり続けた。

啄木は、学齢より一年早く満五歳で小学校に入学した。学校には工藤一の名で登録されたが、一年後、名前は石川一に変わった。渋民尋常（じんじょう）小学校が設立されたのは、明治五年に明治政府が発布した「学制（がくせい）」を受けたものだった。学制は日本の子供がすべて七歳（満六歳）から四年間、学校に通うことを義務づけていた。もちろん学制が発布される前にも学校はあった。しかし当時「寺子屋」と呼ばれていたこれらの学校の多くは、せいぜい読み方、書き方の基本、そして商人が帳簿をつけるのに必要な算術、いわゆる「読み書きそろばん」を教える程度だった。武士階級の子弟には別にそれ相応の学校があり、そこではもっぱら儒教が教えられていた。儒教の書物を読むのに欠かせない漢文の知識は、武士階級に属している証だった。

　明治維新後の開国に伴い、儒教の知恵だけでは日本が近代世界で地位を得られないことが明らかとなった。慶応四年（一八六八）、治世の初めにあたって若き明治天皇は「智識ヲ世界ニ求メ大ニ皇基ヲ振起スベシ」、知識を広く世界に求めて大いに皇国の基礎を強化しなければならない、と誓っている。明治五年の「学制発布」はこの天皇の御誓文を具体化したもので、全国津々浦々に学校を設けることが決定された。階級を問わず科学、地理、英語などそれまでになかった新しい教科が教えられることになったのである。

　それから約十五年後の啄木が生まれた時代には、都会から離れた村々でも西洋先進国の学校に匹敵するような初等教育が与えられていた。こうした教育の一大普及のお蔭で、啄木はその詩歌ならびに人生を豊かにする知識を得ることができた。しかし啄木が、どうしてあれほど多くの知識を、しかも短期間に身に付けられたのかは謎(なぞ)である。中学も卒業していないのに、啄木の興味の対象と知識の範囲は並外れていると言わざるを得ない。

啄木が最初に通った渋民尋常小学校は、開校当時から啄木が生まれる前までは宝徳寺境内(けいだい)にあった。明治初期、新知識を教える場を整備することに急なあまり、収容人数が近隣では最大の規模だった寺が、そのまま校舎として使われることが多かった。当初、啄木はあまり勉強しなかった。たぶん他人に合わせることを嫌う生まれつきの反抗精神と、野外活動が好きだったせいで、学校の規律に従わなかったのではないだろうか。しかし啄木の成績は徐々に上がり、卒業するまでにはクラスでトップに立っていた。

啄木の成績が極めて優れていたので、級友たちは啄木を「天才」と呼び、この呼称は生涯啄木に付いて回った。啄木自身、時には自分を天才たちの仲間に加えることがあった。しかし神童に約束された輝かしい未来と、自分が現に送っている悲惨な生活との極端な違いに、次第に気づくようになった。その矛盾を次のような言葉で表現している。

そのかみの神童の名の
かなしさよ
ふるさとに来て泣くはそのこと[19]

The sadness of it!
To have had the reputation of a prodigy —
That makes me weep when I come back home.

渋民村での少年時代は、だいたいにおいて幸福だった。啄木は母親に極めて大事にされたし、友達もたくさんいた。しかし渋民村での幸福は、人間から得たというよりはむしろ自然の山野から得たものだった。妹の光子（一八八八―一九六八）によれば啄木は「自然児」だった[20]。啄木は、少年時代の喜びをよく回想している。

かにかくに渋民村は恋しかり
おもひでの山
おもひでの川[21]

One thing and another
Makes me yearn for
Shibutami Village
The mountains I remember,
The river I recall

渋民村での鳥の歌声を、啄木は懐かしく思い出す。

閑古鳥——
渋民村の山荘をめぐる林の
あかつきなつかし。[22]

The cries of cuckoos
How they bring back memories
Of a mountain hut,

Surrounded by woods:
Daybreak in Shibutami Village.

啄木は、特に宝徳寺周辺の林にいるキツツキが木をつつく音が好きだった。啄木十七歳の明治三十六年（一九〇三）、初めて外国の詩形を試みてキツツキについての十四行詩を発表している。この鳥に心を奪われるあまり、キツツキの漢字表記「啄木鳥」から最初の二文字を取って、雅号を「啄木」とした。

なぜそれまで使っていた詩的な雅号（白蘋）を棄て、その鳴き声、姿形ともに日本の歌人たちから賛美されない鳥であるキツツキを選んだのか、あるとき啄木は尋ねられたことがあった。啄木の応えは、こうだった。

窓前の幽林坎々として四季啄木鳥の樹杪を敲く音を絶たず閑静高古の響、真に親しむべし。春来病を此処に養ふて、或は苦愁枕に凭るの時、或は無聊高吟するの時、又或は会心のワグネルを繙くの時[23]、常に之を聞いて以て日夕の慰めとしぬ。而して之に接する毎に予は如何なる時と雖ども、吟懐濶然として清興の湧くを覚え、詩腸の愁渣を一洗するの快を得たり。取つて以て名付くる者唯斯くの如きが故のみと。[24]

（窓の外に拡がる深く静かな林から、キツツキが木の梢をカンカンとたたく音が四季を通じて絶えない。静かな林の奥から古代の反響のように伝わる音は実に愛でるべきものだ。この春以来ここで病気の養生をし、愁え苦しみながら病床に就いている時、あるいは退屈から詩を声高く吟ずる時、またあるいは味読してきたワグナーの本を開く時、常にこの響きを聞いて日夜の慰めとした。そして私はどのような時であろうとも、その響きに接するごとに、思いが突然開けたかのように清々しい詩興が湧くのを感じ、詩心にたまった愁いの滓を一掃するごとく歌を作る心地良さを得た。よってキツツキから名を取り雅号とした、理由はただそれだけであると）

渋民村に住んだのは、盛岡の高等小学校、中学の寄宿生活時代や東京滞在の期間を挟んだ、明治二十年（一八八七）から三十七年（一九〇四）までの間の、つごう十年ほどにすぎなかった。にもかかわらず、村を去ってキツツキとも別れを告げた後々まで、啄木は渋民村に郷愁を抱き続けた。こうした愛着は、そこで暮らした歳月が自分の人生の最も幸福な時期だったという自覚が年々深まっていったことの反映であったかもしれない。少年時代のことを詠んだ歌は、その多くが陽気である。

夜寝ても口笛吹きぬ口笛は十五のわれの歌にしありけり(25)

even whistled
in my sleep —
in fact, at 15
whistles
were my poems

渋民村時代の啄木の家族は、父、母、啄木、そして妹の光子だった。当時の家族関係が時によって不鮮明なのは、啄木の初期時代の唯一の証人である光子の回想が、もっぱら光子自身の不満に集中していて、家族については自分に与えた影響のことしか書いていないからである。啄木は家族について、直接にはほとんど書かなかった。しかしその短歌は、光子の回想より家族の情報について雄弁である。

啄木の短歌を読むと、たとえば父と啄木が親しい関係でなかったことがわかる。

親と子と

はなればなれの心もて静かに対ふ
気まづきや何ぞ(26)

Father and son
Thoughts disconnected,
quietly face each other
Somehow ill at ease — why, I wonder

父と我無言のままに秋の夜中並びて行きし故郷の路(27)

My father and I
Not saying a single word,
Walked side by side
Late one autumn night along
A road through the village

かなしきはわが父！
今日も新聞を読み飽きて、
庭に小蟻と遊べり。(28)

How sad — my father, today again,
Tired of reading the newspaper,
Is playing in the garden
With little ants.

お互いに意思の疎通はなかったものの、一禎は自分に息子がいることを喜んでいた。しかし一禎は、わざわざ啄木に禅の教えを伝えようとしなかったし、仏を拝むように仕向けたこともなかったようである。そののち啄木は、自分は無神論者だと日記に記した。(29)

しかし詩歌に目覚めるにあたって、父が意図せずして力を貸したということは考えられる。一禎は旧派の多作な歌人で、四千首近い短歌を残した。(30)また数種類の短歌雑誌を毎月購読していて、これは田舎の寺僧としては極めて異例のことだった。啄木はこれらの短歌雑誌や、たぶん父の詠んだ歌を見て刺激を受け、自分もまた歌を作るようになったのかもしれない。仮にそうであったとしても、この時期の啄木の短歌は残っていない。

おそらく、啄木が最も愛情を抱いたのは母親だったが、日記で母に対する愛情を語っていないし、二人が共にしたはずの数多くの楽しい経験にさえ触れていない。幼かった頃の母は寺子屋の秀才だったが、母が教育を受けたのはそこまでだった。啄木が母について最も長い文章（『ローマ字日記』）を書いた頃には、母は無学も同様だった。そこに啄木が引用している母からの手紙には、家族が是非とも金を必要としている経緯が記されていて、一円でもいいから送ってほしい、「へんじなきと（き）はこちらしまい、みなまいりますからそのしたくなされませ」と、母カツは書いている。

啄木は、その母の手紙について『ローマ字日記』に次のように書く。

Yobo-yobo shita Hira-gana no, Kana-chigai darake na Haha no Tegami! Yo de nakereba nan-pito to iedomo kono Tegami wo yomi uru Hito wa aru mai! Haha ga osanakatta toki wa kano Morioka Senbokuchō no Terakoya de, Dai-ichi no Shūsai datta to yū. Sore ga hito-tabi Waga Chichi ni kasite irai 40 nen no aida, Haha wa osoraku ichi-do mo Tegami wo kaita koto ga nakatta rō. Yo no hajimete uketotta Haha no Tegami wa, Ototoshi no Natsu no sore de atta.（中略）Tōkyō ni dete kara no 5 hon-me no Tegami ga Kyō kita no da. Hajime no koro kara miru to Machigai mo sukunaishi, Ji mo umaku natte kita. Sore ga kanashii! Ah! Haha no Tegami!（31）

（ヨボヨボした平仮名の、仮名違いだらけな母の手紙！　予でなければ何人といえどもこの手紙を読み得る人はあるまい！　母が幼なかった時はかの盛岡仙北町の寺小屋で、第一の秀才だったという。それが一たびわが父に嫁して以来四十年の間、母はおそらく一度も手紙を書いたことがなかったろう。予の初めて受け取った母の手紙は、おととしの夏のそれであった。〔中略〕東京に出てからの五本目の手紙が今日きたのだ。初めの頃からみると間違いも少ないし、字もうまくなってきた。それが悲しい！　ああ！　母の手紙！）

啄木の幼少の頃の一禎やカツについて他の資料が語る事実は、これより少しは詳しい。妹の光子は啄木の意地悪な行為や、自分に対するひどい仕打ちについては飽くことなく語っているが、両親については、二人の結婚が幸せであったこと、二人が絶えて喧嘩をしなかったということしか触れていない。しかし自分に対するより遥かに大きな愛情を、母親が兄の啄木に示したことへの恨みが光子にあったのは明らかである。光子は時に読者を苛立たせることがあっても、啄木の少年時代に関する数少ない情報源の一つである。光子が書いている啄木に関する知識は、ほかのどこにも出ていない。

啄木が日記の中で父と母に触れている回数に基づいて、斎藤三郎は啄木が父の七倍だけ母を愛していたという結論を導き出している。[32]のちに啄木の人生で重要な役割を演ずることになる宮崎郁雨(一八八五―一九六二)は、啄木と母との関係に何かしら「病的なもの」があることに気づいたが、それ以上のことは述べていない。明治四十一年(一九〇八)、啄木の母カツに初めて会った時、宮崎はカツから好ましくない印象を受けた。

> 母堂は極めて小柄な、そして痛々しい程に腰の曲った如何にも老媼という姿であった。坐ってる時は少女の様に小さく見えたが、容貌は整って居て、啄木に似たおでこ、下脹れの白い顔に細い鼻、尋常な口、それに白髪が美しかった。若い時はさぞ奇麗な少女であったろうと思われた。ただ何か気の苛った様な時の表情は、意地が強そうで私は余り好きでなかった。[33]

カツに意志の強さを見て取った点で、宮崎は正しかった。小柄な人だったが、カツは自分の好き嫌いを躊躇なく口にした。その最大の関心事は、啄木がいつも幸福であることだった。こうしたカツの気持は、おそらく啄木の幼少時代にまで遡る。啄木は、生まれた時から病弱だった。カツは、たった一人の男子を失うことを恐れるあまり、なんでも啄木が喜ぶことをさせた。叱ることで啄木が癇癪を起したり、挙句の果てに死ぬかもしれないことをカツは恐れた。

　光子は、啄木に対する母親の愛情を「盲目的な愛」と呼んでいる。光子の回想によれば、カツは啄木を丈夫に育てるために、家族の誰も口にしないようなご馳走を食べさせた。カツは、啄木のいたずら好きを叱ったことがなかった。しかしある時、父一禎が怒りを爆発させ、啄木を厳しく叱った。少年啄木は予期せぬ父親の怒りに恐怖で身を震わせたが、こうして兄が怒られるのを見て、「いい気味だ」と思ったと光子は告白している。いつも自分のことを馬鹿呼ばわりしていじめる兄を、光子は嫌っていた。[34]

　光子が兄を羨ましく思ったのは、啄木がたった一人の男子として自由に自分の好きなことができたからだ。両親は、啄木のいじめから光子を守るためにほとんど何もしてくれなかった。啄木はいつもおしゃれな恰好をしていたが、光子が着るものを欲しがると、決まって兄のお古を与えられた。啄木の死後だいぶ経ってから発表された光子のいささか不機嫌な回想は、兄の支配に苦しめられたことを暴露するために書かれたというよりは、むしろ啄木の不幸を無慈悲な社会のせいにする本や論文に反駁する意図があったのではないかと思われる。光子の確信するところによれば、啄木の不幸は母親によって助長された「貴族的な」利己主義から生まれたものだった。光子は書いている。

> 近年啄木を読む人は、この時代の村の貴族として、わがままに、何不自由なく育った兄を忘れている。なるほど後には流浪のなかに四散した石川家ではあるが、兄のなかにあった貴族的なものが、どこで育てられたかは正しく見ておいていただきたいと思う[35]。

「貴族的な」という形容詞は、貧しさの中で育った人間には不似合いと言っていい。しかし光子の記憶に最も鮮烈に残っている兄の姿は、村人たちに対して優越性を誇示し、彼らを注目するに値しない人間として扱っていた若き日々の啄木だった。兄の傲慢さに腹を立てて渋民村を出た光子は、ミッションスクールに入り、無神論者の兄のあたかも逆を行くように敬虔なクリスチャンになった。啄木の晩年の短歌の一つは、二人の決定的な違いに眼を向けさせる。

クリストを人なりといへば、
妹の眼がかなしくも、
われをあはれむ。[36]

When I said Christ was a man,
My sister, her eyes full of sadness
Took pity on me.

兄に対する光子の怒りは、まれに愛情に席を譲ることがあった。しかし自分に辛く当たった兄の記憶は、光子が書いた文章のほとんどすべてに一貫して見られる特徴である。啄木でさえ、両親の光子に対する扱いの不公平に気づいていた。

母われをうたず罪なき妹をうちて懲せし日もありしかな(37)

I remember days
When my mother, not spanking me,
Hit and punished
My younger sister instead
Though she hadn't done a thing

光子は、啄木が彼女の教育に関心を持っているように見えたことに一度だけ触れている。

そのころ私は「乱れ髪」「紫」「片袖」「ハイネ詩集」「思出の記」「叙景詩」など、短歌、詩、小説、なんでも兄からすすめられ、わからぬながらも読んでいた。兄はよく「将来は小説家にしてやる」といいいいし、「なんでも読みこなさなくてはだめだ」と追いたてるふうであった。上田敏や夏目漱石などの話を聞いたのもそのころであった。(38)

しかし光子は、兄の指示で読んだ本にさほど影響を受けたようには見受けられない。光子が「小説家」に最も近づいたのは、啄木が自分や両親を苦しめたことについて語る記述の中でだった。啄木自身も、自分の振舞いがいかに両親を悲しませたかに気づいていた。

ただ一人の
をとこの子なる我はかく育てり。
父母もかなしかるらむ。[39]

Because I was an only son
I grew up this way—I can imagine
How unhappy I must have made
Both father and mother.

啄木が受けた幼少期の教育の内容は、何一つ明らかではない。もし啄木が（ないしは彼の父が）啄木の子供時代について日記を書いていたなら、何が啄木を級友たちより知的に優れた子供にしたのか、また何がかくも啄木を現代的にしたのか、知ることができるかもしれない。残念なことに、啄木の最も初期の日記は明治三十五年（一九〇二）から始まり、すでに啄木は十六歳だった。

啄木が最初に通った学校は渋民尋常小学校で、当時の多くの子供が受ける教育のすべては尋常小学校で過ごす四年間だった。しかし啄木は明治二十八年（一八九五）三月に卒業すると、四月から盛岡市立高等小学校に入学した。そして明治三十一年（一八九八）三月、啄木は学業、行状（ぎょうじょう）、認定のすべてに好成績を収めて三年を修了した。四月、啄木は盛岡尋常中学校を受験し、合格者百二十八名中十番という高い成績で合格した。第一学年の成績は良かったが、特に傑出していたわけではない。中学在学中に啄木は短歌を詠み始めたが、それは口語（こうご）ではなく伝統に従った古語による歌だった。啄木は古語ならびにその文法を覚えるにあたって何の困難も感じなかったようで、また、難解な漢字を使うことに喜びを覚えるようになった。その日本語の知識はずば抜けたものだった。

中学校の二学年目から啄木の成績は落ち始め、そのまま年ごとに落ち続けた。啄木の日記は成績が落ちたこと、ないしはその落ちた原因について何も触れていない。しかし伝記作者たちは一般に、これを啄木が自分の将来に目覚めたせいだとしている——すなわち、すでに作家になると決めた啄木は、ほかの授業に興味を失ったのだ、と。いかにもありそうな話だが、啄木が授業に関心を無くしたことについては、もっと直接的な原因があったかもしれない。明治三十二年（一八九九）、当時十三歳だった啄木は同い年の少女堀合節子（ほりあいせつこ）に出会った。写真で見る限り、節子は明らかに美人ではない。啄木が節子に与えた愛称の「白百合（しらゆり）」とは似ても似つかないが、しかし節子は知的で、おそらく性的魅力に富んでいたのではないか。情熱的な啄木は節子に惚（ほ）れこみ、同様に啄木に惹（ひ）かれた節子は、妹の光子に会うために立ち寄ったという口実の下、啄木の家を頻繁に訪れるようになった(40)。

明治三十四年（一九〇二）三月、盛岡中学校で学生ストライキが勃発（ぼっぱつ）した。ストライキは、英語教師の二つのグループの敵対意識から始まった。一方は主に地元出身の古参教師で、もっぱら英語を本から学んだ彼らは“the girl”を「ザ・グルル」と発音した。一方は多くが東京から来た若い教師で、英国人による正しい発音を身につけていた。新任教師に取って代わられることを恐れた古参教師たちは、彼らをいじめた。温厚な性格の校長は、両派の敵対意識に終止符を打つことができないばかりか、不適切な英語の教え方に対する生徒たちの不満を解消することもできなかった。盛岡中学校同窓会は、解決を図るため啄木の一年時からの受持ちだった富田小一郎（一八五九―一九四五）を文学科長に任命した。富田は優れた教育者で「岩手のペスタロッチ」として知られていたが、その厳格さは生徒たちを怒らせ、結果として起こったストライキは、県知事が調停に乗り出して解決するまで三週間続いた。富田は最終的に学校を去ることになった。

　常に反抗的だった啄木はストライキの興奮を楽しみ、ストライキが終った時には期待がはずれた気持ちになった。

ストライキ思ひ出でても
今は早や我が血躍らず
ひそかに淋し[41]

Even when I think back on the strike,
My blood no longer dances anymore:
I feel a secret loneliness

啄木は初めは富田が嫌いで、その風采を歌で茶化したりしている。

よく叱る師ありき
髯の似たるより山羊と名づけて
口真似もしき[42]

There was a teacher who scolded a lot.
Because of his beard
We called him The Goat
And imitated the way he talked

富田に対する啄木の敵意は、やがて称賛へと変わり、ついには富田を崇敬するに到った。後年、明治四十二年（一九〇九）に新聞に連載した記事の中で、啄木は三年間にわたって自分の受持ちだった「富田先生」について親しみを込めて書いている[43]。

知事がストライキを終結させたので、啄木はふたたび学校に飽きたが、本を片っ端から読み漁ることで気を紛らわした。啄木は回想している。「会々初めて文学書を手にし、爾来それに耽りて教場に出づる事益々稀れなるに至る。而して遂に今日に至る(44)」。文学作品を読むことは、それ自体刺激的であっただけでなく、啄木に作家になることを決意させた。授業はますます縁遠くなるばかりだった。

ストライキの結果、教職員の異動があり、英語を教える教師が一人もいなくなった。啄木の提案で明治三十四年（一九〇一）、一部の生徒たちの間で「ユニオン会」というグループが結成された。その母体はすでに前年から親睦会の形で始まっていたが、グループ名は彼らが使っていた英語教科書の"Union Reader"から取られたものだった。メンバーたちは毎週集まっては文学のみならず政治、宗教についても議論した。おそらくこれは啄木が知的な議論を味わった最初の経験で、啄木にとってはストライキがもたらした最高の賜物と言っていい。啄木は日記に書いている。

人若し、「汝の慰藉者は何ぞ」と問はゞ余は直ちに答へて示さん、右に白百合の一花を左に郷なるユニオンの友らを指して。(45)

「白百合」とはもちろん節子のことだ。二人は十七歳になるかならない頃からしきりと結婚を望むようになったが、両方の家族の反対に遭った。裕福な節子の家族は、娘が村の住職の息子と結婚するのを喜ばなかった。一方、啄木の母カツは、節子の啄木に対する態度が人目もはばからず進歩的で、つつましい日本の娘らしくないと考えた。二人は落胆したが、会うのをやめなかった。啄木の一番上の姉田村サダは、懸命に両家の承認を得ようとしたが、その試みは長引いた。

やがて啄木は、節子との結婚の望みを自ら断つに等しい事件を起こす。明治三十五年（一九〇二）七月、数学の期末試験で啄木の不正行為が発覚した。同じ列の友人と、あらかじめ解答を回すことを打ち合わせていたのだ。啄木はその年の三月にも一度、不正行為を咎められたことがあった。その時は譴責処分だけで済んだが、今回は同じ譴責処分でも落第は必至だった。試験での不正行為は当時の日本の学校では普通のことで、たいていは些細な違反行為として見過ごされた。しかしストライキの直後に着任した新しい校長は、知事から生徒の素行を矯正するよう指示を受けていた。校長は教員会議を説得して、厳しい処分を下すことにした。

九月二日、啄木の処分が全校に発表された。必要とされる授業時間数三百十一時間のうち、啄木は百四時間しか出席していなかった。履修証明が与えられない科目もあれば、落第点をつけられた科目もあった。しかしこうした最悪の事態のさなか、啄木は予期せぬ朗報を受け取った。それは代表的な詩歌雑誌「明星」の編集長からの報せで、啄木の歌一首が「明星」に掲載されるというものだった。この朗報は、啄木に将来に対する自信を持たせた。学校から追放されるという屈辱に甘んじるよりはと、十月二十七日、啄木は学校に「家事上の都合」を理由に退学願を出した。これはただちに受理された。

啄木は、バルザックの小説の主人公のように都会へ出て「一旗揚げる」ことにした。十月三十日に渋民村を後にした啄木は、翌三十一日朝、盛岡で節子と別れ涙にくれた。同日、啄木は「ユニオン会」のメンバーたちと写真館で記念写真を撮影した。午後五時、節子と「ユニオン会」の仲間に見送られ、啄木は上野行きの汽車に乗り込んだ。金も無ければ、東京で何をするという計画もなかった。啄木にあったのは、著名な歌人たちに会えるという漠然とした期待と、とてつもない自信だけだった。

第二章　上京、失意、結婚

啄木が上野駅に着いたのは、明治三十五年（一九〇二）十一月一日の朝だった。人力車を雇い、首都での第一日目を過ごす友人の家に向かった。翌日、友人の助けを借りて快適な一間を見つけ、机と本箱を買った。これが、啄木が必要とする家具のすべてだった。すでに都会の文化的な生活を楽しむ準備ができた啄木は、滞在三日目に上野公園の日本美術展覧会に出掛けた。展覧会に対する啄木の反応は、日記に次のように記されている。

陳套（ちんたう）なる画題を撰（えら）んで活気なき描写をなすは日本画界の通弊也（なり）。こ度（たび）の展覧会にて注意すべきは洋画の描写方を日本画に応用したる作の二三あること也（中略）画の外（ほか）あらゆる美術品数千点を陳列したり、それらのうち吾目（わがめ）に付きたるは薬師（やくし）

寺行雲氏の石膏彫刻婦人裸体立像及び（作者忘れたり）銀製の武将乗馬して弓を射る像也。[1]

（古臭くてありきたりな画題を選んで活気のない描写に終始するのが日本画壇に共通の弊害である。今回の展覧会で注目すべきは洋画の描写法を日本画に応用した作品が二、三あることである。〔中略〕

絵画のほかにもあらゆる美術品が数千点陳列されていたが、自分の眼を惹いたのは薬師寺行雲氏による石膏彫刻の婦人裸体立像、および作者は忘れたが武将が乗馬して弓を射る銀製の像である）

展示品に対するこうした自信に満ちた態度は、啄木がすでに渋民村か盛岡に在住時代に何らかの形で美術に馴染んでいたらしいことを示している。しかし日記のどこを見ても、美術作品を見たとか美術書の類を読んだとかは書かれていない。自分の嗜好についての啄木の自信は絶対的で、それはすべての分野にわたっていた。

上京したばかりの啄木の東京についての感想は、田舎から出て来た若者が一般に示す畏敬の念とは程遠いものだった。その反応を記した文章の最も著しい特徴は、驚きの欠如と言っていい。それまで啄木は、ほとんど東北地方から出たことがなかった。

しかし東京へ出た以上、何事にも驚かない、と啄木は心に決めていたようである。辺鄙な田舎から出て来た少年であることを、誰にも悟らせようとしなかった。

啄木の自信は、ひとつには「明星」に自分の歌が載ることを報せてくれた与謝野鉄幹（一八七三―一九三五）との文通から生まれたのかもしれない。こうした形で自分の才能が認められたことで、啄木は自分が日本の詩歌の世界に属し、鉄幹のような著名な歌人たちとも会う資格があるという自信を得た。十一月四日、啄木は鉄幹の妻晶子（一八七八―一九四二）の出産を知らせる手紙を鉄幹からもらった。その鉄幹に対する返信にも日記の中にも、啄木は鉄幹から手紙をもらったことに対する喜びを表明していないし、赤ん坊の誕生について祝福の言葉も述べていない（他の短歌とともに、五首ほど祝いの歌は贈った）。都会に出た啄木は、古風な儀礼からの解放感にひたっていたかもしれない。

もちろん、東京にいて啄木は幸福だったが、歌人たちに会いたいという漠然とした期待のほかには、日々の過ごし方についてあまり関心を払わなかった。十一月四日、啄木は野村胡堂（一八八二―一九六三）に会っている。野村は盛岡中学の一年先輩で、第一高等学校受験のため上京していた。啄木に中学の学業を全うするように勧めた野村は、一緒に中学校を何校か訪ねてくれたが、どこも五学年は欠員がなかった。次に啄木は英語学校を訪ねて生徒として登録したが、授業には出なかった。啄木はだいたいは部屋にいて短歌を作ったり手紙を書いたりして過ごした。夕方になると写真を眺めることが主な楽しみだったようで、思うにそれは節子の写真であったに違いない。しかし東京の到るところに吹きまくる「悪臭ある風塵」に比べて、渋民村に吹く新鮮で爽やかな風を懐かしく思い始めるのに長くはかからなかった。この風塵によって「白粉化」した東京の建物は、啄木には白い骸骨のように見えた。

東京に住むことが自分のような若者に与える影響について、啄木は心配している。

人は東京に行けば堕落すと云ふ。然り成心なき徒の飄忽としてこの大都塵頭に立つや、先づ目に入る者は美しき街路、電燈、看板、馬車、艶装せる婦人也、胸に標置する所なき者にしてよく此間に立つて毫末も心を動かさゞる者あらんや。あゝ東京は遊ぶにも都合のよき所勉むるにも都合のよき所なり(2)。

(人は東京に行くと堕落すると言う。そのとおり。心づもりのない者が突然この大都会の埃っぽい街頭に立てば、まず目に入るのは美しい街路、電灯、看板、馬車、着飾った婦人である。胸に自負するところのない者で、ここに立ってわずかでも心を動かされない者がいるだろうか。ああ、東京は遊ぶにも都合がいいし、勉強する

にも都合のいい所である)

最初の一週間、啄木はたいして勉強しなかった。美術画廊を巡っては例によってお世辞抜きの印象を日記に記したり、愛する「白百合(しらゆり)」に何時間も想(おも)いを馳(は)せたりしている。しかし、たいていは孤独で退屈だった。しかし十一月九日、鉄幹は啄木を牛込(うしごめ)の城北倶楽部(じょうほくクラブ)で開かれた詩人の会に招待した。啄木はものすごい勢いで短歌を作り鉄幹に送ったが、反応はなかった。啄木は、若いにもかかわらずそこで先輩歌人たちと対等に渡り合えた自分が嬉(うれ)しかった。出席者の多くは、今日では忘れられたか「二流の歌人」として知られている。しかし、のちに著名な小説家となる岩野泡鳴(いわのほうめい)(一八七三—一九二〇)は、当時は新体詩の詩人だった。泡鳴の詩を読んで、啄木は自分の短歌を不規則な長さに区切る手法を思いついたのかもしれない。

出席した詩人たちについて、啄木は皮肉な言葉を書きつけている。主催者の鉄幹については、想像していたより優しいということ以外ほとんど記していない。(3) 散会後、啄木は思った、詩人たちが我を忘れて詩の本質について意見を交わす集まりほど聖なるものはない、と。(4)

翌日、啄木は「詩堂」と呼ばれる鉄幹の家を訪問した。招かれたわけでもないのに躊躇なく啄木は「詩堂」の玄関に立った。前日の集まりに出たことで、すでに鉄幹の仲間の一人になったと思ったのかもしれない。啄木は日記に書いている。

　先づ晶子女史の清高なる気品に接し座にまつこと少許にして鉄幹氏莞爾として入り来る、八畳の一室秋清うして庭の紅白の菊輪大なるが今をさかりと咲き競ひつゝあり。

　談は昨日の小集より起りて漸く興に入り、感趣湧くが如し。かく対する時われは決して氏の世に容れられざる理なきを思へり。(5)

(まず晶子女史の清らかですぐれた気品に接し、座敷で待つこと少しばかりにして鉄幹氏がにっこり笑って入ってきた。八畳の一室は秋の気が清らかで、庭には紅白の菊の大輪が今を盛りと咲き競っている。

　昨日の小さな会のことから話が始まって次第に面白くなり、興味の泉が湧くようだった。このように話していると、私が鉄幹氏の世界に受け入れられない理由は決してないと思った)

　鉄幹は先輩歌人の立場から、好意的に啄木に幾つかの忠告を与えた。たとえば、文芸の士は文や詩を売って食するのを潔しとしないものである、元来、詩は理想界のことで、これをただちに現実界の材料にしてはならない。続けて啄木の日記からそのまま引けば、「和歌も一詩形には相異なけれども今後の詩人はよろしく新体詩上の新開拓をなさざるべからずと。又云ふ、人は大なるたゝかひに逢ひて百方面の煩雑なる事条に通じ雄々しく勝ち雄々しく敗けて後初めて値ある詩人たるべし」(和歌も詩の一形式であるには違いないが、これからの詩人はぜひとも新体詩を新たに開拓しなければならない。また、人は困難な闘いに直面して様々に込み入って面倒な事情に通じ、男らしく勝ち、男らしく敗れた後に初めて価値のある詩人となるだろう)。さらに鉄幹は続けた。「君の歌は奔放にすぐと。又云ふ、日本の詩人は虚名をうらんとするが故にその名の一度上るや再び落ちんことを恐れて又作らず。我らが友に於て皆然り」(君の歌は奔放過ぎる。また、日本の詩人は虚名を売ろうとして、その名が一度上がると再び落ちることを恐れて詩を作らない。わが友人たちにしても皆そうだ)。

こうした訓戒に明らかにうんざりした啄木は、鉄幹について次のように日記に書く。

> 面晤することわづかに二回、吾は未だその人物を批評すべくもあらずと雖ども、世人の云ふことの氏にとりて最も当れるは、機敏にして強き活動力を有せることとな

るべし。他の凶徳に至りては余は直ちにその誤解なるべきを断ずるをうべし。[6]
（会って話したのはわずかに二回だから、私はまだその人物を批評できるわけもないが、世の人々が鉄幹氏について語ることで最も当たっているのは、機敏で強い活動力を持っていることだろう。鉄幹氏の欠点については、私はすぐにそれが誤解であると断定することができる）

啄木はその後何年にもわたって鉄幹から親切にされ、その恩恵を受けた。しかし、鉄幹を好きになったり尊敬したりすることはなかったようだ。初めて会ってから七年のちの明治四十二年（一九〇九）、『ローマ字日記』に書いている。

Yo wa Yosano-si woba Ani to mo Titi to mo, muron, omotte inai: ano Hito wa tada Yo wo Sewa site kureta Hito da.（中略）onaziku Bungaku wo yari nagara mo nani to naku betu no Miti wo aruite iru yō ni omotte iru.
（予は与謝野氏をば兄とも父とも、無論、思っていない。あの人はただ予を世話してくれた人だ。〔中略〕同じく文学をやりながらも何となく別の道を歩いているように思っている。）

さらに付け加えて、

Aki-ko san wa betu da: Yo wa ano Hito wo Ane no yō ni omou koto ga aru.............Kono Hutari wa betu da.(7)

（晶子さんは別だ。予はあの人を姉のように思うことがある…………この二人は別だ。）

与謝野晶子に対する啄木の崇拝が始まったのはまだ中学時代で、当時、『みだれ髪』を読んで絶賛している。(8)晶子の歌（啄木は初期の幾つかの短歌で、晶子の歌を模倣している）や、その人柄に対する啄木の称賛は、最後まで揺らぐことがなかった。先に日記に書いた鉄幹の印象に続けて、晶子についての印象を記している。

若し氏を見て、その面皃を云々するが如きは吾人の友に非ず、吾の見るすべてはその凡人の近くべからざる気品の神韻にあり。この日産後漸く十日、顔色蒼白にして一層その感を深うせしめぬ。(9)

（もし女史を見て、その容貌についてあれこれ言うような人間はわが友ではない。私が女史に見るすべては、凡人には近寄りがたい高尚な気品である。この日は出産後ようやく十日経ったばかりで、顔色が青白いのが、一層その印象を深くしていた）

十一月十一日、北海道にいる義兄山本千三郎から送金切手が届いた。啄木はただちにその金を神田で古書の購入に使っている。買った本の中には、チャールズ・ラムの *Tales from Shakespeare*（『シェイクスピア物語』）、バイロンの *Childe Harold's Pilgrimage*（『チャイルド・ハロルドの遍歴』）、そして *Gleanings from the English Poets*（『英国詩人選集』）があった。これは大変な出費で啄木が金に「ルーズ」である典型的な例だが、啄木は買っただけでなくて実際にそれを読んだ。翌日、啄木はラム版の *Romeo and Juliet*（『ロメオとジュリエット』）を読んでいる。シェイクスピアの作品の中から特にこれを選んだのは、おそらくその物語が啄木同様、家族の反対に遭って結婚できない恋人たちを描いた作品だからだろう。十四日、啄木はバイロンを読んで *Childe Harold's Pilgrimage* の一節を日記に引用している。

十七日、啄木は新刊の洋書を取り扱っていることで知られる書店「丸善」を訪れ、シェイクスピアの戯曲 *Hamlet*（『ハムレット』）とロングフェローの詩集を買った。これらの本については、日記には何も意見を記していない。しかし、森鷗外訳のアンデルセン『即興詩人』を読んだ後、啄木は書いている。「飄忽として吾心を襲ふ者、あゝ何らの妙筆ぞ[10]」（たちまちにして我が心を摑む。ああ、何と見事な文章か）。啄木にとって、日本語で書かれた本は外国語で書かれた本よりも明らかに読んで理解しやすかったはずだ。しかし当時、英語の本を除いて蔵書のほとんどを古本屋に売り払っている。

十一月二十一日にはイプセンの *John Gabriel Borkman*（『ジョン・ガブリエル・ボルクマン』）の英訳本を買った。イプセンの晩年に書かれたこの陰鬱そのものと言っていい戯曲は完全版が日本に輸入されていたが、よく知られたイプセンの他の戯曲はすでに明治二十六年（一八九三）に英訳からの部分訳が日本に紹介されていた。啄木は自ら「散文劇詩」と呼ぶ *John Gabriel Borkman* に大変感銘を受け、さっそく翻訳に取りかかっている。

何度か日記でこの翻訳のことに触れているが、完成はしなかったようである。翌明治三十六年（一九〇三）の日記は、失われたか、あるいはこの一年間は日記をつけなかったのかもしれず、現存しない。事実の裏付けとなる日記の記述や、それに関連した内容の書簡が無いため、『ボルクマン』の翻訳がどうなったか我々には知る方法がない。[11]

ロシアやドイツの文学作品も英訳で読んだが、啄木が原語で読める唯一の外国文学は英文学だった。心を打たれた英国の詩の数行もしくは一節を、たびたび日記に引用している。十一月十四日、たとえば *Childe Harold's Pilgrimage* から引用した一節には、"I love not man the less, but nature more"（わたしは相変らず人間を愛するけれども、それ以上に自然を愛する）の一行がある。[12] しかし、この引用に続けて日記に書かれているのは、バイロンを読んだことから我々が期待する啄木自身の自然に対する愛の表現ではなくて、人間への愛と結婚についての考え方だった。

結婚とは何か、と啄木は書く。それは単に男と女が一緒に住むことではなく、心の結ばれた男女が肉体的にも結合することである。続けて啄木は、突飛な隠喩で警句を書き付ける。「結婚は実に人間の航路に於ける唯一の連合艦隊也」[13]。

Childe Harold's Pilgrimage から先の一節を引き、それを「ソリチュード（孤独）」と呼んだのは、啄木の心には、自然に対する愛ではなくて明らかに節子に対する孤独な思慕があったからだ。のちに啄木は、バイロンのこの一句を五、六十行も並べてノートブックに書いたこともあると述べている。[14]

啄木にとっての英文学の重要性は、森一『啄木の思想と英文学』の三百ページを超える研究に詳述されている。森によれば、当時の中学校で最も重要な科目は英語で、数学・漢文・国語の上位にあった[15]。啄木の学業成績は中学後半にかけて急速に落ちたが、断固として英語を学ぶ決意で仲間を説得し、学校で使われているテキストより遥かに難しいテキストを一緒に読む「ユニオン会」に引き入れた。こうした勉強は必ずや啄木の英語力を上達させるのに役立ったはずだが、学校での英語の成績は合格点すれすれだった。これは啄木が、文学としての英語よりも文法としての英語を教える授業に出席することを明らかに怠っていたからだ。

啄木の日記の明治三十五年十二月の項は、わずかしか記されていない。最後の十二月十九日には、ただ「日記の筆を断つこと茲に十六日、その間殆んど回顧の涙と俗事の繁忙とにてすぐしたり」[16](日記を書かなくなってからすでに十六日、その間はほとんど、過去を振り返って涙し、また俗事の繁忙に追われて過ごしてしまった)とある。

翌明治三十六年の日記が欠落している以上、その日々をいかに過したかを知るには書簡に眼を向ける必要があるが、それも期待はずれである。一月一日から、渋民村に向けて東京を発った二月二十六日まで、啄木はほとんど何も書いていないし、なぜ東京を去ったか、その理由も明らかにしていない。しかし当時の啄木を訪ねた友人たちの書いたところによれば、啄木は極めて憂鬱な状態にあった。狭苦しくて薄汚れた部屋に住み、最悪なことには、収入源として当てにしていた編集の仕事に就けなかった。東京滞在は失敗だったと啄木は思い、憂鬱のあまり病気になったのかもしれない。ついには精神的にも肉体的にも落ち込んだ啄木は、いつもの沈黙を破って両親に病気のことを手紙に書いた。

優しい母と違って、父はよそよそしく厳しい人間として短歌に詠まれることが多い。

父のごと秋はいかめし
母のごと秋はなつかし
家持たぬ児に(17)

For the son without a home
Autumn is severe as a father
Lovable as a mother.

しかし、啄木の手紙を読んだ父一禎は東京へ出向き、啄木を渋民村へ連れ帰ることで息子に対する愛情を示した。一禎にはその旅費がなく、人から金を借りることもできなかった。必死になった一禎は、檀家の許可を得ずに寺の裏の万年山の栗の木を売り払った(18)。こうした突発的な行為は、のちに栗の木の代わりに百本の杉の若木を植えて償いをしようとしたにせよ、一禎が住職の地位を追われる原因となった。一禎と啄木は二月二十六日に東京を発って故郷へ向かった。

三月十九日、啄木は小林茂雄（花郷）に手紙を書き、この親友に初めて病気のことを打ち明けた。小林から詩の会に招待されたのに対して、啄木は出席できない理由を次のように説明している。

やくにも立たず悪口許り上手な私に御清会への出席御すゝめ被下誠に難有存じます私も出て皆様の御詩も拝聴し又例の悪舌も鍜へて見度く思ひますけれども毎日にがい薬をのんで顔をしかめては砂糖こもりを嚙り〳〵日を暮して居ると云ふ有様ですから御察しを希上ます、

（役にも立たず悪口ばかりうまい私に、風流な会への出席を勧めてくださり、まことに有り難く存じます。私も出席して皆様の詩を拝聴し、またいつもながらの悪舌も鍛えてみたく思いますが、毎日苦い薬を飲んで顔をしかめて砂糖のかたまりをか

じりながら日を過ごしているありさまですから、お察し下さるようお願いいたします）

続けて手紙は渋民村での生活について語り、突然また自分の病気の話に戻っている。

　病みて愁ひて思ひに堪へずしてこの暗黒の路を辿る私の心、云はずともの事であります、然し乍ら決して病の悪い訳ではありません早く全快させようとの親心に感じて銘じての服薬であります、薬の苦い事無類でありますます涙の出る程(19)、（病気になって苦しみ、不安な思いに堪えられずこの暗黒の道を進む私の心は、言うまでもないことです。けれども決して病気が重いわけではありません。早く全快させようとの親心に感じ入り、肝に銘じて薬を飲んでいるのです。薬の苦さは格別で、涙が出るほどです）

これに続いて残っている啄木の書簡は、三カ月後に書かれた。その文面は、主として初夏の花々に囲まれた夕暮れ時の渋民村を散策する詩的描写から成っているが、同時にそこには新しい要素が含まれていた——オルガンを聴いたことに啄木は触れているのだ。渋民村の学校にあるオルガンは、パイプオルガンとは程遠い小さく単純な楽器であるハルモニウムだったが、子供たちに音楽を教えるには適していた。啄木はその快い響きに魅惑された。

啄木が西洋音楽に目覚めたのは明治三十六年（一九〇三）のことで、おそらく東京の教会のオルガンでリヒャルト・ワグナーの音楽（たとえば、歌劇『タンホイザー』のマーチや「巡礼の合唱」）を聴いたのだろう。ワグナーに対する興味は病からの回復期に次第に増して、自ら称賛する宗教学者の姉崎嘲風（あねざきちょうふう）（一八七三—一九四九）が明治三十五年に発表したワグナーに関するエッセイを読み、啄木は刺激を受けている。これらのエッセイは、『タンホイザー』の作曲者としてのワグナーから、哲学的天才としてのワグナーへと、啄木の評価を変えさせたようだ。明治三十六年七月二十七日の書簡で、啄木は「丸善」で手に入る英語で書かれたワグナーの伝記四冊に触れている。おそらく啄木が買ったのはチャールズ・A・リッジーの*Wagner*だけだった。リッジーを読み始める以前、すでに啄木は同年五月三十一日にエッセイ『ワグネルの思想』の発表を始めている。このエッセイは、岩手県の地元紙「岩手日報」に七回にわたって掲載された。[20]

エッセイは、ワグナーの墓の描写で始まる。すでにワグナーが死んで二十年以上がたち、今やその白骨も地下に朽ちているが、今なおワグナーの作品はヨーロッパ音楽の中心を占めている。ワグナーは単なる「芸術家」ではなく、人々が見習うべき「空前の模範」であり、「人類の帰趣（帰趨）に対する宏大な予言、教理」を残して去った「偉人」だと啄木は書く。ワグナーが創出した「楽劇」が果たして「最高なる芸術の形式」であるか否かは、また別に論じなければならないとしながらも、啄木はワグナーが芸術家として「神才の人」であることは確信していた。

啄木はエッセイで論じようとする八つのポイントを冒頭に書き留めていて、そこにはワグナーと十九世紀、政治思想、宗教、芸術と人民、愛の教理、といった広範なテーマが含まれている。しかし、ワグナーの音楽に関する言及は一つもない。啄木が称賛したのは、作曲家としてのワグナーというよりは、むしろ母国を離れ亡命を強いられても自分の信念を曲げなかった勇気ある人間としてのワグナーだった。

啄木は、英訳で読んだ『タンホイザー』と『ローエングリン』の歌詞以外にはワグナーの書いたものをほとんど知らなかった。しかし、それでもなお詩人としてのワグナーを崇敬していた。時々思い出したようにドイツ語の勉強をしたのは、ワグナーの詩を原語で読みたいと思ったからだろう。おそらく啄木にはワグナーの音楽を聴く機会がめったになかったため、この偉大な人物について書くのに音楽の研究は本質的ではないと確信するに到ったようだ。[21]日本における音楽批評の父としても知られる友人の野村胡堂（あらえびす＝音楽評論をする際の別号）が、「ワグナーは作曲者だ、音楽を抜きにしたワグナーなどは意味が無いよ」と言った際には、啄木は次のように応えている。「それは違ふ、ワグナーは作曲者ではあるが、ドイツでも一流の劇詩人だ、僕は文学としてのワグナーを味読して居る」。[22]こうした意見を主張することで啄木は、ワグナーの音楽に興味を持たせようとした胡堂の努力を無視した。

しかし啄木は根っからの音楽好きで、音楽の天分もあった。フルート、バイオリン、ハルモニウムを独学で身に付けている。啄木の日記は自分の趣味についてあまり語っていないが、楽器を演奏したことには何度か触れている。その演奏は、だいたいにおいて自分一人のためだった。啄木は西洋の記譜の方法を勉強し、友人たちから楽譜を借りている。[23]また啄木自身が考案した楽譜の断片が、幾つか残っている。

啄木は『タンホイザー』の「巡礼の合唱」のような、自分が知っている数少ないワグナーの作品に深く感動していた。しかし啄木がもっぱら書いたのは、ワグナーの知的かつ政治的な信念についてだった。こうしたワグナーに関する啄木の意見が、何に基づいたものであるかは明らかでない。しかし、それがリッジーの書いた保守的な書物でないことは確かである。リッジーは、ワグナーの政治的立場について書いている。

ところで、彼の立場は何だったのだろうか。それは一般に革命家にありがちなものとは違うし、典型的な社会主義者や無政府主義者が喜ぶ大言壮語の類でもない。政治の理想的な原理としての君主制に対する力強い信念、正当な法を発見するために神を信じること——これが革命家ワグナーの信条だった！[24]

当然のことながら啄木は、自分のエッセイにこの一節を入れなかった。『ローエングリン』と『タンホイザー』の筋を要約した啄木の文章はかなり正確だが、リッジーの要約とは違っている。たとえば啄木のエッセイのどこを見ても、リッジーの本にある音楽と物語との関連を示す次のような指摘は見当たらない。「これらの歌詞は重要なモチーフと結びついていて、そのモチーフは二度繰り返され、二度目は神秘性を強調するかのように半音高い[25]」。

晩年の啄木が突然政治に関心を示したのは、不成功に終わった一八四九年のドレスデン革命に参加したワグナーを見習いたかったからだという説がある。しかし、これはありそうもないことである。リッジーによれば「革命に到るまでにワグナーが演じた役割は、特に注目に値するものだったようには見えない[26]」。さらに言えば、啄木の人生で政治が不可欠なものとなった明治四十三年(一九一〇)、すでに啄木はワグナーに言及することをやめている。啄木は、称賛すべき対象として別の手本を見つけていた。

啄木のワグナー崇拝が最高頂に達したのは、『ワグネルの思想』を書いた明治三十六年(一九〇三)だった。このエッセイの学術的研究「啄木とリヒャルト・ワーグナー」の著者近藤典彦(こんどうのりひこ)は、時代に先駆けて現れた優れた人間の思想の一大壮観として、これを啄木の最も重要な作品の一つとみなしている。(27)確かに十七歳の少年が書いたものとして、これは非凡な仕事である。今日、エッセイ『ワグネルの思想』が興味深いのは、啄木のワグナーに対する畏敬に満ちた称賛によってではなく、啄木が自分の思索を持続させた初めての批評だからである。同時にこの作品は、二十世紀初頭のヨーロッパ哲学に関する驚くべき知識を、日本の片田舎に住む少年さえもが持っていたという事実を明かしている。啄木がその哲学に惹かれてニーチェとトルストイを読んだのは、ワグナーを思想史の中に位置づけるためだった。

啄木は初期の散文の多くを文語体で書いているが、『ワグネルの思想』は言文一致体で書いている。おそらく義務教育を受けた程度の読者にも理解されることを願ったのだろうが、啄木の言葉遣いは決してわかりやすいものではない。果たして「岩手日報」のどれだけの読者が、『ワグネルの思想』を最後まで読み通すことができただろうか。

エッセイは七回にわたって掲載されたが、未完のまま終わった。のちに啄木は明治四十一年（一九〇八）九月十六日の日記で、もっと書くつもりでいたが「病のために筆を絶つた」と回想している。[28]

『ワグネルの思想』の七回目を書き終わってから約一年後、今度は日記の中で再びワグナーに触れている。明治三十七年（一九〇四）七月二十三日の日記によれば、前日に夜遅くまで友人たちとかるた遊びなどして深夜の美しい自然の中を家に帰った翌日、遠く夏蟬の声が聞こえる暑さの中で、啄木はワグナーについて書くことにする。

楽劇「タンホイゼル」中のマーチが絶代秀俊の作なるは西欧の評家も多く讃賞の道を一にする者の如し。我はその天品の遺韻をはしなくも洋濤万里の天に於て恋しき妻よりきくをうべき好運を荷へる者なり。僕やワグネル研究に多大の趣味を有するもの。[29]

（楽劇『タンホイザー』の中のマーチが古今まれな優れた作品であることは、西洋の評論家たちも一致して褒めたたえているようである。私はその神々しい傑作の余

韻を遠く海を隔てた空の下で、恋しい妻のお蔭（かげ）で聴く幸運を与えられた者である。僕はワグナー研究に多大の興味を持つ）

日記の後半でリッジーの『タンホイザー』の解説から極めて短い抄訳を試みているが、音楽に関する言及部分はすべて省かれている。[30]啄木が興味を惹かれたのは、むしろ『タンホイザー』や『ローエングリン』などワグナーのオペラの元となったドイツの古譚（こたん）（昔話）や神話だった。しかし啄木は、これらの作品を偉大なものにしているのは愛の優越であると書いている。ワグナーは、ニーチェとトルストイの思想を吸収したばかりでなく、彼を哲学者として二人と同等の位置に据えることになる、愛という不可欠の世界観をその「革命楽詩」に加えたのだと、啄木は結論づけた。[31]

ワグナーについてこうした最終的な結論を下した頃までに、啄木は節子の両親から結婚の承諾を得ることに成功していた。結婚の日付ははっきりしない。明治三十八年（一九〇五）五月十二日、啄木の父一禎は婚姻届を出して節子を石川家の戸籍に入れた。日本の結婚式の特徴である祝福のための宗教的儀式も三三九度もなかったが、これを結婚の日付としてもいい。二人のための披露宴は五月三十日にユニオン会のメンバーたちによって執り行われたが、啄木と節子が実際に同居を始めたのは六月四日だった。

五月三十日の披露宴が近づくにつれて、啄木の振る舞いは不可解なものとなった。まず、花嫁や家族に相談もせず、結婚は東京で行われなければならないとして、そのために東京に一軒の家を借りた。[32] 両家の親たちは盛岡で結婚すべきだとして、啄木にできるだけ早く帰郷するよう勧めた。啄木の返事は、仲人(なこうど)を務める友人に対する次のような言葉だった。「実は私が節子と結婚すればある一人の女を殺さなければならない。その女性を私は愛しているのだ」。これは、ちょっと事実と違うようである。啄木が盛岡に行けなかったのは、殺人を犯さないようにするためでもなければ、女性と恋仲であったためでもなく、ただ単に汽車賃が無かったからだ。[33] 友人たちが金を出し合って盛岡への汽車賃として必要な十円を作るまで、啄木は東京を離れる気配を見せなかった。切符を買った啄木は、盛岡へ行く途中、仙台で下車した。同行していた友人には、詩人の土井晩翠(どいばんすい)（一八七一―一九五二）を訪ねたいからだと伝えている。啄木はかねがね晩翠の詩を称賛していたが、悠長に晩翠を訪問している時でないことは明らかだった。にもかかわらず、啄木は地元の詩人の紹介で晩翠を訪ねた。啄木の作品を知っていた晩翠は、自分の妻に啄木が「偉い詩人」であり、二十歳（数え年）で処女詩集『あこがれ』を出版したのだと教えた。晩翠の妻は啄木のために手料理を作り、仙台には立ち寄っただけかと啄木に尋ねた。啄木は、仙台で『あこがれ』の原稿料を待っていると答えた。その間、旅館の宿代がかさむのではないかと、晩翠の妻は心配に思ったという。

別の日、晩翠の留守中に旅館の番頭が啄木の手紙を届け、晩翠の妻が受け取った。その手紙で啄木は、母が危篤であるのに病床に駆けつける旅費がなく、もし母の最期に立ち会えなければ長く後悔することになると言って、原稿料が入るまでの約束で十五円の立替えを頼んでいた。また、十歳の妹が母の病状を書き送ってきたと称する、藁半紙にカタカナの鉛筆書きの手紙まで同封されていた。実際には、出版社から入るはずの原稿料など一切なく、同封された妹の手紙も啄木の創作で、母も危篤などではなかった。すべては啄木の嘘だったのである。

そうとも知らず同情した晩翠の妻は、すぐにも母親のもとに駆けつけられるよう、十五円の金を持って人力車で旅館に急いだ。だが驚いたことに、啄木は友人たちと陽気に酒盛りをしていた。

啄木は宿代を晩翠のツケにしたが、後年、寛大な晩翠の妻は、電話も懐中電灯もなかった当時は部屋代も安かったと語っている[34]。

友人に見送られ、啄木は仙台を発って盛岡へ向かった。しかし、まんまと汽車を脱け出して仙台へ戻った。友人は、翌日には間違いなく啄木を盛岡へ行かせる覚悟だったが、啄木はふたたび逃げた。汽車が盛岡に到着した時、花嫁と啄木の妹は啄木が汽車に乗っているものと思ってプラットホームで待っていたが、乗っていないことが明らかになった。

披露宴は予定通り行われた。引き出物や花嫁衣裳、寝具類など節子の嫁入り道具一式が新居に運び込まれ、祝宴の準備は整ったが、啄木はまだ姿を現わさなかった。かなり待った後、披露宴は啄木抜きで行われることとなった。一人で花嫁の役をやり通した節子は、驚くほど平静だった。多くの人々が節子に結婚を取り止めるよう勧めたが、啄木の愛を確信していた節子は拒否した。節子の家族はいたく狼狽し、断じて啄木を許そうとしなかった。

啄木は五月二十九日に仙台を発ち、盛岡には披露宴に充分間に合う時刻に着けるはずだった。しかし啄木は盛岡を通過して、渋民村に近い隣の好摩駅で汽車を降り、そこから友人に葉書を出した。それには「友よ友よ、生（自分）は猶生きてあり、二三日中に（盛岡へ）行く、願はくは心を安め玉へ」と記されていた。

盛岡に到着したのは六月四日で、啄木は数週間ぶりに節子に会った。一軒の家（現在も残っている）が新婚夫婦のために借りられていた。その家には新婚夫婦と啄木の両親、妹、そして家主の家族が一緒に住んだ。啄木は、披露宴に出なかった理由について一言も説明しなかった。他人が自分のために勝手に取り決めをするのを嫌った啄木は、行方をくらますことで彼らを翻弄（ほんろう）したいと思ったのかもしれない。あるいは、披露宴に伴う行事を嫌い、ただ単に人々の意表を突いて楽しんだのかもしれない。長い交際にもかかわらず、自分が本当に結婚したいのかどうか、突然疑いを抱いたとも考えられる。啄木は結婚によって自分の自由が制限されると気づき、結婚に踏み切ることを躊躇したのだろうか。何でも自分が好きなことをする自由を、啄木は人間関係において何よりも望んだ。しかし再会した啄木と節子は、四畳半の小さな部屋で幸福だった。

明治三十八年の啄木の主な文学活動は、処女詩集『あこがれ』の出版である。この作品は著名な詩人で批評家の上田敏（うえだびん）（一八七四―一九一六）が序詩を書き、当時は評判がよかった。しかし、その後、今日に至るまで啄木の専門家にさえほとんど注目されず、与謝野晶子の模倣に過ぎないと片づけられることが多い。この本が称賛されるのは、（よくあることだが）一般にその内容ゆえではなく、十九歳の偉業だからである。『あこがれ』の詩の言葉遣いは多くが難解で、それは与謝野晶子の模倣というよりは時にマラルメを思わせるほどだ。擬古調の表現と珍しい漢字が目立ち、啄木がいかに多くの語彙（ごい）を持っているかを誇示しているように見える。それでもなお、この処女詩集は啄木に天才詩人としての名声を与えた。

後年、啄木自身は『あこがれ』を否定している。明治四十二年（一九〇九）、啄木は次のように書いた。

以前、私も詩を作つてゐた事がある。十七八の頃から二三年の間である。其頃私には、詩の外に何物も無かつた。朝から晩まで何とも知れぬ物にあこがれてゐる心持は、唯詩を作るといふ事によつて幾分発表の路を得てゐた。さうして其心持の外に私は何も有つてゐなかつた。――其頃の詩といふものは、誰も知るやうに、空想と幼稚な音楽と、それから微弱な宗教的要素（乃至はそれに類した要素）の外には、因襲的な感情のある許りであつた。(35)

自分が書いた詩の誇張された直覚や感情を、啄木は嘲笑している。

その後の『あこがれ』の評価に止めを刺したのは、詩人で英文学者の日夏耿之介（一八九〇―一九七一）だった。明治大正の詩歌研究の権威でもある日夏は、これを「早熟少年の模倣詩集にすぎない」(36)と断じたのである。日夏の評価はこれまで一般に広く受け入れられて来たが、批評家の中には啄木の表現の豊かさ、そしてそこに描いたイメージが効果的であることを称賛する者もいる。

『あこがれ』以後、啄木はほとんど詩を書かなかったが、短い生涯の晩年に到ってまったく違った文体、違った言葉遣いで詩を書いた。啄木の成熟を示す見事な短歌を称賛する人々は、ロマン主義時代の優雅な装飾が施された啄木の詩には、ほとんど目もくれない。

第三章　渋民村で代用教員となる

明治三十九年(一九〇六)の日記を啄木が『渋民日記』と呼んだのは、その大部分が故郷渋民村を舞台にしているからだ。日記の冒頭は年の初めではなくて三月四日。そこに啄木は前年に日記をつけられなかった理由を説明している。

九ケ月間の杜陵(盛岡)生活は昨日に終りを告げて、なつかしき故山渋民村に於ける我が新生涯はこの日から始まる。(中略)我が一家の此度の転居は、企てた洋行の、旅券も下付に成らぬうちから、中止せねばならぬ運命に立至つた事や、田舎で徴兵検査を受けたい為や、又生活の苦闘の中に長く家族を忍ばしめる事の堪へられなかつた為や、閑地に隠れて存分筆をとりたかつた為や、種々の原因のある事であるが、新住地として何故に特にこの僻陬を撰んだか。それは一言にして尽きる。

曰(いは)く、渋民は我が故郷――[1]

ここで「洋行」に触れているのは、啄木が一時期、真剣にアメリカへの移住を考えていたことを示唆(しさ)している。すでに明治三十七年（一九〇四）二月、啄木は盛岡中学の同級生で当時カリフォルニア州オークランドに在住していた川村哲郎(かわむらてつろう)に手紙を書き、返事をもらっていた。[2]『石川啄木全集』にはこれらの書簡が収録されていないため、その内容は推測するしかない。しかし、おそらく啄木はアメリカ行きについて川村に助言を求め、川村は啄木を激励したのではないだろうか。自分と家族が運命づけられている貧困からの解放地を、豊饒(ほうじょう)な土地で名高いカリフォルニアに見つけることを啄木が期待したのは間違いない。自分が啄木の重荷となっていることを不本意に思う父の一禎は、青森県野辺地町(のへじまち)[3]にある寺に寄寓(きぐう)しながら渋民村の寺に呼び戻されるのを待っていた。

アメリカが啄木を惹(ひ)きつけた理由は、もう一つあった。明治三十七年一月、啄木はアメリカで人気がある詩人の野口米次郎(のぐちよねじろう)（一八七五―一九四七）に手紙を書いた。その手紙の中で啄木は、野口の詩集 *From the Eastern Sea* に対する称賛を表明し、自分が「岩手日報」に書いた紹介記事を先に送ったので読んでもらいたいと頼んでいる。

野口は返事を書かなかったようだが、明治三十九年七月の日記で啄木は、日英米の詩人たちの団体である野口の「あやめ会」が文学雑誌の第一号を出版したことに触れている。もしアメリカに行けば、この野口の団体に加われるかもしれなかったが、旅券が取得できなくてはアメリカ行きは不可能だった。

啄木は、日本で身を立てざるを得なかった。しかしそれが成功する可能性については、落胆するどころかむしろ逆に競争相手がほとんどいないという意見を啄木は日記に記した。たとえば「上田（敏）氏と薄田（泣菫）氏の詩の外に邦人のでは読むに足るものがない[4]」と言い、また岩野泡鳴のような近代詩人たちについては、「よく恥かしくもなくアンナ作を出したものだ」と書いている。

当時の代表的な小説家についての評価も、似たように辛辣だった。たとえば「近刊の小説類も大抵読んだ。夏目漱石、島崎藤村二氏だけ、学殖ある新作家だから注目に値する。アトは皆駄目。夏目氏は驚くべき文才を持つて居る。しかし『偉大』がない。島崎氏も充分望みがある。『破戒』は確かに群を抜いて居る。しかし天才ではない[5]」。

啄木は詩よりもむしろ小説を書くことに、もっぱら努力を傾けることにした。小説なら金が入ってくる見込みがあるが、詩ではわずかな収入しか期待できなかったからだ。それに小説は書きやすかった。「すべてのものが皆小説の材料なやうに見える」

と啄木は書いている。明治三十九年七月、のちに最もよく知られるようになる短篇『雲は天才である』を書き始めた。これは革命的理想主義に燃える情熱的な若者の話で、その理想主義は学校で教鞭をとっている若者の周囲にいる馬鹿で意地悪な人々によって挫折させられる。この小説が完成した暁には、「題も構想も恐らく破天荒なもの」として認められると啄木は確信していた。小説の不幸な主人公はもちろん啄木自身で、そこで語られている出来事はこの年の四月に就いた代用教員としての啄木の体験に基づいていた。啄木の考えでは、当時流行していた写実主義的な小説と違ってこの作品には着想があり、そこで表現された着想にはショーペンハウエルなどの哲学を読んだ影響が示されるはずだった。

前年の出来事を要約した日記で触れているように、渋民村に戻ることにした二番目の理由は、徴兵検査を（盛岡のような都市でなく）田舎で受けたかったからである。そのわけは説明されていないが、啄木は、（半世紀後の三島由紀夫のように）もし体格のいい農民たちと一緒に徴兵検査を受ければ、自分の虚弱な身体が目立つだろうし、徴兵を免れられると思ったのかもしれない。

啄木が徴兵を逃れようとしたのは、戦争に反対だったからではない。日本とロシアとの間に緊張が高まった明治三十七年一月、啄木は日記で次のように宣言している。

「戦は遂に避くべからず。さくべからざるが故に我は寧ろ一日も早く大国民の奮興を望む者なり」[6]。日本艦隊が旅順口を攻撃し、ロシア艦隊のスタルク司令官の戦死を知った時には、啄木は喜びのあまり取り乱している。[7] 戦争に対する啄木の熱情が次第に萎え、徴兵回避を望むようになったのは、膨大な数の日本兵の戦死に幻滅したからではなく、自分が重い病からまだ回復していなくて従軍する自信がなかったからだ。

明治四十四年（一九一一）に書いたエッセイ『日露戦争論（トルストイ）』の中で啄木は、明治三十七年八月に東京朝日ならびに平民新聞に訳載され、また雑誌「時代思潮」に英文の全文が転載されたトルストイの非戦論『爾曹悔改めよ』を読んで、いかに興奮したかを記している。啄木が深く感動したことは確かだが、トルストイの非戦論は、日露戦争は必要だったとする啄木の信念を覆すには到らなかった。[8]

啄木の政治的意見は、さらにロシア文学を読むことで変わり始めた。啄木は日本の貧困の悲惨さをよく知っていたが、ゴーリキーを読んで、虐げられた大衆の存在に初めて気づかせられた。次第に社会主義に関心を寄せるようになるものの、自分が社会主義者であることは否定した。

余は、社会主義者となるには、余りに個人の権威を重じて居る。さればといつて、専制的な利己主義者となるには余りに同情と涙に富んで居る。所詮余は余一人の特別なる意味に於ける個人主義者である。[9]

啄木はトルストイに刺激され、将来の社会に期待した。それは人々が暴力に訴えることがない時代であり、人々が貪欲な野心を放棄して「平等の天蓋の下」に一つになる社会だった。[10]

徴兵検査は、明治三十九年四月二十一日に行われた。すでに日露戦争は終結していたが、軍隊は新兵を求めていて、虚弱者でさえ召集される可能性があった。例によって軍隊は、「急げ、そして待て」という伝統的な慣習を守っていた。検査に間に合うように到着するためには、啄木は午前三時半に起床しなければならなかった。朝六時に列車に乗り、検査が行われる会場となった寺に七時半に着いた。しかし検査の順番が来たのは午後一時だった。啄木の健康に関する報告は短い。「身長は五尺二寸二分、筋骨薄弱で丙種合格、徴集免除」。啄木は日記に記す。

予て期したる事ながら、これで漸やく安心した。

自分を初め、徴集免除になつたものが元気よく、合格者は却つて頗る銷沈して居た。新気運の動いてるのは、此辺にも現はれて居る(11)。

徴兵された男たちの「銷沈」の中に、啄木は日露戦争の勝利の後にやってきた幻滅の始まりを感じ取っていた。

明治三十八年（一九〇五）の啄木の主な文学活動は文学雑誌「小天地」の創刊で、これは盛岡時代の友人の呉服商から金銭的援助を受けた。しかし雑誌の創刊は、啄木が予想した以上に大変な仕事だった。ふさわしい原稿を集めて編集することは心身を疲れさせたし、まだ病気を引きずっていたため発行は遅れた。ついに発行された雑誌は、その綺羅星のごとき寄稿者たちの名前（岩野泡鳴、正宗白鳥、与謝野鉄幹、小山内薫ら三十余名と啄木自身）で世間の称賛を受けた。啄木は雑誌の評判を喜び、将来の売れ行きに非常に野心的になっている。友人金田一京助に宛てた手紙の中で啄木は予言する。「何年かの後には小天地社の特有船が間断なく桑港と横浜の間を航海し、部数三十万位づゝ発行する様にやるべく候(12)」。啄木は多くの時間を費やして第二号を計画したが、出資者が手を引いたためほぼ不可能となった。

啄木は高揚した気分から一気に絶望へと落ち込んだ。今や啄木は一家五人を養わなければならず、その痩せ腕で果たしてこの重責に耐えられるか疑問だった。啄木は友人に書いている。「身内の病魔との戦ひもあまり呑気なる務めにも無之」[13]。雑誌の編集で一緒に働いていた人々は、計画性のない啄木が雑誌をうまく維持して行けるのか疑いを抱き、盛岡を出て南へ去った。今や仕事を何もかも一人でやらなければならず精神的に押しつぶされた啄木は、第二号の発行を延期せざるを得なかった。啄木は「小生この世にあり候ふうちは小天地の寿命もつゞく事と信じ居候」と頑張っていたが、結局出たのは第一号だけだった。

明治三十九年（一九〇六）三月、啄木と家族に対する救いの手が、思いがけないところから差し伸べられた。義父の堀合忠操は、義理の息子のためでなく自分の娘の窮状を哀れに思ったか、政治的な伝手を使って、啄木がかつて通っていた小学校の代用教員の職を世話した。月給はわずか八円で、五人の生計を支えるには十分ではなかった。しかし啄木は日記に書いている。「自分の理想的生活の一なる教化事業にたづさはるをえたのだけで、自分には誠にうれしい訳なのである。俸給の如きは第二の問題に属する」[14]。

日記の調子は明るくなった。ふたたびバイオリンの演奏やオルガンを弾いたことに触れ、また他人の作品への辛辣な批評にも新たな自信が見られるようになった。中でも重要なのは、子供たちの教育に喜びを見出したことだった。啄木は書いている。

自分は、一切の不平、憂思、不快から超脱した一新境地を発見した。何の地ぞや、曰く、神聖なる教壇、乃ちこれである。

繰り返して記すまでもない。自分は極めて幸福なのだ。たゞ一つの心配は、自分は果して予定の如く一年位でこの教壇を捨て去る事が出来うるであらうか。といふ事である。

自分は、涙を以て自分の幸福を絶叫する。

余は一大発見をした。今迄人は自分を破壊的な男といふた、余は今に至つてその批評を是認せざるをえない。そして余の建設しうるものはたゞ精神上の建築のみであると知つた。あゝこれが一大発見でなからうか[15]。

教室にいる時、啄木は新たな責任を感じた。

彼等の前に立つた時の自分の心は、怪しくも抑へがたなき一種の感激に充たされるのであつた。神の如く無垢なる五十幾名の少年少女の心は、これから全たく我が一上一下する鞭に繋がれるのだなと思ふと、自分はさながら聖いものの前に出た時の敬虔なる顫動を、全身の脈管に波打たした。[16]

教師としての仕事の重責に対する畏怖は、教師であることへの感謝の気持と綯い交ぜになっていた。右足にひどい怪我をした時でも、啄木は一日も休まず授業に出た。「生徒が可愛いためである。あゝこの心は自分が神様から貰つた宝である。余は天を仰いで感謝した」と啄木は書いている。

生徒から希望者を募って放課後に始めた英語の授業が、啄木は特に気に入っていた。中学の時の教師が二週間かかって教えたことを、自分は二日間で小学校の生徒に教えたと、啄木は日記に書く。啄木の言葉は生徒たちの胸に深く浸み込み、その喜びは自分より「頭の貧しい人」の到底知り得ぬことである、とまで書いている。「余は余の理想の教育者である。余は日本一の代用教員である」と啄木は宣言する。

詩作を諦めたわけではなかったが、比較的少ない数しか詩を書いていない。詩人のみが真の教育者であると啄木は確信していて、詩は啄木の教え方の中に浸透していた。その結果、「児童は皆余のいふ通りになる」と誇らしげに語る。啄木は修身、算術、作文の三科目に自己流の教授法を試みた。中でも愉快だったのは、「今迄精神に異状ありとまで見えた一悪童が、今や日一日に自分のいふ通りになつて来たことである」[17]

と書いている。

ここで、日記は八十日間中断する。のちに啄木は、その間に起きた平凡な出来事を要約しているが、中でも特に、自分が貧乏であるにもかかわらず教師として幸福であることを強調している。また、渋民村の春は一年中で一番美しい時だったが、そのさなかに種々の問題が起きたことも告白している。啄木によれば、彼らの敵意は自分が神童として対する敵意に気づかざるを得なかった。(18) 啄木は繰り返し、村人たちの自分に対する敵意は自分が神童としてもてはやされた小学校時代に嫉妬されて以来続いていた。すでにそれから十年以上が過ぎているというのに、啄木が渋民村に帰ってくる噂を耳にした村人たちは、まず啄木を村に入れまいとした。啄木が学校に奉職しようとした時には、「狂へる如くなつて」妨害した。しかし村には啄木の味方もいた。二つの派閥の痛烈な「戦争」は、十九世紀初頭の、フランスの王党と革命党の戦争を啄木に思わせる。(19) 家族と東京へ引っ越そうかとも考えたが、東京は自分の生活に適した所ではなく、多くの本が簡単に手に入るのが便利なだけだった。「精神の死ぬ墓は常に都会だ。矢張予はまだ〳〵田舎に居て、大革命の計画を充分に準備する方が可いのだ」と啄木は書いている。これはおそらく啄木が革命的な意向を示した最初の言葉だが、啄木が心に描いた「敵」は政府ではなくて、啄木を許そうとしない執念深い渋民村の人々だったようである。

八月七日、啄木は盛岡地方裁判所検事局から出頭を命じる葉書を受け取った。どうせ「敵」が捏造した筋書きだとは思ったが、いたって平気だったのは自分が何も悪いことはしていないと考えたからだ。啄木は続けて「若し罪なき身を罰する法律があるなら、監獄に入れられてもよいと思つて居た[20]」と書いている。すぐに嫌疑は晴れたが、「敵」が自分を「狗盗（こそ泥）」に仕立てようとしたことで啄木は憤慨していた。こうしたひどい扱いを受けるのも貧乏のためだと啄木は思い、「平民と貧乏人は常に虐待される。日本はまだ憲法以外一切のものが皆封建時代である[21]」と嘆いた。啄木は続ける。

故郷！　故郷の山河風景は常に、永久に、我が親友である、恋人である、師伝（師匠からの直接の教え）である。然し乍ら、噫、何故なれば故郷の人間はしかく（それほど）予を容れざらむとするのであらう。予は長嗟（長いため息）した。そして、すぐにもこの村を出やうかと考へた。[22]

腹の立つことが多々あるにもかかわらず、故郷に対する愛着は、啄木を渋民村に引き留めた。そこで啄木は数多くの小さな楽しみを味わっている。九月（陰暦七月）の盂蘭盆会では月の光や焚火の光の中で、太鼓の音に合せて五夜続けて明け方近くまで踊った。[23]盂蘭盆会は死者を偲ぶ日々であるにもかかわらず、田舎では一年中で一番楽しい時だった。

それでもなお、啄木は村の教師としての自分の人生に苛立つようになっていたようだ。明治四十年（一九〇七）三月、盛岡中学校の校友会雑誌のために書いた記事『林中書』の終り近くで、啄木は次のように記している。

> 予は、或は遠からざる未来に於て、代用教員といふ名誉の職を退いて、再びコスモポリタンの徒に仲間入をするかも知れない。そして、今此三寸の胸に渾沌として渦巻いて居る千百の考へを、それ〴〵論文とか、小説とか、戯曲とか、詩とかに書き分けねばならぬ。又予は一生の中に、是非一度は何処かの中学の西洋史の先生にもなる積りで居るし、何巻か洋史書も著はす積りだし、又場合によつては俳優となつて諸君と舞台の上から挨拶する機会もあるかも知れぬ。そして最後には、再び帰り来つて此林中で代用教員をやる予定である。予は願くは日本一の代用教員となつて死にたいと思ふ。[24]

十月一日から、啄木は生徒たちに「朝読（あさよみ）」を始めた。おそらく詩の朗読を中心とする朝の読書会だろう。約二十名の少年少女が毎朝、学校へ登校する前に啄木の家に集まった。授業の負担に加えて、こうした会を設けることは啄木にとって重荷だった。まだ暗いうちから生徒に起こされ、夜遅く寝たりした時などは随分辛（つら）いこともあった。しかし詩などを声に出して読むことは、文化の少ない田舎町に住む少年少女に「善良な感化」を与えていると啄木は信じていた。(25)

もともと啄木の担当は尋常二年生だけだったが、教師としてうまくやっていることが認められたか、高等科の地理、歴史、作文も担当することになった。啄木は、こうした負担の増加に不満を述べるどころか、満足げに日記に記している。「予は代用教員として成功しつゝあるのだ(26)」。

十二月に入って、啄木は間もなく自分が父親になるという喜びを噛（か）みしめている。「お父さんになつたら、この俺も矢張（やはり）お父さんらしくなるだらうか」と、幸せそうに日記に書く。もう一つの歓迎すべき驚きは、「明星」十二月号に短篇『葬列（そうれつ）』が掲載されたことだった。長さ約二十ページ。これは印刷された啄木最初の小説だった。翌日、啄木は「明星」に載った小説について、金田一京助から葉書を受け取った。金田一は作品を五回も読み返し、どう褒めていいか言葉が見つからないと言い、「凡（およ）そ後半の文字は、私、鏡花漱石以上のものと賛して憚らぬ。君には或はこんな人と比べて失敬なと怒らるゝかも知れないけれど(27)」と記している。十二月は、啄木にとって幸運な月だった。

　こうした文学的成功にもかかわらず、なお啄木は自分のことをもっぱら教師として考え続けた。自分が偉大な教師だと確信していたし、教育者である機会を与えてくれたことを天に感謝した。啄木は書いている。

> 予に教へらるる小供等は、この日本の小供等のうち、最も幸福なものであると、予は確信する。そして又、かゝる小供等を教へつつ、彼等から、自分の教へる事よりも以上な或る教訓を得つつある予も亦、確かに世界の幸福なる一人であらう(28)。

啄木が教える内容は、時に生徒たちを驚かした。説明抜きで啄木は書いている。

「勝つた日本よりも、敗けた露西亜の方が豪い(29)」と教へて居る予は、抑々どういふ人間を作らうとして居るのであらう。かへす〴〵も、渋民村の一代用教員は危険なるかなである(30)。

一方、節子に対する啄木の愛は、依然として情熱的だった。

結婚は恋の墓なりと人はいふ。いふ人にはいはして置かう。然し我等は、嘗て恋人であつた。そして今も恋人である。この恋は死ぬる日まで。

せつ子よ、天が下に唯一人のせつ子よ、予は御身を思ひ、過ぎ来し方を思ふて、今夜只一人、闃たる雪の夜の燈火の下、目が痛む程泣いた。せつ子よ、実に御身が恋しい。!!![31]

明治三十九年十二月二十九日、啄木と節子の最初の子供である女児京子が生れた。

第四章　一家離散、北海道へ

明治四十年（一九〇七）一月一日、啄木は早朝に目が覚めた。気分が高揚していた。朝早く雪が降ったが、次第に消えて暖かくなった。日本の誰もと同じように啄木は新年を迎えて一つ年をとり、数え年で二十二になったが、満年齢ではまだ二十歳である。家族一人一人の年齢を啄木は日記に書く。父五十八歳、母六十一歳、妻節子二十二歳、妹光子二十歳、そして娘京子は生後四日だった。

啄木は、早朝に起きたために「神武紀元第二千五百六十七年」の元旦、渋民村で年頭の挨拶にまわった第一番目の人間になったことを特に喜んでいる。家族と元日の朝食を共にしたが、献立は極めて質素で、大根汁と塩鱒一切れだった。伝統的な雑煮を祝う贅沢など、啄木一家にはできなかった。食卓の話題はもっぱら赤ん坊のことで、盛岡の節子の実家にいる赤ん坊の顔を、啄木はまだ見ていなかった。啄木は書いている。「老ひたる母の我を誡めて云はるるやう、父となりてはそれだけの心得なくて叶はぬものぞ、今迄の様に暢気では済むまじ、と」[1]（老母が私を誡めて言うには、父親となった以上はそれだけの覚悟がなければならない。今までのように暢気ではいられないだろう、と）。

誘いに来た生徒たちと打ち連れて、啄木は学校の門松をくぐり、四方拝の式に臨んだ。

> 生徒と共に『君が代』の歌をうたふ。[2] 何かは知らず崇厳なる声なり。あはれ此朝、日本中の学校にて、恁く幾百万の「成人の父」共が此唱歌を歌ふなるべし、と思ふに、胸にはかに拡がりて、却りて涙を催す許りの心地しき。聖徳の大なるは、彼蒼の、善きをも悪しきをもおしなべて覆へるに似たり。申すもかしこけれども、聖上睦仁陛下は誠に実に古今大帝者中の大帝者におはせり。陛下の御名は、常に予をして襟を正さしむ。予は、陛下統臨の御代に生れ、陛下の赤子の一人たるを無上の光栄とす。浜のさざれ石の巌となりて、苔むさむまでも、千代に八千代に君が代の永からむことは、我も亦心の底より、涙を伴なふ誠の心を以て祈るところ也。
>
> 然れども、若し人ありて、聖徳の大なる事かの彼蒼の如きを見、また直ちにこ

の明治文明の一切をあげて讃美し誇揚すべきものとなすあらば、そは洵に大なる誤りなり。その妄、恐らくは魚を以て鳥となすの類に近からむ。人が人として生くるの道唯一つあり、曰く、自由に思想する事之なり。(3)

(生徒と一緒に「君が代」を歌う。なぜかはわからないが厳かな声だった。ああ、今朝、日本中の学校でこのように数百万人の「成人の父」たちがこの唱歌を歌っているいるに違いないと思ったら、急に心が広がって、予期せず涙が出そうなほどの気持ちになった。天皇陛下の徳の大きさは、青空が善人も悪人も皆等しく覆っているのに似ている。口にするのも畏れ多いが、天皇睦仁陛下はまさに古今の大帝中の大帝でいらっしゃる。陛下のお名前は、常に私に襟を正させる。私は陛下が統治される世に生まれ、陛下の臣民の一人であることを何よりの光栄とする。浜の小石が大きな岩となって苔が生えるまでも、長く、また長く、わが君の世が続くようにとは、私もまた心の底から、涙を伴う真実の心をもって祈るところである。

しかしながら、もし誰かが、天皇陛下の徳の偉大さがあの青空のようであるのを見て、そのままこの明治の文明のすべてを賛美し誇り称えなければならないとするならば、それは実に大きな間違いである。その分別のなさは、魚を指して鳥と言うのに近いものがありそうだ。人が人として生きる道はただひとつ、それは自由に思

想することだ）

学校から戻ると、啄木は昔の級友である金矢女史を交えて家族と昼食を共にした。十余年前、渋民尋常小学校に通っていた頃、クラスには二十人以上の生徒がいた。しかし義務教育の四年間を終えた後は、啄木と金矢女史だけが進学した。級友たちの多くは、今では父となり母となっていた。ロシアとの戦争に召集され、その骨を満洲の土に埋めた者もいた。村役場の雇われ書記になった者もいれば、法に触れて獄中で日々を送っている者もいた。級友の大半は農民になっていた。しかし生き方は様々であっても、誰もが同じ場所に向かって生きている、そこは墓場だと啄木は言う(4)。

新年の喜びと明治天皇崇拝の言葉で始まった一日の締め括りとしては、これは否定的な感慨である。しかし翌日の新聞の紙面は、啄木の暗い気分とは裏腹に、楽観主義と得意顔に溢れていた。論調はどれも過去四十年の明治の御代を振り返り、その短期間に成し遂げられた文化を誇っていた。万朝報の記者は、「人若し常に元日の心を失はざらば、軍備も要無く、ストライキも起らず、社会主義もなくなり、一切の不祥事其影をひそめて、世はさながらに理想の国となるべし」と論じた。これを読んだ啄木の意見はただ一言「面白し(5)」。

授業は年末年始の休暇の後、一月八日に始まった。代用教員としての契約が終りに近づき、あと数カ月で失職することを啄木は忘れていなかったが、教えることに対する情熱は衰えていなかった。啄木は書く。

嗚呼、予は涙を以て天に謝す。今日予をして覚えず涙を流すにいたらしめたる衷心の喜悦は、これ実に天の賜へるところのものなり[6]。
(ああ、私は涙を浮かべて天に感謝する。今日、私に思わず涙を流させた心の奥底からの喜びは、実に天からいただいたものである)

こうした喜びを味わえる仕事を自分に授けてくれた天に感謝の気持を述べた後、日記の文面は唐突に、まったく違う話題に切り替わる。

予は今日第三時間目——歴史の時間に、高等科六十名の男女を容れたるかの薄暗き教室に立ちて、近来漸やく勢を加へたる男女両生間の或る悪風潮を根底より一掃せむとするを告げ、今直ちに各生の行為を指摘して譴責するをうれども、猶数時間の間反省の時を与ふるが故に、若し自己の行為を内心より悔悟するものあらば、今日中に来(きた)りて予に其(その)一切を自白すべき由(よし)を命じたり[7]。

（私は今日の第三時間目――歴史の時間に、高等科六十名の男女を入れたあの薄暗い教室に立って、近頃次第に顕著になってきた男女両生徒間のある種の悪い風潮を根底から一掃するつもりだと告げた。今ただちに各生徒の行為を指摘して叱(しか)ることもできるが、なお数時間の反省の時間を与えるから、もし自分の行為を内心から悪かったと自覚する者があれば、今日中に私のところに来て一切を告白するように、と命じた）

これは啄木らしくない一節で、児童・生徒への愛情を繰り返し語ってきた優しい教師にはまったく似つかわしくない。教師であることの幸福を自分に賜った天に感謝を捧(ささ)げた直後に、突然、それまで天使のようだった生徒の行為について、厳しい叱責(しっせき)を加えることにしたのだ。たぶん啄木は長いこと、生徒たちが不道徳な行為を犯していると疑っていたが、見て見ぬ振りをしていた。そして今、啄木は日記に書く。

昨日既に上級の数人をよびて種々の訊問(じんもん)をなしたりしなれば、今日は朝より彼等(かれら)の予を見る、恰(あたか)も電光閃々(せんせん)たる天空を仰ぎて落雷今か〳〵と恐るる如くなりき。予の彼等に告ぐる処あるや、満場寂として声なく、既にして唏嘘の声あり。愛憐の情は油然として予が心頭に湧きぬ。『我も爾の罪を定めず、往きて再び罪を犯す勿れ。』[8]!!!　然れども予は思へり、たとへ愛しき子弟の数人を、よしや、其犠牲とするとも、予は断じて此悪風を一掃し了らざるべからずと。これ実に唯一校の面目にのみ関するものにあらずして、其成敗は深く永く社会の推移を司配すべき問題なればなり。[9]

（昨日のうちに、すでに数人の上級生を呼んでいろいろと問い質したものだから、今日は朝から彼らが私を見る目は、まるで稲妻がひらめく空を仰いで、落雷は今か今かと恐れているようだった。私が彼らに話し始めると、満場はしんと静かになって話す者はなく、早くもすすり泣く声がした。私の胸の内に憐れみと愛情が激しく湧き上がった。「わたしもあなたを罪に定めない。行きなさい。これからは、もう罪を犯してはならない」!!!　しかし、たとえ愛しい子弟の数人を仮にその犠牲にしようとも、私はこの悪い風潮を完全に一掃しなければならないと思った。これは実際、ただ一校の名誉にかかわるだけでなく、その成否は深く長く社会の進み行きを左右する問題だからである）

さらに啄木は続ける。

目に涙充ち、声おのづから顫へる美しき愛しき自白者は続々として予の面前に立ちぬ。彼等は皆、殆んど噴飯すべき程の些細事に至るまで、自ら悪しと思へることは総て懺悔しぬ。而して極めて敬虔なる湿める眸をあげて、切に予のゆるしを乞へり。あゝ予は何の心を以てかよく彼等の雪よりも潔き心を罪に定めん！[10]

（目に涙をいっぱい溜め、自然に声を震わせる美しく愛しい自白者は、次から次へと私の目の前に立った。彼らは皆、ほとんどおかしくて噴き出してしまいそうな小さなことまで、自分が悪いと思ったことはすべて打ち明けた。そしてとても慎み深く涙に濡れた瞳で見上げて、私に心から許しを請うた。ああ、私はどのような心持ちによって、彼らの雪より清らかな心を裁けるというのか！）

学科の成績もよく素行も極めて優等で級長を務めながら、たまたま女友達と過ちを犯してしまった数え十二歳の少年を、啄木は例に挙げている。問い質している最中、彼は一語も発せず、教師の顔を見上げることさえできなかった。夕刻、啄木が学校から帰宅すると、少年は後を追って駆けて来た。啄木の顔を見るや少年の後悔の念は、滝のような涙となった。少年は告白した。「先生、私は悪うございました[11]」。

生徒たちから真実を引き出した自分の努力に、啄木は満足を覚えた。その夜、寝床に入ると啄木の涙は止まらなくなった。嬉しさ、有り難さで胸がいっぱいとなった。長い間黙って神に祈りを捧げ、ようやく眠りについた[12]。

前夜、他の者たちと一緒に来ながら一言も発する機会がなく帰った少女が、朝早く啄木を訪ね、心より罪を詫びて二度と過ちを繰り返さないと誓った。啄木は書いている。

> 其罪を懺悔する者は、一生に何の悪事をもなさざる人よりも却りて幸ひなる人なり。予は昨日、はしなくも基督の心を思ひ浮べて泣きぬ。「誠」に優る宝この世になかるべきを思ひて泣きぬ[13]。
>
> (その罪を懺悔する者は、一生のうちに何の悪事も犯さない人よりも、かえって幸いである。私は昨日、思いがけずキリストの心を思い浮かべて泣いた。この世に「誠」より優れた宝はないだろうと思って泣いた)

啄木は懺悔した生徒たちに、君たちの魂はこれまでより清らかになったのだと言った。誰も君たちを非難しないし、君たちが罰されることもない。「愛しき兄弟よ、心を安んじて、再び、自ら悪しと思ふ事をなす勿れ[14]」。説教してしまうと、啄木はふたたび生徒たちが愛おしくてたまらず、「喰ひつきたき程可愛きにや」と書いている。代用教員の契約が終っても、ふたたびこの同じ郷里の学校で教えたいと啄木は日記を結んでいる[15]。

啄木にしてはまったく意外なことだが、この挿話には清教徒のような厳格さが見られる。日記に現れる聖書からの引用、キリスト教の精神への言及、就寝前の祈りなど、帰依したというのではなくてもキリスト教の影響を示唆している。しかし、敬虔なキリスト教徒だった妹の光子は、回想の中で啄木は徹底した唯物論者だったばかりかキリスト教を軽侮していたとまで書いている[16]。

あるいは聖書からの引用は、当時一世を風靡していた自然主義文学の利己的な考え方に対する不満を反映したものであったかもしれない。自然主義作家たちの関心はひたすら自分自身のこと、そして自分が特別に不幸であることにだけ向けられていた。しかし啄木は、すべての人間の苦しみを忘れなかった。妹光子が啄木を完全な唯物論者とみなしていたにせよ、啄木は精神的な愛のメッセージを求めて聖書やたぶんキリスト教の他の本も読んでいた。しかし、そのキリスト教信仰をからかってばかりいた当の相手の光子に、この事実を話すことに啄木は戸惑いを覚えた。啄木は自分の心変わりを、日記にだけ打ち明けた。晩年の社会主義に対する信念も、似たような原因から生まれたものだったかもしれない。しかし、啄木はそれを秘密にしなかった。

禅寺で育ちながら、啄木が自分の問題の解決を仏教に見出さなかったのはなぜか、不思議に思っていいかもしれない。日記で仏教に触れたことさえないが、その理由については何も語っていない。おそらく仏教はすでに役に立たない過去の遺物として拒絶され、それと対照的にキリスト教は、啄木にとって新しい革命的な宗教に見えたのではないだろうか。

生徒たちを訊問した数日後の一月十日、啄木は以前と変らず生徒の教育の向上に熱心である事実を示した。すでに抱えている多くの教科に加えて、啄木は新たに英語会話を教えるクラスを設けた。しかし、この日以降三月まで、啄木の日記には生徒たちの話題がほとんど出て来ない。日記には多くの空白があり、それはたぶん病気のせいもあった。しかし、啄木の生活の中心を占めていた生徒への関心が失われたように見えるのは、その関心を生徒から逸らせる何かがあったことを示唆している。日記には記されていないが、おそらく啄木と校長との間で何らかの対立があった。のちに起きた事件から明らかなように、啄木と校長は教師としての仕事に関して正反対の意見を持っていた。教えることに熱心なあまり、啄木は生徒のために新しい授業を幾つか設けた。しかし校長は、こうした啄木の好意的な態度に感謝するどころか、まるで罰するかのように啄木の担当教科を増やしたのだった。

日記の中で啄木は、渋民村で教えて来た一年を「寂しい村の寂しい生活[17]」と表現している。その「生活」は、啄木の気質と敵対する周囲との「戦い」に明け暮れた。この一年を戦いと呼ぶことは、啄木が繰り返し語ってきた、教師であることの喜びと矛盾する。しかし「敵」に対する意識は、徐々に高まってきたのかもしれない。自分の力を試すべき敵が誰かは明らかにしていないが、一番はっきりした敵は校長だった。教職員から無能な飲んだくれとして軽蔑(けいべつ)される人物の下で働くことは、おそらく啄木の幸福な気持に傷をつけたに違いない。教職員が校長に対抗してストライキに踏み切った時、啄木はその先頭に立った。

一方で、さらに深刻な心配事が啄木を悩ませていた。父一禎が宝徳寺の住職として復帰できるかどうか、啄木にはまったく見通しがつかなかった。金銭の問題で一禎を寺から追放した曹洞宗総本山は、すでに罰が厳しすぎたとの判断を下していた。今や総本山は、喜んで一禎を宝徳寺の住職に復職させるつもりでいたが、総本山の決定は村人たちの承認を得なければならなかった。

啄木にとって、父一禎が元の地位に復帰することは極めて大事だった。一年間、惨めなほど安い給料で啄木は一家五人を必死で養ってきた。契約の条件である代用教員の期限はやがて終りを告げ、啄木は職を失うことになる。わずかな給料さえ、もはや期待できなかった。刊行した詩集の収入は取るに足らず、啄木には他に収入の道はなかった。また啄木は、すでに返せないほどの借金をしていた。父一禎の宝徳寺住職への復帰は、こうした苦難に耐える力を啄木に与える希望だった。

総本山の新たな裁定の結果、一禎の宝徳寺住職への復帰は有望であるかのように見えた。しかし村人たちが反対すれば、啄木と家族は住むところもなくなり、将来への希望も消えてしまうことになる。渋民村の住民の大半は、おそらく一禎の復職に賛成だった[18]。かつて一禎が住職になった時、ほとんど焼失して瓦礫に等しかった宝徳寺を復興した功績に、村人たちは感銘を受けていた。当初は、村人たちの期待を無視してひたすら寺の復興にこだわる一禎を村人たちは嫌った。尊大な素振りで学問に熱心な一禎は、檀家の人々に冷たく無関心であるように見えた。しかし寺が再建されると、村人たちは一禎の努力の価値を認めた。一方で、一禎の復帰をあくまで拒否しようとする敵が、同じ村人たちの中にいることを啄木は知っていた。そこには、啄木自身に対する根強い憎悪もあった。少年時代の啄木が村人たちに示した優越的な態度に、一部村民は今なお苦い思いを抱いていた。これみよがしに長髪を気取り、しゃれた高価な着物を身に着けていた少年啄木を、彼らは憎んだ。自分たちと同じ恰好をせず、また同じように振る舞わなかった啄木に復讐心を抱く一部村民は、むしろ校長より質の悪い敵だった。

近づく自分の失職の不安以上に、寺の運命は啄木の上に重く伸し掛かっていた。しかし、自分がいかにいい教師であったかを思い起こすことで、啄木は心に安らぎを見出していた。啄木は書く。「学校に居ても、家に帰つても、子弟のためには実に真面目な兄であり、友人であつた。そして、子弟の間の風儀（風紀）が日一日と曩日（昔日）の悪傾向から離れてゆくのを看守して、心中甚だ幸福であつた[19]」。

また、啄木は小説『葬列』を発表し、特に金田一のような友人たちはこの作品を高く評価した。しかし、代用教員としての任期が間もなく切れる明治四十年の年頭に、啄木は与謝野鉄幹からもらった賀状で、自分が小説家として失敗したことを思い知らされた。詩よりも書きやすい小説を書くことで、作家と教師という二つの仕事を両立させられるかもしれないと啄木は考えていた。しかし鉄幹は、信頼のおける批評家の間で『葬列』に対する非難が多いと告げ、「批難をも反省の料とするは美徳と存じ候[20]」と書いてきた。友人たちは褒めてくれたものの、経験豊富な編集者としての鉄幹の批評は、啄木の小説家としての失敗の証(あかし)にほかならなかった。鉄幹の賀状は「此春(このはる)は詩作を御見せ被下度候(くださりたく)(21)」と結ばれている。しかし自分の悩みに心を奪われていた啄木は、その春は一篇の詩も書けなかった。

明治四十年三月五日、ついに啄木は進退窮(きわ)まった。檀徒(だんと)たちの抗争に精神的に堪えかねた父一禎が、宝徳寺への復職を断念して失踪(しっそう)したのだ。啄木は書いている。

> 此(この)一日は、我家の記録の中で極めて重大な一日であつた。朝早く母の呼ぶ声に目をさますと、父上が居なくなつたといふ。予は覚えず声を出して泣いた。父上が居なくなつたのではなくて、貧(ひん)といふ悪魔が父上を追ひ出したのであらう。暫(しばら)くは起き上る気力もなかつたが、父上は法衣(ほふえ)やら仏書やら、身のまはりの物を持つて行かれたのだ。母が一番鶏(いちばんどり)の頃に目をさました時はまだ寝て居(ゐ)たつたのだといふから、多分暁近く家を出られた事であらう。南へ行つたやら北へ行つたやら、アテも知れぬけれど、兎(と)に角(かく)野辺地へは早速問合せの手紙を出すことにした。此朝の予の心地は、とても口にも筆にも尽せない。殆(ほと)んど一ケ年の間戦つた宝徳寺問題が、最後のきはに至つて致命の打撃を享(う)けた。今の場合、モハヤ其(その)望みの綱がスツカリきれて了(しま)つたのだ。それで自分が、全力を子弟の教化に尽して、村から得る処(ところ)は僅(わづ)かに八

円。一家は正に貧といふ悪魔の翼の下におしつけられて居るのだ。されば父上は、自分一人だけの糊口の方法もと、遂にこの仕末になつたものであらう。予はかく思ふて泣いた、泣いた。

午后四時、せつ子と京ちやんとは、母者人に伴はれて盛岡から帰つて来た。妻の顔を見ぬこと百余日、京子生れて六十余日。今初めて我児を抱いた此身の心はどうであらうか。二十二歳の春三月五日、父上が家出された其日に、予は生れて初めて、父の心といふものを知つた。(22)

一禎は前にも一度姿を消したことがあって、その時は家族も大して心配しなかった。当時の一禎の失踪が、人に話したがらない秘密主義、それもかなり奇矯な性格によるものだとわかっていたからだ。しかし今度は、一禎は明らかに食い扶持を減らして家族を助けるために自分を犠牲にしたのである。一禎は希望を失っていた。

啄木の日記は、三月六日以降十九日までが抜けている。日記が再開されたのは二十日で、その日は卒業生の送別会だった。啄木は送別会でバイオリンを演奏した。日記には続く十日間ほどまた空白があるが、四月一日の項によれば、役場の助役らは辞表を出した啄木に学校に留まるよう勧告したという。同僚たちも口をそろえて引き留めた。校長も撤回するように頼んだが、啄木は、「私だつて唯戯談に出したのではありませんから」と応えている。その心を喜ばせたに違いない留任勧告を断った理由について、啄木は何も記していない(23)。

日記の次のページは「ストライキノ記」と題されている。電報のような簡潔さで記された文面は、ストライキ中の一連の出来事を語っている。「七日、臨時村会。——十八日、最後の通告。——十九日、平田野の松原。同午后、職員室。——同夜、暗を縫ふ提灯。——二十日、校長の転任、金矢氏の来校。——二十二日、免職の辞令。——二十三日告別(24)」。これら一連の出来事は、ストライキに参加した人々の回想によって再現できる(25)。啄木は校長に対し、学校の運営の仕方に不満があることを告げ、辞職を求めたようだ。校長がそれを拒否すると、啄木はもう自分は教壇に立たないと通告した。村会が招集され、どちらを支持するか議論した。たぶん啄木は、村会の決定には大して関心がなかった。すでに断固去ると決心していたからである。詩を書くという本来の仕事に専念すると心に決めていた。若い者たちに教えるという彼にとって二次的な仕事に、啄木はあまりにも時間を費やし過ぎていた。ストライキの先頭に立ったのは、校長に勝ちたかったからではなくて、むしろ盛岡中学でのストライキの興奮が懐かしかったからかもしれない。

ストライキは、嫌われていた校長が追放されたことで成功した。校長は入れ替わったが、啄木もまた解雇された。ストライキは渋民村への啄木の別れの挨拶だった。啄木は二度と渋民村に戻ることがなかったが、この「故郷」に対する夢は啄木の回想や詩歌の中で生き続けた。「啄木、渋民村大字渋民十三地割二十四番地（十番戸）に留まること一ケ年二ケ月なりき、と後の史家は書くならむ[26]」と啄木は日記に記している。啄木の渋民村滞在は、一部村民の拒絶と蛮行で終わりを告げた。

石をもて追はるるごとく
ふるさとを出でしかなしみ
消ゆる時なし[27]

The grief of leaving my furusato,
As if chased with stones,
Will never melt away.

寺と職を失った啄木は、もはや家族が一緒に住めるだけの金はないと思った。家族は離散し、別々の場所で人々の親切に頼るほかなかった。啄木は家族それぞれの行き場所を決めた。解雇された後、啄木は出発の準備に約二週間を費やした。金に換えられそうな寝具一式その他を売り払い、数冊の本と未完の原稿だけを手元に残した。知人からもらった餞別（せんべつ）や家財を質屋（しちや）に売った金など九円七十銭は、小樽（おたる）にいる次姉のトラ夫婦の家で厄介になる妹光子、そして函館まで光子に同行する自分の旅費に使うことにした。啄木はしばらく函館に滞在する予定だった。まだ産後の疲れから回復していない節子と赤ん坊は、盛岡の節子の実家に厄介になり、啄木の母は知り合いから部屋を借りて渋民村に残ることになった。行方をくらました一禎は、結局、かつて世話になった野辺地町の常光寺に辿（たど）り着いたらしいことがわかった。家族は、ついに一家離散となった。「昔は、これ唯（ただ）小説のうちにのみあるべき事と思ひしものを……」と啄木は日記に書いている。[28]

日記では触れていないが、光子を小樽へ見送って啄木が函館に残ることにしたのは、函館の詩人たちに招かれていたからだった。明治四十年一月、函館で「紅苜蓿（べにまごやし）」[29]と呼ばれる新雑誌が発刊された。[30]雑誌が構想されたのは明治三十九年（一九〇六）十月で、北海道に文化が欠けていることを嘆いた函館の詩歌愛好家のグループが、文学雑誌を発行して北海道の文化水準を引き上げようと試みたのだ。啄木は発刊準備中の編集部に手紙を書き、自分が雑誌「小天地」の主幹・編集人であったこと、今は故郷で病気療養中であることを書いた（代用教員の職については書いていない）。啄木は自分の仕事の見本として長篇詩を同封した。「紅苜蓿」の編集部は啄木の長篇詩にいたく感銘を受け、自分たちの小雑誌が有名な詩人の関心を惹きつけたことを喜んだ。「紅苜蓿」第一号に、啄木の詩三篇が掲載された。第一号は小冊子に毛の生えたようなものだったが、たちまち売り切れた(31)。その後、啄木は、「紅苜蓿」編集部に北海道移住の可能性を伝えた。啄木が函館に来るかもしれないという報せに、編集部は興奮した。彼らには雑誌発行の経験がなかったが、啄木は「明星」に作品が掲載された詩人であるばかりでなく、経験豊かな編集者でもあったのだ。「紅苜蓿」編集部は啄木を函館に招き、啄木はただちに承諾した。函館に招かれたことを、啄木は日記にも秘密にした(32)。

五月四日、啄木と光子は渋民村の家を後にした。故郷を去るにあたり、啄木は意気消沈していた。その日は暖かかったが、啄木は心の底に寒さを感じていた。その憂鬱な気分は青森行きの汽車に乗った後まで続いたものの、車中から見える景色の素晴らしさに驚嘆しないわけにはいかなかった。心に不安を抱えていたにもかかわらず、この時の旅の記述には啄木の散文の最も美しい一節の幾つかが含まれている。二人はその夜、青森港に到着し、すぐに陸奥丸に乗船した。

翌朝、三等船室で目覚めた頃にはすでに船は青森を離れ、津軽海峡の入り口に向かっていた。船が海峡に入るや、強い波が陸奥丸を揺らした。乗客の多くはやがて船に酔った。光子は死んだように青ざめ、何度も吐いた。啄木は、おそらく生れて初めて妹に兄らしい優しさを見せた。船酔いのせいばかりでなく故郷を離れての初めての長旅に不安な気持だった妹を、啄木は元気づけた。

啄木は、自分の函館入りが巻き起こす興奮を予期していなかった。啄木到着の日、「紅苜蓿」の詩人全員が桟橋で待っていた。輪郭のぼけた写真以外に、誰も啄木の容姿について知らなかった。下船する乗客を一人一人調べたが、詩人らしい人物はいなかった。歓迎グループはがっかりして解散したが、社に戻った連中は停車場前の店で待っているという啄木の手紙を受け取った。駆けつけた店にいたのは、それまで「函館」と題した詩に忙しく筆を走らせていた啄木だった。(33)

啄木到着の報せは、たちまち函館中に伝わった。そこで示された温かさと尊敬の念は、渋民村で肘鉄砲を食わされたばかりの啄木を特に驚かせたに違いない。函館での日記が始まったのは五月十一日で、その日、函館商業会議所に一時的な仕事の口が見つかったという報せが入った。この思いがけない就職は「紅苜蓿」の編集部の斡旋によるもので、編集部は啄木に感謝の気持を表そうにも給料を払えなかったのだ。商業会議所の仕事は日給で少額だった。

商業会議所は、啄木にとって新しい世界だった。そこで同僚になった類の人々とそれまで付き合った経験はなかったが、彼らが頭が空っぽの見かけ倒しであると見極めるのに長くはかからなかった。会った人々についての記述には、長いこと啄木の日記から姿を消していたユーモアが復活している。

仕事は初日から退屈だったが、その夜、啄木は「紅苜蓿」の詩人たちと四人で歌会(かかい)をやることになった。二年間、歌を詠(よ)んでいなかった啄木は、なかなか歌が出てこなかった。しかし歌会は深夜まで続き、寝たのは午前一時だった。[34] これは予期せぬ喜びとなり、翌日、商業会議所の事務所にあっても、啄木は喜びを感じた――特に、『エンサイクロペディア・ブリタニカ』の匂(にお)いを嗅(か)いだ時に。本人は気づいていなかったが、すでに啄木は書物と詩の世界に戻っていた。

第五章　函館の四カ月、札幌に二週間

啄木は函館に移った当初の明治四十年（一九〇七）五月五日から八月十八日以前までの日記を、のちに「函館の夏」（九月六日記）という題でひとつながりに書いている。それは苜蓿社（ぼくしゅくしゃ）の同人（どうじん）たちによる歓迎の話から始まる。苜蓿社は函館の詩人たちのグループで、啄木を函館に招き、青柳町（あおやぎちょう）に住む場所を提供した。青柳町の名前を歌に詠（よ）み込むことで啄木は「青柳町」を不滅のものとした。

函館（はこだて）の青柳町（あをやぎちやう）こそかなしけれ
友（とも）の恋歌（こひうた）
矢（や）ぐるまの花（はな）（1）

How I miss Green Willow Street in Hakodate!
The love-letters of my friends,
The blue of cornflowers.

新しい友人たちに囲まれて、啄木はそれまでにない感慨を覚えたに違いない。その友人たちは、啄木と詩歌の趣味を共有するばかりでなく、啄木に親しみを覚えるあまり自分たちが書いた「恋歌」すなわちラブレターまで読ませたほどだった。最初に連絡を取って函館に来るように誘った松岡蕗堂（一八八二―一九四七）を始めとするこれらの友人たちについて、啄木は日記に簡潔に記している。当初、松岡は青柳町の自分の下宿に啄木を同居させ、食事まで作ってくれた。昼間は裁判所に勤めていたが、余暇の時間には熱心かつ多作な歌人で[2]、何としてでも北海道に文化をもたらしたいという熱意に燃えていた。啄木はその努力に協力を惜しまなかったが、詩人としての松岡の力量については疑問を持っていた。

新しい仲間の中で啄木が最も親近感を抱いたのは同い年の郵便局員、岩崎白鯨（一八八六―一九一四）だった。岩崎の真っ直ぐな気性に啄木が惹かれたのは、自分の性格とあまりにも違っていたからだろう。「函館の夏」は同じ苜蓿社の仲間である宮崎郁雨にほとんど触れていないが、「これ真の男なり、この友とは七月に至りて格別の親愛を得たり」と書いている。やがて宮崎は、啄木の人生で最も重要な人物の一人となる。初対面で啄木にいたく魅せられた宮崎は、「鶏舎へ孔雀が舞込む様なもんだねえ」と言って皆を笑わせた。(3)

啄木が一番尊敬したのは最年長の特に知的な大島流人（経男。一八七七—一九四一）で、「紅苜蓿」(4)の初代編集長だった。啄木と同じくワグナーに心酔していた大島は、『さまよえるオランダ人』の梗概を「明星」に発表していた。最初はワグナーに対する共通の関心が二人を結びつけたのかもしれない。しかし啄木は、短歌に詠んでいるように何よりも大島の性格に感じ入った。

とるに足らぬ男と思へと言ふごとく
山に入りにき
神のごとき友(5)

He spoke as if people should consider him a man of no account,
But my friend went into the mountain

And emerged like a god.

函館に着いて早々、啄木は「紅苜蓿」に執筆を始めた。同人たちは啄木に大いに感銘を受け、大島流人は編集長の職を辞して[6]啄木を新しい編集長に選んだ。啄木は雑誌の体裁を変えて読者を摑(つか)んだが、苜蓿社は啄木に給料を払うことができなかった。彼らにできる最善の策は、すでに述べたように商業会議所に臨時の職を見つけることだった。収入はわずかだが、一文(いちもん)無しの啄木は何としてでも金を稼がなければならなかった。商業会議所で文書係として約二十日間働いた後、より啄木にふさわしい職が見つかった。それは函館でも随一と評判の弥生(やよい)尋常小学校の代用教員の職だった。十二円の給料は渋民村でもらっていた八円よりましだが、家族持ちの啄木に十分な額とは言えなかった。にもかかわらず啄木は、妻と娘と一緒に暮らすことに決めた。啄木は二人を呼び寄せ、果たして自分の給料で家族を養えるかどうかは大して心配しなかった。明治四十年七月七日、節子と京子が函館に到着した。啄木は家族と一緒に青柳町の借家に引っ越した。

詩人を教員仲間に加えたことを喜ぶ弥生尋常小学校の教師たちに、啄木は人気があった。しかし啄木は、渋民村にいた時のようには児童たちと親密な関係を結ぼうとしなかったようである。函館の教え子たちは、誰一人として啄木について書いていない。最初の授業は六月十二日だった。ほどなく啄木は、女性教員八人の一人である橘智恵子（一八八九―一九二二）に出会った。啄木は女性教員の多くの容貌を、たとえば「豚の如く肥り熊の如き目」をしているなどと容赦なく書いているが、十八歳の智恵子のことは「真直に立てる鹿ノ子百合」と呼んでいる。[7] 智恵子の若い純潔さに心を動かされ、啄木は書いている。

Tie-ko san! nan to ii Namae darō! Ano sitoyaka na, sosite karoyaka na, ika ni mo wakai Onna rasii Aruki-buri! Sawayaka na Koe! Hutari no Hanasi wo sita no wa tatta ni-do da. Iti-do wa Ōtake Kōtyō no Uti de, Yo ga Kaisyoku-negai wo motte itta toki: iti-do wa Yatigasira no, ano Ebi-iro no Madokake no kakatta Mado no aru Heya de——sō da, Yo ga “Akogare” wo motte itta toki da.[8]

（智恵子さん！　なんといい名前だろう！　あのしとやかな、そして軽やかな、いかにも若い女らしい歩きぶり！　さわやかな声！　二人の話をしたのはたった二度だ。一度は大竹校長の家で、予が解職願いを持って行った時、一度は谷地頭の、あのエビ色の窓かけのかかった窓のある部屋で——そうだ、予が『あこがれ』を持って行った時だ。）

啄木が智恵子に恋をしたのは間違いなさそうだが、その純潔さは侵しがたいように見え、自分の思いをほのめかしたりはしていない。日記には記されていないが二人で大森浜（おおもりはま）を散歩したという説があり、もし事実であればそれは気持を打ち明ける絶好の機会だった。しかし、啄木はそれらしいことを言えないまま、どうでもいいことばかりしゃべったようだ。短歌一首が、啄木の失敗をほのめかす。

頰（ほ）の寒（さむ）き
流離（りうり）の旅（たび）の人（ひと）として
路問（みちと）ふほどのこと言（い）ひしのみ(9)

A man with cold cheeks,
On a journey in an uncertain place——
All he asked was which road to take.

啄木はのちに、思いを打ち明けなかったことを後悔している。

かの時に言ひそびれたる
大切の言葉は今も
胸にのこれど(10)

Even now the vital words
I failed to say at the time
Linger in my breast.

智恵子に対する秘められた愛の性格は、別の歌にも暗示されている。

ひややかに清き大理石に
春の日の静かに照るは
かかる思ひならむ(11)

I wonder if such love
Is like spring light shining softly
On cool, pure marble.

智恵子は触れてはならない女神として、啄木の心に大事にしまわれた。智恵子の方も、啄木を愛しているような素振りは見せていない。しかし別の男と結婚した後で、次のように啄木への手紙に書いている。「お嫁には来ましたけれど心はもとのまんまの智恵子ですから」[12]。あるいは智恵子は、自分がいまだに啄木の友達だということを言いたかっただけかもしれない。批評家の中には、智恵子に対する啄木の関心は一時的なもので、妻の節子が函館に来るのを待っている間のことに過ぎなかったと断じる者もいる。

啄木が節子を愛し続けていたかどうか、日記から判断することは難しい。自分の娘の母親である妻節子に愛情を感じていたことは間違いないし、離れて暮らしている時など、すぐにも一緒に住めることを願っている。しかし、結婚して数年を経た後は、節子に手紙を書くことはあまりなかったし、日記で触れることもめったになかった。

明治四十二年（一九〇九）の『ローマ字日記』に、啄木は率直に書いている。「Koi wa sameta. Sore wa Jijitsu da: Tōzen na Jijitsu da——kanashimu beki, shikashi yamu wo enu Jijitsu da!（恋は醒めた。それは事実だ。当然な事実だ——悲しむべき、しかしやむを得ぬ事実だ！）」[13]。

特に一人でいる時の啄木は、ごく自然に他の女性に心を惹かれた。友人たちは啄木と智恵子との関係をあれこれ臆測し、宮崎郁雨は「啄木の函館時代を語る者の決って取上げる話題に彼の橘智恵子に対する思慕の問題がある」[14]と書いている。しかし啄木が何度も智恵子の名前を口にしていたことは、逆に二人の関係が純潔であった証拠なのかもしれない。ある研究家によれば、啄木は自分が寝た女の本名を明かしたことはなかった[15]。智恵子への気持を啄木が最大限ほのめかしたのは、「僕は学校に勤めるやうになつて、始めて幸福な男になつた」という友人に語った言葉だった[16]。この「幸福」の原因は、智恵子以外に考えられない。

啄木が智恵子とめったに顔を合わせることがなかったのは、「紅苜蓿」の編集長として多くの時間を取られていたからだった。七月には、啄木は学校で教えるのを止めている[17]。啄木の編集経験と努力のお蔭で、「紅苜蓿」は北海道随一の雑誌になった。岩崎白鯨の回想によれば、啄木が編集長になる以前、編集部は芸術的な雑誌を作ろうと奮闘したが効果が上がらなかった。しかし、啄木の参加によって「新らしい刺戟は加へられた。吾々は懸命ではたらいた。雑誌を多く売る為に様々な原稿の募集を始めたりした。『公園の感』とか『函館で一番汚い処』とか、『乞食と語る』とか、そう云ふ原稿を吾々もかいた[18]」と岩崎は記す。

また岩崎は、仕事以外の場面での啄木の様子を書き留めている。

> 啄木と私とは好く大森浜へ行つた。啄木の歌集にある海岸や砂原の歌は皆大森浜の歌だ。そして『一握の砂』も大森浜の砂である。然しその頃はまだ啄木は歌を作らなかつた。その頃の啄木は何も彼も行詰つた人であつた。或る暖かな日二人は夏蜜柑を沢山買つて、新川の砂浜に行つた事もあつた。微風に逆行して居る大きな帆前船が、渚近く来ては沖へ出、沖へ出するのを眺めながら、ワグネルの話、啄木が腹案中の劇詩『死の勝利』の話もした。(中略)
>
> 二人はまた公園のべんちで蛙の声をきゝながら夜を明したこともあつた。何やら悲しくなつて藤村の『椰子の実[19]』を何べんも何べんも唱つた。

八月二日、啄木は野辺地町へ行くために船で函館を発った。日記には「一等船室」

とあるが、こうした贅沢をする金をどこから手に入れたか啄木は記していない。最も高い可能性としては裕福な宮崎郁雨から借りたというところだろうか。野辺地町へ出向いたのは、常光寺に厄介になっていた父一禎を訪ねるためではなく、母カツが夫に会いに渋民村から野辺地町に行ったと聞いたからだ。啄木は母親を連れて函館に戻るつもりだった。日記には父一禎に会ったことを記しているが、なぜ一禎を一緒に連れ帰ろうとしなかったのかは何も説明していない[20]。

　母カツは函館の青柳町の二間の借家に啄木と節子、幼い京子と一緒に住んだ。窮屈だったが、赤ん坊がいることで陽気に見えた。ところがカツが加わって数日後、光子が突然小樽からやって来た。光子は脚気に罹り転地の必要があったのだという。たぶん光子は、ほとんど知らない次姉と、好意的ではあっても退屈な義兄と一緒に住むことに飽きてしまったのではないだろうか。今や六畳二間に、大人四人と子供一人が住むことになった。啄木は書いている。「家庭は賑はしくなりたれどもそのため予は殆んど何事をも成す能はざりき、六畳二間の家は狭し、天才は孤独を好む、予も亦自分一人の室なくては物かく事も出来ぬなり[21]」。

「函館の夏」のひとまとまりの部分は、ここで終わっている。間をおいて八月十八日の項で、啄木は自分に稀な幸運が訪れたことを書く。「函館日日新聞」に雇われ、早くも入社の日から週一回の「月曜文壇」欄を任されて、「辻講釈」の題で評論を書き始めたのだ。一週間後の二十五日に書いた「辻講釈」第二回目には、イプセンを取り上げている。その晩は何となく疲労を覚え、九時頃に寝た。

その夜十時半、函館区東川町から出火、山から吹き降ろす猛風に煽られて、明け方までの六時間の間に函館全市の三分の二が焼失した。啄木が働いていた新聞社も全焼した。青柳町の家は火災を免れたが、この地区まで火が拡がるのではないかと誰もが恐れた。

八月二十七日、火事について長い記述を日記に書き、これは最も精彩に富む啄木の文章の一つとなっている。しかし燃えている家を見て啄木が快哉を叫び、失われた生命に対して冷徹で無関心なことに、読者はいささか戸惑いを覚えるかもしれない。

> 市中は惨状を極めたり、町々に猶所々火の残れるを見、黄煙全市の天を掩ふて天日を仰ぐ能はず。人の死骸あり、犬の死骸あり、猫の死骸あり、皆黒くして南瓜の焼けたると相伍せり、焼失戸数一万五千に上る、（中略）
>
> 狂へる雲、狂へる風、狂へる火、狂へる人、狂へる巡査……狂へる雲の上には、狂へる神が狂へる下界の物音に浮き立ちて狂へる舞踏をやなしにけむ、大火の夜の

光景は余りに我が頭に明かにして、予は遂に何の語を以て之を記すべきかを知らず、火は大洪水の如く街々を流れ、火の子は夕立の雨の如く、幾億万の赤き糸を束ねたるが如く降れりき、全市は火なりき、否狂へる一の物音なりき、高きより之を見たる時、予は手を打ちて快哉を叫べりき、予の見たるは幾万人の家をやく残忍の火にあらずして、悲壮極まる革命の旗を翻へし、長さ一里の火の壁の上より函館を掩へる真黒の手なりき、

かの夜、予は実に愉快なりき、愉快といふも言葉当らず、予は凡てを忘れてかの偉大なる火の前に叩頭せむとしたり、一家の危安毫も予が心にあらざりき、幾万円を投じたる大廈高楼の見る間に倒るるを見て予は寸厘も愛惜の情を起すなくして心の声のあらむ限りに快哉を絶呼したりき、かくて途上弱き人々を助け、手をひきて安全の地に移しなどして午前三時家にかへれりき、家は女共のみなれば、隣家皆避難の準備を了したるを見て狼狽する事限りなし、予は乃ち盆踊を踊れり、渋民の盆踊を踊れり、かくて皆笑へる時予は乃ち公園の後なる松林に避難する事に決し、殆んど残す所なく家具を運べりき、然れどもこれ徒労なりき、暁光仄かに来る時、予が家ある青柳町の上半部は既に安全なりき、

大火は函館にとりて根本的の革命なりき、函館は千百の過去の罪業と共に焼尽し

て今や新らしき建設を要する新時代となりぬ、予は寧ろこれを以て函館のために祝盃をあげむとす、(22)

（市内は惨状を極めた。あちこちの町で、なお火が残っているのが見え、黄色い煙が全市の空を覆って太陽を見ることができない。人の死骸があり、犬の死骸があり、猫の死骸があって、それはどれも黒く、カボチャの焼けたのと変わらない。焼失した家屋は一万五千戸に上る。〔中略〕

狂った雲、狂った風、狂った火、狂った人、狂った巡査……狂った雲の上では、狂った神が狂った下界の物音に浮き立って、狂った舞踏でもしたのだろうか。大火の夜の光景は、あまりに我が記憶に鮮明なので、私はいまだにどのような言葉でこれを記せばいいかわからない。火は大洪水のように街々を流れ、火の粉は夕立の雨のように、数万数億の赤い糸を束ねたように降ったのだ。全市が火となった。いや、それは狂ったひとつの音楽だった。これを高い所から見た私は、手を打って快哉を叫んだ。私が見たのは、数万人の家を焼く残忍な火ではなく、悲壮この上ない革命の旗を翻して、一里〔四キロ〕の長さにわたる炎の壁の上から函館を覆った真っ黒な手であった。

あの夜、私は実に愉快だった。愉快と言っても言葉が正確ではない。私はすべてを忘れてあの偉大な火の前にひれ伏そうとしたのだ。家族が無事かどうかは少しも私の心に浮かばなかった。数万円を費やした豪邸や高い建物がまたたく間に倒れるのを見ても、私はちっとも惜しいという感情が起きることなく、心のうちで声の限りに快哉を絶叫した。そして途中で弱った人々を助け、手を引いて安全な場所に移動させたりしながら、午前三時に家に帰った。家には女たちしかいないから、隣の家ではみな避難の準備を終えているのを見てひどくうろたえ慌（あわ）てていた。そこで私は盆踊りを踊った。渋民村の盆踊りである。こうして皆が笑ったので、私はそこで公園の後ろの松林に避難すると決め、家具をほとんどすべて運んだ。しかしながらこれは徒労だった。朝日がわずかに差すころには、我が家のある青柳町の上半分はすでに安全となっていた。

　大火は函館にとって根本的な革命であった。函館は過去に犯した数百数千の罪の行いとともに焼き尽くされ、今や新しい建設が必要な新時代となったのだ。私はむしろこれによって函館のために祝杯を上げようと思う）

　ここに記された啄木の態度から連想されるのは、大正十二年（一九二三）に横浜と東京を襲った関東大震災の際に、谷崎潤一郎（たにざきじゅんいちろう）が示した態度である。その時、谷崎は横浜からかなり離れた箱根の山道で、地震で危うく道を逸れかけたバスの車上にいた。まず谷崎は、横浜にいる家族の安否を気遣った。しかし、「殆んど同じ瞬間に『しめた、これで東京がよくなるぞ』と云ふ歓喜が湧いて来るのを、如何ともし難かつた」という。啄木と違って、谷崎は大震災が革命をもたらすことを願いはしなかった。谷崎が考えたのは、旧式な町が近代化されることであり、娯楽の場が増えることだった。こうした変化への期待に胸躍らせるさなかには、谷崎は大震災がもたらす被害や、失われる人命のことは考えていない。谷崎が夢想したのは、「一大不夜城の夜の賑はひと、巴里や紐育にあるやうな娯楽機関」のことだった[23]。

関東大震災後の東京は、多少とも谷崎が望んだ方向で復興したが、すでに谷崎の嗜好の方が変化していた。谷崎が新たに住む場所として選んだのは、近代都市の煌めく灯火の中ではなくて、地震によって古い文化が少しも損なわれなかった地域――関西だった。ほどなく谷崎は、かつては破壊されることを望んでいたその伝統的な建築様式を礼賛するようになる。

最後まで反逆者だった啄木は、函館の市街の破壊を惜しむことはなかった。啄木の家は焼失を免れたが、啄木自身は手痛い損害を被った。日記にはこう書かれている。

函館毎日新聞社にやり置きし予の最初の小説「面影」と紅苜蓿第八冊原稿全部とは烏有に帰したり、雑誌は函館と共に死せる也、こゝ数年のうちこの地にありては再興の見込なし[24]、

（函館毎日新聞社に送っておいた私の最初の小説『面影』と、「紅苜蓿」第八冊の原稿はすべて燃えて無くなった。雑誌は函館とともに死んだのだ。ここ数年のうちは、この地では再興の見込みはない）

大火は、慌ただしくも実りの多かった函館の生活に終止符を打つことになった。函館時代は、少なくとも幼年時代以後の啄木にとって最も幸福な時期であったかもしれない。函館を去るのは忍び難かったが、啄木は新しい仕事を求めて別の土地へ行かざるを得なかった。

八月二十七日の日記に、「札幌より向井君[25]来り、議一決、同人は漸次札幌に移るべく、而して更に同所にありて一旗を翻さんとす」[26]（札幌から向井君が来た。意見はまとまって、「紅苜蓿」の同人は少しずつ札幌に移ることにして、そして改めてそこで一旗揚げることにした）とある。向井は、啄木の職探しのため履歴書を預かって札幌に帰った。啄木は最終的には札幌に避難した詩人仲間に加わることになるが、最初は

躊躇(ちゅうちょ)していた。弥生尋常小学校は、損傷は受けたものの完全に破壊されたわけではないと聞いていた。また、辞表を受理すべき学校の職員がいない夏休みに代用教員を辞めることにした啄木は、学校に正式な辞表を提出したわけではなかった。啄木はまだ教員として教えることができるかもしれなかったのである。学校の給料は多くなかったが、無いよりましだった。啄木は校長を訪ね、自分はまだ教員の身分か尋ねた。校長はそうだと応(こた)え、火事で損傷ないしは不揃(ふぞろ)いになっている文書整理の手伝いを啄木に頼んだ。しかし、啄木が教壇に立つことは二度となかった。

九月七日の日記に、啄木は苜蓿社(ぼくしゅくしゃ)の友人数人と会って、一緒に歌を詠み、詩を作って徹夜したことを記している(27)。その夜、酔いにまかせて作った詩歌に保存する価値があるとは思えなかったが、しかし啄木は、本来の自分の仕事に復帰したことで興奮していた。八日、向井から札幌で職が見つかったとの報(しら)せが入った。啄木は詩人になる決意を固め、学校には戻らないことにした。九日の日記に書く。

予は数日にして函館を去らむとす。百二十有余日、此(こ)の地の生活長からずといへども、又多趣なりき。一人も知る人なき地に来て多くの友を得ぬ。多くの友を後にして、我今函館を去らむとするなり(28)

（私はあと数日で、函館を去ろうとしている。百二十数日のこの地の生活は長くなかったけれども、面白いことも多かった。一人も知る人のいない土地に来て、多くの友を得た。その多くの友から離れて、自分は今函館を去ろうとしているのだ）

日記に記された函館への別れの挨拶（あいさつ）の中で、啄木は感傷的にならなかった。そこには楽しい思い出だけでなく、函館で最初に会った松岡蕗堂に対する非難も記されている。啄木の態度は、すでに変化していた。かつての仲間松岡をめぐって友人たちと交わした議論を啄木は次のように記している。

この夜、我ら互ひに胸中に秘したりし松岡君に対する感情を残りなく剔抉（てっけつ）して、盛んに彼を罵（ののし）れり。あゝ我等（われら）赤裸々の児（こ）は遂（つひ）に彼が如（ごと）き虚偽の徒と並び立つを得ざるなり。彼は不幸の子なり、愍（あはれ）むべし、然（しか）れども彼は遂に一厘毛（りんもう）の価値だになき腐敗漢なり、とは此夜（この）我等の下したる結論なりき。[29]

（この夜、我々は互いに胸中に秘めていた松岡君に対する感情をすべてえぐり出して、盛んに彼を罵った。ああ、我らのように偽らず飾らぬ男は、ついに彼のような虚偽の仲間と肩を並べることはできないのだ。彼は不幸な男である。同情すべきだ

が、彼は結局、何の価値もない腐った男である、というのがこの夜我々が下した結論であった）

北海道に文化を取り入れようと熱意に燃えていた松岡に、なぜ啄木はこうした侮蔑的な態度を示すようになったのか。どうやら、それまで押し隠していた松岡への反感が最後になって突然爆発したようだ。たぶん、松岡の下宿に同居し松岡が作った料理を食べていた頃から、すでに啄木は松岡を嫌っていた。しかし二人の衝突が始まったのは、仲間たちに清教徒的な恋愛論を唱えるほど極めて道徳的な松岡が、芸者と関係を持ったことを啄木が知った時だったようである。[30] 松岡は、芸者と寝たことを仲間たちに秘密にするよう啄木に頼んだ。啄木は秘密を守ったが、松岡は他の同人たちには偽善的な態度を取りつづけた。そういう松岡を啄木は軽蔑するほかなかった。それが事実、松岡非難の唯一の原因だとしたら、啄木の手厳しい言葉はいささか行き過ぎのように見える。しかし自身の放蕩ぶりにもかかわらず、啄木は（渋民村の学校で見せた）清教徒的な厳格さを備えているところがあった。啄木の嫌悪は、純潔を装った不誠実な一人の男に向けられていた。

九月九日、啄木は向井に手紙を書き、札幌行きを決意したことを伝えている。まず妻の節子を小樽に連れて行き、当分の間、次姉の家に預けるつもりだった。また啄木は向井に「キマツタ三〇エンスグコイ」[31]という電報を自分宛(あ)てに打ってくれるように頼んだ。これは実は、弥生尋常小学校の校長に見せるための偽(にせ)の電報だった。教師としての給料を遥(はる)かに上回る給料を約束する仕事が見つかったとなれば、校長は自分の辞職を引き止めないだろうと啄木は思ったのだ。

九月十一日、啄木は弥生尋常小学校の校長に退職願を出し、橘智恵子とも短時間だが話をした。十二日、啄木は一人散策しながら函館に名残(なごり)を惜しみ、ふたたび智恵子に会って二時間余り話した。教員を辞した今、啄木は自分が完全に自由になったことを喜んだ。十三日、苜蓿社の仲間数人に見送られて、啄木は列車に乗った。函館の灯火が見えなくなった時、啄木は抑えようもなく涙を流した。

札幌で出迎えたのは向井だけでなく、自分が場違いな存在であることにまだ気づいていない松岡だった。札幌の下宿屋はどこも満員で、部屋がなかった。啄木は、松岡および一中学生と同宿せざるを得なかった。啄木の日記は、憎しみを込めて松岡を非難したことを記している。

予は大(おほい)に虚偽を罵れり赤裸々を説けり、耳いたかりし筈(はず)の人の愚かさよ、予は

時々針の如き言を以て其鉄面皮を刺せり[32]、

(私は大いに虚偽を罵り、赤裸々であれ、と説いた。さぞ耳が痛かったはずの人の愚かさよ。私は時々、針のような言葉でその恥知らずの面の皮を刺した)

九月十五日、啄木は向井が組合教会に入会のため信仰告白をする場に同行した。「何となく心地よかりき」と啄木は日記に書いている。これ以降の向井との会話は、だいたいが宗教に関するものだが、啄木が改宗したとみなすべき形跡は何もない[33]。

啄木は札幌に来て嬉しかった。そこは啄木が本当に気に入った最初の都市だった。日記にこう書いている。

札幌は大なる田舎なり、木立の都なり、秋風の郷なり、しめやかなる恋の多くありさうなる都なり、路幅広く人少なく、木は茂りて蔭をなし人は皆ゆるやかに歩めり。アカシヤの街樾を騒がせ、ポプラの葉を裏返して吹く風の冷たさ、朝顔洗ふ水は身に泌みて寒く口に啣めば甘味なし、札幌は秋意漸く深きなり[34]、

(札幌は大きな田舎であり、木立の都であり、秋風の郷であり、ひっそりと静かな恋の多くありそうな都である。道幅は広くて人は少なく、木は茂って陰をつくり、

人は皆ゆるやかに歩いている。アカシアの並木をざわつかせ、ポプラの葉を裏返して吹く風の冷たさ。朝、顔を洗う水は身に沁みて冷たく、口にふくめば甘味がない。札幌は、秋の風情が次第に深くなってきた）

札幌には外国の都市のように広く真っ直ぐな通りと、異国情緒あるアカシアやポプラの並木があったが、同時にそこには田舎の静寂があった。「札幌は詩人の住むべき地なり」と啄木は書いている。残念なことに、その後の日記には札幌を礼賛する文章がほとんど出て来ない。毎日のように雨が降り続き、札幌での仕事は期待はずれでおもしろくなかった。

十五日夜、啄木はすでに向井の紹介で会っていた小国露堂[35]（一八七七—一九五二）と一緒に、北門新報社の社長を訪ね、翌日から出社するように言われた。その夜、寝床に横たわった啄木は、函館への恋しい想いに駆られた。泣くまいとしても、涙が出てきた。

新しい仕事について啄木は十分に調べていなかった。向井に頼んだ偽の電報で啄木は給料三十円としたが、実際は十五円だった。「北門新報」はわずか六ページ立てで、部数も六千部に過ぎなかった。午後二時から八時まで新聞社で働いたが、仕事は記者ではなくて校正係だった。ただ一人の同僚は啄木によれば「顔色の悪き事世界一」で、いつも垢だらけの綿入れを着たその男は、死んだ鮒のような眼をしていた。彼が力ない声で女郎買いの話をした時など、その姿は滑稽で気の毒なほどだった。[36]

翌十七日の夜、たぶん嫌な同僚のことを忘れる気晴らしとして、啄木は日本基督教会に行った。その日の説教は、「放蕩息子」についてで、啄木は「少しく我が心を動かせりき」と書いている。説教の内容に、啄木は自分と似たものを感じ取ったのかもしれない。啄木が余暇にドイツ語の勉強を始めたのは、それが最愛のワグナーの言語であるばかりでなく、哲学者たちの言語だからだった。啄木のこの時の生活には、何よりも文化が欠けていた。

同日、啄木は『秋風記』[37]と「北門歌壇」を書いて編集部に渡した。それが翌十八日の「北門新報」第一面に掲載され、「北門歌壇」のコラムは以後毎日継続するように頼まれた。それを聞いても、啄木は素直に喜べず、むしろ新聞に文章を書くことで自分の時間を無駄にしていると感じた。啄木にとって文学こそが天職のはずだった。なぜ、自分の天職から迷い出てしまったのか。なぜ作家として生きることに惑い、悩んだのか。飢えないだけの金さえ稼げれば、自分は文学にすべてを打ち込めるではないか。文学なくして自分が生存する意義はないし、目的もない。啄木は日記に書く。

予は過去に於て余りに生活の為めに心を痛むる事繁くして時に此一大天職を忘れたる事なきにあらざりき、誤れるかな。予はたゞ予の全力を挙げて筆をとるべきのみ、貧しき校正子可なり、米なくして馬鈴薯を喰ふも可なり。予は直ちにこの旨を記して小樽なる妻にかき送りぬ[38]。

(私は過去において、あまりに生活のために心を痛めることが多かったので、時にこの一大天職を忘れることがなくもなかった。これは誤りだった。私はただ自分の全力を挙げて筆を執るしかない。貧しい校正者でもいい、米がなければ馬鈴薯を食えばいいのだ。私はただちにこの旨を記して、小樽にいる妻に手紙を送った)

十九日、弥生尋常小学校の親切な校長から手紙が来た。校長は偽の電報にあった給料三十円を啄木が稼いでいると、まだ信じているようだった。校長は啄木のことを「好運児!」と呼び、学校で働いた当月分の給料四円二十七銭を為替で送ってきた。そのわずかな金額に、啄木は自嘲する。

噫我も人より見れば幸運の児なりけるよ。湯銭なく郵税なかりし予はこの為替を

得て救はれぬ。大なる手あり予を助けたる也、願くは予をして自重の心を失はしむる勿れ。(39)

（ああ、私も人から見れば幸運児だったのか。銭湯に行く金もなく、郵便切手を買う金もない私は、この為替を得て救われた。大いなる手が、私を助けたのだ。願わくは、私に自重の心を失わせないように）

九月二十日は、啄木が札幌に来て初めての快晴だった。翌二十一日、啄木はふたたび小国露堂と会い、この時は向井の部屋で長い議論をした。

向井君の室にて大に論ず。小国の社会主義に関してなり。所謂社会主義は予の常に冷笑する所、然も小国君のいふ所は見識あり、雅量あり、或意味に於て賛同し得ざるにあらず、社会主義は要するに低き問題なり然も必然の要求によつて起れるものなりとは此の夜の議論の相一致せる所なりき、小国君は我党の士なり、此夜はいとも楽しかりき、(40)

（向井君の部屋で大いに議論した。小国の社会主義についてである。いわゆる社会主義は私が常に冷笑するところだが、小国君の意見には見識があり、雅量があり、ある意味で賛同できなくはない。社会主義は要するに必然的な要求から生まれた初歩的な問題であるというのが、この夜の議論の互いに一致したところである。小国君は自分と同類の人間だ。この夜はたいへん楽しかった）

札幌へ来て十日目の九月二十三日、啄木は三日前に「小樽日報」への転職を勧めた小国露堂の宿で、「北鳴新報」の記者野口雨情（一八八二―一九四五）と会った。「小樽日報」の給料は二十円。その場で啄木は札幌を去る決心をし、雨情も行を共にすることになった。小樽は、北海道で函館に次ぐ大都市だった。小樽日報社は、北海道の事業家の中でも麒麟児と呼ばれた山県勇三郎（一八六〇―一九二四）が新たに創設した新聞社で、「小樽日報」第一号は十月十五日に発行される予定だった。

九月二十四日、啄木は小樽にいる妻の節子に電報を打ち、札幌に来るというかねての予定を見合わせるよう伝えたが、その理由は言わなかった。翌二十五日、小樽と東京の親しい友人たちに「小樽日報」への転籍を知らせた[41]。啄木はただちに札幌での仕事を打ち切ったわけではなく、自分が書いた、尊敬するキリスト教学者綱島梁川（一八七三―一九〇七）の追悼文が掲載されるまで待った[42]。

二十七日、啄木は北門新報社の社長に会って、退社する旨を伝えた。札幌滞在はわずか十四日間だった。啄木は列車で小樽へ向かい、その足で次姉トラの家へ行った。そこには母カツ、節子、光子が啄木を待っていた。しかし何より嬉しかったのは、娘京子との再会だった。娘の顔を見て、啄木は函館のことも札幌のことも忘れた。

第六章　小樽でも我儘を通す

明治四十年（一九〇七）十月一日、啄木は「小樽日報」の第一回の編集会議に出席した。日記によれば、啄木は会議で他の誰よりも弁を振るった[1]。奇妙なのは、出席者の中で一番地位の低い二十一歳の若者が、なぜか大胆にもよく発言したことである。短期間ながらも函館と札幌の新聞社で働いた経験が、他の出席者にはないジャーナリストとしての自信を啄木に与えていたのかもしれない。

日記は、発言の内容について何も語っていない。しかし当日会った名士たちの名前を挙げていて、その中に小樽日報社を創立した山県勇三郎の弟で実質上の出資者である中村定三郎（なかむらさだざぶろう）と、社長で北海道議会の議長であるベテラン政治家の白石義郎（しらいしよしろう）（一八六一―一九一五）がいた。啄木が創立者の山県自身に会ったのは、十月十五日の「小樽日報」第一号発刊の祝宴の時だった。北海道財界の傑物として知られる山県が、新聞発刊を祝うためにわざわざ函館から駆けつけてきたことに、啄木は感銘を受けている。山県は当時、テキサス州に新天地を開拓する計画を抱いていて、その渡米の準備に忙殺されていたに違いなかった。(2)

　会議の翌日、啄木は給料の一部を前借りして、新しい住まいに荷物を運んだ。また、ランプや火鉢などを買った。これで啄木、母カツ、妻節子、娘京子の四人（妹光子は次姉の家に残してきた）が住む六畳と四畳半の二間は、なんとか住まいらしくなった。啄木は、借りた部屋が思ったよりいいと感じた。しかし繰り返し貧しい借間（しゃくま）住まいの経験を重ねてきた啄木にも、家具のない部屋は殺風景に見えたに違いない。襖（ふすま）一枚隔てた隣には「売卜者（ばいぼくしゃ）先生」が住んでいた。看板によれば「姓名判断」の占い師だった。啄木は、函館と札幌の幸福な思い出を一掃し、この小樽での生活を楽しむのが一番だと心に決めた。

　啄木が最初に小樽から受けた印象は、のんびりした函館や札幌とはまったく違って忙（せわ）しないということだった。「札幌を都といへる予（よ）は小樽を呼ぶに『市』を以（もっ）てするの尤（もっと）も妥当なるを覚ふ(3)」。小樽は「市（まち）」すなわち「市（いち）」、まるで市場のようだ、と啄木は言うのである。商売が大声でやりとりされる小樽は、渋民村ともまったく違っていて、これも啄木が小樽を嫌った理由の一つだった。ほとんど力ずくで渋民村から放り出されたのは事実だが、渋民村は依然として啄木の「故郷」だったし、その後の啄木の人生で数々の詩歌を生む源となった。

小樽の商人たちの荒々しい声は詩歌とは無縁だったが、わずかながら啄木が詠んだ短歌の中に次の一首がある。

かなしきは小樽の町よ
歌ふことなき人人の
声の荒さよ(4)

sorry place
the streets of Otaru——
unsinging people
and their
gravelly voices (5)

転居した当初、啄木が小樽の町をあまり見ることができなかったのは、絶え間ない雨が通りを泥濘にしていたからだ。「小樽の如き悪道路は、蓋し天下の珍也」と啄木は嘆いている。雨と泥濘の中をなんとか歩いて新聞社へ辿り着き、そこで編集部の仲間と会ったが、主筆の岩泉江東には啄木は初対面の時から嫌悪感を覚えた。のちに説明したところによれば、反感を覚えた主な理由は岩泉の眉毛で、それが啄木の忌み嫌っていた毛虫に似ていたからだという。おそらくこれは啄木の冗談だが、しかしこの男の何かが最初から啄木に不快感を抱かせた[6]。

啄木が岩泉とまったく違う印象を受けたのは、同じ編集部に入った野口雨情からだった。雨情は、啄木以上に岩泉を嫌っており、こうした岩泉に対する嫌悪への共感から、啄木は雨情に心の友を見つけた思いがした。まるで十年前から雨情を知っているかのようだった。のちに雨情は童謡の人気作詞家として知られるようになるが、当時は放浪者同然で、北海道を流浪しながら自分を雇ってくれる新聞社で働いていた。啄木と雨情は、創刊間近の「小樽日報」の三面担当となった。気の合う二人は、いずれ一緒に雑誌を作ろうじゃないかと意気投合した[7]。

十月五日夕方、二人の親交はさらに深まった。雨情と食事を共にした啄木は、小樽で初めて蕎麦を食べた。その夜、啄木は社内に流れている（事実無根の）噂を雨情から聞いた。噂によれば、岩泉は前科三犯なのだという。岩泉に関する不愉快な噂は他にもあって、二人はこうした人物の指示に従うことはできないと心に決めた。「予等は早晩彼を追ひて以て社を共和政治の下に置かむ」と啄木は書いている。(8)

雨情はまた、自分のぶざまな過去の数々を啄木に打ち明けた。日露戦争当時、雨情は五十万円（当時としては大金だった）を政府に献じて、男爵の身分を得ようとして失敗した。それ以来、すべてが失敗に次ぐ失敗だったという。雨情は風采が温順で、誰に対しても腰が低いのに似合わず、自分が生まれながらの「隠謀の子」であることを認めていた。雨情は言う。「予は善事をなす能はざれども悪事のためには如何なる計画をも成しうるなり」。こうした雨情について、啄木は次のような評言を記している。「時代が生める危険の児なれども、其趣味を同じうし社会に反逆するが故にまた我党の士なり焉」。(9)啄木には他にも友達がいたが、世界を変革するという啄木の決意を共有する最初の友達は雨情だった。

十月六日、啄木は隣室の占い師を訪ね、「小樽日報」第一号のために小樽在住の知名人の姓名判断を依頼した。啄木は占い師というものが苦手だったが、十七日にふたたび訪ね、今度は自分の姓名判断をしてもらった。その結果、「五十五歳で死ぬとは情けなし」と啄木は落胆している。(10)

十月七日は、相変わらず雨模様のはっきりしない天気だった。啄木は、まだたいして小樽を見ていなかったが、「初めて見たる小樽」という題で記事を書き、上層部に評判がよかった。野口雨情によれば、社長は大いに「我等に肩を持ち居り」とのことだった。[11]もともと白石社長が新聞事業に参加したのは、自分の政治的経歴に箔をつけることが狙いだったようである。しかし意外にも白石は多少の文芸趣味を解する人物で、たぶんそれが啄木に対して何度か好意を示した理由だった。[12]さらに雨情によれば、主筆の岩泉さえもが啄木の素晴らしい記事に報いたいと、昇格を匂わせたそうだ。啄木は得意になって「社に於ける予の地位は好望なり」[13]と書いており、雨情と「共和政治」への改革を唱えた決意はすっかり忘れてしまったようだ。

自分の書くものは何でも好評だという自信を得たせいか、啄木は新聞記者としての信用を失墜させるような不始末をしでかした。他紙に掲載された記事の幾つかを組み合わせて、自分の記事として発表したのである。これが、試験でカンニングをするのと同じ剽窃行為であることに啄木が気づくまで少し時間がかかった。当初は自分の行為を「新聞記者とは罪な業なるかな」[14]と日記に記しただけだった。

思いがけない喜びは、十月十二日、宮崎郁雨が来訪したことだった。啄木は書いている。「再逢の喜び言葉に尽く、ビールを飲みて共に眠る。我が兄弟よ、と予は呼びぬ」[15]。宮崎は啄木に最も好意的な後援者で、繰り返し啄木と家族に金を都合してきた。

啄木と宮崎との友情は、時に批評家たちによって歴史に残る数々の友情の一例として挙げられるが、二人の友情はほとんど啄木の生涯の最後まで続いた。

十月十五日は快晴で、「小樽日報」第一号の発刊日としていかにも幸先(さいさき)がよかった。その夜、楽隊を先頭に、刷り上がりの堂々十八ページ立ての新聞が市中に配達された。(16) 社主の招待で編集部員は祝宴を張り、提灯(ちょうちん)行列の職工どもも新聞の将来のために万歳を連呼した。しかし二日前の十三日の日記は、啄木と雨情の間に亀裂(きれつ)が生じたことを記している。

野口君の妻君(さいくん)の不躾(ぶしつけ)と同君の不見識に一驚を喫し、愍然(びんぜん)の情に不堪(たへず)。(17)（野口君の細君の無作法さと、彼の見識のなさに驚かされ、哀れに思う気持を抑えられない）

日記は、雨情の細君の「不躾」が何なのか、また雨情のどんな「不見識」が啄木に衝撃を与えたのか、何も書いていない。雨情の細君が、こともあろうに啄木に身を任せようとしたとでもいうのだろうか。あるいは、雨情は去る八日に札幌から細君が病気との電報を受け取り急行したことがあったが、細君は病気を装(よそお)うことで、反岩泉の陰謀に雨情を加担させないように仕組んだとでもいうのだろうか。啄木研究家でさえ、この一節について説明できないでいる。しかし、すでに雨情との関係は我慢の限界に達していたようで、先の記述から三日後の十月十六日、啄木はさらに率直に雨情に対する敵意を露(あらわ)にし、一時の心の友を次のように非難している。

> この日一大事を発見したり、そは予等本日に至る迄(まで)岩泉主筆に対し不快の感をなし、これが排斥運動を内密に試みつつありき、然(さ)れどもこれ一(いつ)に野口君の使嘱(ママ)によれる者、彼「詩人」野口は予等を甘言(かんげん)を以て抱き込み、秘(ひそ)かに予等と主筆とを離間し、己(おの)れその中間に立ちて以て予らを売り、己れ一人うまき餌(ゑ)を貪(むさぼ)らむとしたる形跡歴然たるに至りぬ、（中略）噫(ああ)彼の低頭(ていとう)と甘言とは何人(なんぴと)をか欺(あざむ)かざらむ、予は彼に欺かれたるを知りて今怒髪(どはつ)天を衝(つ)かむとす、彼は其(その)悪詩を持ちて先輩の間に手を擦り、其助けによりて多少の名を贏(か)ち得たる文壇の奸児(かんじ)なりき、而(しか)して今や我らを売つて一人欲を充(み)たさむとす、「詩人」とは抑々(そもそも)何ぞや、[18]

（この日、一大事を発見した。私たちは今日に到(いた)るまで岩泉主筆に対して不快感を抱き、彼を排斥しようと内密に運動してきた。だが、これはもっぱら野口君の使嗾(しそう)「そそのかし」によったもので、彼「詩人」野口は、うまいことを言って私たちを抱き込み、秘かに我々と主筆を引き離して、おのれはその中間に立つことで我々を売り、おのれ一人がうまい汁を吸おうとしていた形跡がはっきりするに到った。〔中略〕ああ、彼の腰の低さと甘言にだまされない者などいるのだろうか。私は彼にだまされたのを知って、今や激しい怒りから髪の毛が逆立ちそうである。彼は先輩たちに揉み手をしながら下手な詩を売り込み、その助けによってわずかに名声を勝ち得た、文壇の狡賢い男であった。そうして今や我らを売って一人だけ欲を満たそうとしている。「詩人」とはいったい何なのか）

十月十七日夜、雨情ほか友人三人と議論した啄木は、「野口は愈々悪むべし」と日記に書いている。翌日、雨情は啄木に会って謝罪した。その姿を憐れんだ啄木は、雨情を許している(19)。

野口雨情が十月三十一日に解雇されたのは、反岩泉の陰謀のためだった(20)。翌日、啄木は雨情の後任として三面の主任となり、給料は二十五円に上がった。雨情の陰謀に一枚嚙んでいた事実が忘れられたようなのは、啄木の記事が優れていたからだ。叱責を受ける代わりに啄木は昇格した。

十一月十六日、岩泉が突然主筆を解任された。すでに啄木は、この歓迎すべき展開を友人の沢田信太郎（一八八二―一九五四）に電報で知らせていた。沢田は、岩泉の後任として編集長の地位を約束されていた。[21] 自分が嫌っていた人物に勝ったことを知った啄木は、ある朝いつものように出社した岩泉が解任されたことを知る瞬間を想像し、加虐的な喜びを感じた。

　昇給で啄木と家族は八畳二間の家に移り、生活もいくらか楽になったはずだ。しかし相変わらず新聞社からは前借りに次ぐ前借りで、家族四人は窮屈な生活を強いられていた。一家が借金から自由になることはなかったが、啄木は現在の仕事に満足していた。新聞は毎日、啄木の記事を掲載した。[22] 担当の三面以外にも、気軽な随筆風の記事や新刊書の書評、気の向いた時には評論も書いた。

　明治四十年十月から十二月にかけての啄木の日記は、実に読みにくい。たぶん多くの項は、事実の記憶が曖昧になった後日に書かれたのではないかと思われる。『全集』に収録された日記は極めて不親切で、間に記述のない空白の期間があっても一切お構いなしである。[23] 書きぶりも行き当たりばったりで、それまでの日記の詳細さと対照的である。しかし啄木は、書き方を変えたことについて何も説明していない。

　この時期の啄木の日記を覆っている霧のようなものが晴れるのは、十二月十一日、札幌を訪れた時の記述からである。啄木は札幌で旧知の小国露堂と会い、二人が多くの信念を共有していることを知った。小国の意見では、「小樽日報」の部数が伸びないのは読者のニーズに応えていないからだという。北海道には北海道らしい新聞が必要だと考える小国は、札幌で某代議士の肝煎りにより準備されている新聞の創刊に参加するよう啄木に勧めた。啄木は大いに乗り気になった[24]。

　札幌から急いで小樽に戻った啄木は、十二日夜、新聞社の編集部に入るや、「小樽日報」の事務長である小林寅吉（のち中野と改姓。衆院議員となる。一八七九―一九六二）との争論に巻き込まれた。争論の原因は明らかではない。しかし編集長の沢田の啄木回想録によれば、啄木がたびたび編集部を留守にして札幌を訪れたことに小林が腹を立てたのだという。「小樽日報」の記者たちは、より条件のいい仕事を求めて啄木が札幌の新聞社と交渉しているのではないかと疑っていた。

　小林と啄木の争論に続く乱闘の直後に、沢田は啄木と会った。粗暴な小林は病弱な啄木を突き飛ばし、足蹴にした挙句、啄木の手の甲に擦過傷をつけ、その突き出た額に二つも大瘤ができる怪我をさせていた。啄木は沢田の前で終始体を震わせ、喘ぎながら、断然退社してやると叫んだ。沢田はとりあえず応急手当をした。

　翌十三日、沢田は白石社長を訪ね、啄木に対する小林事務長の暴行の一件を報告した。白石はいたって平静で、まるで従業員同士の喧嘩など日常茶飯事であるかのように振る舞った。白石は数日間何もせず、啄木を慰留することもなかった。その無関心ぶりに怒った啄木は、社長室に行って白石に辞表を叩(たた)きつけ、凱旋(がいせん)将軍のような態度で社を去った。(25)

啄木研究家の中には、喧嘩の原因を解明するにあたって、主筆の岩泉派に属していた小林事務長が、岩泉の突然の解任が啄木のせいだと知って激怒したのだとする者もいる。啄木は日記でこの喧嘩に触れているが、理由については何も述べていない。当然ながら啄木は、自らを巨体の敵に攻撃された小さな痩(や)せ男としては書いていない。啄木の誇りが自己憐憫(れんびん)を許さず、日記には「退社を決し」たとだけ記している。(26)

喧嘩の後の啄木の怒りは、すぐには消えなかった。編集部の同僚たちは辞表を撤回するよう勧めたが、啄木の決心は変わらなかった。白石は、自分が啄木の受けた傷に無関心だったことが啄木を怒らせたのだと知った。白石は啄木の恨みの深さに驚き、有能な記者を失うかと思うと、啄木の辞意を受け入れるのは気が進まなかった。白石が辞表を受理したのは十二月二十日になってからだった。

小樽日報社と一切関係を断つという決意は、自尊心から出た自殺的な行為だった。終生の知己とも思っていた白石社長の態度に激怒するあまり、啄木はそれまでで最も条件のいい仕事をやめた。その後のことまで啄木は考えていなかった。啄木の記事は人気があり、社内でも尊敬されていた。また社長から異例の親切な待遇を受けていた啄木は、昇進を確信していた。啄木と家族は、金に困りながらも一緒に暮らしていて幸福だった。自分の天才を正当に評価できなかった人々に対して、啄木が凱旋将軍のように振る舞ったことが、自分と家族に苦境を招いたのである。啄木自身、のちに自分が「我儘（わがまま）」だったと認めている。

十二月二十二日、編集長沢田信太郎は啄木に対する告別の辞を「小樽日報」に発表した。沢田は愛惜の情を込めた言葉で、啄木との親交は函館の苜蓿社（ぼくしゅくしゃ）同人の会合の席に始まったと書く。そして続ける。以来、自分はやっとのことで啄木の後を追ってきて、同じ社で仕事を共にするようになったのは、おそらく一つの不思議な因縁だと思わないわけにいかない。しかし、わずか三カ月足らずで啄木は小樽日報社を去ることになり、早くも別れざるを得なくなった。俗世間から超然とした啄木に同人はみな心服しており、彼が凡人の嘲笑（ちょうしょう）に対して弁解しない度量の大きさに自分は敬意を払う、と。沢田は筆をおく前に、「天下真に不遇の天才あるべし、自重（じちょう）して益々（ますます）文運に資する所あれよ」（世の中には実に不遇の天才がいるのだ。自らを大切にし、文学の隆盛にますます貢献してもらいたい）と記している。(27)

どこにも行く当てのない啄木はそのまま小樽にいたが、仕事も金も無かった。友人たちは啄木の家に来ては、自然主義なしに文学が存在する可能性はあるかなど、真面目(まじめ)な議論を戦わせた。こうした議論は何の結論も導き出さなかったし、啄木に収入をもたらしたわけでもなかった。しかし、自らの強情が招いた失敗をめぐって思い悩む啄木を、その時だけでも救ったかもしれない。

十二月二十五日、啄木は日記に書いている。「予は予の個人解放の時代に至つて世界の発達は其(その)第一期の完整を終るといふ観念によりて、史上一切の事物を評論したる世界史を著(あら)はさゞるべからず」(私は、個人解放の時代となって世界の発達はその第一期を完全に整える、という自分の考えに基づいて、史上一切の物事を評論する世界史を書かないわけにいかない)。この思いは結局実を結ばなかったが、啄木はその後も折に触れてこのことを思い起こしている。

啄木は詩歌数篇を書いたが満足できず、落胆のあまり修正も加えられなかった。ひたすら啄木が待っていたのは、自分の「我儘」が引き起こした不幸な結果から自分を救い出してくれる奇跡的な展開だった。

啄木は今や一文無しに等しかった。十二月三十日、啄木は退職するまでの「小樽日報」の当月分の給料が届くのを終日待ったものの届かなかったので、性分に合わないが、自ら新聞社を訪ねないわけにいかなかった。例の喧嘩の騒動以来、社を訪れるのは初めてだった。啄木は二十日分の給料を、前借りした分を差し引かれて受け取った。啄木一家はわずか八円で新年を迎えなければならなかった。[28] 日記に記された孤独な一節、「老母の顔を見るに忍びず[29]」——母カツが、現在の惨めな状況と比較して過去の正月を懐かしんでいるのを啄木は感じ取っていたに違いない。翌日、妻節子は自分の最後の帯を質に入れ、一円五十銭を得た。啄木は自分と母の着物を質入れして作った三円を借金取りの支払いに充てた。啄木は書く。「夜となれり。遂に大晦日の夜となれり[30]」。

明治四十一年（一九〇八）一月一日、啄木は新しい日記を書き始めた。啄木は数えで二十三歳になった。一月の日記は十日ほど続くが、いきなり七月の日付に変わって、三ページにわたって短歌が続く。数カ月ぶりで真面目に作った短歌は、形式も質もそれまでの作品と異なっている。しかしこれらの短歌は、啄木がふたたび詩人になろうとしている兆しを見せていた。

啄木は元日の朝、早く起きた。家には正月らしい門松もなければ注連飾りもなかったが、雑煮だけは家族そろって食べた。

一月四日、啄木は社会主義の演説会に行った。初めの二つの演説は、啄木にとって要領を得なかった。しかし西川光二郎（一八七六—一九四〇）の演説には、深い感銘を受けた。西川は労働者のような着古した洋服を着て、よく通る蛮声を張り上げて語った。啄木は書く。「誠に気持がよい。臨席の警官も傾聴して居たらしかつた[31]」。帰り道で啄木は友人に「社会主義は自分の思想の一部分だ[32]」と話した。これは、のちに啄木の思想の中核となる考えとの繋がりを明らかにした最初の一節であるかもしれない。しかし当時、社会主義は啄木の唯一の関心の対象ではなかった。女性に大いに関心があるのも若者ならば当然のことで、また個人の解放——何でも自分の好きなことをする権利——は啄木にとって常に根本的に重要なことだった。

明治四十一年の二番目の日記は（最初の日記と同じく）一月一日に始まっているが、最初の日記よりよく書けている。おそらく啄木は、最初の日記が文学的な興趣に欠けていると判断し、将来の出版を考えて同じ出来事をより文学的な文体で語ることにしたのだろう。すでに啄木は、自分の日記を短篇に仕立てようと書き直していた。雑誌に売ることを願ったのだが、どれも受け入れられなかった[33]。

二番目の日記の新年の記述は、啄木ならではのユーモアと皮肉に満ちている。

> 世の中は矢張お正月である。天も地も、見る限りの雪も、馬橇の馬も、猫も烏も家々の氷柱も、些とも昨日に変つた所はないが、人間だけは——実にその人間だけ

は、とんでも無い変り様をして居る。昨日は迂散臭い目付をして、俯向いて、何と云ふ事なしに用事だらけだと云つた風な急ぎ足、宛然葬式にでも行く人の様に歩いた奴が、今日は七々子（魚子織は絹織物の一種）の羽織に仙台平（仙台地方産の絹の袴地）の袴、薩張苦が無い様な阿呆面をして、何十枚かの名刺を左手に握り乍ら、門毎にペコペコ頭を下げて廻つて居る。今日になつて恁う万遍なくお愛相を振蒔く事が出来るなら、何故昨日も一日笑つて居なかつたか。自分等が勝手に拵へた暦に勝手に司配されて、大晦日だと云へば、越すに越されぬ年の瀬の浮沈、笑顔をしては神仏の罰が当ると云つた様に、誰も彼も葬式面の見つともなさ。一夜あけての今日だとて、お日様は矢張東から出て、貧乏人は矢張寒くて餒じからうに、炭屋の嬶までお白粉つけて、それを復お屠蘇で赤くするとは何の事だらう。考へる迄もなく、世の中はヘチヤマクレの骨頂だ。馬鹿臭いを通り越して馬鹿味がする。[34]

この一月、なんとか仕事が具体化するのを待っている間、啄木は現代の文学に対して新たな関心を示している。小説作品（たとえば二葉亭四迷[35]『其面影』）を読み、また与謝野晶子について耳にした噂話を日記に記している。渋民村にいた当時も、北海道の日記でも、晶子に触れたことはなかった。しかしこうした俗世間の噂話に対する興味は、啄木がふたたび文学に関心を抱き始めたことを示している。かつて東京で味わった病気と絶望の日々を忘れ、啄木はふたたび東京に戻りたいという思いに駆られている。しかし、上京の可能性はありそうもなかった。

次に啄木は、北海道でも遠い未発展の地釧路について考え始めている。「小樽日報」の白石社長は、釧路で十数年前から自分が経営してきた「釧路新聞」を四ページ立てから六ページ立ての新聞に拡張しようと計画していた。白石は沢田を通じて、それとなく啄木に釧路行きを打診していた[36]。釧路は人口わずか一万人で、どこから見ても文化のない町だった。仮に新聞の規模拡張が実現したとしても、それはたかだか地方紙に過ぎなかった。しかし、啄木は日記に書いている。

> 釧路の地、繁栄未だし、然るが故に若し此際大に為すあらば、多少吾人が会心の事業の緒に就くをえむ。予は予自身の性格乃至天職が果して何等か物質上の事業に身を容るるを許すや否やを知らず、然れども何等らかの地に於て幾何なりとも「自由」を得んとするの希望は遂に虚偽ならざるを知る[37]

（釧路の地はいまだ繁栄していないが、だからこそ、もしこの際に大いに活動するならば、少しは自分に納得の行く仕事を始められるかもしれない。私は、自らの性格あるいは天職が果たして何らかの実際的な仕事に身を置くことを許すかどうかは知らない。しかしどのような土地であれ、少しでも「自由」を得ようとする自分の希望はどこまでも嘘ではないことを知っている）

釧路での退屈な生活は実際、啄木に作品を書く余裕を与えるかもしれなかった。長く待ち焦がれた悲惨からの脱出の機会は、一月十日にやって来た。その日、白石社長の意を受けた沢田は、啄木の留守中に「釧路新聞」に書く原稿の前金として十円を置いて行ったのだ。狂喜した啄木は、「世の中が急に幾何か明るくなつて、一切の冷たい厭な事が、うら若い男と女の心によつて暖められた様だ(38)」と日記に書いている。

一月十三日、啄木は白石に会った。「自分が旧臘我儘を起して日報を退いてから、今初めて社長に逢つたのだ」と啄木は日記に書いている。白石は喜色満面で言った。「薩張僕の所へ来て呉れないが、怎して居たんです」。啄木は「我儘一件があるんで怎も気が済まぬもんですから」と応えた。なんとかして啄木をジャーナリズムの世界へ戻らせたいと思っていた白石は、啄木を釧路へ招くことは何度か考えたものの、釧路が極寒の地で啄木の老母や幼児が厳しい気候に堪えられないかもしれないと思って躊躇していたのだ。

啄木と白石は一緒に釧路へ行くことに決め、小樽を一月十六日に発つことにした。釧路での生活の厳しさから見て、啄木は家族を小樽に残すことにした。二人が実際に小樽を出発したのは一月十九日だった。啄木は書いている。

　朝起きて顔を洗つてると、頼んで置いた車夫が橇を曳いて来た。ソコソコに飯を食つて停車場へ橇を走らした。妻は京子を負ふて送りに来たが、白石氏が遅れて来たので午前九時の列車に乗りおくれた。妻は空しく帰つて行つた。予は何となく小樽を去りたくない様な心地になつた。小樽を去りたくないのではない、家庭を離れたくないのだ。[39]

雪が降り出した午前十一時四十分、啄木と白石は汽車で小樽を離れた。

第七章　釧路の極寒

小樽を発つ直前、啄木は「ホトトギス」の最新号を読んだ。啄木はその内容について印象を何も書いていないし、「ホトトギス」の指導的立場にあった正岡子規の名前ないしは短歌にも日記で触れていない。これは意外である。俳句と短歌を近代世界に取り込むことで新たな詩形式として救った詩人子規は、啄木にとって大いに関心を持って然るべき存在だった。啄木は子規の革新的な運動を、これ以上考慮する余地がないほど完成した勝利と考えていたのかもしれない。しかし「ホトトギス」を読んだことは、啄木をふたたび執筆へと駆り立てたようで、翌一月十七日、久しぶりに短篇を書き始めている。

啄木が小樽を発って釧路に向かったのは、明治四十一年（一九〇八）一月十九日だった。出発当日、啄木は友人の大島経男（流人）に手紙を書いている。自分から仕事を奪った上に金銭的に破滅させたおのれの意固地な行為について淡々と語り、同時に自分が尊敬する紳士である白石社長によって救われた経緯に触れている。自分は当初、北海道の果てにある釧路での仕事を勧める白石の提案に躊躇(ちゅうちょ)していたが、他に仕事の当てはなかったし、この親切を断ることはできなかった、自分は白石に同行して釧路に行くことにした、と[1]。

釧路への途中、白石は札幌に立ち寄ったが、啄木はそのまま岩見沢(いわみざわ)へ行き、次姉のトラを訪ね、その家で夕食をとった。啄木が日記に記しているのは凍ったビールをストーブで溶かして飲んだことで、これは北海道の極寒の地での典型的な冬の飲み物だった。岩見沢で一晩を過ごした後、旭川(あさひかわ)へ向かった。姉の家に滞在中、啄木はエッセイ『雪中行(せっちゅうこう)』の第一信を書いている[2]。

北海道で一番好きな札幌になぞらえ、啄木は旭川を「小さい札幌」と日記に記す。特に感銘したのは、数百本の電柱が一直線に並ぶ整然とした街並みだった。旭川滞在中には『雪中行』の第二信を書いている。翌朝六時三十分、啄木と白石（前日、旭川で啄木に追いついた）は釧路行きの列車に乗り、釧路到着は夜の九時三十分だった。初めて見た釧路の町を詠(よ)んだ啄木の歌には、あまり熱がこもっていない。

さいはての駅に下り立ち
雪あかり
さびしき町にあゆみ入りにき(3)

I got off at the last station on the line
And in the light of the snow
Walked into a lonely town

啄木は、釧路を好きになれると期待してはいなかった。しかし翌日、釧路港で多くの外国船を眼にし、釧路川にかかる長い橋を渡った時、釧路の町の活気に啄木は心地よく打たれた。白石から地元の名士たちに紹介され、彼らの開けっ広げな歓迎に触れて、啄木は小樽とは違った世界に入った感じがした。小樽で致命的な過ちを犯して以来啄木を包んでいた憂鬱は、釧路に来て晴れた。

啄木は、竣工したばかりの煉瓦造りの「釧路新聞」新社屋を見て感銘を受けた。それは町の粗末な木造家屋群を見下ろして誇らしげに聳え立っていた。啄木は、白石が小樽で交わした約束を守るつもりであることを知って喜んでいる。名目上は「釧路新聞」三面の主任に過ぎなかったが、実質上、啄木は編集長待遇だった。新聞の体裁は啄木の意見に沿って変えられ、編集権はすべて啄木の手にあった。白石の唯一の注文は、「成るべく品のよい新聞を作って貰ひたい[4]」というものだった。白石の寛大な措置に感謝した啄木は、全力で仕事に打ち込んだ。

釧路での生活の大きな欠点は、刺すような寒さだった。到着した一夜から覚めた時、啄木の夜具の襟は自分の息で真っ白に凍っていた。気温は華氏零下二十度（摂氏零下二十九度）だった。出社初日は大層寒い朝で始まり、顔を洗う時、あまりの寒さに「シヤボン箱」が手にくっついたまま離れなかった。[5]

寒さへの言及は、釧路の日記の到るところに出て来る。室内の寒さは外にいるのと大して変らなかった。部屋は二階の八畳間で、小樽の下宿より遥かに快適だったが、寒さに対しては火鉢の上に手をかざして暖を取るほかなかった。あまりの寒さに、机の下に行火を入れないと筆が凍ってしまうほどだった。硯から筆を上げると、その先が瞬く間に凍って何も書けないのだ。[6] 筆舌に尽くしがたいほど寒い一月二十四日、白石社長は啄木と幹部数人を招待し、地元の代表的な料亭「喜望楼」で啄木歓迎の宴会を開いてくれた。幹部たちは新聞の方針について楽観的に説明した。紙面も四ページ立てから六ページ立てにする予定だった。釧路の競合紙である「北東新報」はさほどの脅威ではなく、大した記者もいなければ経営も財政難で問題にならないと幹部らは請け合った。

宴会で啄木は、初めて釧路の芸者二人に会った。芸者は、啄木の釧路での生活で大きな役割を演じることになる。啄木は毎日のように一人ないし二人の芸者と会い、その誰かと寝た。啄木の日記には、妻帯者である自分が繰り返し芸者との関係を楽しんでいることについて戸惑いを覚えた形跡はない。こうしたことは、釧路ではごく当たり前だった。芸者は極寒の荒涼とした町に住む男たちを、歌や踊りで慰めた。さらには寝床の相手をすることで、彼らの生活を耐えられるものにしていたのだ。

一月二十六日、啄木は芸者とはまったく違う種類の釧路の女性団体と知り合った。白石社長から、愛国婦人会（あいこくふじんかい）釧路幹事部の新年互礼会に出席するよう頼まれたのだ。(7) 白石は、「昨日あたりから新聞の体裁が別になつた」と大いに喜び、褒美（ほうび）として啄木に銀側（ぎんがわ）時計と五円を贈った。明らかに白石は、こうした感謝の気持を示すことで啄木が釧路に居続けてくれるよう期待していた。(8)

なぜ啄木を上流階級の女性たちの集まりに出席させたのか、白石はその理由を明らかにしていない。たぶん白石は聡明（そうめい）な啄木を出席させれば、教養ある女性たちは「釧路新聞」が単なるゴシップ紙ではなく、彼女たちの注目に値する文化的な新聞だと思うに違いないと考えたのだろう。「釧路新聞」は、啄木が編集する「詞壇」を近く一面に設けようとしていた。文学的活動と無縁の釧路の町では、この種の記事は非常に珍しいものだった。

　啄木は明らかに女性たちに好ましい印象を与えたようで、その場で請われて現代の女性について講演した。聴衆は約四十人の女性だった。(9) 現代の女性と昔の女性を区別するものは何か——啄木の意見は、女性たちを驚かしたかもしれない。啄木は、男女平等の価値を強調した。講演は、「弱き者よ、汝の名は女なりき」という『ハムレット』からの引用で始まっている。シェイクスピアの時代の英国女性は、明らかに行儀のいい女性にふさわしい態度として「弱き者」であることを受け入れていた。しかし、これはもはや事実ではない、と啄木は続ける。聴衆の皆さんは、一九〇六年に英国の婦人参政権論者が首相官邸を取り巻き、屋内へ闖入しようとした事実を、二、三日前に届いたロンドンからの通信で知っているはずである。婦人参政権論者は警官に阻まれ、激しい抵抗を示し、数名の女性が捕縛された。(10) その大胆な行動は、いくらシェイクスピアが「弱き者」と呼ぼうとも、現に英国の女性たちが断固たる態度を取るようになった事実を示している。暴力はもちろん許されるものではないが、こうした事件は、時代の変化に伴って女性たちに驚くべき変化が起きたことを示している。これは過去に「弱き者」と見なされていた女性が、ついに自分たちの地位の向上を求めたことの証拠ではないか。

こうした世界的な変化が日本の女性に与えた影響について、啄木は語り続ける。

> 例を外国の事に借来るまでもなし。昔時我が国の婦人、多く深窓幽閨の裡に生活を葬りて、其日夕悉く消極的なる女大学式の桎梏に甘んじ、活社会に対して何等交渉する所なかりき。然も現時の日本婦人は如何。彼等は男子と共に孜々として智力を研き、体力を養ひつゝあるに非ざるか。婦人にして既に男子と比肩して共に活社会に立たむとす。其結果果して奈辺に達すべきか。之容易に知るべからざる所なり。然れども吾人は既に今日に於て、婦人の手に成れる幾多の社会的事業を見る。

（例を外国から借りて来るまでもない。昔の日本の女性の多くは、ひっそりと家庭の奥深くに埋もれ、昼も夜も消極的な「女大学」〔江戸時代の女子の教訓書〕式の束縛に自由を奪われ、現実の社会に何も関わることがなかった。しかし現在の日本女性は、どうであろうか。彼女たちは男子と共に熱心に知力を磨き、体力を養いつつあるのではないか。女性にしてすでに男子と肩を並べて、共に現実の社会に立とうとしている。その結果はどこへたどり着くであろうか。これは考えても容易にわか

るものではない。しかし我々はすでに今日において、女性の手になる数多くの社会的事業があることを知っている）

啄木は、四年前に起きたロシアとの空前の戦争に際して、愛国婦人会が示した貢献を称えた。女性たちは背後で兵士たちを支え、勇気づけたのだと。かつての日本の女性たちと、いかに違うことか！

家庭(11)てふ語は美しき語なり。然れども過去の婦人にとりて、此美しき語は、一面に於て体のよき座敷牢たるの観なきに非ざりき。新時代の婦人は、今や家庭の女皇なる美名のみには満足せずなりぬ。籠を出でて野に飛べる彼等は、単に交際場裡や平和的事業に頭角を現はすに止まらずして、個人としては結婚の自由を唱へ(12)、全体としては政治上の権利をも獲得せむとす。吾人は此新現象を以て、単に文明の過渡期に於ける一時的悪傾向として看過する事能はず。何となれば之実に深き根拠を有する時代の大勢なればなり。深き根拠とは他なし、婦人の個人的自覚なり、婦人も亦男子と共に同じ人間なりてふ自明の理の意識なり。

兎にも角にも、今日以後の社会に於ける婦人の地位は、また昔日の如く弱き者たるに甘んずるものに非ず。而して此大勢の果して奈辺に迄達すべきかは、今日に於て最も重要にして且つ趣味多き問題たるを失はず。茲に吾人の為めに或るヒントを与ふる一事あり。そは乃ち社会劇「人形の家」に於て、彼の北欧の巨人イプセンが発表したる新婦人道徳の曙光なり。[13]

（ホームという語は美しい言葉である。しかしかつての女性にとってこの美しい言葉は、一方では体裁のいい座敷牢の意味を持っていた観がなくもない。新時代の女性は、今や家庭の女皇帝という美名だけでは満足しないようになった。鳥籠から出て外の世界に飛んでいく彼女らは、ただ社交の場の内側や平和的な活動で目覚ましい活躍をするだけではなく、個人としては結婚の自由を提唱し、社会全体の中では政治上の権利をも獲得しようとしている。私はこの新しい現象について、単に文明の過渡期に現れた一時的な悪い傾向として見過ごすことはできない。なぜなら、これは実に深い根拠を持った時代の大きな勢いだからである。深い根拠とはほかでもない、女性の個人的な自覚である。女性もまた男とともに同じ人間であるという当たり前の道理への意識である。

　いずれにしても、これからの社会での女性の地位は、再びかつてのように弱い者であることを我慢するものではない。そしてこの大きな勢いが果たしてどこに行き着くかは、今日の最も重要であり、かつ興味深い問題であることに変わりはない。ここに一つ、我々のためにヒントとなることがある。それはほかならぬ社会劇『人形の家』によって、あの北欧の大作家イプセンが示した、新しい女性道徳の明るい兆しである）

啄木が講演した相手は特権階級の女性たちで、農民の妻たちではなかった。しかし啄木の講演は翌々日の「釧路新聞」に掲載され、他の女性たちの眼にも触れて彼女たちを勇気づけたようだ。男女平等は、啄木の書いたものに頻繁に出て来るテーマではない。しかし流行遅れの伝統に対する拒否は、反逆者たる啄木が示す典型的な態度だった。

啄木が「釧路新聞」にとって価値ある存在だということを改めて認識した白石は、一月二十八日、啄木にできるだけ長く釧路に留まってくれるように頼み、春には啄木の家族を呼び寄せ、借家を見つけることを約束している。啄木も、いざ来てみたら意外にも釧路が気に入ったので、白石の期待に応えようと思った。二月八日の宮崎郁雨宛の手紙で、啄木は自分が釧路の何に惹きつけられたかを説いている。

札幌や小樽の様な所では、自分の様な貧乏者はいくら頑張つても畢竟残る所何者もないのだ、終ひにはくたびれて倦きて了ふ許りだ、それよりは少し寒くとも釧路に居て、新聞も五月迄には普通の六頁になるのだから、編輯長閣下も少しは幅がきく、それで土地と社に信用を得れば、一二年の間に家の一軒位は貰へさうだ、そして出来る事なら多少金をためて二三年後には東京に行つて自費出版やる位の準備はつきさうなものだ、よしや小さくとも自分の自由の天地を作る方がよい、と斯う考へて、サテ「釧路」の研究に取かかつた、(14)

しかしその前日の日記では、気楽に話し合える友人がいないことを嘆き、「釧路の人となつて以来、何だか余りに人間の世界から離れた様な気がして居る」(15)と書いている。楽観と悲観が、手紙や日記に交互に現れる。

二月二日、釧路新聞社は新築落成式を行い、喜望楼で祝宴が開かれた。十四人の芸者が七十余名の来会者を接待した。会場の設営を担当した啄木は、土地の名士たちと知り合う機会に恵まれた。七日、啄木はふたたび喜望楼を訪れた。外は凍てつくように寒かったが、部屋の中は暖かだった。芸者の小静はよく笑い、よく三味線を弾き、よく歌った。啄木は陶然として酔い、帰宅したのは十二時半だった。宴席での「喇叭節」が耳について離れず、啄木の眠りを妨げた[16]。

落成の祝宴の陽気な調子は、二日間しか続かなかった。二月四日、啄木は野辺地町にいる父の一禎から手紙を受け取った。小樽の家族から、啄木が四十日間一銭も送金してこないと不平を言う手紙が届いたことを父は知らせ、家族を心配していた。啄木は小樽の家族に憤りを感じた。啄木は一月には十五円、二月に入って三日前には十八円を家族に送金していた。ほかに建具を売ったはずだから、一カ月に四十円以上も使っている。後日のため、啄木は厳重な叱責の手紙を出した[17]。しかし無茶な出費ということなら、その非難は啄木自身にこそ向けられて然るべきだろう。啄木は、芸者遊びに幾ら使ったか明らかにしたことはないが、それは間違いなく啄木の財布の限度を超えていた。白石からもらった銀側時計を二月七日に質入れして得た五円五十銭は、たぶん喜望楼での小静の嬌声に対する報酬に当てられた[18]。九日、啄木は芝居見物に行った。三幕で見るのをやめ、小静を連れて蕎麦屋へ行き深夜に帰宅した。小静はおそらく釧路の芸者の中で啄木の最初の愛人だった。

二月十一日、紀元節が祝われた。啄木は書いている。「今日は、大和民族といふ好戦種族が、九州から東の方大和に都して居た蝦夷民族を侵撃して勝を制し、遂に日本嶋の中央を占領して、其酋長が帝位に即き、神武天皇と名告つた紀念の日だ[19]」。

この日本建国についての不穏当な書き方は、もし警察が啄木の日記を読んだら投獄されるはめになったかもしれない。しかし、そうしたあり得る危険にもかかわらず、日本が他民族に優越している証拠として古代の伝説を朗々と語る愛国者たちを、啄木はからかって楽しんでいた。古代日本史の話に続いて、自分が最近苛立った話題をいろいろ並べている。中で啄木にとって好ましい話題は、釧路で名の売れた愛嬌者の芸者市子に鹿嶋屋で会ったことだった。この芸者は花も蕾の十七歳で、着ているものも芸者の衣裳でなく普通の着物だった。啄木が市子に言い寄らなかったのはそのせいかもしれないが、市子に会って「フラフラとした好い気持」になった[20]。その後何度も市子に会っているが、二人は特別な関係にはならなかったようである。

その日の啄木の晩飯は鳥鍋だった。食事の後、啄木は芝居に行くには早すぎると思い、同行していた同僚の新聞記者上杉小南子と喜望楼[21]へ行ったという。「例の五番の室は窓に燃ゆる様な紅のカアテンを垂れて、温かである。小静はお座敷といふので助六を呼んだが、一向面白くない。女中のお栄さんと云ふのが、其社会に稀な上品な美人で、世慣れぬ様がいぢらしいと小南子が浮かれる。芝居につれて行かうぢやないかと云ふので交渉したが、今夜は釧路懇話会があるので急しいとの事[22]」。

翌日も啄木は上杉と夕飯を共にした。上杉は昼間は宿酔の気味だったが、夜になると元気を取り戻していた。二人は仏教論や人生論を語った。そして考えれば考えるほど人間というものが「ツマラヌ者」に思えてきた。「そんな事は考へずに人生の趣味を浅酌低唱裡（ほどよく酒を飲み、小声で詩歌を吟じて楽しみながら）に探るべしと、乃ち相携へて㋙に進撃した」[23]と啄木は書いている。㋙は喜望楼のことである。

毎晩のように啄木は、同僚の記者上杉と一緒に喜望楼に行った。いつも使う二階の五番の部屋を、啄木たちは「新聞部屋」と呼んでいた。日記が詳細に語るのは夜の活動ばかりで、啄木の記者としての仕事についてはあまり触れない。「毎晩就寝が遅いので、起床は大抵十時過であるが、今朝は殊に風邪の気味で十一時に起きた」という二月十五日の項はその典型で、本を読んだとか詩歌を作ったとかには一切触れていない。しかし時折は芝居を観たり、釧路の新聞二社の記者たちが合同で余興にやった文士劇に出たり、薩摩琵琶会で詩吟を詠じたりしている。[24]

明らかに啄木は、芸者たちに人気があった。自ら進んで啄木と関係を持つ者もいれば、中にはしつこ過ぎて啄木から迷惑がられる者もいた。二月二十九日、啄木は釧路での生活を要約して次のように書く。

釧路へ来て茲に四十日。新聞の為には随分尽して居るものの、本を手にした事は一度もない。此月の雑誌など、来た儘でまだ手をも触れぬ。生れて初めて、酒に親しむ事だけは覚えた。盃二つで赤くなつた自分が、僅か四十日の間に一人前飲める程になつた。芸者といふ者に近づいて見たのも生れて以来此釧路が初めてだ。之を思ふと、何といふ事はなく心に淋しい影がさす。

然しこれも不可抗力である。兎も角も此短時日の間に釧路で自分を知らぬ人は一人もなくなつた。自分は、釧路に於ける新聞記者として着々何の障礙なしに成功して居る。噫、石川啄木は釧路人から立派な新聞記者と思はれ、旗亭（酒場）に放歌して芸者共にもて囃されて、夜は三時に寝て、朝は十時に起きる。

一切の仮面を剝ぎ去つた人生の現実は、然し乍ら之に尽きて居るのだ。[25]

放蕩三昧の生活を、多くの人々と付き合わなければならない新聞記者である自分には不可避なこととして正当化している。釧路は、料亭と女郎屋以外にほとんど娯楽のない場所だった。そして啄木は、その両方で目立つ存在になっていた。しかし最後の一節は、そうした生活の現状に啄木自身がうんざりしつつあったことを暗示している。

前日、小樽にいる妻節子から手紙が来た。節子は、啄木に対して「第二の恋」を感じている、と書いてきた。啄木は日記に書く。

何といふ事なく悲しくなつた。そして此なつかしき忠実なる妻の許に、一日も早く行きたい、呼びたいと思つた。京子の顔も見えた。
社に行つて、小僧に十五円電為替(26)小樽へ打たせた。今日は何となく打沈んだ日だ。編輯に気が乗らぬ。心が曇つて居る。

仮に釧路での遊興にすっかり飽きて、妻のもとに帰りたかったにせよ、啄木は相変わらず毎晩酒を飲み続けた。やがて啄木は、芸者小奴（一八九〇―一九六五）と関係を持つようになった。小奴は、啄木の日記に登場する芸者の中で最も際立った存在である。三月十日の日記は、その夜の小奴が非常に酔っていたことを記している。翌日、啄木は小奴から長文の手紙を受け取った。先夜空しく別れたことを悔やんだ小奴は、「唯あやしく胸のみとどろぎ申　候」と書き、「相逢ふて三度四度に過ぎぬのに何故からなつかしいか」と書いてきた。

三月十一日は大吹雪で、午後の釧路の交通はすべて止った。数日前から北海道各地を結ぶ鉄道が不通となり、通じるのは電信だけだった。啄木は午後、かろうじて社から帰宅した。夜は小奴に長い手紙を書き、「俺に惚れては可けぬ」という言葉で結んだという。啄木は小奴が好きだったが、おそらく自分の家庭を守るために小奴を諦（あきら）めようとしたのだろう。時に芸者と楽しむのは妻帯者でも普通のことだったが、芸者と恋に落ちるのは、夫婦関係を脅（おびや）かし、家庭の崩壊を招くかもしれなかった。啄木が恐れたのは、小奴が啄木の望む以上に深い関係になろうとしていることだった(27)。

三月十七日、啄木は「明星」の最新号と与謝野鉄幹の手紙を受け取った。手紙は、啄木に今月の応募歌題の歌の選者になることを依頼していた。詩歌の世界への復帰を誘う鉄幹の手紙にどう応えたか、啄木は何も書いていない。しかしその後間もなく再び鉄幹から手紙があり、啄木が選ぶべき歌稿二十余通が送られてきたことから、啄木が鉄幹の要請を承諾したとわかる。三月二十四日、啄木は「明星」の応募短歌の選を済ませ、投函（とうかん）した。それとは別に鉄幹に長い手紙をしたため、釧路へ来て酒を飲むようになったこと、小奴のことなど「胸の不平のありツたけ」を書いた、と日記に記している(28)。

別れると決めた後もなお、啄木は小奴のことをしきりと恋しがった。しかし日記は、他の芸者たちと過した夜についても触れている。三月二十三日の日記は、「何といふ不愉快な日であらう」と書き出されている。

　鉛の様な、輪廓の明かでない、冷たい、イヤーな思想が全心を圧して居る。同じ様な陰鬱が胸の中にもあつて、時々朦々と動き出す。鮮かな血を三升も吐いて死んだら、いくら愉快だらうといふ様な気がする。小奴の写真を見て辛くも慰めた。[29]

その夜、喜望楼の女将は、啄木と小奴を別れさせるために、二人の芸者を手配して啄木を酔いつぶれさせようとした。小奴は最も稼ぎのいい芸者の一人だったので、女将は啄木の代わりに気前のいい顧客を世話しようとしたのだ。それは女将にとっても小奴にとってもいいことだった。二人の芸者は秘密にすると誓い、女将の指示に従って啄木にどんどん酒を飲ませた。あるいはこの酒は啄木の酔態から見て、いつも出す清酒ではなく濁り酒だったかもしれない。

　料亭を出る頃には啄木の酔いは全身にまわり、頭はグラグラして、絶え間なく疼いた。「人を馬鹿にしやがるな」と何十回も繰り返し、よろめきながら帰宅した。部屋に戻ると横になり、疼く頭を押えた。なぜか涙が滝のように枕に流れた。[30]

　翌日、啄木は堪えがたいほどの二日酔いに苦しんだ。小奴から使いが来て、今日は来られないと言う。啄木は気づいていなかったが、これは事実上、二人の関係の終りを告げていた。啄木は数日間、寝床で過ごし、仕事に戻ることができなかったし、戻りたくもなかった。三月二十五日、まだ毛布にもぐり込みながら、仕事に戻らない理由を日記の中で説明しようとする。

石川啄木の性格と釧路、特に釧路新聞とは一致する事が出来ぬ。上に立つ者が下の者、年若い者を嫉むとは何事だ。詰らぬ、詰らぬ。新機械活字は雲海丸で昨日入港した。二週間の後には紙面が愈々拡張する。誰が其の総編輯を統卒するか。頭の古い主筆に出来る事でない。さればと云つて自分にやらせる事も出来まい。否恁麼事は如何でもよい。兎も角も自分と釧路とは調和せぬ。啄木は釧路の新聞記者として余りに腕がある、筆が立つ、そして居て年が若くて男らしい。男らしい所が釧路的ならぬ第一の欠点だ。[31]

釧路新聞社に対する不満の理由は説得力がないし、また、怒りのあまり啄木は白石社長から受けた数多くの恩義を忘れてしまったようだ。不満の真の理由を、啄木は自分自身にさえ隠していた——それは釧路の生活に対する嫌悪と、詩歌の世界に戻りたいという渇望だった。日記でそのことに触れていないが、すでに啄木は詩歌を書き始めていた。それは、いずれ雑誌に発表され、啄木に名声をもたらすことになる。明治四十一年は事実、最も多作で最も素晴らしい詩歌を書いた年だった。[32]

小奴との関係は事実上終りを告げたが、上京後に作った短歌十三首の中で小奴のことを詠んでいる。その中の数首を引く。[33]

小奴といひし女の
やはらかき
耳朶なども忘れがたかり

It's hard to forget
The soft ear lobes and all the rest
Of the woman called Koyakko.

出しぬけの女の笑ひ
身に沁みき
厨に酒の凍る真夜中

A sudden laugh from the woman
Stabbed into my body
Late at night in the kitchen as sake was freezing into ice.

よりそひて
深夜(しんや)の雪(ゆき)の中(なか)に立(た)つ
女(をんな)の右手(めて)のあたたかさかな(34)

Close together
We stood a while in the late night snow——
How warm the woman's right hand was!

わが酔(ゑ)ひに心(こころ)いためて
うたはざる女(をんな)ありしが
いかになれるや

There was a woman who stopped singing
Worried about my drunkenness——
I wonder what happened to her.

偶然の巡りあわせが幸いして、われわれは啄木と別れた後の小奴の消息を知ることができる。(35) 啄木とふたたび親しい間柄になった野口雨情は、この時から三年経(た)った明治四十四年（一九一一）、皇太子（のちの大正天皇）が北海道に行啓(ぎょうけい)した際に随行記者として派遣された。料亭「〇万楼(まるまんろう)」で開かれた記者たちのための歓迎会の宴席で、雨情は啄木から話を聞いていた小奴のことを思い出し、女中に尋ねた。小奴はたまたま芸者としてその席に出ていた。酌に来た小奴と雨情は短い会話を交わした。小奴によれば、釧路を去って以後、啄木からは便りがないとのことだったが、啄木が東京に行っていることは知っていた。他の客に話をさえぎられた小奴は、元の席に戻り三味線を弾き始めた。

宴会が終って旅館へ戻ろうとした雨情は、小奴から自分の家に寄ってほしいというメモを受けとった。小ぢんまりとした小奴の家で、雨情は柱にかかっている一枚の短(たん)冊(ざく)に気づいた。それは啄木が書いたもので、歌の文句は忘れてしまったが、「小奴ほど人なつかしい女はない」というような意味の歌だった[36]。

小奴は、啄木との関係が難儀であったことについて述べた。啄木は、喜望楼の女将から料理屋の勘定や芸者の花代を請求されたが、それは啄木には払えない金額だった。最初は何とかして払っていたが、その後は小奴が自分で自分の花代を工面した。小奴があまりにいつも啄木と一緒にいるので、他の顧客たちは小奴がお座敷に入って来ると「石川、石川」と呼んでからかった。

当時、啄木には母と妻と子供がいて、小樽で金に困っていること、白石社長とも気まずい関係になっていることを小奴は聞いて知っていた。小奴は、前の旦那との間にできた子供を育てるために芸者をやっていた。別れたことはおそらく二人にとって最善だったが、小奴は啄木が恋しかった。

啄木は小奴を失ったばかりでなく、釧路の友人たちも同時に失った。中でも一番の痛手は白石社長との縁が切れたことで、白石は仕事に戻らない啄木に腹を立てていた。また友人で「釧路新聞」の主筆だった日景緑子は、啄木と小奴との関係を記事にしたことで啄木を怒らせた。同僚でさえ自分を裏切るのであれば、いつでも釧路から出て行ってやると思い、啄木は釧路を去る日が近いことを感じ取っている[37]。

啄木は、釧路との絆を断ち切ろうとした。日記の記述に満ちている恨みの念は、自分が「不平病」（啄木の造語）に苦しんでいる時に仕事場に戻ることを期待した新聞社の人間に向けられた。三月二十八日、白石社長から電報が届いた。その文面は、「ビヨウキナヲセヌカへ、シライシ」（病気治せぬかえ、白石）という簡潔なものだった。[38]この電報に対し啄木は「歩する事三歩」で怒りが静まったといい、そのまま釧路を去る決心をした。「啄木釧路を去るべし、正に去るべし」と日記に書いている。釧路の競合紙「北東新報」の記者だった横山城東[39]を呼んで話したところ、どこまでも一緒に行くと言う。同じ下宿にいたことを除けば、この二人に共通点はほとんどなかった。しかし一緒に釧路から逃げ出すにあたって、他に適当な人間が思い当らなかった。

その後、「北海旭新聞」の甲斐昇が訪ねて来た。いろいろ今後のことを話していると、小奴が突然やって来た。釧路を去るつもりだと手紙で知らされた小奴は、思い留まらせようとして、「去る人はよいかも知れぬが、残る者が……」と言い、あとひと月でもいいから居てくれと頼んだ。また、啄木のために肘突（机の上で肘を当てる小さな布団）を拵えているところだと言い、啄木への形見にしようと最近撮ったばかりの自分の写真がまだできていないとも言った。しかしついには諦め、また必ず会いたい、どこに行っても手紙をくれと小奴は頼んだ。小奴は必死だったが、その気持はただ啄木を疲れさせた。啄木は翌日の午後に小奴を訪ねると約束し、ひとまず夕刻に別れた。[40]

その夜、下宿に訪問者があり、誘われて飲み始めた。酒を三杯、洋杯で飲んだ。酔いに乗じて啄木は次のような一節を日記に書く。

> 啄木は林中の鳥なり。風に随(したが)つて樹梢(じゆせう)に移る。予はもと一個コスモポリタンの徒、乃(すなは)ち風に乗じて天涯に去らむとす。白雲一片(いつぺん)、自ら其(その)行く所を知らず。噫(ああ)。
> 予の釧路に入れる時、冱寒(ごかん)（極寒）骨に徹して然(しか)も雪甚だ浅かりき。予の釧路を去らむとする、春温一脈既に袂(たもと)に入(い)りて然も街上積雪深し。感慨又多少。これを訣(けつ)別(べつ)の辞となす。[41]

二十九日、啄木はいつもの「不平病」よりひどい病気に罹(かか)ったような気がして、気分がすぐれなかった。約束どおり小奴を訪ねた時も、ひどく動悸(どうき)がして、それが長く出歩かなかったせいか、病気のせいかわからず、それまでになく変な気がした。小奴が身の上話をし、たくさんの写真を見せている間も啄木は打ち沈んでいて、何も話せなかった。夕方まで小奴のところに居て、最初から最後まで憂鬱だった。その夜はなかなか眠れず、自分の問題の解決法として死も悪くないような気がした。翌日、主筆の日景緑子が訪ねて来て、「顔色が悪い、医者に見せなくちゃ不可(いけない)[42]」と言った。医者と連絡を取った後、日景は「僕に対して何か不平があるなら、云(い)つて呉(く)れ玉(たま)へ」と言った。たぶん日景は、啄木が小奴の記事に腹を立てていることを知っていたのだろう。啄木は、「不平のあらう訳もないが、此(この)電報に対しては大不平だ、人間を侮辱するにも程がある」と言って、白石社長の電報を見せた。(43)

日景が帰ると、やがて医者が来た。「不平病なら僕の手では兎(と)ても癒(いや)せぬですが」と言いながら聴診器を当て、神経衰弱だと診断し、なにか思い当る理由はないかと啄木に尋ねた。啄木は冗談だと思ったが、医者の診断は正しかったかもしれない。啄木の振る舞いは尋常ではなかった。医者は睡眠薬を処方した。啄木は前に同じ薬を飲んだことがあった。

その夜、啄木は不機嫌な顔をして、医者というものすべてを罵倒(ばとう)した。医者が増えるから病気が増える――その証拠として啄木は、神武天皇が風邪を引いたことも、天照大御神(あまてらすおおみかみ)が赤痢に罹ったことも記録にはないとまくしたてた。熱があるので早く寝た方がいいことはわかっていたが、深夜まで横山と語り続けた。啄木はロシアへ行きたいと語り、トルストイの小説『コサック』に出て来る少女マリアンナ（マリャーナ）について話した。(44)話はあっちへ飛び、こっちへ飛びして、最後は感嘆符で終わっている。「人々は知らぬらしい、自分との別れの、モハヤ目前に迫つてる事を。!!」。

明治四十一年四月二日、新聞広告でその日の夕方に函館・新潟行きの酒田川丸が出航することを知った啄木は、ただちに函館行きを決めた[45]。船会社に手紙を出し、船賃などを問い合せた。すでに前日、啄木は釧路病院の院長に借金の手紙を書き、院長からは親切にも「七八日迄に十五金貸す」という返事があった。院長は、啄木が金を返すことを期待していたのだろうか。あるいは院長は、啄木の評判を知らなかったのだろうか。

船賃を手に入れると、啄木は今夕釧路を発つと小奴に手紙で知らせた[46]。釧路新聞社には、家族に関する用で函館に行くとだけ伝えた。小奴から手紙が届き、中に餞別として五円が入っていた。啄木は、その金で借りていた部屋代を払った。最後に節子に「今夜船にて釧路を去る」と電報を打った。

酒田川丸の出航は翌朝に延期され、啄木は友人たちと最後の飲み会をやる機会を得た。啄木は書いている。「酒が美味かつた。今迄に無い程美味かつた[47]」。釧路を去るという思いが、酒に特別な風味を添えたことは間違いない。

翌四月三日は神武天皇祭だった。空は晴れて雲もなかったが、海は荒れていた。港内では白い波が盛んに起伏していた。啄木は艀に乗り、二、三度波をかぶった後、なんとか酒田川丸に乗り込んだ。

汚い船だというのが最初の印象だった。明らかに石炭船で、石炭の到着が遅れたため出航はさらに延期された。啄木の船室には畳が敷かれ、半円形に腰掛けがあった。家具はそれだけだったが、左右に窓があった。「船がゆれて、気持が悪い。飯だけは普通に食つたけれど、寝て居た[48]」と日記に書いている。こうした軽い船酔いにもかかわらず、啄木の気持を支配していたのは自由を得たという喜びと興奮だった。

たぶん啄木は、小奴にツケが回ったであろう未払いの勘定書きのことも忘れてしまっていた。小奴は白石社長に払ってくれるよう頼んだが、恩知らずの啄木に怒っていた白石は借金の支払いを断った。出発の数日前、啄木は小奴に郷里の岩手に戻って金を作るつもりだと言っていたが、小奴はそう都合よく行くとは思わなかった。その後、啄木からは一度の音信もなかった。のちに小奴は雨情に語っている。「釧路のことも、私のことも、もう忘れてしまつたのだと思はれます[49]」。

第八章　小説の失意、短歌の昂揚（こうよう）

啄木は自分でも驚いたことに、波のうねりで絶えず揺れる薄汚い石炭船での航海を楽しんだ。海に魅了されただけでなく、船上での時間が経つにつれて、釧路で自分を苦しめた様々なことから遠ざかって行くのが何より嬉しかった。酒や女、そして釧路での自分の名声は、文学のない生活の空虚を満たすことはできない——啄木は、ついにそのことに気づいたのだった。明治四十一年（一九〇八）一月から、かなりの数の短歌を「釧路新聞」に発表していたが、自分が物書きとして唯一成功する道は小説家になることだと啄木は確信していた。難なく一気に作った詩歌を、啄木はわざわざ日記に書き留めることはなかった。こうした詩歌は保存するに値しないと思っていたようである。現在残っている初期の詩歌は、一般に批評家たちによって無視されるか、習作の域を出ないものと評価されている。しかしこれらの詩歌は、やがて啄木に名声をもたらす礎となった。

　啄木が船上で詩歌を作ったとしても、それはすでに散逸している。円熟と言っていい詩歌を啄木が書き始めたのは、北海道を離れた後になってからである。四月七日、啄木は函館に到着した。大火以来、初めて見る函館だった。翌日、宮崎郁雨を訪ねた啄木は、「相見て暫し語なし」と日記に記している。啄木の家族は、一別以来、啄木が釧路へ呼び寄せてくれるか小樽で一緒に住むのを待っていた。そしてその間、啄木の家族を飢えから救っていたのは宮崎だった。数カ月に及ぶ離れ離れの生活の後、家族は当然ながら啄木と一緒に暮らすことを望んでいた。しかし函館到着の二日後、宮崎は啄木に、北海道に留まらずに東京へ行くよう勧めた。東京は、作家が仕事を見つけることのできる唯一の場所だった。宮崎は、啄木が東京の文学界で活躍できる十分な天分に恵まれていると確信していたようだ。

　家族を置き去りにするという宮崎の提案に啄木は異を唱えなかった。事実、啄木は東京に戻ることを何よりも望んでいたのである。その提案は幸いにも、啄木でなく宮崎から持ち出された。啄木の家族は、これまで自分たちが受けた恩恵のことを考えれば、宮崎の助言に従わざるを得なかった。皆を置いて東京へ行くつもりであることを、啄木が自分の考えとして家族に納得させるのは遥かに困難であったに違いない。

おそらく宮崎が東京行きを勧めたのは、友人を作家として成功させたいという望みだけが動機ではないだろう。宮崎は啄木の妻節子が好きだったし、ついには節子の身代わりででもあるかのように節子の妹と結婚している。しかし啄木には、宮崎の意図を疑う理由は何もなかった。宮崎は啄木の最も親しい友人であったばかりでなく、最も気前のいい恩人だった。

二人の意見は、啄木の家族を小樽から函館に移すことで一致した。宮崎の家族が住む函館にいれば、宮崎も節子たちの面倒が見やすいからだ。四月九日、最終的な計画がまとまった——啄木は一人で東京へ行って二、三カ月滞在し、作家として身を立てる。(1) 家族は宮崎の庇護(ひご)の下で函館に残り、啄木が成功した暁には家族が一緒になる、と。(2)

四月十三日、宮崎は、小樽から函館に家族を連れて来るのに必要な金を啄木に渡した。啄木は小樽で六日間を過ごし、引っ越しの準備を整えた。しかし日記は意外にも、家族と過ごした日々については事務的な記述しか残していない。妻と母に会った喜びを表わすお決まりの文句も、やがて来る別離の悲しみの言葉さえも記されていない。唯一の「人間味」ある記述は、京子がよちよち歩きを始めたことの嬉しさに触れた一節だけである。十九日、啄木と家族は小樽を出て函館へ向かった。翌日、函館に着いてみると、新しい住居には「米から味噌（みそ）から」必要なものすべてが揃（そろ）っていた。[3]四日後の二十四日、啄木は家族に別れを告げ、宮崎からもらった金で横浜行きの船の切符を買った。啄木は日記に書く。

> 老母と妻と子と函館に残つた！　友の厚き情は謝するに辞もない。自分が新たに築くべき創作的生活には希望がある。否、これ以外に自分の前途何事も無い！　そして唯（ただ）涙が下（くだ）る。唯々涙が下る。噫（ああ）、所詮（しょせん）自分、石川啄木は、如何（いか）に此世（このよ）に処すべきかを知らぬのだ。
> 犬コロの如（ごと）く丸くなつて三等室に寝た！[4]

四月二十七日、啄木は横浜に到着した。ただちに与謝野鉄幹[5]に電報を打ち、翌日訪問することを報（しら）せた。二十八日、東京に向かう汽車に乗った啄木は、北海道での長い冬の暮しの後だけに、周囲の樹木の緑、草の緑に声を上げて小躍りしたいほど驚いたという。「予（よ）の目は見ゆる限りの緑を吸ひ、予の魂は却（かへ）つて此緑の色の中に吸ひとられた。やがてシトシトと緑の雨が降り初めた」[6]。しかし地方の町で数年間を過ごした後、久しぶりに大都会に戻った啄木は、一抹の不安を感じたことを告白している。

その日の夕方、啄木は与謝野家を訪ねた。三年前によく訪れていた書斎は、見たところ何も変わりはなく、机も本箱も座布団もまったくそのままだった。本箱に格別新しい本がないのが鉄幹の生活に余裕がないことを示していた。啄木は、鉄幹の風采が変わったことにも驚いている。この三年間で見るからに年老いた感じがした。亀甲形の「馬鹿にあらい模様」の絣の着物を着て、裾の下からは襦袢が二寸ほど出ていた。それは同じく不似合いな羽織と共に、古着屋に晒されていたもののように見えた。(7)

啄木は書いている。

> 一つ少なからず驚かされたのは、電燈のついて居る事だ。月一円で、却つて経済だからと主人は説明したが、然しこれは怎しても此四畳半中の人と物と趣味とに不調和であつた。此不調和は軈て此人の詩に現はれて居ると思つた。そして此二つの不調和は、此詩人の頭の新らしく芽を吹く時が来るまでは、何日までも調和する期があるまいと感じた。(8)

日記は続く。

与謝野氏は、其(その)故恩師落合(おちあひ)氏[9]の遺著〝言の泉(ことはいつみ)〟[10]の増補を合担して居て、今夜も其校正に急がしかつた。〝これなんか、御礼はモウ一昨年とつてあるんだからね。〟印刷所から送つて来た明星(みやうじやう)の校正を見ると、第一頁から十二頁までだ。これでも一日の発刊に間に合ふかと聞くと、否、五六日延(のび)るであらう。原稿もまだ全部出来てないと答へた。そして〝先月も今月も、九百五十部しか刷らないんだが、……印刷費が二割も上つたし、紙代も上つたし、それに此頃は怎(どう)しても原稿料を払はなければならぬ原稿もあるし、怎しても月に三十円以上の損になります。……外の人ならモウとうにやめて居るんですがねー。〟[11]

鉄幹は、最近の小説のことに話を移した。その批評は延々と続き、啄木はほとんど口を挟むことができなかった。鉄幹はしきりと漱石を激賞したが、朝日(あさひ)新聞に連載されている島崎藤村の『春(はる)』は口を極めて罵倒(ばとう)した。「自然派などといふもの程愚劣なものは無い」と鉄幹は言った。鉄幹は、晶子夫人も小説に転ずるつもりで、鉄幹自身も来年あたりから小説を書くことを考えているが、それは藤村の小説の失敗の手本を見てからにすると言う。[12]「明星」の売上げが落ちたことに落胆し、夫妻とも詩歌を断念して小説を書こうと考えていた。啄木は、これについて次のように評している。

予はこれ以上聞く勇気がなかつた。世の中には、尋常鎖事(ママ)の中に却(かへ)つて血を流すよりも悲しい悲劇が隠れて居る事があるものだ。(中略)予は、たとへ人間は年と共に圭角(けいかく)がなくなるものとしても、嘗(かつ)て〝日本を去るの歌(ママ)(13)〟を作つた此詩人から、愨(かく)の如き自信のない語を聞かうと思つて居なかつた。

啄木が鉄幹を崇拝しなくなってから久しかったが、鉄幹は未(いま)だに文学界の重鎮だった。鉄幹の長広舌(ちょうこうぜつ)に、啄木はいつものように興味があるふりをして聞き入らざるを得ないものを感じた。同様にして鉄幹に歌の添削を頼むことはあったが、今の鉄幹には自分の歌の半分しか解(わか)らないと啄木は思った(14)。添削を依頼するのは、かつて世話を受けた先輩に対する礼儀だった。もはや鉄幹を頼りにできないことを、啄木は率直に書いている。

与謝野氏の直した予の歌は、皆原作より悪い。感情が虚偽になつてゐる。所詮標準が違ふのであらうから仕方がないが、少し気持が悪い(15)。

四月二十九日、より気の合った昔の仲間に啄木は再会した。盛岡中学の先輩で親友の金田一京助である。二人は初めて岩手弁でなく東京の言葉で話したが、それは二人とも自分を東京人であると思っている証拠だった。金田一は成功しているようで、新調の洋服を着て、髪も西洋風に七三に分けていた。啄木はいつものように着物姿と、風采はまったく違っていたが、それは二人の友情に何の影響も与えなかった。二人は未明の二時過ぎまで話し込んだ。

　鉄幹の家に厄介になっていた啄木は、鉄幹と子沢山の家庭に愛憎なかばする気持を抱いていた。五月二日、鉄幹が用事で外出した際に、啄木は晶子といつもより自由に話す機会を得た。晶子は、しかし「明星」の運命については鉄幹同様に自信がなく、今年の十月で満百号になるので、それで廃刊にするつもりだと言った。これは晶子にとって辛(つら)い決断だった。しかし明治三十三年（一九〇〇）の創刊以来、新しい詩歌の最も重要な発表の場として認められてきた「明星」も、この頃には赤字がかさむばかりとなっていた。「明星」に詩歌が掲載されることは、啄木のような若い詩人たちにとっては励みになったし、少なくとも創刊当時の鉄幹は新しい詩歌の敵と果敢に戦い、革新に味方する擁護者としての役割を果たしていた。それが今や新詩社(しんししゃ)と与謝野家は、晶子の筆一本に支えられていた。「明星」は完全に晶子の支配下にあり、鉄幹は過去の業績のためにかろうじて編集長として雇われているようなものだった[16]。

同日午後、啄木は森鷗外宅の歌会に出席した。鷗外は今では詩人として知られていないし、また、陸軍軍医総監の鷗外が歌会で若い詩人たちの仲間入りをしている姿は想像し難いかもしれない。しかし鷗外はこうした歌会を定期的に催し、優れた若い詩人たちを招いていた。啄木を鷗外に紹介したのは鉄幹である。色が黒く、立派な髭をたくわえ、体格の堂々とした鷗外に、啄木は最初は圧倒される思いだった。「誰が見ても軍医総監とうなづかれる人であつた[17]」と啄木は書いている。しかしその堂々たる風采にもかかわらず、鷗外は自ら歌会を主催するばかりでなく、そこに参加して歌を詠むことを楽しんでいた。

その日の客は、学者の佐佐木信綱を始めとして、伊藤左千夫、平野万里、吉井勇、北原白秋、そして鉄幹と啄木で、万里を除けば著名な歌人ばかりだった[18]。その日の歌会の規則は、「角」「逃ぐ」「とる」「壁」「鳴」の五字を結んで、一人が五つの歌を作るというもので、これらの一見関係ない文字を取り入れて、それなりの歌を作る技術を競った。鷗外が勝者で十五点、万里が十四点、啄木、鉄幹と吉井がそれぞれ十二点だった。優れた歌人の伊藤左千夫はたった四点で、歌学の東大講師である信綱がたったの五点だったことを啄木は気の毒がっている。鷗外は歌会の前に、皆に「立派な洋食」を振る舞っていた。自分が最高点をとったのは「御馳走のキキメが現れたやうだね」と鷗外は哄笑した。散会して別れる際に鷗外は言った。「石川君の詩を最も愛読した事があつたもんだ(19)」。

五月四日、啄木は上京以来厄介になっていた与謝野家を出て、金田一の住む下宿屋に移った。窓を開くと、手も届かんばかりのところに数株の青竹と、公孫樹（イチョウ）の若樹が生えていた。啄木は、新緑に囲まれている心地よさを感じた。もはや他人の家の厄介になっていないのが何よりも嬉しかった。今夜から東京の自分の部屋で寝るのだと。

啄木は当然のことながら、今や同じ下宿屋に住んでいる金田一と頻繁に会った。啄木は書いている。

金田一君といふ人は、世界に唯一人の人である。かくも優しい情を持つた人、かくも浄らかな情を持つた人、かくもなつかしい人、決して世に二人とあるべきで無い。若し予が女であつたら、屹度この人を恋したであらうと考へた(20)。

この旧友の間近にいることで、啄木は新聞記事を書いていた時には必要でなかった創造的な力を取り戻した。その力は、刻一刻と戻ってきた。
しかし啄木は、どんな種類の文学作品を書くべきなのだろうか。何年も真剣に詩歌を作ったことがなかったにもかかわらず、鷗外が敏感に察したように啄木の天分は並外れていた。だが、詩歌を書いても大した収入にはならず、まったく原稿料が払われないことさえ詩歌の場合にはよくあった。有名な雑誌に詩歌が発表されたという栄誉だけで、新人は満足しなければならなかったのである。しかし、ぜひとも金を必要としていた啄木は、小説家になるほかないと心を決めていた。小説は、いい原稿料が得られる唯一の表現形式だった。しかし、どんな種類の小説を書いたらいいのだろうか。自然主義か、ロマン主義か。啄木は、「予は自然主義を是認するけれども、自然主義者ではない」と書いている。様々に可能なスタイルを比較検討した結果、理由を明らかにすることなく啄木は、「象徴芸術」が有力となるだろうと結論づけている。[21]
こうした啄木の文学的考察は、五月八日に短篇『菊池君(きくちくん)』を書き始めた時には何の役にも立たなかった。啄木本来の書き方のスタイルは、詩であれ散文であれ場面や会話をたちどころに活写する、いわば本質的に即興詩人のものだった。どんな形式であれ、主題は啄木自身になる傾向があった。自伝的な回想であれ、また瞬時にして消える何か対象の見事な再現であれ、それは変わることがない。啄木の散文の基本的な構造は、時間の推移がもたらす変化を捉えることにあり、それは日記も小説も同じである。しかし小説の筋を組み立てたり、登場人物を創造したりすることは、啄木は苦手だった。

虚構の作品を書き始めた時のことを、啄木は次のように書いている。

> 書きたい事は沢山ある。あるけれどもまだ書かうと思ふ心地がしない。（中略）漸々三枚書いた。書いてる内にいろいろと心が迷つて、立つては広くもない室の中を幾十回となく廻つた。消しては書き直し、書き直しては消し、遂々スツカリ書きかへて了つた。自分の頭は、まだまだ実際を写すには余りに空想に漲つて居る。[22]

当初、啄木は会話を書くのがうまく行かず、特に女性の言葉遣いが苦手だった。五月十二日、昼までに三枚しか書けなかった啄木は、その日は執筆を休むことにした。その夜、すでに書いたところまで『菊池君』を読んでみて、たまらないほど厭になった。

> 恰度、自分の顔の皮を剝いで鏡にうつした様で、一句一句チットモ連絡がなく、

まるで面白くも何ともない事を、強ひてクッ付けて、縄でからげた様で、焼いてでもしまひたくなつた。然し、これは詰り頭の疲れたせいだと思ひ返して寝る。[23]

翌日、あらためて『菊池君』の原稿を読み返してみて、今度は自分が書きたかったことがそのまま書かれていると思った。昨晩読んだ時、なぜあんなにひどく見えたのか不思議だった。啄木の最大の問題は、物語の側面的な部分に力を入れてしまう傾向があることだった。

　初め菊池君だけ書かうと思つたのが、何時しか菊池君とお芳の事を書く気になり、今日からは寧ろ釧路のアノ生活を背景にして、叙説者自身と菊池君との間に、或関係の生じて行く所、——詰り人間と人間の相接触して行く経路——を主眼として書いた。初め四十枚位と思つたのが、今日の勢ひでは百枚以上になりさうになつた。[24]

もともと『菊池君』は、啄木が釧路で知り合った一人の不運な新聞記者の物語として意図されたものだった。しかし書くにつれて「菊池君」本人に対する関心が失せ、作品は啄木の日記から取られた素材で埋められるようになった。

『菊池君』の冒頭は、次のように始まっている。

> 私が釧路の新聞へ行つたのは、恰度一月下旬の事、寒さの一番酷しい時で、華氏寒暖計が毎朝零下二十度から三十度までの間を昇降して居た。停車場から宿屋まで、僅か一町足らずの間に、夜風の冷に頤を埋めた首巻が、呼気の湿気で真白に凍った。[25]

少し変えてはあるが、ほとんどすべてが啄木の日記からそのまま取られたものである。

菊池が雇われている競合紙「釧路毎日新聞」のことは、菊池が主人公であると思い出させる時でも大して関心の対象になっていない。その一方で、すべてのページが啄木の釧路での生活の記憶から成っていて、時には実名のままの登場人物が出て来る。最終的に啄木は『菊池君』を全面的に書き直す必要があると決め、結末を書かないまま原稿を中断し、すぐに『病院の窓』をはじめ四つの小説を書き始めた。書いた原稿を雑誌に持ち込んだが、すべて拒絶され（『病院の窓』の原稿は翌年二月に売れた）、啄木の生前に活字になることはなかった。

自伝的小説の限界から抜け出す何らかの方法を外国文学に見つけようとしたのか、『菊池君』を断念して間もない五月二十日、啄木はツルゲーネフの『その前夜』を読み始める。半分ほど読んだ後、啄木は興奮して叫ぶ。

　どの人物も、どの人物も、生きた人を見る如くハッキリとして居る書振り！　予は巻を擲つて頭を掻むしつた。心悪きは才人の筆なる哉。

翌々日、『その前夜』の続きを読んだ啄木は、インサロフとエレネの熱き恋に頭を掻き乱され、部屋の中を転げまわった挙句、「ツルゲーネフ！　予の心を狂せしめんとする者は彼なり」と書いた手紙を、金田一の部屋に届けた。

心配した金田一は、急いで啄木の部屋にやって来た。啄木は錯乱する頭で「ツルゲーネフの野郎」と叫んだ。そして、『その前夜』に匹敵する作品を必ず今年中に書くと宣言する。翌日、『その前夜』を読み終わった啄木は、ツルゲーネフを「十九世紀の文豪」と呼び、自分自身については「予は遂に菊坂町の下宿に居て天下をねらつて居る野心児[26]」だと日記に書いている。この事実を認めた上で啄木は、「彼は死んだ人で、予は今現に生きてゐる」という考えに勇気を得る。続けて啄木は書く。

彼は小説をあまりに小説にし過ぎた。それが若し真の小説なら、予は小説でないものを書かう。

予は、昨夜彼と競争しようと思つた事を茲に改めて取消す。予の競争者としては、彼はあまりに古い、話上手だ、少し怠けた考を持つて居る。予は予の小説を書くべしだ。(27)

ツルゲーネフについてこうした意見を記してから、啄木は伝統的な小説の主人公と現代の小説の主人公の人生を比較し、それを図示している。両者の大きな違いは、現代の小説の主人公が数多くの恋愛をした後にたどる人生が、失恋、結婚も含めて複雑化していることだった。残念ながらこれらの図式は、啄木が小説の傑作を書く手助けにはならなかった。

ヨーロッパの文豪の邦訳を読んだ際に受けた啄木の衝撃は、多くの日本の作家に共通する反応だった。日本人は、世界で最初に書かれた小説として『源氏物語』を誇ることができたが、(28)明治時代の小説には、ツルゲーネフや他の十九世紀の文豪たちが書いた、主人公に備わっている性格の描写が欠けていた。一時はツルゲーネフに挑戦して『その前夜』に匹敵する深みのある小説を書こうと思った啄木も、やがて自分が人間について十分に知らないことに気づいた。啄木は極めて早熟だったが、ヨーロッパの文豪に匹敵するものを書くには、あまりに若く世間知らずだった。

啄木は、ツルゲーネフを過去の作家として切り捨てることで自らを慰めた。自分は現代の人間として現代のことを書こうと啄木は思った。しかし残念なことに、錯綜した複雑性を備えた現代の小説を書くには、啄木の世界はあまりに小さく、また世の中の中心から離れ過ぎていた。釧路での小奴との情事の体験は、仮に小説に仕立てたとしても、現代の小説というよりは浄瑠璃か戯作の域を出なかったろう。節子との関係は素材として見込みがあったかもしれないが、それが悲劇的関心を呼ぶとすれば、啄木自身の生涯の最後に近づいてからだろう。その時まで啄木は、自分の妻について記憶すべきことをほとんど語っていない。

おそらく日記は啄木の最も素晴らしい散文だったが、生前に世間に知られることはなかった。繰り返し日記を小説の素材に使おうとしたが、日記を読めば過去の自分が現在よりいかに幸福だったかを考えて、かえって惨めな思いになった。日記の五行か十行を読むだけで啄木は堪えられないほど気が滅入った。

日誌を投げ出しては目を瞑つた。こんな悲しい事があらうか。読んでは泣き、泣いては読み、これではならぬと立つて卓子（机）に向つた。やがて心が暗くなつて了つて、ペンを投じて、横になつて日誌を読んだ。かくする事何回かにしてこの一日は暮れた。

身一つ、心一つ、それすらも遣場のない今の自分！

〝死〟といふ問題を余り心で弄びすぎる様な気がするので、強いてその囁きを聞くまいとするが、何時かしらその優しい囁きが耳の後から聞える。敢て自殺の手段に着手しようとはせぬが、唯、その死の囁きを聞いてゐる時だけ、何となく心が一番安らかな様な気がする。[29]

啄木は、シェイクスピアの“To be, or not to be?”（生か死か）を引用してもいる。[30]特に絶望に暮れた日など、走ってくる電車の前に身を投げようと思ったこともあった。[31]啄木の憂鬱の原因は、生計を立てられると思った小説が失敗したことにあった。貧困は啄木の運命であるかのようだった。金がなくて煙草一本さえ買えない時もあった。一文無しになり、なんとか夕方まで喫煙欲と闘って、ついにその禁欲に堪えられなくなった啄木は、友人に金を貸してくれるように頼んだが、その友人も一文無しだった。

悄然（しょうぜん）として帰って来ると、かつて頼まれた歌稿の添削料が切手で届いていた。啄木はその切手を煙草銭に換えた(32)。また最後の財産である英和辞書を売って、電車賃と煙草代をこしらえたこともある(33)。

五月下旬、函館から間もなく満一歳半となる娘の京子が病気との報せを受けた。最初の手紙では、医者は京子の熱の原因は奥歯が生えるためだと診断したという。この診断に満足しなかった家族は、別の医者に見せた。翌々日の早朝届いた手紙では、この医者がもっと深刻な脳の病気によるものだと診断したと伝えてきた(34)。啄木は、なんとしても京子のもとへ駈（か）けつけたかったが、旅費がなかった。啄木は二番目の手紙を受け取る直前に不吉な予兆を感じたことを日記に書き留めている。

　昨夜は日誌をかいてから、不図（ふと）頭に浮んだ詩の断片二つ三つ書きつけて寝た。
　六時半何やら夢を見て居て、何の訳ともなしに目が覚めると、枕元（まくらもと）に白いきものを着た人が立つて居る(35)。

これは幽霊ではなくて、食前の散歩のついでに啄木を起こしてあげようと思って立ち寄った知り合いの娘だった。起きるや否や受け取った宮崎郁雨からの至急便で、啄木は京子が高熱で昏睡状態にあることを知らされた(36)。

啄木の頭は凍りついたようになった。とりあえず節子に手紙を書き、前夜書きつけた詩の断片と手紙を持って金田一の部屋に行った。その詩の断片の一つに、たまたま、幼児の墓を二十年ぶりに訪れた父のことを語る内容のものがあった。金田一と話しているうちに、京子は決して死なないと啄木は心に決めた。しかし啄木は、「小説を書く日ではない!」と日記に記し、午後三時頃までに八篇の詩を書いた。前夜の断片をもとに作ったと思われる最初の「小さき墓」は、京子が死ぬかもしれないという啄木の恐怖を語っている。その散文詩は次のように始まる。

彼は今帰り来りぬ、ふるさとの
古木の栗の下かげに。——
そが下に稚児こそ眠れ、二十とせを
父が手向の花も見ず(37)。

He has come home again, to his *furusato*, to the shade of an old chestnut tree. ——

Beneath it, a child is sleeping. She has not seen the flowers
Her father has offered for twenty years.

直接には京子の病気に触れていないが、詩を書きながら啄木は胸を抉(えぐ)られるような心地がしたという。この詩だけは残し、あとの七篇を与謝野鉄幹に送った。(38) 六月十六日、啄木は古い歌七十首ばかりを清書し、自分が生まれた時の姓を使った「工藤甫(くどうはじめ)」の筆名を記して佐佐木信綱に送った。(39) 啄木は、詩人として新たに生まれ変わろうとしていた。

京子は無事病気から回復し、啄木は毎週のように歌会に出席し始めた。こうした歌会で作られた歌は、めったに活字になることはなかったが、啄木は容易に新しい歌を作ることができたし、作った歌がそのまま散逸してもどうということはなかった。六月二十三日の夜、啄木は枕についてから歌を作り始めた。興が刻一刻と盛んになって、ついに徹夜した。翌日数えてみたら百二十首余もあった。二十三日から五日間に啄木が作った歌は二百六十首を超えた。(40) まるで呼吸でもしているかのように、歌は次から次へとできた。啄木は二十四日に百首ほどを鉄幹に送った。(41) それまで短篇はどの雑誌からも拒絶されていたものの、この時の歌は百十四首が「明星」七月号に掲載された。

その中には啄木の最も有名な歌の幾つかが入っている。[42]これらの歌の成功は当然のことながら啄木の励みとなった。しかし、わずかな収入しかもたらさず、日々の生活は相変わらず金田一の親切に頼るほかなかった。六月二十七日、啄木は自らに問いかける。

噫(ああ)、死なうか、田舎(ゐなか)にかくれようか、はたまたモット苦闘をつづけようか、？
この夜の思ひはこれであつた。何日(いつ)になつたら自分は、心安く其日(そのひ)一日を送ることが出来るであらう。安き一日!?[43]

七月十六日、千駄ヶ谷(せんだがや)で開かれた歌会の後、場所を与謝野宅に移して徹夜会が催された。真夏というのに、啄木は綿入(わたい)れしか着るものがなかった。恰好(かっこう)は哀れだが、歌の得点は啄木が一番となった。[44]詩歌は啄木が生きている証(あかし)だった。また啄木は、啄木の詩歌の崇拝者だという女性二人からの手紙に別の安らぎを与えられていた。

最初の手紙は菅原芳子(すがわらよしこ)からのもので、啄木が会ったことのない九州に住む女性だった。二人の文通は、芳子から来た絵葉書で始まった。啄木は六月二十五日の日記に、「豊後臼杵町(ぶんごうすきまち)なる菅原よし子氏から絵葉書」とだけ記している。また、「筑紫(つくし)[45]なる菅原よし子に手紙かいた」と記された二十九日の日記では、啄木はもっぱら死の瞑想にふけっている。七月七日に届いた芳子の長文の手紙は興味深いものだった。芳子は幼い時から詩歌が好きで、兄弟のいない一人娘であることを残念がっていた。もし親の面倒を見る兄弟がいたなら、すぐにでも東京に出て、啄木の門弟になりたいと書いてあったという。その夜、啄木は芳子の夢を見た(46)。ほかに何も考えることができなかった。

小説の稿もつぎたくない、本を読んでも五六行で妄想になる。遂にペンを取つて消息を認めた(47)。ペンを置いた時は二時。主に歌の事をかいた。そして歌を八首かきつけた。

七月七日の夜から書き始めたこの手紙は、長文で情熱的である。前半では日本における詩芸術の衰退をめぐって専門的な立場から懸念を述べ、その証拠として森鷗外宅での歌会にもわずかな歌人しか集まらないことを挙げている。与謝野晶子でさえ最盛期を過ぎたと考えていた啄木は、特に女性歌人が不足していることを心配し、芳子に「明星」系列下の自分の仲間に加わるようほのめかしている。それが芳子の歌の励みになるかもしれず、啄木は六月二十九日に書いた手紙で芳子が送ってきた歌を添削してもいる。[48]

芳子に宛てた八月二十四日の手紙は、それまでに増して情熱的になっている。

　君、わが恋しき君、我ら何故相見ること叶はざるか、これ私がこの頃夜毎々々の枕に常に繰返す疑問に候、君、何故に君と相逢ふこと能はざるか。われかくも君を恋して、然も何故に相逢ふてこの心を語り能はざるか、かくも恋して、何故に親しく君の手、あたゝかき手をとり、その黒髪の香を吸ひ、その燃ゆる唇に口づけする能はざるか！　更に、我かくも身も心も火の如く燃えつつ、何故にお身の柔かき玉の肌を抱き、その波うつ胸に頭を埋めて覚むる期もなからむ夢に酔うこと能はざるか！[49]

十二月に入って芳子への手紙に添えられた歌もまた、似たような趣を帯びている。

　待ち待ちしその一言をききえたるその日にこそは死ぬべかりけれ[50]

　A day when

I've heard you say the simple thing,
That you miss me so much,
That's the kind of day when
I should have died.

啄木は繰り返し、芳子に写真を送るように頼んだ。ついに写真が送られてきた時、啄木は日記に短く記している。「筑紫から手紙と写真。目のつり上つた、口の大きめな、美しくはない人だ(51)」。

芳子に対する当初の情熱は冷めたが、啄木は芳子を見捨てなかった。芳子の書く手紙と歌から、芳子が歌について自分と意見を交わせる相手であることに啄木は気づいていた。啄木が新詩社の短歌添削の会である金星会の主宰者になった後、「明星」に芳子の歌四首が掲載された。これは、無名の歌人として異例のことだった。その後も啄木は芳子に手紙を書き続けた。

手紙が生んだ二番目の「恋愛」は、やはりその年の後半に起こった。それは平山良子(ひらやまよしこ)という歌人からの手紙で、菅原芳子の友人と自己紹介していた。二十四歳、独身だという。良子は自分の歌数首を、啄木に添削してもらいたいと送ってきた(52)。啄木はただちに写真を送るよう頼んでいる。[53] 十二月一日、啄木は主に恋歌十三首から成る手紙を菅原芳子に送る一方で、十二月五日には平山良子に宛てて、微笑む美しい君の写真は自分の机の上に飾られていると書き、次のように続けている。

我は君をこよなく美しき人と思ひつ。かかる人と花やかなる電燈の下に語らはむことを願ひつ。さて又手をとりかはして巷をゆかば、行く人々皆二人を見かへるなるべしと思ひつ。さらば君は軽く笑ひて我を顧み給ふなるべし――こは我の妄想に候ぞ。[54]

この「恋愛」が無残にも崩壊したのは、菅原芳子からの手紙で、平山良子が実は平山良太郎という男性であることを知った時だった。啄木は、芳子に返事を書く。

平山さんのことお知らせ下され、お手紙の模様にて何かよからぬ噂にてもある人と想像、一笑いたし候。実はあの人より送りくれし大形のハデな写真、恰も友人数名来てゐた所へ着きしこととて、若き男共の口さがなく、色色と批評やら想像やらいたし候ひし事とて、どんな人かとおたづねせし次第。[55]

二人の「女性」に対する失望にもかかわらず、啄木の精神状態は次第に回復しつつあった。雑誌や新聞に数多くの歌が掲載された結果として、疑いもなく啄木は文学界で一躍有名になりつつあった。新聞「大阪新報（おおさかしんぽう）」からは、連載小説の依頼があった。八月二十二日、啄木は宮崎郁雨の父竹四郎（たけしろう）にその朗報を伝える手紙を書いた。しかし不思議なことに、長い間待ち望んでいてどうしても必要だった小説の依頼が来たことについて、啄木は喜びを表わしていない。いざその機会が巡ってくると、啄木は自分に長篇小説が書けるかどうか疑念を抱いたのかもしれない。しかし宮崎竹四郎に宛てた手紙は、連載小説がもたらすであろう「多大の収入」に触れ、啄木は、初秋のうちには家族を東京に呼び寄せられるかもしれないと考えている(56)。

十月二十四日、啄木は節子が小学校の教員の辞令を受けたことを葉書で知った。給料は十二円だった。自分の妻が働かざるを得ないことを啄木は恥じたが、しかし節子の給料で少なくとも再び一緒に暮らすまで家族は食べていくことができる。それは、宮崎郁雨だけに頼らずに済むということでもあった(57)。

「明星」の最終号が出たのは、明治四十一年（一九〇八）十一月六日だった。啄木は日記に書いている。

> あはれ、前後九年の間、詩壇の重鎮として、そして予自身もその戦士の一人として、与謝野氏が社会と戦つた明星は、遂に今日を以て終刊号を出した。巻頭の謝辞には涙が籠つてゐる。[58]

「明星」が失敗したのは、一つには著名な詩人数人が仲間から去ったことがある。しかし主な原因は、「明星」の特徴だったロマンティシズムに対抗して、詩歌におけるリアリズムがますます人気を得て来たからだった。依然として「明星」の伝統に忠実だった詩人たちは、解散とほとんど同時に「昴」という新雑誌の計画に乗り出した。[59]創刊（明治四十二年一月）当初の「昴」は常任の編集長を置かず、同人たちが交代で編集長を務めた。創刊時から詩欄の責任者に選ばれた啄木は、第二号では編集長になっている。

「昴」は、すぐに当代最高の作家たちを惹きつけた。詩歌のみならず、そこには小説や戯曲も掲載された。新雑誌の準備で啄木は狂わんばかりの忙しさだったが、同時に新聞の連載小説を毎日書くことを余儀なくされた。十二月、啄木は菅原芳子に長く無沙汰していることを詫びる手紙を書いている。

先月来、毎日、新聞の小説を一回分づつ書かねばなりません。それに十二月は印刷所が大変混雑するので、一月に出す『昴』を昨日までかかつて夜の目も合せずに編輯して了つたのです。（中略）『昴』は本屋からでなく直接に発行所から出すことになりました。そして私が多分公然と編輯発行人になる事となりませう。(60)

十二月五日、前述の手紙で啄木は同様のことを平山良子に知らせている。しかし（まだ良子が男性とは知らなかったので）、相変わらず情熱的な言葉をちりばめている。(61)

啄木は、八月二十四日に書き始めた小説『静子の悲』を新聞の連載小説に使うつもりでいた。(62)しかし「大阪新報」が他の作家の小説を買ったため、(63)いったん筆を措く。十月十一日に友人の「東京毎日新聞」記者(64)から新たに連載の話を得て、書きかけの『静子の悲』を二日後に再び取り出す。それが退屈で幼稚であると見極めた啄木は、筋立てを完全に変えなければならないと考えた。作品に複雑さと、より深みを持たせることで価値を高めようとし、事実、原形がわからなくなるほど作品に修正を加えた。稿を改めるとなると、元の題名は不適切なものとなった。一晩思案した後、題を『鳥の骸』としたが、これもまた、おもしろくなかった。悩んだ末、啄木は『鳥影』とすることにした。(65) 十月十三日夜から書き始めた作品は、「東京毎日新聞」に十一月一日から十二月末まで連載され、五十九回にわたって発表された。しかし、本として完成するには到らなかった。

啄木は、『鳥影』に満足しなかった。早くも連載二回目が掲載済みの時点で、途方に暮れ、絶望して日記に書いている。

　終日ペンを執つて、(二) の三を書改めた。そして遂に満足することが出来なかつた。全篇の順序を詳しく立てて見ようとした。遂に纏まらなかつた。(66)

ヨーロッパの偉大な小説と同じ規模の小説を書く希望は、啄木からはもう消えていた。代わりに啄木は、渋民村で旧知の金矢家について書くという、あまり野心的ではない題材を選んだ。これに先立つ六月十一日、思いがけず金矢光一が訪ねてきた。啄木は上京して以来初めて、まじりっけのない郷里言葉で話し、(67) 生れ故郷の記憶が目覚めた。十月十四日、金矢が再度訪れたまさしくその日の未明までに、啄木はちょうど『鳥影』を書き始めていた。それは金矢家をモデルに書かれた小説だが、「人物その儘とつたのではなく、事件も空想だが………七郎君と、光一君の母だけは、然し大分

その儘書かれる」ものだった。(68)

執筆を準備するにあたって、啄木は渋民村での最近の出来事や使われている言葉について調べた。『鳥影』は、山間にある小さな町の住民が近代化にどう対応したかを描いた自然主義小説に発展してもよかった。しかし啄木が書いた作品はそうした幅広い視野に欠け、小さな町の生活に対する興味深い的確な描写があるだけだった。啄木は、書きながらすでに作品に興味を失っていたようだ。作品は新聞小説としては失敗で、啄木の死後まで本にならなかった。

啄木は、『鳥影』の失敗で悲嘆に暮れたわけではない。明治四十一年は、啄木が日本で最も優れた歌人としての名声を確立した年である。『鳥影』の不評は失望には違いなかったが、啄木は日本で最も有力な文学雑誌の編集長兼発行人になろうとしていた。

第九章　朝日新聞の校正係となる

明治四十二年（一九〇九）元日、啄木にとって祝い事は何もなかった。年が明けて数えで二十四歳になったが、下宿屋の侘しい部屋は晴れがましい正月行事とは縁がなかった。東京は着飾った人々で賑わい、知人の家に年始まわりに行く者もいれば、街角では新年の挨拶が交わされた。多くの家ではおそらく家族が顔をそろえて伝統的な新年の雑煮を食べていた。東京で一緒に新年を祝う家族がいない啄木は、自分一人が「のけ者」にされたような気がした。啄木はひとり部屋にこもって母に手紙を書いた。この手紙は残っていないが、おそらく同じ日に日記に記した予言が述べられていたはずだ。すなわち、「今年が予の一生にとって最も大事な年――一生の生活の基礎を作るべき年である」。この予言が正しいことを、のちに啄木は立証した。母に送った手紙には正月の小遣いとして二円を同封した。(1)

午後、啄木は与謝野家を訪ね、新年の挨拶をした。屠蘇を飲み、夕飯を食べたが、その場の雰囲気は陽気ではなかった。未だに「明星」廃刊のことをくよくよと考えていた鉄幹は、創刊号が出たばかりの「昴」の将来について悲観的だった。いずれも文学仲間である客同士の会話は、もっぱら新雑誌の噂話に集中した。啄木は早めに席を立ち、平出修（一八七八―一九一四）の家を訪ねた。歌人で弁護士の平出は、やがて啄木の人生で重要な役割を演じることになる。ここでも「昴」の創刊が主な話題となった。発行名義人は啄木、発行所は平出の法律事務所である。

「昴」の編集長は、同人が毎月交代で務めることになっていた。誰が編集長になっても、その号の担当者が内容について全責任を負うべきだと啄木は平出に説いたが、これは鉄幹の意見でもあった。この日は八時頃に下宿に帰り、金田一京助とカルタを一回やった。啄木は日記で退屈な元日を振り返っている。「今日は何もせずに暮した。睡眠不足の為か、何となく閑散な、気のぬけた様な日であった」[2]。

　自分の一番大事な年になると予言した年の始まりとして、これは幸先のよいものではなく、翌日もたいしてよくなったわけではない。朝一番で鉄幹の友人の平野万里が訪ねて来て、各号の編集長が全責任を負うべしとの啄木の提案に難色を示した。午後になって歌人の吉井勇（一八八六―一九六〇）が訪ねて来た。二人で本郷の割烹店に行って飲むと吉井は酔って、「昴」のことや恋人が懐妊したことを語った。啄木は書いている。「哀れなる男だといふ感じが、予をしてそのくだらぬ気焔をも駁せしめなかつた」(3)。反駁する気にもならなかったというのだ。

その夜の金田一との会話の中で、啄木は平野万里との議論について触れている。

> 今迄平野を散々罵倒してゐたが今夜、それがあまりに小供染みてると感じた。ツマラヌ。一雑誌スバルの為に左程脳を費すべきではない。予は作家だ！(4)

啄木は、「明星」をも上回る新雑誌を作るのだという見込みに、もはや心をときめかさなくなったかのようだ。自分の意見が聞き入れられなかったために啄木は腹を立てていた。平野の態度は、新雑誌の同人仲間に共通する自分への軽蔑によるのだと思った。啄木は三日の日記に、まず吉井に宛てて書いた葉書の文面から引用して「モウこれから、僕は何人にも軽蔑されない、否、軽蔑する人には軽蔑さしておいて、僕は僕で其らの人を軽蔑してやる積りだ。ハハ……」と記して続ける。

> 長い事、然り、長いこと何処かへ失つてゐた自信を、予は近頃やう〳〵取戻した。

昴は予にとつて無用なものでなかつた。予はスバルのおかげで、今迄ノケ者にしておいた自分を、人々と直接に比較する機会をえた(5)。

啄木は「昴」との関係を過去形で語っていて、新たに生まれたばかりの雑誌と、すでに縁を切ったかのような書きぶりである。三日に平野が訪ねて来て一時間ばかりいて帰った後、平野に苛立(いらだ)つあまり日記に書いている。

この人には文学はわからぬ。人生もわからぬ。予はモウ此人(このひと)の大きい呿呻(あくび)におどかされぬであらう(6)。

同じ日、節子から封書の賀状が届いた。それには大晦日(おおみそか)に室料を払って五厘(りん)残(7)った、と記されていた。啄木は節子の言葉に恨みのようなものを感じ取っている。啄木が金を送ってくれなかったことに、明らかに節子は失望していた。啄木は書く。

予は気まづくなつた。あゝ、金は送らねばならなかつた。然し予は送りえたのであつたらうか？　今日は予の賀状がついて、いくらか我がいとしき妻も老いたる母も愁眉をひらいた事と思ふ。[8]

日記から判断する限り、函館にいる家族について啄木は少しも心配していない。時には、母と妻が金に困っているだろうという気持が心をよぎったには違いない。しかしおそらくそのような時でも、親切な宮崎が家族を飢えさせることはあるまいと思って、啄木は自分を安心させていたのだろう。

数日後、啄木の機嫌はよくなった。「昴」の同人たちが、不機嫌な啄木に自分たちが啄木を尊敬していることを示そうとしてか、毎号の編集長が内容について全責任を負うという啄木の提案に賛成したのだ。その上、平野がやると言っていた初心者向けの短歌の添削欄も、平野から取り上げた。啄木は八日の日記に勝利の叫びを記している。「予は勝った」[9]。平野は「昴」第一号の編集長で、第二号の編集長は啄木だった。

啄木の若さ、また正規の教育を満足に受けていない事実、小説家としての失敗などにもかかわらず、「昴」同人の中で啄木の存在がひときわ目立っていたのは、その詩歌が当時いかに高く評価されていたかを示すものである。歌会での啄木の歌は、常に飛び抜けて優れていた。また啄木は、他の詩人たちとも対等に付き合っていた。自分のライバルの中では特に北原白秋（一八八五―一九四二）を称賛し、他のライバルたちともよく飲みに行った。その中には伯爵家の次男である吉井勇もいた。やがて啄木は、吉井を無能な男だと軽蔑をもって見るようになる。[10] 数年にわたる苦難ののち、ついに啄木は成功への道を歩き始めたようだった。それまでの苦難をもたらしたのは、（小樽と釧路での）衝動的な喧嘩の結果でもあったが、雑誌に買ってもらえるような小説が書けないという点は変わりがなかった。

明治四十二年一月九日に森鷗外宅で催された歌会で、啄木の歌は最高点を得た。明らかに啄木は喜んだはずだが、翌日の日記に何の理由もなく記されたのは、友人のすべて、特に恩人である友人との絆を断つという啄木の決意だった。

自分の新たな姿勢を説明するため、啄木は小説『束縛』を書き始める。これは、友人を持つのは望ましくないことを論証しようとした作品だった。『束縛』の数枚を走り書きした後、日記を開き、一月十日の項に書いている。

> 束縛！　情誼の束縛！　予は今迄なぜ真に書くことが出来なかつたか?!
> かくて予は決心した。この束縛を破らねばならぬ！　現在の予にとつて最も情誼のあつい人は三人ある。宮崎君、与謝野夫妻[11]、そうして金田一君。――どれをどれとも言ひがたいが、同じ宿にゐるだけに金田一君のことは最も書きにくい。予は決

心した。予は先づ情誼の束縛を捨てて紙に向はねばならぬ。予は其第一着手として、予の一生の小説の序として、最も破りがたきものを破らねばならぬ。かくて予は(束縛)に金田一と予との関係を、最も冷やかに、最も鋭利に書かうとした。

そして、予は、今夜初めて真の作家の苦痛——真実を告白することの苦痛を知つた。その苦痛は意外に、然り意外につよかつた。終日客のあつた金田一君は十一時頃に一寸来た。予はその書かむと思ふことを語つた。予は彼の顔に言ひがたき不快と不安を見た。

あゝ、之をなし能はずんば、予は遂に作家たることが出来ぬ！　とさうまで思つた。予は胸をしぼらるる程の苦痛を感じた。真面目といふものは実に苦しいものである。惨ましいものである。予は歯ぎしりした。頭をむしりたく思つた。あゝ情誼の束縛！　遂に予は惨酷な決心と深い悲痛を抱いて、暁の三時半までにやつと二枚半許りかいた。

予は勝たねばならぬ。[12]

『束縛』は、友人についての情け容赦もない暴露小説ではなかった。冒頭は、「尾形」という名になっている金田一を褒める描写が半ばを占める。

　尾形は明けて二十八の文学士、交友の間には陰口一つ叩くものなく、優しい人で名が通つてゐる。それが、本人には男らしい所の無い人とも聞えるかして、余り喜んではゐないらしい。が、実際優しい、親切な、人に抗ふ事の無い、凡てに真面目に表はれる男で、先輩の評判も良く、声までが女の様な方と、二三度訪ねて行つた丈の下宿の女中までが言ふ。友人の十が八までは髯を立てたのを見て、近頃売薬の毛生薬を密乎買つて来て、朝晩怠らずに塗けてゐる。貼箋（ラベル）は綺麗に剝いで了つてあるから、薄い褐色の液を湛へた其瓶が机の上にあつても、それと気の付くものは誰もない。(13)

　これは一種の批評で、学者である金田一が秘かに流行のおしゃれをしようとしていることを暗に述べている。しかし、それが金田一と啄木を結びつけている「束縛」を断つ試みとなっているわけではない。髭を生やそうとしている友人を、啄木は単にからかっているように見える。啄木のようなユーモア感覚を持たない金田一は、これを友達でも越えてはならない秘密への侵害と解釈した。金田一は腹立たしげに書いている。

『束縛』は明かに私をモデルにしていて、而も私の弱さを、醜さを、無遠慮に抉剔して、十分私をして反省せしむるに足る、よき忠言であったかも知れなかったが、若かった私は、私の私事を、それは羞かしくて誰にも云い得ない、たった石川君にだけは白状していた内証ごと――実は人に隠してその当時、鼻の下へ毎日毛生液をつけていた、それを、暴露したものだった[14]。

金田一が驚愕したのは、二人の長い友情に終止符を打つという啄木の宣言だった。金田一には、自分が啄木の作家としての人生を妨げる「束縛」であるとは考えられなかった。二人は少年時代以来の友人で、およそ金持とは言えない金田一が金銭的に啄木を援助し続けたのは、啄木に対する揺らぐことのない友情に基づくものだった。金田一は、右の一節に続けて、「私は読み終えて、一生に恐らく唯一度、石川君に真赤に怒った」と書いている。金田一はやがて「束縛」というレッテルを貼られたことを忘れてしまったようだ。あるいはそうした啄木の言いがかりを、他の天才たちと同じような、社会の規範に合せて行動しない一時の狂気として片付けたのかもしれない。いずれにせよ啄木は、友情の絆を断つという自分の決心を間もなく捨てて、小説のテーマを、より苦痛を伴わないものに切り替えた。それは上京以来自分が経験したことのすべてを書くというものだった[15]。

自分が原因で起きた金田一の心痛に対して、啄木は謝罪しなかった。その代わりに、自分が「束縛」から自由になりたいという欲求をあまりにも率直に金田一に話したことを後悔していると日記に書いた。一月二十日、啄木は書いている。

友をえたなら、決してドン底まで喋(しやべ)つて了つてはいけぬ。互(たがひ)に見えすく様になると、イヤになる。人には決して底を見せるな。若(も)し底を見せて了つたらそれつきり絶交せよ。――あゝ、これは出来ぬことだ[16]。

啄木は人間嫌いの不愉快な症状にありながら、ほどなく金田一と仲直りし、二度とふたたび金田一を「束縛」と呼ぶことはなかった。しかしのちに『ローマ字日記』には、金田一が機嫌を損じることを承知の上で、次のように書いている。

Kindaiti-kun ga Sitto bukai, yowai Hito no koto wa mata arasowarenai. Hito no Seikaku ni Nimen aru no wa utagō bekarazaru Jijitu da. Tomo wa

Iti-men ni makoto ni otonasii, Hito no yoi, yasasii, Omoiyari no hukai Otoko da to tomo ni, Iti-men, Sitto bukai, yowai, tiisana Unubore no aru, memesii Otoko da.(17)

（金田一君が嫉妬ぶかい、弱い人のことはまた争われない。人の性格に二面あるのは疑うべからざる事実だ。友は一面にまことにおとなしい、人の好い、やさしい、思いやりの深い男だと共に、一面、嫉妬ぶかい、弱い、小さなうぬぼれのある、めめしい男だ。）

自分について書かれたこの記述を金田一が見たのは、啄木が死んだ後のことである。しかし啄木が生前、金田一の一番大事な仕事であるアイヌ語の研究について、「一体アイヌ語をやって何になるんです」と詰問した時、金田一はやはり同じように辛い思いをしたに違いない。金田一は、まるでいいい蹴られたような気がしたという。(18)啄木は、自分と友人たちを結びつけている「束縛」を断つことに成功しなかったが、それがいかに不愉快なことであるにせよ、友人および自分自身について一人の作家として真実を語らざるを得ないと考えていた。

一月二十日、啄木は「昴」に発表する小説の題を『足跡』と決めたことを日記に書いている。これは渋民小学校での教師としての生活を、率直にそのまま語った小説だった。啄木は五日間、今自分がやっているのは比類ないことだという信念に押され、熱に浮かされたように書いた。二十六日、啄木は書いている。

（足跡）は予の長篇——新らしい気持を以てかいた処女作だ。予はこれに出来るだけ事実をかいた。(19)

しかしながら、その第一回が「昴」に掲載されると、読者は啄木の「処女作」の独自性に打たれるどころか、それが何年も前に書かれた『雲は天才である』で扱った題材を焼き直したものに過ぎないという不満の反応を示した。『足跡』は特にある評論家から、木下杢太郎(20)や与謝野晶子の方が啄木より現代的だという痛烈な批評を受けた。(21)自分ではまったく新しいと感じていた作品に対する手厳しい嘲笑に傷ついた啄木は、『足跡』を未完のまま放棄した。(22)啄木は小説家として失格したかのようだった。

しかしながら啄木が年頭に、詩歌および散文の作家として最も輝かしい時期に入ると予言したのは正しかった。明治四十二年四月から六月にかけて、啄木は日本文学に前例のない作品『ローマ字日記』を書いた。翌四十三年十二月には、処女歌集にして最高傑作である『一握の砂』が刊行された。

『一握の砂』の献辞の草稿で啄木は、自分の最も親しい友人かつ最も根気強い「束縛」である金田一京助と宮崎郁雨の恩義に対して感謝の意を表明している。[23]だが、刊行された本の献辞の文句は、草稿に書かれていた文句と同じではない。啄木は、草稿の段階では明治四十一年（一九〇八）以来繰り返し自分を飢えから救ってくれた金田一と、自分の家族を同じ運命から救ってくれた宮崎に、初の短歌集[24]を捧げていたのである。[25]しかし刊行された本の献辞は、二人の友人の寛大さと自分の詩歌に対するこの上ない理解には感謝しているが、啄木と家族を飢えから救ってくれた二人の努力については何も触れていない。[26]

自分が二人の友人の金銭的な厚意にいかに頼っているかという事実を、啄木は読者に知らせたくないと思ったのかもしれない。啄木の貧乏はもちろん秘密ではなかった。それは着古した着物の状態からも明らかだったし、啄木が返す当てもない借金を平気で重ねてきた人間であることは文学界の誰もが知っていた。釧路を離れて以来の一年間、啄木の唯一の収入は新聞・雑誌に詩歌が掲載された時に受け取るわずかな金だけだった。この明治四十二年三月に啄木は朝日新聞に定職を得るのだが、それまで月給と言えるほどの月給を貰ったことがなかった。しかし定職を得た後もなお、相変わらず啄木は「借金」と質屋に頼っていた。ちょっとした金が手に入ると、啄木はそれを主に浅草(あさくさ)の映画館や売春宿で浪費した。だが、より大きな出費は書籍だったかもしれない。日記には、図書館や友人から洋書を借りた形跡はあまり見られないが、啄木がいかにたくさんの洋書を読んでいたか、我々は知っている。日記で明らかにしている以上に、啄木は洋書に金を注ぎ込んでいたかもしれないのだ。ふつうは買った書籍を二、三日で売っていて、これはかなりの失費というか無駄である。(27) もう一つ考えられる貧乏の原因は、長男としての義務を果たすための家族への送金だったかもしれないが、日記で見る限り、啄木はこの義務をそれほど果してはいなかった。

もし払わなければ追い立てを食うはめになる下宿屋の部屋代は、おそらく啄木にとって最大の出費だった。金田一は部屋代の援助をしたが、啄木は常に金を必要としていた。啄木に考えられる収入の当ては、雑誌に小説を書くか、『鳥影』を本にしてくれる出版元を探すかの二つしかなかった。どちらも試みたが、いずれも失敗した。啄木の小説は、(一つの例外を除いて) 持ち込んだ雑誌にことごとく断られ、紹介された出版社に『鳥影』を渡したが、一カ月間なにも返答はなかった。ついに面会の約束を取り付けたものの、啄木は二時間も待たされた挙句、ただ原稿を返されただけだった。(28)

こうした努力が金になるのを待っている一方で、啄木は東京朝日新聞の編集長佐藤(さとう)

北江(ほっこう)[29](一八六九—一九一四)に手紙を書き、自分と同じ盛岡中学の出身であることだけを頼りに、なにか職がないか問い合わせている。[30]意外にも、佐藤は啄木との面会を承知した。自分の能力を示す証拠として啄木は、それまで自分が記事を書いた新聞のリストと、雑誌「昴」を送った。明治四十二年二月七日、啄木は朝日新聞社で佐藤北江に面会した。佐藤は同じ中学を出ていたばかりでなく、啄木のように地方の新聞社で働いていたことがあった。こうした共通点が、おそらく面談の間に友好的な雰囲気を作るのに役立ったのだろう。佐藤はその場で採用と決めたわけではなかったものの、面談が順調に運んだという印象を得た啄木は、満面に笑みを浮かべて佐藤の部屋を出た。仕事を得られると直感したのだ。しかし、そこには見込み違いもあった。佐藤は面談の最初に「時に、あなたは、校正でも、やる気がありますか」と聞いた。記者として七カ月余の経験があった啄木は、今さら校正係に戻りたいとは思わなかったが、有名な新聞社で働くことで金銭的問題は解決するはずだった。

二月八日、啄木は別のところからよい報(しら)せを受け取った。出版社の春陽堂(しゅんようどう)が、啄木の小説『病院の窓』を二十二円七十五銭で買ってくれたのである。[31]これは、かねてから啄木の力になりたいと思っていた森鷗外が、親切に春陽堂に原稿を推薦した結果だった。出版社は小説を受け取っただけでなく、作品が活字化されたのは、結局、啄木の死後になったものの、ただちに原稿料を支払ってくれた。ついに小説が売れたのだ。喜んだ啄木は、北原白秋と浅草で祝いの乾杯をし、芸者を呼ばせた。春陽堂からの稿料は、翌朝には六円しか残っていなかった。

二月二十四日、長らく待っていた佐藤北江から手紙が来た。啄木は封を切り、夢中で手紙を読んだ。佐藤は、啄木が東京朝日新聞の校正係としての仕事を引き受けるかどうか尋ね、月給は夜勤も含めれば三十円以上になるはずだという。啄木はすぐさま承諾の返事を書いた。朗報を聞いた北原白秋は、啄木に黒ビールを奢（おご）った。その夜、陶然として帰宅した啄木は書いている。「暗き十ケ月の後の今夜のビールはうまかった[32]」。

翌二十五日、啄木は朝日新聞社に佐藤を訪ねた。仕事は三月一日からで、勤務時間は毎日午後一時から六時までと決まった。長い失業期間を経て、たとえ校正係であれ定職にありついた嬉（うれ）しさに、入社後の啄木は全力で仕事に打ち込んだ[33]。それに先立ち、与謝野家と函館にいる家族に葉書を出し、自分の生活の歓迎すべき変化を伝えている[34]。また、二月二十六日には、啄木は意外な贈物を受け取っている。坪仁子（つぼじんこ）からの電報為替二十円で、坪仁子とは、釧路で啄木が愛して捨てた芸者「小奴」の本名だった。

二月二十七日、宮崎郁雨から手紙が来た。手紙には啄木の母カツからの伝言が添えられており、それを読んだ啄木は、まるで心に「鉛——冷い鉛」を押し付けられたようになったという。[35] 啄木が定職を見つけたことを知った母カツは、何がなんでも三月に一人で上京すると言って来た。母の旅費を払う金も無ければ、住む場所も用意できない啄木は、絶望して叫ぶ。「ああ母! いとしい妻! 京子!」[36]。母カツが一人で上京するという手紙から啄木は、母と妻節子との間に気まずい関係が生まれたと想像したのではないか。しかし啄木は、母を東京へ招き妻と娘を函館に残すことはできなかった。

母から上京の意向を知らされた日の日記のすぐ後には、書店を訪ねた啄木が、オスカー・ワイルドの *Art and Morality*[37] に興味を惹(ひ)かれたことが書かれている。啄木は小奴から受け取った金のうち三円半を、その本の購入に使った。啄木は日記に書く。「何年の間本をかはぬ者の、あはれなる、あはれなる、あはれなる無謀だ!」[38]。

ワイルドに対する啄木の興味は理解できるが、ただ感謝の電報を出したという以外に、小奴の電報為替に対する気持を記していないのは不可解である。また上京して啄木と暮らすという母カツの決意に、なぜそんなに悩むのか日記で沈黙しているのは、真実を述べるという主張にもかかわらず、日記では何も語りたくなかったことを示している。啄木は、自分が深く関わっている問題について必ずしも饒舌(じょうぜつ)ではないのだ。

一方で、たぶん小奴が給金から割いて送ってくれた二十円が三月一日にはたったの四十五銭に減ってしまったという類の恥ずべき事実は躊躇なく記述している。

三月一日に朝日新聞で働き始めると、啄木は典型的な社員のような印象を与えようと心掛けた。まず名刺を頼み、電車の五十回券を買った。新聞社への往復の時間を無駄にしないように、車中でドイツ語を勉強することにした。また、煙草の本数を減らすと誓っている。朝日新聞の大きな建物に啄木は畏敬の念を覚え、そこで働くことを誇りに思った。広い編集局の到るところで電話の大きな声が飛び交う忙しい雰囲気に、啄木は眼が眩む思いだった。

校正係の初日は思ったより早く終り、五時頃に社を出た。電車で帰り、金田一と食事をし、銭湯に行った。こうした日課は、啄木が実際に典型的な会社員に変身したことを示している。しかし昔ながらの啄木も相変わらず健在だった。友人の並木武雄から時計を借り、質に入れて八円を作り、それで酒を飲んだついでにツケも払っている。(39)

啄木は時々、時計が質屋で埃をかぶっている姿を思い浮かべた。温厚な性格の並木から、時計を返してくれと頼む葉書が四月二十六日に届いた。時計を質屋から出す金を都合できない啄木は、いつになく憂鬱な気分に襲われ、『ローマ字日記』に書く。

Ah! Kesa hodo Yo no Kokoro ni Shi to yū Mondai ga chokusetsu ni sematta koto ga nakatta. Kyō Sha ni ikō ka ikumai ka.....iya, iya, sore yori mo mazu shinō ka shinumai ka?[40]

(ああ、今朝ほど予の心に死という問題が直接に迫ったことがなかった。今日社に行こうか行くまいか……いや、いや、それよりもまず死のうか死ぬまいか？)

自殺はしなかったが、時計を質から出したかどうかは記していない。たぶん並木は返却の引き延ばしを承諾したか、あるいは友情のために、時計を貸したのを忘れることにしたのではないだろうか[41]。生きるか死ぬか決められないような不安定な一時期があったにもかかわらず、朝日新聞に勤めていた啄木の数年間は概して快適で、多作だった。啄木は、校正の仕事を楽しむようにさえなっていた。

こころよき疲れなるかな
息もつかず
仕事をしたる後(のち)のこの疲れ[42]

What a good feeling of fatigue!
This fatigue after finishing my job
Without taking a breath!

朝日新聞社にいた時期に啄木が元気だったのは、もっぱら佐藤北江のお蔭(かげ)だった。佐藤はまるで兄のように啄木を見守っていた。啄木が金を使い果たした時など、給料の前借りをさせてやったり、自分の財布の中から貸してやったりした。啄木を世間に認めさせたいと思うあまり、東京毎日新聞に詩歌やエッセイを発表することも黙認した。(43) 啄木が他紙に書くことで朝日の読者が取られる可能性もあったのにである。佐藤は文学作品を読みたいという啄木の気持に好意的で、また啄木が一日休みをとって作品を書きたいと言うと快く許可を与えた。

この時期に読んだ作品の中で啄木が特に心を打たれたのは、「昴」第三号に発表された森鷗外の『半日(はんにち)』だった。啄木は書いている。「大した作では無論ないかも知れぬ。然(しか)し恐ろしい作だ――先生がその家庭を、その奥さんをかう書かれたその態度!」(44)。他の作家たちなら秘密にしておくような家庭内の秘密を描く鷗外の正直さは、嘘(うそ)のない真実から成る日記を書く可能性を啄木に示唆(しさ)したかもしれない。(45)

朝日の社員になってからの明治四十二年の最初の数カ月の日記は、仕事のことにほとんど触れていない。校正の仕事は、わざわざ日記で触れるほどにはおもしろくないと啄木は考えていたかもしれないが、家族を東京に呼び寄せるべきか否かという自分自身にとって重大な問題についても、日記は同様に沈黙を守っている。またこの頃は啄木が最もよく知られた短歌を数多く作った時期であるにもかかわらず、日記は自分が作っている詩歌をめぐる情報にもほとんど触れていない。

啄木は、今や自分を東京人と考えていた。しかしこの時期に詠んだ短歌からは、自分が首都に住んでいることを誇りにしている形跡は見られない。代わりに、それまで以上に啄木は渋民村のことを考えていた。三月十二日夜、雨の音を聴きながら啄木は父の寺に住んでいた頃の渋民村の静けさを思い出している。

あゝ、自分は東京に来てゐるのだ、といふ感じが、しみ〴〵と味はれた。そして妻や母のことが思ひ出された。かの渋民の、軒燈一つしかない暗い町を、蛇目をさして心に何のわづらひもなくたどつた頃のことが思出された。(46)

啄木の日常は確かに東京人の生活になっていたが、都会の塵埃の中にあって作る短歌は、渋民村での生活への郷愁に染まっていた。

啄木は自分が校正している原稿に興味がある時には、極めて有能な校正係だった。(47)しかし、それでも注意が散漫になることが多かった。絶えず小説家として成功するという妄想に囚(とら)われており、いったん小説の着想を得ると、ためらうことなく佐藤に病気休暇を願い出た。時には本当に病気の時もあったが、たいていの「病気休暇」は病床においてではなく机に向かって小説を書くことに使われた。あるいは、ただ職場の仕事に退屈したというだけで、啄木は一日の休暇を願い出た。四月十七日に書いている。

Kyō koso kanarazu kakō to omotte Sha wo yasunda —— ina, yasumitakatta kara kaku koto ni shita noda. (48)

(今日こそ必ず書こうと思って社を休んだ——否、休みたかったから書くことにしたのだ。)

明治四十四年（一九一一）に作った次の短歌は、こうした一日を思い出している。

途中にてふと気が変(かは)り、
つとめ先を休みて(49)、今日(けふ)も、
河岸(かし)をさまよへり。

On the way I suddenly changed my mind,
Gave up going to my office, and today too
Wandered the riverbank.

啄木は時々、四日も五日も続けて朝日新聞社に姿を見せないことがあった。しかしその間、終日小説を書いていたとしても、それが完成することはめったになかった。題名だけで終わる小説もあれば、着想が消えるまで取りとめもなく三、四枚を書く場合もあった。

朝日の編集部の人々は、啄木が休んでばかりいることに文句を言った。しかし佐藤は啄木を擁護した。啄木は大きな業績を上げることができると佐藤は信じ、あらゆる怠慢にもかかわらず啄木を朝日に置いておこうとした。

すでに述べたように、明治四十二年四月から六月の出来事は『ローマ字日記』に記

述されている。しかし『ローマ字日記』自体が一つの作品として完成しているので、稿を改めて次章で扱うことにする。明治四十二年後半、および明治四十三年の三月以前と五月以後の日記はない。啄木によって書かれた手紙がこの時期の生活に関する情報を提供してくれるが、当時啄木が書いていた文学作品については触れていない。

明治四十二年六月十六日、啄木は前年九月六日以来住んでいた下宿を出て、金田一が見つけてくれた本郷弓町(ほんごうゆみちょう)の床屋(とこや)の二階の二間に引っ越した。[50] 宮崎が送ってくれた十五円をその家賃に当てた。啄木は前の下宿屋に百十九円余の借りがあったが、金田一が保証人となって月賦(げっぷ)で返済することにした。すでに啄木は六月十日、宮崎と節子から手紙を受け取り、二人が京子と共に盛岡まで来ていることを知らされていたのである。これはおそらく、上京前に節子の家族に会うためだったろう。啄木の母カツも、すでに夫に会いに野辺地町へと行っていた。啄木は「ついに！」と思った。[51] この叫びが、自分の家族がやがて上京することに対する啄木の反応だった。

啄木は、家族に東京へ出発するように伝えた。十六日に鉄道の駅で待ち合わせ、その足で一家は新しい住まいに行って一緒に暮らすことになるのだ。前日の十五日、啄木は下宿屋での最後の夜を金田一の部屋で過ごした。[52] 二人の胸には、「異様な別れの感じ」があったという。二人は九カ月余、同じ下宿屋の隣人として過ごしたのである。

六月十六日の朝、啄木と金田一は上野駅のプラットホームで啄木の家族を出迎えた。汽車は一時間遅れて到着した。啄木の日記には、家族に会えた喜びを匂わすような言葉は一語もない。啄木が触れているのは、友人、母、妻、子と一緒に人力車で新しい家に着いたという事実だけである。[53]

啄木は、ようやく家族と一緒に暮らす住まいを得た。当時書かれた手紙の中で、朝日新聞での仕事についてはほとんど触れていないが、啄木の生活の大きな変化は明治四十三年（一九一〇）四月、朝日新聞が発行する全四巻の『二葉亭全集』の編纂者西村酔夢が朝日を辞職したことから始まった。前年十一月から啄木は、西村を手伝って『二葉亭全集』第一巻の校正に携わっていた。西村は第一巻の編纂の大半を終えていたが、残りの巻を編纂する編集者がまだ決まっていなかった。四月五日、啄木は西村から編纂者としての仕事を引き継いでくれないかと頼まれ、[54]二日後には主筆の池辺三山（一八六四―一九一二）から正式に全集の編纂者に指名された。これは一介の校正係にとって、めったにない昇進である。[55]啄木は第一巻の残りの編纂に従事し、第二巻の編纂を完全に任された。この驚くべき昇進が実現したのは、啄木の非凡な能力を認める他の朝日の社員たち（たとえば、夏目漱石ら）の後押しによるものだった。二葉亭四迷（一八六四―一九〇九）の大変な崇拝者である啄木はこの仕事を与えられたことを喜んだが、全集の編纂作業に加えて通常の校正係の仕事もこなさなければならなかった。

二葉亭の原稿の校正は厄介なものだった。啄木がこの全集の校正係として手掛けた最初の原稿は、二葉亭が自分の小説『浮雲(うきぐも)』に付した序文である。あまりに多くの疑問点を見つけたので、校正作業は永遠に終わらないのではないかと思った。第一巻の校正を終えたのは明治四十三年三月下旬(56)だが、この時すでに啄木は疲れ切っていた。啄木は、自分にとって割に合わない仕事を引き受けたが、お蔭で二葉亭という「非凡なる凡人」をよく理解することができたと、宮崎郁雨に手紙で伝えている(57)。

その後の編纂作業を順調にこなしたのは、啄木に校正の仕事以上の能力があった証(あかし)である。しかし結局、啄木はその仕事が自分に大した喜びを与えないことに気づいた。ただ、それは啄木に昇給をもたらした。

啄木は、もはや自分が小説家としては失敗者であると認めざるを得なかった。明らかに小説は、書く手段として啄木にふさわしいものではなかった。一方、短歌を作ることは啄木にとってあまりに自然で容易だったため、自分が持っている稀有(けう)な天分をあまり有り難く思わない時もあった。啄木は書いている。

Uta wo tsukuru. Yo ga Jiyū-jizai ni Kushi suru koto no dekiru no wa Uta

bakari ka to omō to ii Kokoromochi de wa nai.(58)
（歌をつくる。予が自由自在に駆使することのできるのは歌ばかりかと思うと、いい心持ではない。）

明治維新以来、日本の多くの詩人が短歌を断念した。ヨーロッパの詩歌のように出来事を効果的に語ったり、詩人の人生哲学を語ったりするには、短歌はあまりに短か過ぎるのがその理由だった。正岡子規の革新的方法は確かに俳句と短歌を絶滅から救った。しかし当時の著名な詩人たちは、ヨーロッパの詩歌の影響を受けて新体詩を書いていた。詩人たちには、伝統的な日本の詩歌の形式の規則から解放された思いがあった。だが啄木は、自分が言いたいことのすべてを三十一文字で伝えることに何ら困難を覚えなかった。すでに啄木は自分の短歌でも敗北を味わっていて、出版社に送った歌集をあっさりと拒絶されていたが、啄木の時代はすぐ目前に迫りつつあった。

第十章　傑作『ローマ字日記』

明治四十二年（一九〇九）四月三日の啄木の日記[1]に、初めてローマ字が登場する。すなわち日本語を書くにあたって、通常使われる漢字と仮名(かな)の組み合わせとはまったく異なる書き方である。啄木は、書き方を変更した理由を何も記していない。

ローマ字の文面は、次の通りである。

Kitahara-kun no Oba-san ga kita. Sosite kare no Sin-Sishū "Jashūmon" wo 1 satu moratta.

Densha-tin ga nainode Sha wo yasumu. Yoru 2 ji made "Jashūmon" wo yonda. Utukusii, sosite Tokushoku no aru Hon da. Kitahara wa Kōfukuna Hito da![2]

Boku mo nandaka Si wo kakitai-yō na Kokoromoti ni natte neta.[3]
（北原君のおばさんが来た。そして彼の新詩集〝邪宗門〟を一冊もらった。電車賃がないので社を休む。夜二時迄〝邪宗門〟を読んだ。美しい、そして特色のある本だ。北原は幸福な人だ。
僕も何だか詩を書きたいような心持になって寝た。）

ローマ字文のこの最初の例は、啄木がローマ字を書けることを証明したものに過ぎない。たぶん啄木は数週間ないしは数カ月前に練習を始めたのだろうが、いわゆる『ローマ字日記』を書き始めて間もなくの四月十二日の項に、日本語の音に対応するローマ字表記を自ら一覧表にした「国音羅馬字法略解」を日記に挿入している。

引用した日記の三日後、四月六日の項に書かれたローマ字は、慣れない表記法で書くことに進歩を見せている。この日の日記は、啄木がちょうど読み終えた北原白秋の詩集『邪宗門』に対する称賛を感動的に表現している。啄木が奇抜な方法で日本語を書いたのは、もしかすると、白秋の『邪宗門』という異国情緒ある詩集の題に反応したのかもしれない。ほどなく啄木は、他人に自分の日記を読ませないためにローマ字が役立つことを知るが、初めの頃に使われたローマ字は、秘密にすることを明瞭に意図したものではなかった。六日に書かれたローマ字文は、詩的表現のためではないが理解がやや難しい。

"Jashūmon" niwa mattaku atarasii futatu no Tokuchō ga aru: sono hitotu wa "Jashūmon" to yū Kotoba no yūsuru Rensō to itta yō na mon de, mo-hitotu wa kono Sishū ni afurete iru atarasii Kankaku to Jōcho da. Sosite, Zensha wa Shijin Hakushū wo kaisuru ni mottomo hituyō na Tokushoku de, Kōsha wa Kongo no atarasii Si no Kiso to naru-beki mono da........(4)

(〝邪宗門〟には全く新らしい二つの特徴がある。その一つは〝邪宗門〟という言葉の有する連想といったようなもんで、も一つはこの詩集に溢(あふ)れている新らしい感覚と情緒だ。そして、前者は詩人白秋を解するに最も必要な特色で、後者は今後の新らしい詩の基礎となるべきものだ……)

白秋が詩集の題として蘇(よみがえ)らせた「邪宗門」という言葉は、おそらく十六世紀か十七世紀の日本人が、当時日本に来た異端のキリスト教徒を罵倒(ばとう)する呼び名として考案したものだった。しかし白秋の詩は、この言葉に異国情緒の含みを持たせると同時に、三百年前の過去を呼び起こし、南蛮人（ポルトガル人）が日本にもたらした「禁制の宗教」の色合いと芳香の魅惑を伝えている。

この詩に啄木が称賛の意を示したのは意外である。啄木は自分が無神論者であると何度も言っているし、書くものには宗教に対する興味、とりわけカトリック教会の秘儀に関心を示した形跡は何もない。しかし啄木が魅惑されたのは、白秋の詩の言語と表象の美しさだった。同時に啄木は、オスカー・ワイルドを読んだことにも影響を受けていたかもしれない。

二月二十七日、すなわち白秋の詩を読む一カ月あまり前、啄木はワイルドの本 *Art and Morality*[5] を買っている。ワイルドに対する関心は、当時の知識人の間では珍しいことではなく、啄木はワイルドの作品についてある程度は知っていた。三月二日付の宮崎郁雨宛の手紙で、啄木は絶えず金がない状態にあり、贅沢を避けるという誓いにもかかわらず、自分がふらりと本屋に入り、ワイルドの高価な本を買う誘惑に駆られた経緯を書いている。かつて啄木は、ワイルドが近年の英国の詩人の中で世紀末の雰囲気に彩られた哲学趣味で独自な存在だと聞いていた。背皮に金文字が刻印された紫表紙の装丁は、函館の商業会議所で嗅いだ『エンサイクロペディア・ブリタニカ』の匂いと同じく、啄木に魔法のような効果を与えた。函館で飢えている家族を忘れ、自分が数多くの未払いの借金を抱えていること、また家賃として支払わなければならない金を忘れてまで、啄木はその本を買わざるを得ないものに感じた。啄木は翌二十八日の晩にワイルドの本を読了し、三月一日には売り払っている。芸術の「道徳性」とは、すなわち作品がよく書けたかどうかだというワイルドの宣言は、仮に内容が不道徳だと非難されたとしても本物の芸術作品を書けばいいのだという決意を啄木に促したかもしれない。ワイルドは書いている。

美の斬新（ざんしん）な様式は一般大衆には極めて不快なものであり、出現するたびに怒りと戸惑いを呼び、いつも二つの馬鹿（ばか）げた表現が使われる。一つは「芸術はまったくわからない」というものであり、もう一つは「この作品はひどく不道徳である」というものである。(6)

啄木が白秋の『邪宗門』を称賛したのは、それが理解し難くかつ不道徳と呼ばれることを恐れていないからだった。

われは思ふ、末世（まつせ）の邪宗、切支丹（きりしたん）でうすの魔法。

黒船の加比丹（かひたん）を、紅毛（こうもう）の不可思議国（ふかしぎこく）を、
色赤きびいどろを、匂鋭（にほひと）きあんじやべいいる、
南蛮の桟留縞（さんとめじま）を、はた、阿剌吉（あらき）、珍酡（ちんた）の酒を。
目見（まみ）青きドミニカびとは陀羅尼（だらに）誦（ず）し夢にも語る、
禁制の宗門神（しゅうもんしん）を、あるはまた、血に染（そ）む聖磔（くるす）、[7]（後略）

啄木は、自分の詩歌の中で白秋のバロック風言語を思わせるような表現を使おうとはしなかった。しかしワイルドを読んだことは、世間が不道徳とみなすような行為を自分のペンの力で芸術作品に変える勇気を啄木に与えたかもしれない。

日本語の作品を初めてローマ字で書いたのは、啄木ではなかった。すでに文禄（ぶんろく）元年（一五九二）、天草（あまくさ）のイエズス会の学校である天草学林（がくりん）が、完全にローマ字で書かれた日本語の本を出版している。その本は、日本にいるポルトガル人宣教師に日本語を教えるテキストとして使われた。ローマ字で出版された最初の作品は古典の『平家物語（へいけものがたり）』で、おそらく『平家』が選ばれた理由は、当時の日本の話し言葉とそれほど違わず表現が美しかったからだろう。それはまた、日本の歴史の重要な一時期に関する知

識を宣教師たちに与えもした。ローマ字の使用により、外国人が日本語を学ぶのはいくらか容易になった。日本語は彼らの母国語とは種類の異なる言語だったが、馴染みのない漢字や仮名に苦しまずに日本語を学べるようになったからだ。また、ヨーロッパの文法用語を日本語の説明に当てはめるのは往々にして無理があったが、ローマ字は、ヨーロッパの言語とは異なる文法を持つ日本語は難解だが学べると、宣教師たちを安心させるのに役立った。

文禄二年（一五九三）には、『イソップ物語』が当時の日本語の口語に訳され、ローマ字で印刷された。たぶんこれは日本語を学ぶ若い宣教師たちに、教育的に有益であると同時におもしろいテキストを読んでもらいたかったからだろう。(8) 十七世紀のキリシタン迫害の結果として、イエズス会の伝道出版事業も日本からの撤退を余儀なくされ、当時のキリスト教関係の本は徳川幕府の命令でほとんどが破棄された。これらの本は非常に重要であったにもかかわらず、わずかな部数しか印刷されなかったため、その存在は当時の日本人の大半に知られていなかった。また日本における印刷技術の発展やローマ字の使用に対しても、ほとんど影響を与えなかった。(9)『イソップ物語』だけが他のイエズス会の伝道出版の本と違って破棄を免れたのは、それがキリスト教の教えを説いていなかったからである。『イソップ物語』は、ローマ字本のほか、のちに『伊曾保物語』という題で漢字仮名交じりの文語訳が出版されて人気となり、第二の生命を得た。

慶長九年（一六〇四）から十三年にかけて、ポルトガル人のイエズス会宣教師ジョアン・ロドリゲス（一五六一―一六三四）が日本語の文法書 *Arte da Lingoa de Iapam*（『日本文典』）を編纂した。そこにはローマ字で印刷された詩歌を始めとして、日本語の例文が数多く紹介されている。たとえば奈良時代の満誓の次の和歌が、『拾遺集』から引用された。

Yononacauo nanini tatoyen, asaboraque
Coguiyuqu funeno, atono xiranami.[10]
（よのなかを　なにに　たとへむ　あさぼらけ
こぎゆく　ふねの　あとの　しらなみ）

日本語の音を、それに近いポルトガル語の発音によるアルファベット表記にしてある。また、ポルトガル語には有気音のhやkがないため、例えば（今日のローマ字表記による）Heike は Feique と表記された。満誓の歌の「あさぼらけ」が同様にして

asaboraque となっているのは、k の代わりに qu を使うからだ[11]。

二百年以上にわたる鎖国を経て、十九世紀半ばに日本がヨーロッパに対して開国したことは、外国人に少なくとも町や店の名前をわかりやすくするローマ字表記の必要を生み出した。この時代には、すでにポルトガル式のローマ字表記は役に立たなくなっていた。貿易言語として英語が優勢となり、外国人の大多数は英語国民だったから、日本語の音、特に子音を英語の発音に基づいたローマ字表記にするのが最善の方法と思われた。

最も広く採用された表記法は、それを導入した米国人宣教師ジェイムズ・カーティス・ヘボン（ヘプバーンとも。一八一五―一九一一）の名をとって「ヘボン式」と名づけられた。ヘボンは慶応三年（一八六七）、外国人が日本語を学ぶための日本初の和英辞書『和英語林集成』を編纂し、見出しの日本語をアメリカ式のローマ字表記とした。その後、明治十八年（一八八五）に外山正一が結成した「羅馬字会」が英米式のローマ字表記を修正した表記法を定め、翌明治十九年の『和英語林集成』の第三版でヘボンがこれを採用したため、その表記法が「ヘボン式」「ヘボン式綴り方」と呼ばれるようになった。また明治十八年には、五十音図に基づいた「日本式」ローマ字表記法も提唱されたが、外国人にはヘボン式が好まれた[12]。

啄木は当初、『ローマ字日記』に「日本式」を使ったが、途中から「ヘボン式」に切り替えている。そもそも啄木がローマ字を使用したのは、「羅馬字会」の詩歌から影響を受けた可能性がある。「羅馬字会」に属する詩人たちは、啄木がよく読んだ「岩手日報」に明治三十四年（一九〇一）からローマ字で短歌を発表していた。しかし啄木は、この団体やその詩歌について何も言及していない。

ローマ字で書いた一つの説明として、啄木は次のように書いている。

Sonnara naze kono Nikki wo Rōmaji de kaku koto ni sitaka? Naze da? Yo wa Sai wo aisiteru; aisiteru kara koso kono Nikki wo yomase taku nai no da. ── Sikasi kore wa Uso da! Aisiteru no mo Jijitu, yomase taku nai no mo Jijitu da ga, kono Hutatu wa kanarazu simo Kwankei site inai.(13)

（そんならなぜこの日記をローマ字で書くことにしたか？　なぜだ？　予（よ）は妻（さい）を愛してる。愛してるからこそこの日記を読ませたくないのだ、──しかしこれはうそだ！　愛してるのも事実、読ませたくないのも事実だが、この二つは必ずしも関係していない。）

妻の節子に日記を読ませたくないという啄木の告白には、ローマ字で書かれていれば節子は日記を読むことができないという意味が含まれている。しかし、節子がまったくローマ字を読めないというのは信じ難い。節子は啄木とほぼ同じような正規の教育を受けていたし、当時は小学校の代用教員だったので、おそらく多少読むだけの知識はあったはずだ。しかし今日の多くの日本人が外国語を読むときと同じように、ローマ字を判読するのは骨が折れたかもしれない。[14] 間違いなく啄木は、節子がとても難しがってローマ字の日記を読むのを諦めることを望んでいた。

節子が『ローマ字日記』を読むかもしれないと啄木が恐れているのは、日記を書き始める前から、妻を不快にさせるような事柄が日記に出て来ることがすでに自らわかっていたためである。確かに『ローマ字日記』は、毎日の出来事を筆者自身の反応と一緒に記録していく普通の種類の日記とは異なる。それはむしろ文学作品に近い。[15] 日ごとの記述をどうやって書き始め、どのように終えるか、また興味深い事柄でどうやってめりはりをつけるか、啄木は書く前に計算していたように思える。函館図書館で貴重品とされている『ローマ字日記』の自筆原稿は、上質の紙に美しく明瞭な筆跡で書かれていて、消しや変更が一語もない。啄木は死の床で、日記を自分の死後に燃やすよう頼んでいるにもかかわらず、これはむしろ他人が読みやすいように端正な原稿を作っていたことを示すものである。また、日記に見られる文学的傾向は、『ローマ字日記』の内容が創作であることを意味していない。そこに書かれた数々の事実は、創作されたのではなく、文学作品に仕立てられたのだ。[16]

『ローマ字日記』は日記の流れから独立した作品ではなくて、明治四十二年の啄木の日記の一部である。『ローマ字日記』以前のこの年の日記は、ほとんどが普通に和文で書かれている。『ローマ字日記』は四月から始まるため、例年、啄木が日記に書いてきた伝統的な正月の描写は含まれていないが、ちょうど桜が咲き始める時期に当たっており、その書きぶりは春にふさわしい陽気さで、一つの文学的作品の始まりとしても適切である。いつものように貸本屋の親爺が啄木を訪ねて来る。二人の会話のやりとりの中で、貸本屋の親爺は言う。

"Haru wa anata, watasidomo ni wa Kinmotu de gozai masu ne. Kasihon wa, moh, kara Dame de gasu: Hon nanka yomu yorya mata asonde aruita hō ga yō-gasu kara, Muri mo naindesu ga,（後略）"[17]

（「春はあなた、私どもには禁物でございますね、貸本は、もう、からだめでがす。本なんか読むよりゃまだ遊んで歩いた方がようがすから、無理もないんですが、

〔後略〕」)

商売にならないにもかかわらず、親爺はいい気分で今日中には東京の桜が残らず咲くだろうと予測する。こうした呑気(のんき)な調子は翌日も続き、啄木の日記の中でも最もおもしろい逸話の一つが出て来る。それは仕事帰りの電車の中での出来事で、啄木の日記に典型的に見られるように、だいたいが会話から成っている。

Sya no kaeri, Kōgakusi no Hinosawa-kun to Densya de issyo ni natta. Tyaki-tyaki no Haikarakko da. Sono sitate orosi no Yōhuku-sugata to, Sodeguti no kireta Wataire wo kita Yo to narande Kosi wo kaketa toki wa, sunawati Yo no Kuti kara nani ka Hiniku na Kotoba no deneba naranu Kōki de atta: “Dō desu, Hanami ni yuki masita ka?” “Iie, Hanami nanka suru Hima ga nain desu.” “Sō desu ka. Sore wa Kekkō desu ne.” to Yo wa itta. Yo no itta koto wa sukoburu Heibon na koto da, tare de mo yū koto da. Sō da, sono Heibon na koto wo kono Heibon na Hito ni itta no ga, Yo wa rippa na Irony no tumori na no da. Muron Hinosawa-kun ni kono Imi no wakaru Kizukai wa nai; ikkō Heiki na monoda. Soko ga omosiroi no da.

Yo-ra to mukai atte, hutari no Obāsan ga kosikakete ita. "Boku wa Tokyō no Obāsan wa kirai desu ne." to Yo wa itta. "Naze de su?" "Miru to Kanji ga waruin de su. Dō mo Kimoti ga warui. Inaka no Obāsan no yō ni Obāsan rasii tokoro ga nai." Sono toki hitori no Obāsan wa Kuro-megane no naka kara Yo wo nirande ita. Atari no Hito tati mo Yo no hō wo tyūi site iru. Yo wa nani to naki Yukwai wo oboeta.

"Sō de su ka." to Hinosawa-kun wa narubeku tiisai Koe de itta.[18]

（社の帰り、工学士の日野沢（ひのさわ）君と電車で一緒になった。チャキチャキのハイカラッ児（こ）だ。その仕立ておろしの洋服姿と、袖口（そでぐち）の切れた綿入れを着た予（よ）と並んで腰をかけた時は、即（すなわ）ち予の口から何か皮肉な言葉の出ねばならぬ好機であった。「どうです、花見に行きましたか？」「いいえ、花見なんかする暇がないんです。」「そうですか、それは結構ですね。」と予は言った。予の言ったことはすこぶる平凡なことだ。誰でも言うことだ。そうだ、その平凡なことをこの平凡な人に言ったのが、予は立派なアイロニイのつもりなのだ。無論日野沢君にこの意味の分かる気遣いはない。一向平気なものだ。そこが面白いのだ。

予等と向かい合って、二人のおばあさんが腰かけていた。「僕は東京のおばあさんは嫌いですね。」と予は言った。「なぜです？」「見ると感じが悪いんです。どうも気持が悪い。田舎のおばあさんのようにおばあさんらしいところがない。」その時一人のおばあさんは黒眼鏡の中から予を睨んでいた。あたりの人たちも予の方を注意している。予は何となき愉快を覚えた。

「そうですか、」と日野沢君はなるべく小さい声で言った。）

啄木は、春が来て愉快だった。なにかの理由でローマ字を学ぶことにしたが、その文字と音を勉強している時でも啄木の心は揺れている。

Siyō koto nasi ni, Rōma-ji no Hyō nado wo tukutte mita. Hyō no naka kara, toki-doki, Tugaru-no-Umi no kanata ni iru Haha ya Sai no koto ga ukande Yo no Kokoro wo kasumeta. “Haru ga kita, Si-gatu ni natta. Haru! Haru! Hana mo saku! Tokyō e kite mō iti-nen da!.........Ga, Yo wa mada Yo no Kazoku wo yobiyosete yasinau Junbi ga dekinu!” Tika-goro, Hi ni nankwai to naku, Yo no Kokoro no naka wo atira e yuki, kotira e yuki siteru,

Mondai wa kore da………(19)

(仕様ことなしに、ローマ字の表などを作ってみた。表の中から、時々、津軽の海の彼方にいる母や妻のことが浮かんで予の心をかすめた。「春が来た、四月になった。春！　春！　花も咲く！　東京へ来てもう一年だ！………が、予はまだ予の家族を呼びよせて養う準備ができぬ！」近頃、日に何回となく、予の心の中をあちらへ行き、こちらへ行きしてる、問題はこれだ………)

すぐ後で、この問題は繰り返される。

Haru da! sō Yo wa omotta. Sosite, Sai no koto, kaaii Kyō-ko no koto wo omoiukabeta. Sigatu made ni kitto yobiyoseru, sō Yo wa itte ita: sosite yobanakatta, ina, yobi kaneta.(20)

(春だ！　そう予は思った。そして、妻のこと、可愛い京子のことを思いうかべた。四月までにきっと呼び寄せる、そう予は言っていた。そして呼ばなかった、否、呼びかねた。)

家族がいないこと、特に娘の京子がいないことが、時に啄木を寂しがらせた。自分の家族と別れ別れになっていることの悲しみの表現は、おそらく読者の心を動かすだろう。もちろん、東京は作家として金を稼ぐには最適の場所だったが、小樽、函館での短い再会の後に家族を置いて一人で東京へ行きたかったのは、金だけが理由ではなかったかもしれない。

なぜローマ字で日記を書くことにしたか、その理由の一部として啄木は、妻を愛しているからだと書いた。しかし八日後、日記で自問している。

Ina! Yo ni okeru Setsu-ko no Hitsuyō wa tan ni Seiyoku no tame bakari ka? Ina! Ina!

Koi wa sameta. Sore wa Jijitsu da: Tōzen na Jijitsu da——kanashimu beki, shikashi yamu wo enu Jijitsuda! (中略)

Koi wa sameta: Yo wa tanoshikatta Uta wo utawanaku natta. Shikashi sono Uta sono mono wa tanoshii: itsu made tatte mo tanoshii ni chigai nai.

Yo wa sono Uta bakari wo utatteru koto ni akita koto wa aru: shikashi, sono Uta wo iya ni natta no de wa nai. Setsu-ko wa Makoto ni Zenryō na

Onna da. Sekai no doko ni anna Zenryō na, yasashii, soshite Shikkari shita Onna ga aru ka? Yo wa Tsuma to shite Setsu-ko yori yoki Onna wo mochi-uru to wa dōshite mo kangaeru koto ga dekinu. Yo wa Setsu-ko igwai no Onna wo koishii to omotta koto wa aru: hoka no Onna to nete mitai to omotta koto mo aru: Gen ni Setsu-ko to nete-i-nagara sō omotta koto mo aru.[21]

（否！ 予における節子の必要は単に性欲のためばかりか？ 否！ 否！

恋は醒めた。それは事実だ。当然な事実だ——悲しむべき、しかしやむを得ぬ事実だ！〔中略〕

恋は醒めた。予は楽しかった歌を歌わなくなった。しかしその歌そのものは楽しい。いつまでたっても楽しいに違いない。

予はその歌ばかりを歌ってることに飽きたことはある。しかし、その歌をいやになったのではない。節子はまことに善良な女だ。世界のどこにあんな善良な、やさしい、そしてしっかりした女があるか？ 予は妻として節子よりよき女を持ち得るとはどうしても考えることができぬ。予は節子以外の女を恋しいと思ったことはある。他の女と寝てみたいと思ったこともある。現に節子と寝ていながらそう思ったともある。)

妻と家族に対する愛情にも増して、啄木はしきりと自立を願っていたようである。節子に対する称賛はおそらく本心から発したものであるにせよ、啄木は繰り返し結婚という制度を非難している。自分の窮境は結婚による自由の欠如のせいだと啄木は言う。

Sonnara Yo wa Jakusya ka? Ina, Tumari kore wa Hūhu-kwankei to yū matigatta Seido ga aru tame ni okoru no da. Hūhu! nan to yū Baka na Seido darō! Sonnara dō sureba yoi ka?(22)

(そんなら予は弱者か? 否、つまりこれは夫婦関係という間違った制度があるために起こるのだ。夫婦! なんという馬鹿な制度だろう! そんならどうすればよいか?)

また、こうも言う。

Yo wa naze Oya ya Tsuma ya Ko no tame ni Sokubaku sareneba naranuka? Oya ya Tsuma ya Ko wa naze Yo no Gisei to naraneba naranuka? Shikashi sore wa Yo ga Oya ya Setsu-ko ya Kyō-ko wo aishiteru Jijitsu to wa onozukara Betsumondai da. (23)

（予はなぜ親や妻や子のために束縛されねばならぬか？　親や妻や子はなぜ予の犠牲とならねばならぬか？　しかしそれは予が親や節子や京子を愛してる事実とはおのずから別問題だ。）

『ローマ字日記』の中で、啄木は東京にいる間に数多くの娼婦（しょうふ）と寝たことに触れている。しかし、おそらく結婚した最初の数年間は見境なく女と寝たりしなかった。再び上京して初めて、浅草の安っぽい売春宿に足を向けるのが習慣となった。啄木が（妻以外に）愛し、その名前を挙げている唯一（ゆいいつ）の女性は橘智恵子だが、智恵子と会った時にはすでに啄木は結婚していて、智恵子に愛を告白するにはあまりに内気だった。啄木は釧路で初めて芸者に会った。それまで啄木が芸者を避けていたのは、おそらく娼婦よりも金がかかったからだろう。釧路では芸者たちと何度か関係を持ち、その一人である小奴には愛された。しかし二人が別れた時に、啄木は解放されたような気がした。

愛情の代わりに啄木はいつも娼婦を買った。『ローマ字日記』にこう書いている。

Ikura ka no Kane no aru toki, Yo wa nan no tamerō koto naku, kano, Midara na Koe ni mitita, semai, kitanai Mati ni itta. Yo wa Kyonen no Aki kara Ima made ni, oyoso 13-4 kwai mo itta, sosite 10 nin bakari no Inbaihu wo katta. Mitu, Masa, Kiyo, Mine, Tuyu, Hana, Aki.........Na wo wasureta no mo aru. Yo no motometa no wa atatakai, yawarakai, massiro na Karada da: Karada mo Kokoro mo torokeru yō na Tanosimi da. Sikasi sorera no Onna wa, ya-ya Tosi no itta no mo, mada 16 gurai no hon no Kodomo na no mo, dore datte nan-byaku nin, nan-zen nin no Otoko to neta no bakari da. Kao ni Tuya ga naku, Hada wa tumetaku arete, Otoko to yū mono ni wa nare-kitte iru, nan no Sigeki mo kanjinai. Waduka no Kane wo totte sono Inbu wo tyotto Otoko ni kasu dake da. Sore igwai ni nan no Imi mo nai. Obi wo toku de mo naku, “sāh,” to itte, sono mama neru: nan no Hadukasi-ge mo naku Mata wo hirogeru. Tonari no Heya ni Hito ga i-yō to imai to sukosi mo kamō tokoro ga nai.（中略）Koko ni wa tada Haisetu-sayō no okonawareru bakari da:(24)

（いくらかの金のある時、予は何のためろうことなく、かの、みだらな声に満ちた、狭い、きたない町に行った。予は去年の秋から今までに、およそ十三―四回も行った、そして十人ばかりの淫売婦を買った。ミツ、マサ、キヨ、ミネ、ツユ、ハナ、アキ………名を忘れたのもある。予の求めたのは暖かい、柔らかい、真白な身体だ。身体も心もとろけるような楽しみだ。しかしそれらの女は、やや年のいったのも、まだ十六ぐらいのほんの子供なのも、どれだって何百人、何千人の男と寝たのばかりだ。顔につやがなく、肌は冷たく荒れて、男というものには慣れきっている、なんの刺激も感じない。わずかの金をとってその陰部をちょっと男に貸すだけだ。それ以外に何の意味もない。帯を解くでもなく、「サア、」と言って、そのまま寝る。なんの恥ずかしげもなく股をひろげる。隣りの部屋に人がいようといまいと少しもかもうところがない。〔中略〕ここにはただ排泄作用の行なわれるばかりだ。）

性交の記述として、これほど魅力に欠ける表現はありそうにない。娼婦と寝ている間に、啄木は奇怪で衝撃的な幻想を抱くことがあった。ある時など、娼婦を抱きながら、より強い興奮を求めて、娼婦の性器を二つに裂くことを心に描く。

娼婦と寝た時の啄木の行為や思いの記述は、すべてにわたって詳細である。その圧倒的な筆力が、この日記を衝撃的ながらもオスカー・ワイルドの定義するところの芸術作品となしている。そうした場面は『ローマ字日記』の一番よく知られた部分である。しかしながら啄木が女との巧妙なやりとりを自慢するためにこの日記をつけたとは考えられない。買った娼婦の多くは、啄木にほとんど喜びを与えないか、まったく与えなかった。一人の女から次の女へと、啄木は絶望に駆られて行動していたように見える。啄木の最も激しい性的行為は、次のような叫びをもって終わる。

Ah, Otoko ni wa mottomo Zankoku na Sikata ni yotte Onna wo korosu Kenri ga aru![25]

（ああ、男には最も残酷な仕方によって女を殺す権利がある！）

こうした言葉のすぐ後には深い絶望の記述と、自殺のほのめかしが続く。

Sude ni Hito no inai tokoro e yuku koto mo dekizu, sareba to itte, nani hitotu Manzoku wo uru koto mo dekinu. Jinsei sonomono no Kutū ni taezu, Jinsei sonomono wo dō suru koto mo dekinu. Subete ga Sokubaku da, sosite omoi Sekinin ga aru. Dō sureba yoi no da? Hamlet wa, 'To be, or, not to be?' to itta.（中略）Ah, Ilia! "Three of them" no naka no Ilia! Ilia no Kuwadate wa Ningen no kuwadate uru Saidai no Kuwadate de atta! Kare wa Jinsei kara Dassyutu sen to sita, ina, Dassyutu sita. Sosite aran kagiri no Tikara wo motte, Jinsei —— Warera no kono Jinsei kara Kagiri naki Ankoku no Miti e kakedasita. Sosite, Isi no Kabe no tame ni Atama wo Hunsai site sinde simatta![26]

（すでに人のいない所へ行くこともできず、さればといって、何一つ満足を得ることもできぬ。人生そのものの苦痛に耐え得ず、人生そのものをどうすることもできぬ。すべてが束縛だ、そして重い責任がある。どうすればよいのだ？　ハムレットは、「To be, or, not to be?」と言った。〔中略〕ああ、イリア！　"Three of them" の中のイリア！　イリアの企ては人間の企て得る最大の企てであった！　彼は人生から脱出せんとした、否、脱出した。そしてあらん限りの力をもって、人生——我等のこの人生から限りなき暗黒の道へ駆け出した。そして、石の壁のために頭を粉砕して死んでしまった！）

その多くが自業自得である数々の失敗で疲れ切っていた啄木は、心の平和を求めると言うが、そのために何をするわけでもない。心の平和を得る唯一の方法は、病気になるか死ぬかだった。

'Byōki wo sitai.' Kono Kibō wa nagai koto Yo no Atama no naka ni hisonde iru. Byōki! Hito no itō kono Kotoba wa, Yo ni wa Hurusato no Yama no Na no yō ni natukasiku kikoeru ――Ah, arayuru Sekinin wo Kaijo sita Jiyū no Seikwatu! Warera ga sore wo uru no Miti wa tada Byōki aru nomi da! (27)

（「病気をしたい。」この希望は長いこと予の頭の中にひそんでいる。病気！　人の厭うこの言葉は、予には故郷の山の名のようになつかしく聞える――ああ、あらゆる責任を解除した自由の生活！　我等がそれを得るの道はただ病気あるのみだ！）

啄木の最も長い詩歌の一つは、病気に罹りたいとの祈りとなっている。それは次のように始まる。

Iti-nen bakari no aida, iya, hito-tuki demo,
Is-syūkan demo, mik-ka demo ii,
Kami yo, mosi aru nara, ah, Kami yo,
Watasi no Negai wa kore dake da, dōka,
Karada wo doko ka sukosi kowasite kure, itakute mo
Kamawanai, dōka Byōki sasite kure!(28)
（一年ばかりの間、いや、一月でも、
一週間でも、三日でもいい、
神よ、もしあるなら、ああ、神よ、
私の願いはこれだけだ、どうか、
身体（からだ）をどこか少しこわしてくれ、痛くても
かまわない、どうか病気さしてくれ！）

そして、苦い思いの断片が、この詩に添えられている。

Si da! Si da! Watasi no Negai wa kore
Tatta Hitotu da! Ah!
A', a', honto ni korosu no ka? Matte kure,
Arigatai Kami-sama, a', tyotto!(29)

(死だ！　死だ！　私の願いはこれ
たった一つだ！　ああ！
あっ、あっ、ほんとに殺すのか？　待ってくれ、
ありがたい神様、あ、ちょっと！)

啄木は、飽くことなく自己を分析する。自分に「弱者」というレッテルを貼るが、同時に一番親しい人から順々に知っている限りの人間を残らず殺したいと思う(30)。自分は生れながらにして個人主義者で孤独を喜ぶ人間だ、と啄木は言う。また、人と過し

た時間は空虚である、と言う。[31] 与謝野家に招かれれば行くが、それを啄木は退屈な務めと思う。晶子は徹夜して歌を作ろうと言い、以前ならこの誘いは啄木を喜ばしたものだが、今は「いいかげんな用をこしらえて」家に帰る。心の平和を見つけることに絶望して、「発狂する人がうらやましい」と思う。啄木は自分のことを次のように言う。

Yo wa amari ni Mi mo Kokoro mo Kenkō da.[32]
(予はあまりに身も心も健康だ。)

作家としての自分の経歴は終わったと啄木は思っている（短歌を詠むことは、作家の仕事に入っていない）。啄木は書く。

Yo wa Yo ga tōtei Shōsetsu wo kakenu Koto wo mata Majime ni kangaeneba naranakatta. Yo no Mirai ni Nan no Kibō no nai koto wo kangaeneba naranakatta.[33]
(予は予がとうてい小説を書けぬ事をまた真面目に考えねばならなかった。予の未来に何の希望のないことを考えねばならなかった。）

啄木の主な文学的楽しみは、今や貸本屋の親爺が持ってくる昔の好色本を読むことだった。

Nan to yū Baka na koto darō! Yo wa Sakuya, Kashihon-ya kara karita Tokugawa-jidai no Kōshokubon "Hana no Oboroyo" wo 3 ji goro made Chōmen ni utsushita —— ah, Yo wa! Yo wa sono hageshiki Tanoshimi wo motomuru Kokoro wo seishi kaneta![34]

（何という馬鹿なことだろう！　予は昨夜、貸本屋から借りた徳川時代の好色本『花の朧夜』を三時頃まで帳面に写した——ああ、予は！　予はその激しき楽しみを求むる心を制しかねた！）

啄木はその日の午後、社を休んだ。そして前夜から写し始めた『花の朧夜』の作業を完成することに、忙しく時間を費やした。

その夜、啄木は金田一京助の部屋へ行き、胸に人の顔を書いたり、いろいろ変な顔をしてみせたりした後で、ナイフを取り上げて芝居の人殺しのまねをした。金田一は顔色を変えて部屋の外に逃げ出した。啄木は、自分が恐ろしい行為をする寸前まで行っていたことに気づいた。確かにそうであったに違いない。その後で顔を合わせた時には、どちらも今起きたことに呆れている。啄木は、「自殺ということは決して怖いことではない」と思ったという。(35)その夜、啄木は何をしたか。『花の朧夜』を読むか書写の続きをして、それはたぶん売春宿へ行く代わりだった。

これより数日前の日記で、自分のことを次のように述べている。

Yo wa Jakusya da, tare no nimo otoranu rippa na Katana wo motta Jakusya da.(36)
(予は弱者だ、誰のにも劣らぬ立派な刀を持った弱者だ。)

啄木は、自分の「刀」――自分の文学――を価値あるものだと思っていた。しかし一方で、次のように問いかける。

Ningen no suru Koto de nani hitotu erai Koto ga ari uru mono ka. Ningen sono-mono ga sude ni eraku mo tattoku mo nai no da.(37)

（人間のすることで何一つえらいことがあり得るものか。人間そのものがすでにえらくも尊（たっと）くもないのだ。）

Sonnara Yo no motomete iru mono wa Nani da rō? Na? demo nai. Jigyō? demo nai. Koi? de mo nai. Tisiki? de mo nai. Sonnara Kane? Kane mo sō da. Sikasi sore wa Mokuteki de wa nakute Syudan da. Yo no Kokoro no Soko kara motomete iru Mono wa Ansin da, kitto sō da!(38)

（そんなら予の求めているものは何だろう？　名？　でもない。事業？　でもない。恋？　でもない。知識？　でもない。そんなら金？　金もそうだ。しかしそれは目的ではなくて手段だ。予の心の底から求めているものは安心だ、きっとそうだ！）

啄木は、自分が望むことだけをする、と心に決めた。自分が欲するところへ行き、すべて自分の要求に従えばそれでよい、と。

Sikari. Yo wa Yo no hossuru mama ni!(39)

（然り。予は予の欲するままに！）

これは少年時代以来、啄木の特徴的な姿勢だった。後日、啄木は宣言している。

"Danzen Bungaku wo yame yō." to hitori de itte mita.
"Yamete, dō suru? Nani wo suru?"
"Death!" to kotaeru hoka wa nai no da.[40]
（「断然文学を止めよう。」と一人で言ってみた。
「止めて、どうする？　何をする？」
「Death」と答えるほかはないのだ。）

啄木は、死の前に残された時間をどう暮らしたらいいか、自分自身に問いかけてもいる。

Hito ni aiserareruna. Hito no Megumi wo ukeruna. Hito to Yakusoku suruna. Hito no Yurusi wo kowaneba naranu Koto wo suruna. Kessite Hito ni Jiko wo kataruna. Tune ni Kamen wo kabutte ore. Itu nandoki demo Ikusa no dekiru yō ni —— Itu nandoki demo sono Hito no Atama wo tataki uru yō ni site oke. Hitori no Hito to Yūzin ni naru toki wa, sono Hito to itu ka kanarazu Zekkō suru koto aru wo wasururuna.[41]

（人に愛せられるな。人の恵みを受けるな。人と約束するな。人の許しを乞わねばならぬ事をするな。決して人に自己を語るな。常に仮面をかぶっておれ。いつ何時でも戦さのできるように——いつ何時でもその人の頭を叩き得るようにしておけ。一人の人と友人になる時は、その人といつか必ず絶交することあるを忘るるな。）

四月二十五日、日記に新たな兆しが姿を現わす。それは、次のように始まる。

Yo no Genzai no Kyōmi wa tada hitotsu aru: sore wa Sha ni itte 2 jikan mo 3 jikan mo Iki mo tsukazu ni Kōsei suru koto da. Te ga aku to Atama ga nan to naku Kūkyo wo kanzuru: Jikan ga nagaku nomi omoeru.（中略）

Yo wa subete no mono ni Kyōmi wo ushinatte ikitsutsu aru no de wa aru mai ka? Subete ni Kyōmi wo ushinau to yū koto wa, sunawachi Subete kara ushinawareru to yū koto da.

"I have had lost from every thing!" Kō yū Jiki ga moshi Yo ni kitara!(42)

(予の現在の興味はただ一つある。それは社に行って二時間も三時間も息もつかずに校正することだ。手があくと頭が何となく空虚を感ずる。時間が長くのみ思える。

〔中略〕

予はすべてのものに興味を失っていきつつあるのではあるまいか？ すべてに興味を失うということは、即ちすべてから失われるということだ。

"I have had lost from everything!" こういう時期がもし予に来たら！)

啄木は、世の中に対して無関心になっていたようだ。機械的な校正作業だけが関心を繋ぎ止めている。しかし新聞社を出て、わびしい下宿に帰ってふさぎこんで時間を過ごすのだろうと思いきや、同日の日記の後半で啄木は、金田一と一緒に吉原、つまり美しい女たちと豪勢な家具調度で名高い歓楽街を訪ねたことを記しているのだ。これは啄木にとっては初めての吉原訪問で、もとより啄木は優雅な遊郭を訪れるほどの金など持っていなかった。金田一を伴っているのも同様に意外である。娼婦を買ったり手近な女中に手を出したりすることを拒否する金田一の真面目一方な態度に、啄木はいつも苛立(いらだ)っていた。二人は廓(くるわ)の中を散策した後、吉原の中でも有名な遊郭角海老(かどえび)の大時計が十時を打つと、人力車で浅草へ出て牛肉屋で飯を食い、深夜十二時過ぎに下宿に戻った。啄木は金田一の興味をかきたてるように吉原の栄華について詳細に語り、それはまるで啄木がそこに入り浸っていたかのようである。金田一は結婚したら吉原など行かなくてもいいと言い、しかし啄木は結婚しても吉原には足しげく通うべきであると言う。

その二日後の四月二十七日、何の喜びも与えてくれなかった娼婦との浅草での味気ない一夜を思い出しながら、啄木は次のように決意する。

Kongo kesshite Onna no tame ni Kane to Jikan to wo tsuiyasu-mai to omotta.(43)

(今後決して女のために金と時間とを費すまいと思った。)

この決意は長く続かなかった。五月一日、啄木は、友人の並木武雄から借りた時計をまだ質屋から請け出せないまま、途方に暮れていた。会社で前借りした金を質屋に持って行き時計を請け出せば、家賃が払えなくなる。どうしていいかわからないまま、考えもなく啄木は馴染んだ浅草への道を辿っていた。「行くな！　行くな！」と思いながら、啄木はすでに来てしまっていた。誰かの白い手が啄木の袖を摑み、啄木はふらふらとその家に入った。いったん中に入ってから、薄汚い婆さんに導かれて両側の家々が戸を閉めた暗く狭い小路へとやってきた。人通りのない裏長屋で、啄木は「浮世小路の奥へ来た！」と思う。婆さんが長屋の一つの戸を開け、不潔な部屋へ啄木を招じ入れると、そこに女が先に来て待っていた。小奴を少し若くしたような女で、年は十七歳だった。名前は花子。啄木は日記に、おそらくそれまでに経験した中で最高の満足を与えてくれた性的経験について語っている。

Fushigi na Ban de atta. Yo wa ima made iku-tabi ka Onna to neta. Shikashi nagara Yo no Kokoro wa itsu mo nani mono ka ni ottaterarete iru yō de, ira-ira shite ita, Jibun de Jibun wo azawaratte ita. Konya no yō ni Me mo hosoku naru yō na uttori to shita, Hyōbyō to shita Kimochi no shita koto wa nai. Yo wa nani goto wo mo kangaenakatta: tada uttori to shite, Onna no Hada no Atatakasa ni Jibun no Karada made attamatte kuru yō ni oboeta. Soshite mata, chikagoro wa itazura ni Fuyukwai no Kan wo nokosu ni suginu Kōsetsu ga, kono Ban wa 2 do tomo kokoro-yoku nomi sugita. Soshite Yo wa ato made mo nan no Iya na Kimochi wo nokosanakatta.[44]

(不思議な晩であった。予は今まで幾たびか女と寝た。しかしながら予の心はいつも何ものかに追っ立てられているようで、イライラしていた、自分で自分をあざ笑っていた。今夜のように眼も細くなるようなうっとりとした、縹渺とした気持のしたことはない。予は何事をも考えなかった。ただうっとりとして、女の肌の暖かさに自分の身体まであったまってくるように覚えた。そしてまた、近頃はいたずらに不愉快の感を残すに過ぎぬ交接が、この晩は二度とも快くのみ過ぎた。そして予はあとまでも何の厭な気持を残さなかった。)

これまで啄木の悲惨と世の中に対する関心の喪失を共に経験してきた読者は、啄木がついになにがしかの喜びを味わったことに救われる思いがするかもしれない。啄木は花子が、自分が贔屓にしてきた女たちのようにやがて年齢よりも老けて疲れはてた娼婦になるとは、思いもしなかっただろう。

この時に味わった恍惚の時間も、啄木の憂鬱に永続きするような変化はもたらさなかった。五月四日、啄木は書いている。

Kyō mo yasumu. Kyō wa ichi-nichi Pen wo nigitte ita. "鎖門一日" wo kaite yame, "追想" wo kaite yame, "Omoshiroi Otoko?" wo kaite yame, "少年時の追想" wo kaite yameta. Sore dake Yo no Atama ga Dōyō shite ita. Tsui ni Yo wa Pen wo nage-dashita. Soshite hayaku neta. Nemurenakatta no wa Muron de aru. (45)

（今日も休む。今日は一日ペンを握っていた。『鎖門一日』を書いてやめ、『追想』を書いてやめ、『面白い男?』を書いてやめ、『少年時の追想』を書いてやめた。それだけ予の頭が動揺していた。ついに予はペンを投げだした。そして早く寝た。眠れなかったのは無論である。）

作品を書けないことは、例によって最悪の憂鬱の発作の始まりだった。五月十三日、過ぎ去った六日間を振り返って啄木は書いている。

Kagiri naki Zetsubō no Yami ga toki-doki Yo no Me wo kuraku shita. Shinō to yū Kangae dake wa narubeku yosetsukenu yō ni shita. Aru ban, dō sureba ii no ka, kyū ni Me no mae ga Makkura ni natta. Sha ni deta tokoro de Shiyō ga naku, Sha wo yasunde ita tokoro de dō mo naranu. Yo wa Kindaichi kun kara karite kiteru Kamisori de Mune ni Kizu wo tsuke, sore wo Kōjitsu ni Sha wo 1 ka-getsu mo yasunde, soshite Jibun no issai wo yoku kangae yō to omotta. Soshite Hidari no Chi no shita wo kirō to omotta ga, itakute kirenu: kasuka na Kizu ga futatsu ka mitsu tsuita. Kindaichi kun wa odoroite Kamisori wo tori age, Muri-yari ni Yo wo hippatte, Inbanesu wo Shichi ni ire, Rei no Tenpura-ya ni itta. Nonda. Waratta. Soshite 12 ji goro ni kaette kita ga, Atama wa omokatta. Akari wo keshi sae sureba Me no mae ni osoroshii mono ga iru yō na Ki ga shita.[46]

（限りなき絶望の闇(やみ)が時々予の眼を暗くした。死のうという考えだけはなるべく寄せつけぬようにした。ある晩、どうすればいいのか、急に眼の前が真っ暗になった。社に出たところで仕様(しよう)がなく、社を休んでいたところでどうもならぬ。予は金田一君から借りてきてる剃刀(かみそり)で胸に傷をつけ、それを口実に社を一ケ月も休んで、そして自分の一切をよく考えようと思った。そして左の乳(ち)の下を切ろうと思ったが、痛くて切れぬ。かすかな傷が二つか三つ付いた。金田一君は驚いて剃刀を取り上げ、無理やりに予を引っ張って、インバネス〔ケープつきの袖なしコート〕を質に入れ、例の天ぷら屋に行った。飲んだ。笑った。そして十二時頃に帰って来たが、頭は重かった。明りを消しさえすれば眼の前に恐ろしいものがいるような気がした。)

この経験から回復した後もなお、啄木は精神的に痛めつけられていく。

Yo wa ima Yo no Kokoro ni nan no Jishin naku, nan no Mokuteki mo naku, Asa kara Ban made Dōyō to Fuan ni ottaterarete iru koto wo shitte iru. Nan no kimatta tokoro ga nai. Kono saki dō naru no ka? Atehamaranu, Muyō na Kagi! Sore da! Doko e motte itte mo yo no umaku atehamaru Ana ga mitsukaranai!(47)

(予は今予の心に何の自信なく、何の目的もなく、朝から晩まで動揺と不安に追っ立てられていることを知っている。何の決まったところがない。この先どうなるのか?

当てはまらぬ、無用な鍵(かぎ)! それだ! どこへ持って行っても予のうまく当てはまる穴がみつからない!)

『ローマ字日記』の五月の後半は、「今日は何もしなかった」というような暗い調子の言葉の繰り返しに満ちている。すでに啄木は四月二十六日、六月になったら家族を東京に寄越すが、旅費の心配はいらないという宮崎からの手紙を受け取っていた(48)。啄木は、この寛大な思いやりに何ら感謝の言葉を述べていないし、また自分の家族を受け入れるにあたって何も計画していなかった。

　五月に入ると日記はそれまで以上に不規則になり、数日が抜けたり、一緒に書かれたりしている。憂鬱に襲われた五月八日から十三日までをまとめた項は前に引用したが、その冒頭は次のように始まる。

Kono muika-kan Yo wa nani wo shita ka? Kono koto wa tsui ni ikura asette mo Genzai wo buchi-kowasu koto no dekinu wo Shōmei shita ni suginu.(49)

（この六日間予は何をしたか？　このことはついにいくらあせっても現在をぶちこわすことのできぬを証明したに過ぎぬ。）

五月三十一日の項は次のような始まりだ。

Ni-shūkan no aida, hotondo nasu koto mo naku sugoshita. Sha wo yasunde ita. (50)

（二週間の間、ほとんどなすこともなく過ごした。社を休んでいた。）

『ローマ字日記』の最後の項（六月）の締め括りは、HATSUKA KAN.（二十日間）という見出しがついていて、副見出しとして括弧の中にTOKOYA NO NIKAI NI UTSURU NO KI（床屋の二階に移るの記）と書かれている。

その最後は、次のように終わっている。

16 nichi no Asa, mada Hi no noboranu uchi ni Yo to Kindaichikun to Iwamoto to 3 nin wa Ueno station no Platform ni atta. Kisha wa 1 jikan okurete tsuita. Tomo, Haha, Tsuma, Ko.........Kuruma de atarashii Uchi ni tsuita. (51)

（十六日の朝、まだ日の昇らぬうちに予と金田一君と岩本と三人は上野ステーションのプラットホームにあった。汽車は一時間遅れて着いた。友、母、妻、子………俥で新しい家に着いた。）

ここには家族と再会した喜びも、新しい家での生活に対する期待も何も書かれていない。

『ローマ字日記』を読んでいて我々が感じるのは、その描かれた真実に対する称賛の気持と、数々の失敗を重ねることにさえ親近感を覚えてしまう一人の男に対する愛着であろう。その男が陥った窮境は、時代や不運のせいというよりは自分の身勝手が招いたものかもしれない。しかし最終的に我々は、それがたぶん天才である一人の詩人に不可避のものとして、その身勝手さを受け入れる。おそらく啄木は、自分がすでに散文の傑作『ローマ字日記』を書いていることに気づいていなかった。

第十一章　啄木の悲哀、節子の悲哀

『ローマ字日記』は明治四十二年（一九〇九）六月で打ち切られ、その年の残りの日記は存在しない。かつて存在していたものが意図的に削除されたか、あるいはそのままどこかに秘蔵されているのかもしれない。理由はともあれ、啄木の日記は、明治四十二年六月十七日から翌明治四十三年（一九一〇）三月三十一日までが欠落しているのだ。この時期の最も注目すべき出来事は家族（妹の光子を除く）との再会で、すでに述べたように啄木一家は明治四十二年六月十六日に東京の二間の新居、本郷弓町の床屋の二階に引っ越した。節子たちに付き添って函館から上京した宮崎郁雨は、引っ越しの費用と新居の最初の家賃を払った。啄木はそれまでいた下宿の家賃百十九円余が未払いのままだったが、金田一京助が保証人となり月賦（げっぷ）で十円ずつ返済することになっていた。母カツ、妻節子、娘京子が上野駅に着いた際、啄木は金田一、友人の岩本実を伴ってプラットホームで出迎えている。

明治四十三年四月一日の啄木の日記は、いつもの調子で「月給二十五円前借した」と始まっている。そのすぐ後には、珍しいことに家族の楽しい浅草見物の記述が続く。

> 電車で行つて浅草の観音堂を見、池に映つた活動写真館のイルミネエシヨンを見、それから電気館の二階から活動写真を見た。帰るともう十一時だつた。[1]

浅草訪問は、近年になく一家が穏やかな境遇を楽しんでいたことを示している。母カツは体調を崩して参加しなかったが、父一禎は嬉々として同行した。一禎は前年の明治四十二年十二月二十日に、ずっと身を寄せてきた野辺地町の常光寺から上京し、二年九カ月ぶりに一家五人がそろって以来、同居して暮らしていた。一度だけ啄木は父を義太夫に連れて行ったことがあり、一禎は大層喜んだ。有名な浅草の歓楽街に連れて行けばさらに喜ぶに違いないと思った啄木は、家族そろっての浅草見物を企画したのである。日記の文面からは、喜び驚く父を見て啄木が憐憫の情を催したことが読み取れる。[2]「今夜は嘸面白かつた事だらう——悲しい事には」。そして次のように続けている。

人間が自分の時代が過ぎてから生き残つてゐるといふことは、決して幸福な事ぢやない。殊（こと）にも文化の推移の激甚（げきじん）な明治の老人達の運命は悲惨だ。親も悲惨だが子も悲惨だ。子の感ずることを感じない親と、親の感ずることを可笑（をかし）がる子と、何方（どつち）が悲惨だかは一寸（ちよつと）わからない。

物事に驚く心のあるだけが、老人達の幸福なのかも知れない。(3)

いずれにせよ、啄木と一禎が同じ喜びを共有することはめったになかった。孤独で無口な老人に啄木が息子としての同情を示したのは、父が明治四十年に二回目の失踪（しっそう）をした時だけである。啄木は母カツのほうに遥（はる）かに親しみを感じていたが、カツに初めて会った宮崎が直感したように、啄木を溺愛（できあい）するカツは頑固で自分の思うとおりにならない時は不快なほどに主張を通そうとするのだった。

本郷弓町での最初の数カ月間は、東京での啄木の生活の、まずは平穏な時期の一つと言っていいが、明治四十二年十月二日には危機が出来（しゅったい）している。京子を連れて天神（てんじん）様へ行くと啄木の母に伝えて家を出た節子が、そのまま盛岡の実家に直行し、その日帰宅しなかったのだ。(4) 啄木は自分に宛（あ）てた節子の置手紙を見つけた。そこには、「私ゆえに親孝行のあなたを御母様に叛かすのは悲しい。私は私の愛を犠牲にして身を退くから、どうか御母様への孝養を全うして下さるように」と書いてあった。(5)うわべは親孝行への配慮ということになっているこの手紙は、節子が家出をした本当の理由を隠している。節子は、結婚当初から自分を嫌っていた義母と、もはやこれ以上一緒に住むことに耐えられなかったのである。啄木と節子の結婚以後、老母はますます頑固で厳しくなり、嫁である節子を女中のように扱った。すでに明治四十一年（一九〇八）八月二十七日の宮崎に宛てた手紙の中で、節子は次のように書いている。

私は啄木の母ですけれども実は大きらひです。ほんにきかぬ気のえぢの悪ひばあさんですから夫もみつちやんもこまつてますよ。こんな事は私両親にも夫にも云はれませんからね――

あゝほんとうに私の不平をきいて下さるのはお兄さん一人ですわ、(6)

明治四十四年（一九一一）八月二十一日、啄木は節子とカツの不和に直接触れた一連の短歌十七首を作っている。その中に次の二首がある。

猫を飼はば、
その猫がまた争ひの種となるらむ、
かなしきわが家。(7)

If I bought a cat,
The cat would surely cause another fight,
Mine is an unhappy home.

解けがたき
不和のあひだに身を処して、
ひとりかなしく今日も怒れり。(8)

Unsolvable
Discord, and me in between,
Alone and sad; another day of rage.

啄木は二人の女性の気まずい関係に十分気づいてはいたが、節子が自分を置いて家出するほどカッに耐えがたい思いを抱いているとは想像だにしていなかった。おそらくこの不和が家出の主たる原因だったが、同時に節子には、間近に迫った妹の堀合ふき子と宮崎郁雨との結婚の準備を手伝ってやりたいという切なる思いがあった。

節子の家出を知った啄木の最初の反応は、金田一の家に駈(か)けつけ、涙をぽろぽろ流しながら妻の家出を訴えるというものだった。金田一によれば、啄木は涙に暮れながら「到底私は、彼女なしには一日も生きられない。早くもどって来てくれるように、何とかあなたから手紙をやって下さい。そのためには、私のことは馬鹿(ばか)といっても阿呆(あほう)といっても、何といってもいい」と訴えたという[9]。

金田一は長文の手紙を書き、節子に送った。啄木は節子の返事が待っていられなくて、自分でも手紙を一気に書き、家に戻ってくれるよう節子に懇願した。節子が家出したことは許す、と啄木は言った。啄木は社を休んで昼も夜も酒を飲んで暮し、自分の不幸を嘆き悲しんだ。

家出から五日後、不幸な啄木は金田一に次のように訴えている。「私には新しき無言の日が初まりました。私はこの、一寸のひまもなく冷たい壁に向つてゐるやうな心持に堪へられません」。しかし十月二十六日朝、節子は盛岡から帰京した。節子は、啄木との生活に戻る決意を固め、もはや義母が自分をいくら虐待しようと、黙って耐える覚悟をしたようだった。この日、啄木は節子を連れて上野の森を散歩し、一緒に美術展を見ている。(10) こうした啄木の振る舞いを、おそらく節子は自分が啄木のもとに帰った褒美と解釈した。

十一月に入って金田一は偶然、二人の女性の緊迫した現場に立ち会うはめになった。金田一は啄木に会うつもりで家を訪ねたが、啄木は留守だった。出直そうとするもカツが引き留めた。節子が茶を入れる間、カツは金田一が自分の悩みを聞いてくれる恰好の相手と判断し、啄木の残酷な仕打ちに始まり節子の不従順な行為に到るまで、悩みを洗いざらい話した。金田一はカツの愚痴など聞きたくなかったが、話を止めることはできなかった。節子は義母にどんなことを言われても大理石像のように動かず、一語も発しなかった。(11)

金田一は、さらに節子の失踪にまつわるもう一つの証言を記している。そこで展開される場面には、いささかぎょっとさせられる。金田一によれば、金田一と啄木が節子に手紙を書いてから四、五日後、啄木は妻と子供のいない孤独は耐えがたいと言い、「一人で家におれないから、どうぞ、いっしょに来て下さい」と頼んだ。家に入るや啄木は金田一に自分の日記を見せ、特に読んでもらいたい一節を自分の指で示しながら金田一に読ませた。そこには先夜、啄木が母カツに向かって言った言葉が記されてあった。「お母さんが節子をいじめたからだ、お母さんいって連れて来い！」、「酒を買って来い、酒を飲まなくては眠れない[12]」。

さらに読み進めた金田一は、啄木の日記を次のように叙述している。

　十二時もすぎたのに、そういうものだから、お母さん、おどおどして、あぶない足で、真っ暗な梯子段を下りて外へ出て、酒屋をたたいている音が遠く聞こえるが、酒屋が起きない、お母さんの声は泣くように聞こえる。それでも酒屋が起きない。あきらめて、遠方の酒屋へいって泣くような声で戸をたたく、それを聞きながら、止めにも出ず、やっと買って来た酒を飲めもしないくせにあおる……。

そこに記された啄木の自分を責める言葉は、残酷なほど激しく痛々しかった。日記を引いた叙述に続けて、金田一は書く。

　私は涙をぽたぽた落としながら読んで、「創作以上だ、小説以上だ」と心に感嘆した。

それは、同宿時代「病院の窓」だの「菊池君」だのいう小説を書くには書いても、何といっても自分のことではないため、よそよそしくて真実の胸をついてくるものがなくてだめだった。それで

「早く自分のことをお書きなさい」

と私が勧めるのに、

「もったいなくてまだ書けない、書けない」

といって書かず、[13]（後略）

金田一が読んだこの日記は、もはや存在しない。たぶん啄木自身、あまりに辛くて破棄したのではないだろうか。[14]しかし、金田一が言ったことは正しかった。啄木は型にはまった小説に、無駄に時間を使い過ぎていた。この日記に書かれた一夜の出来事を、『ローマ字日記』で語ったと同じ情熱を傾けて書くことができていたなら、啄木は忘れ難い文学作品を創り出したはずである。

他の女たちと情事を重ね、節子に対する恋愛感情は醒めていたにもかかわらず、啄木は今なお節子を深く愛していた。啄木は節子が家出したことを許したが、明治時代の多くの夫は節子のような行為を許しがたいと思っただろう。妻を失うかもしれない

という怖れから受けた衝撃のあまり、啄木は節子の失踪の原因だと思われる母カツに辛く当たった。しかし真夜中に病弱の母に酒を買いに行かせるという残酷な要求は、啄木の性格からして別に意外なことではなかった。幼少時代の啄木は、急に菓子が食べたくなったと言っては、よく真夜中に母に菓子を作らせていたのだ。

この時の啄木の振る舞いとして最も奇妙なのは、いつも秘密にしていた日記を金田一に読ませたことである。啄木が自分の日記を読んでくれと頼んだ相手は、金田一だけだった。啄木は一番の旧友である金田一に自分の赤裸々な心を見せたかったようだが、ついこの前まで啄木は二人の間に完全な理解はあり得ないと書いていたのだ。

翌明治四十三年、啄木と金田一はめったに会うことがなかった。四月、啄木は節子と京子を連れて金田一の新居を訪ねたが、それ以降、時折交わす手紙は別にして日記にはほとんど記述がない。そのため啄木研究家の中には、たぶん政治観の違いから二人はもはや友人ではなくなっていたと結論する者もいる。二人の友情が終ったかのように見えるこの時期を、平凡だが信じるに足る言葉で金田一は次のように書いている。

四十三年から四十四年にかけて、私は、結婚をし、新家庭をもち、職業も馬鹿に忙しくなって、知らず知らず啄木と疎遠になって居た。(15)

啄木は特に、処女歌集『一握の砂』(明治四十三年十二月刊行)を進呈したにもかかわらず、金田一が受け取った旨の葉書すら寄越さなかったことに苛立ちを覚えた。また、金田一と宮崎のように自分の歌がわかる人物は他にいないと献辞に書いたことに対しても、金田一は謝意を示さなかった。金田一との関係は絶えたと啄木は宣言している。(16) 啄木に礼状を出さなかったのは、いつもの金田一らしくない。啄木は当初の予定では自分を飢えから救ってくれた金田一に感謝すると書くはずだったが、実際の本にある著者の献題からはこの一節は削除されていた。金田一が礼状を出さなかったのは、あるいはそのせいかもしれない。すなわち金田一はこの削除を、次のように解釈した――啄木は自分が啄木のためにしてやったことすべてを、もはや有り難いとは思っていない、と。双方にとって緊密な友情関係が回復したのは、啄木の死の一年ほど前になってからだった。

衝撃を与えた家出の後に節子が戻ってくると、啄木は節子がもっと楽しめる生活にしようと試みた。しかし実質的に一家の生活状態を向上させることは、ほとんど不可能だった。啄木は大人四人と子供一人から成る家族を月給二十五円で支えながら、元の下宿の部屋代も支払っていたのだ。収入を増やすために夜勤の仕事も引き受けたが、相変わらず給料の前借りをしなければならず、質屋と縁を切ることもできなかった。また、夜勤の仕事をこなすのは、家で節子といる時間が少なくなることを意味した。家には節子の気晴らしになるようなことはほとんどなく、おそらく食事も粗末なものだった。朝日新聞の同僚たちは、啄木が栄養失調で病気のようだったと書いている。啄木はほとんど同僚と話さなかったから、おそらく節子を楽しませるような職場の話も持ち合わせていなかっただろう。昔の啄木はどこかに消えてしまったようだった。啄木は、かつての魅力を失っていた。啄木研究者の今井泰子（いまいやすこ）は書いている。「啄木は、思想や生活態度のみならず、人格まで変貌（へんぼう）させたのである」(17)。

過労のため、啄木はよく風邪をひき、熱を出した。宮崎に宛てた手紙の中で、「読書を廃し、交友に背き、朝から晩まで目をつぶつたやうな心持でせつせと働いてゐた」と書き、電車に腰掛けながらなんとなく「人間のみじめさ」というようなことを考えたと語っている(18)。

明治四十三年の日記は非常に短く、それも四月の項しかない。しかし日記は多くを語っていないが、この年は啄木の文学活動が結構盛んな時期だった。東京朝日新聞や東京毎日新聞に定期的に詩歌を発表し、また、小説『道（みち）』が「新小説」に掲載された。五月から六月にかけて啄木が執筆した小説『我等（われら）の一団（いちだん）と彼（かれ）』は、啄木の没後に発表された際にまずまずの評判を得た。[19]これは新聞社に雇われている平凡な記者たち（その平凡さが強調されている）の話で、彼らのふだんの陳腐な会話は、遅れて入社した記者によって刺激を受ける。その記者は社会主義者ではないと言うが、一風変わった意見が皆の興味をそそる。この作品が啄木の最後の小説になった。書きたい意欲を失ってはいなかったが、ふたたび挑戦するには啄木はあまりに憔悴していたし、また思うように書けなかった。啄木晩年の小説は時に興味を惹くことがあっても、一般に構成は月並みだし、登場人物は新たな展開を見せない。詩歌と日記で輝きを放っていた啄木の才気は、ここでは影を潜めている。しかし皮肉なことに、自分の小説がうまく行かなかったことに対する失望が、啄木を比類なく優れた自分の領域である詩歌の世界へと向かわせたのである。

啄木の憂鬱な日々は、節子に影響を与えた。一家の日常生活には、節子を楽しませるものが何もなかった。明治四十二年六月十九日の手紙で、節子は「東京はいやだ」と書いている。その後の手紙にも繰り返し出て来るこの言い回しには、啄木との暮しが幸せではないという暗黙の意味が含まれている。東京に対する嫌悪を示した一節のすぐ後には、上京の際に付き添ってくれた宮崎との楽しい旅の思い出が続く。節子と宮崎には話すことが一杯あって、二人は夜汽車の中で明け方まで一晩中おしゃべりを続けた。七月五日、当時宮崎と婚約していた妹のふき子(20)に宛てて、節子は次のように書いている。

上京以来頭の痛まない日はない。(盛岡でもたいてい痛かつたけれどもまぎれて居たのだ)今はまぎれるものはない。夜になれば浅草とか、銀座通とかに行かうと云ふけれども、決してこんなことにだまされてよくなる頭ではない。

節子は、うんざりしていた。啄木は昼間は朝日新聞で校正係としての仕事をこなし、夜勤のない日には批評を書いたり、のちに『一握の砂』に収録されることになる短歌を作るので忙しかった。時折、啄木が節子を外へ連れ出して楽しませようと努めたのは、家には何も愉快なことがなかったからだ。

節子は、自分の健康が心配だった。手紙にも「元気はないし、ひどくやせ、かぎりなくねむかつたり、かぎりなく目がさめて、ねむられなかつたりする。多分神経衰弱だらう(21)」と書いている。また、身体(からだ)の痛みを感じるところについて書き、呼吸するだけで右の胸が肩からあばらのあたりまで痛く、咳(せき)もひどいという。「こう云(い)ふふうでいこうものなら、私の命も長くあるまひと思ふよ」と節子は続けている。

手紙の中で節子は次第に啄木の名前に触れなくなるが、宮崎のことはよく出て来る。それはいつも褒め言葉を伴い、宮崎と結婚することになっている妹ふき子を羨(うらや)んでいるようだ。「ふきさんお前は幸福だ、ほんとうに幸福だ。宮崎さんくらいよい人は、そうあるものではない(22)」。

娘の京子の存在は、節子にとって喜びと慰みの源だと思われがちだった。しかし節子は、「京子、お前たちは可愛(かはいい)とばかり思ふて居るだらう、それは有(あり)がたいが、手も足もつけられないいきかんぼうです。あばれるので（啄木は）何も書かれないと云ふてにがい顔ばかりするし(23)」と妹に書いている。

明治四十二年十二月二十日、節子はふき子に宛て、さらに自分の咳と胸の痛みについて訴えている。正月はよそでは賑(にぎ)やかに祝われるかもしれないが、自分には何も楽しいことはないと述べ、ただ盛岡の母のことばかりが恋しい、と続ける。しかし母に手紙が書けないのは、「ひるの間は京子がうるさいしね、夜はとても思ひもよらない事、今日は幸ひ京子が風邪の為(ため)、ひるねをして居るのですよ(24)」。節子が褒めるのは宮崎だけで、それは不幸な女である自分に同情してくれる唯一(ゆいいつ)の相手が宮崎だったからだ。節子は体調が思わしくなく、「毎日毎日気分が悪いのよ」と書いている。

しばらくして節子は、妹たちとの文通をやめている。宮崎への手紙も、一通しか紹介されていない。節子の手紙を編纂したのは、節子の弟の堀合了輔である。姉節子の評判を守るために、弟了輔が手紙の何通かを故意に削除した可能性はある。しかしこの不十分な本だけでも、金田一が『啄木夫人節子さんの貞節――生きながらの犠牲の生涯――』[25]で美化して描いた女性より、節子が遥かに複雑な人間であることがわかる。啄木の妹光子は、節子が自分に好意を寄せる人々の名を挙げて得意げに話したと書いているが、節子が貞淑な妻でなかったと考える理由は何もない。[26]光子は証人として依拠できない。ともあれ啄木と節子の結婚生活は事実、危機的状況にあった。

第十二章　悲嘆の中の『一握の砂』の成功

結婚生活の問題とはまったく別に、啄木の最も陰鬱（いんうつ）な時期は明治四十三年（一九一〇）六月に発表したエッセイ「硝子窓（ガラスまど）」を書いた時であったかもしれない。この作品で啄木は、絶望がいかに自分の仕事のみならず文学そのものに疑問を抱かせたかを語っている。この短いエッセイが極めて重要であることを強調する数少ない批評家の一人である今井泰子は、「硝子窓」は啄木の仕事の決定的な転機となっていると言う(1)。自分が作家になる運命にあることに初めて気づいて以来、啄木は文学に敬意を払ってきた。ただし詩歌は第二義的なものと感じていて、作家としての自分の真の価値は自分が書く小説作品の成功によって決まると思っていた。しかし「硝子窓」の中で、啄木は文学一般を嘲笑（ちょうしょう）している。一時期、啄木は自然主義が本質的な哲学で、他の何物にも増して文学は称賛すべき価値あるものだと考えていた。しかし次第に人間が作ったもので称賛すべきもの、価値あるものは何一つないと疑うようになった。(2) 明治四十三年四月四日の日記で、おそらく「硝子窓」のことを指して「文学的迷信を罵る論文一つ書いて寝る」と記している。(3)「罵る」対象である「文学的迷信」の性質は挙げていないが、啄木が反対していたのは自然主義の理想だったようである。『ローマ字日記』は、次のように書く。

Sizen-syugi wa hajime Warera no mottomo Nessin ni motometa Tetugaku de atta koto wa arasoware nai. Ga, itu sika Warera wa sono Riron jō no Mujun wo miidasita: sosite sono Mujun wo tukkosite Warera no susunda toki, Warera no Te ni aru Turugi wa Sizen-syugi no Turugi de wa naku natte ita.—Sukunaku mo Yo hitori wa, mohaya Bōkwan-teki Taido naru mono ni Manzoku suru koto ga dekinaku natte kita. Sakka no Jinsei ni taisuru Taido wa, Bōkwan de wa ikenu. Sakka wa Hihyōka de nakereba naranu. De nakereba, Jinsei no Kaikakusya de nakereba naranu. (4)

（自然主義は初めわれらの最も熱心に求めた哲学であったことは争われない。が、いつしか我等はその理論上の矛盾を見出した。そしてその矛盾を突っ越して我等の進んだ時、我等の手にある剣は自然主義の剣ではなくなっていた。——少なくも予一人は、もはや傍観的態度なるものに満足することができなくなってきた。作家の人生に対する態度は、傍観ではいけぬ。作家は批評家でなければならぬ。でなければ、人生の改革者でなければならぬ。）

しかし、作者自身の不幸を描く作品の数々に典型的な「傍観的」な文学である自然主義は、相変わらず小説の手法として最も優位にあった。成功しなかった小説家である自分の人生を不幸と見た啄木は、気が進まないながら文学活動の中心を小説から短歌に移すことにした。短歌は啄木に初期の文学的興味を蘇らせ、ついには散文より遥かに大きな名声をもたらすことになる。しかし、啄木に幸福をもたらしたわけではなかった。(5)

詩人として成功することがいかに難しいか、啄木はよく知っていた。「硝子窓」のはじめのところで、啄木は詩人である友人の例を引いている。友人の伯父は、友人が何で生計を立てているかを知りたがった。友人は、自分の詩が掲載されている雑誌を伯父に見せた。伯父はそれに感銘を受けるどころか、ほかに何か「本当の仕事」があるのだろうと甥の仕事をさげすむ。啄木もまた世間で詩歌が無視されていることから、同じような屈辱を受けていた。初めは自分の「為事（しごと）」を他人に言わないことで、あらゆる対立を避けていた。しかし五年ほど経（た）つと、十七、八歳の頃に懐（なつ）かしい気持を抱いていた詩人志望の若者たちに対して、すっかり同情を失っていた。若い詩人たちの作品を見る前から、啄木は「憐愍（れんびん）」と「軽侮」と、さもなければ「嫌悪（けんお）」を感じるようになった。地面に大きな穴を掘って、これら詩人志望の若者たちをことごとく埋めてしまったら、さぞ世の中はさっぱりするだろうとまで考えた。(6) 啄木は、自分が友人の伯父とまったく同じように「俗人」であることを認めた。今井は、啄木が真剣に短歌に期待をかけたことが生涯に一度でもあっただろうかと疑問を投げかけている。(7)

詩歌で生計を立てるという可能性は斥（しりぞ）けたものの、啄木は自然主義批判を強調しなければならないと思った。なぜ作家たちがロマン主義やその他の主義から自然主義へと移行したか、その理由を啄木は幾つか挙げている。たとえば、文学が単に読者に楽しみを与える道具であってはならないと考える人々がいる。彼らにとって小説は、作者の告白、少なくとも作者の最も深い感情を露呈するものでなければならなかった。時代精神の申し子のような自然主義運動に、彼らは抵抗できないでいた。「自然主義が確実に文壇を占領したといふのも敢（あへ）て過言（くわごん）ではないであらう」と、啄木は言う。(8) 自分がかつて自然主義者であったことを否定はできなかったが、啄木はすでに自然主義文学を嫌悪するようになっていた。自然主義の作品ばかりを特集した号の雑誌を読んだ後、日記に書いている。「つく〲文学といふものが厭に思はれた。読んで〲、しまひにガス〲した心持だけが残つた」(9)。

時に啄木は自然主義の作品に対して、冷酷極まりない侮蔑さえ顕にした。

すでに文学其物が実人生に対して間接的なものであるとする。譬へば手淫の如きものであるとする。そして凡ての文学者は、実行の能力、乃至は機会、乃至は資力無き計画者の様なものであるとする(10)。

ここで啄木は、なぜ日本人は作家として知られることを誇りに思わないのか、という議論に話を切り替えている。

故人二葉亭氏は、身生れて文学者でありながら、人から文学者と言はれる事を嫌つた。坪内博士は嘗てそれを、現在日本に於て、男子の一生を託するに足る程に文学といふものの価値なり勢力なりが認められてゐない為ではなからうか、といふ様に言はれた事があると記憶する(11)。

啄木は自分が二葉亭四迷を理解していると思った。金田一京助によれば、啄木は次のように語ったという。

　本人は、（中略）幾度となく、「二葉亭のロシヤ入りの本心を知っているのは僕だけのような気がする。あの人は、単なるロシヤ文学研究の為にロシヤに入ったのでは無い」と断言し、「客死（かくし）したために全く世に埋れてはしまったが、思想の為の入露だった」と信じ切っていて、我が事のようにその人の死を惜しがっていた。(12)

　啄木は、どういう意味で「思想」という言葉を使ったのか明らかにしていない。二葉亭の社会的関心、特に（社会主義の影響で）貧しい人々を助けようとする努力に、啄木は感銘していたのかもしれない。しかし啄木が何より影響を受けたのは、社会正義について正面から扱ったものではない二葉亭自身の小説や二葉亭の手がけたツルゲーネフの翻訳だった。校正者としての啄木の仕事は、新たに出す『二葉亭全集』の本文を底本（ていほん）と照合して、原文通りかどうかを確認する作業で、これは時間を消耗する退屈な作業だったが、同時に名誉な仕事でもあった。

啄木は明治四十二年（一九〇九）五月十五日、二葉亭がロシアから帰国途中の船上で死んだことを知って、ひどく狼狽（ろうばい）する。その夜、二葉亭に関する意見の相違から、金田一との友情に影がさした。啄木は『ローマ字日記』に記している。

11 ji goro, Kindaichi kun no Heya ni itte Futabatei-shi no Shi ni tsuite katatta. Tomo wa Futabatei-shi ga Bungaku wo kirai —— Bunshi to iwareru koto wo kirai datta to yū no ga kaisare nai to yū. Aware naru kono Tomo ni wa Jinsei no fukai Dōkei to Kutsū to wa wakaranai no da. Yo wa Kokoro ni taerarenu Sabishisa wo idaite kono Heya ni kaetta. Tsui ni, Hito wa sono Zentai wo shirareru koto wa katai. Yōsuru ni Hito to Hito to no Kōsai wa Uwabe bakari da.

Tagai ni shiri-tsukushite iru to omō Tomo no, tsui ni Waga Soko no Nayami to Kurushimi to wo shirienai no da to shitta toki no yarusenasa! Betsu-betsu da, hitori-bitori da! Sō omotte Yo wa ii-gataki Kanashimi wo oboeta.(13) Yo wa Futabatei-shi no shinu toki no Kokoro wo Sōzō suru koto ga dekiru.

（十一時頃、金田一君の部屋に行って二葉亭氏の死について語った。友は二葉亭氏が文学を嫌い――文士と言われることを嫌いだったというのが解されないと言う。憐れなるこの友には人生の深い憧憬と苦痛とはわからないのだ。予は心に耐えられぬ淋しさを抱いてこの部屋に帰った。ついに、人はその全体を知られることは難い。要するに人と人との交際はうわべばかりだ。

　互いに知り尽くしていると思う友の、ついに我が底の悩みと苦しみとを知り得ないのだと知った時のやるせなさ！　別々だ、一人一人だ！　そう思って予は言い難き悲しみを覚えた。予は二葉亭氏の死ぬ時の心を想像することができる。）

　すでに述べたように、啄木と金田一の間に最初の断絶が起きたのは、啄木が作家として自立を遂げるために、金田一を自分の自由を妨げる「束縛」として葬らなければならないと決意した時だった。金田一は、小説『束縛』から自分が感じ取った啄木の敵意と思われるものに感情を傷つけられた。しかし結局は、二人の間に和解が成立した。啄木は、金田一を「束縛」と呼んだことについて謝罪しなかった。しかし、自分が金田一にいかに多くを負っているかを認めざるを得なかった。

　二葉亭の死の三カ月前の二月十五日、別の危機が二人の友情を脅かした。昼頃、日記に「本店にゐる小原敏麿」とだけ記されている男が啄木の下宿を訪れ、啄木は深夜十一時まで続いた男の退屈な長話を聞かされるはめになった。おそらく男は、啄木にとって目上にあたる人物で、追い払うことができなかったのだろう。嫌でたまらない男に丸一日を無駄につぶされたことで、啄木は怒っていた。夜遅く、金田一の部屋に行き、自分が受けたこの災難について語った。「その時は実際自分は何の希望もない様な気がしてゐた」と啄木は日記に書いている。[14] 続けて、「モウ予は金田一君と心臓と心臓が相ふれることが出来なくなつた」と記す。この日記の行間には、何かが抜けている。啄木が一日を無駄に過ごしたことについて、金田一は啄木に十分な同情を示さなかったというのか。ともあれ二人の間で何かがこじれ、啄木は金田一の無理解が将来の二人の親しい関係を不可能にしたと思った。この衝突もいつしか忘れられたが、あるいはこれらが原因で啄木は金田一と住む下宿から去る時が来たと思ったのかもしれない。しかし数々の行き違いがあったにもかかわらず、二人の友情は最後まで壊れることがなかった。

その翌年あたりからの侘(わび)しい生活について、啄木は「硝子窓」の中で書いている。啄木は朝日新聞社の机の上に次から次へと回ってくる仕事の山に忙殺されながらも、それには愉快を感じている。毎日定時に家に帰る際には、家でやるべき仕事について考えてみるという。家に仕事があれば啄木は勇んで帰宅したが、差し迫った用事がない日もある。そういう時は、またつまらない考え事をするしかないのかと不愉快になった。啄木は一つの願望を記している。

「願はくば(ママ)一生、物を言つたり考へたりする暇もなく、朝から晩まで働きづめに働いて、そしてバタリと死にたいものだ。」斯(か)ういふ事を何度私は電車の中で考へたか知れない。(15)

このエッセイは次のように終わっている。

山に行きたい、海に行きたい、知る人の一人もゐない国に行きたい、自分の少しも知らぬ国語を話す人達の都(みやこ)に紛れ込んでゐたい……自分といふ一生物(せいぶつ)の、限りなき醜さと限りなき愍然(あはれ)さを心ゆく許(ばか)り嘲(あざわら)つてみるのは其(そ)の時だ。(16)

なぜ啄木がこうした自己嫌悪に襲われ、逃げ出したい願望に駆られたのか、読者は不思議に思うかもしれない。しかし、これが啄木の真の感情であることは疑いようがない。若き日のロマンティックな作品に書かれた詩人の憂鬱と、これは自ずと異なるものだった。

啄木は、なぜ不幸だったのだろうか。ついに定職を得て、啄木は大新聞社で働いていた。上司（佐藤北江）は、啄木を異例なまでに厚遇した。仕事は確かに地位の高くない校正係だったが、少なくとも当初はその仕事を楽しんでいた。長きにわたって別々に暮らしていた家族とも再会し、一緒に暮らすようになった。給料は、一家が快適に過ごすには不十分だったが、多くの新聞社員の給料に比べて決して悪くはなかった。啄木の文学的生活は向上の兆しを見せていたし、小説（『道』）も雑誌に売れた。九月、東京朝日新聞は文化欄の「朝日歌壇」を新たに復活させ、投稿される短歌の選者に啄木を抜擢した。啄木の心境を知らない人間は啄木のことを幸運と思うはずだが、「硝子窓」は絶望の中で書かれている。

弓町の家にいる時の啄木の不幸な様子は、節子を悲しくさせたに違いない。節子はその憂さを払うように、宮崎郁雨と過した楽しい日々を思い出している。宮崎は優しく思いやりがあり、啄木とはまったく違っていた。節子と宮崎が最初に親しくなったのは、啄木が仕事で否応なく釧路に住むことになった時で、厳寒の釧路は幼児を抱えた若い母親にはふさわしくなかった。啄木は宮崎に家族を頼み、節子を小樽に残して行った。二人がおかしな関係になるかもしれないなど、啄木は露ほども思わなかった。宮崎の勧めで啄木が東京行きを決めた際には、すでに述べたように一家は小樽から宮崎の住む函館に移った。当時函館にいた妹の光子は、京子をおぶった節子と宮崎が一緒に長い散歩をしているのを見たと書いている。また光子は、節子が宮崎のことを「兄さん」と呼び始めたことを指摘し、ある時、「宮崎の兄さんは私が好きだなんていうけど、そんなことはねえ……」と節子が言ったのに対して、ごく冗談に「あら、そんなことはっきりしなくてはいけないわ、――兄さん（啄木）にいうわよ」と、ひやかしたという[17]。この時期から節子は、宮崎に話しかける時や妹に宛てた手紙の中で宮崎のことをいつも「兄さん」と呼ぶようになる。

かねてから節子が貞淑な妻ではないという証拠を探していた光子は、宮崎が節子に付き添って上京した後に起きたある出来事を、金田一京助のエッセイ「啄木末期の苦杯」から引いている。啄木と宮崎が外出する時、節子は啄木と同じように宮崎の背にも羽織を掛けてやった。数日後に宮崎が去った後、それまで節子の振る舞いを観察していた啄木は、節子が宮崎に示した好意に少し嫉妬を感じたと金田一に言ったという[18]。しかし啄木は気を取り直し、こうしたことは当面は忘れられたようである。啄木は宮崎の厚意についてはよく知っていたし、些細なことにいつまでもこだわらなかった。

しかし嫉妬の種は、この時すでに植え付けられていたかもしれない。節子は理想的な妻であったが、少し前に啄木は『ローマ字日記』(明治四十二年四月十五日)で次の事実を認めていた。

Koi wa sameta. Sore wa Jijitsu da: Tōzen na Jijitsu da——kanashimu beki, shikashi yamu wo enu Jijitsu da! (19)

(恋は醒めた。それは事実だ。当然な事実だ——悲しむべき、しかしやむを得ぬ事実だ!)

おそらく節子は、こうした啄木の愛情の変化を感じ取っていたに違いない。まだ函館にいた時代に、宮崎に宛てた明治四十一年(一九〇八)八月二十七日の手紙には、ほかの資料では見られないほど節子の気持がよく現れている。その手紙は「お兄様」に宛てられている。お決まりの挨拶の後、節子は自分が家族の反対にもかかわらず、愛する男と結婚して幸運だと書いている。啄木が偉大な詩人になるという自信が節子にはあった。しかし同時に、啄木が成功しないかもしれないことに節子は気づいていた。

啄木が偉くなれるかなれぬかは神ならぬ身の知る事が出来ませんがたれしも偉くなろうと云ふ自信は持つて居るでせう。ですがそう思ふて居る人がはたして偉くなり得る力を持て居る人かどうかわかりませんのネ……然し私は吾が夫を充分信じて居ります。大才を持ちながらいたづらにうづもるるゲザのたぐひでないかと思ふと何とも云はれません、世の悲しみのすべてをあつめてもこの位可なしい事はないだらうと思ひます。古今を通じて名高い人の後には必ず偉い女があつた事をおぼへて居ます。私は何も自分を偉いなどおこがましい事は申ませんが、でも啄木の非凡な才を持てる事は知つてますから今後充分発展してくるやうにと神かけいのつて居るのです。だから犠牲になる等と云はれると何とも云はれず悲しくなるのです。

ここで節子は、自分に対してあくまで意地を通そうとする啄木の母カツに対する憎しみに触れ、宮崎に向かって「あゝほんとうに私の不平をきいて下さるのはお兄さん一人ですわ、はしたない女と思し召すでせうが可愛相と思ふて下さいませ」と書く。

節子は義母から受けた苦しみを列挙するが、次のように続ける。

あゝ夫の愛一つが命のつなですよ、愛のない家庭だつたら一日も生きては居ません、私は世のそしりやさまたげやらにうち勝た愛の成功者ですけれど今はかく泣かねばなりません……しかし啄木は私の心を知つてるだらうと思ひます。もしも誤解でもする様だとこれ位悲しい事はありません、[20]

自分より遥かに天分のある詩人を尊敬している宮崎が、その詩人の妻に好意的であるのは当然のことだった。啄木を崇拝するあまり、宮崎は啄木と永続的な関係を作りたいと思ったかもしれない。三度にわたって宮崎は、啄木の妹光子と結婚する許しを得ようとしたが不成功に終わった。一方、光子は宮崎の気持に応える素振りは毛ほどにも見せなかったし、宮崎のことなど意に介していなかったとさえ書いている。敬虔なクリスチャンである光子は、独身のまま神の信仰に自分の生涯を捧げるつもりでいた。仮に結婚するとしても、光子の夫は同じ信仰を持つ人間でなければならなかった。[21] 啄木が結婚を許さない理由として宮崎に言ったのは、自分の妹を友人に与えるのは気が進まないということだった。おそらく啄木は、光子が友人の妻には値しないと言いたかったのだろう。[22] 代わりに啄木は、節子の二人の妹のうちの一人と結婚するよう勧めた。宮崎はその二人ともにあまり面識がなかったが、意外にも即座に啄木の助言を受け入れた。たぶん宮崎は、節子の妹と結婚すれば啄木が自分の義兄になると考えたのではないか。宮崎は、二人のうち上の妹ふき子と結婚することにした。その結婚生活は幸せだった。宮崎は、ふき子に将来の社会的および金銭的な成功を保障した。節子も、自分の妹が本当に立派な男と結婚することになって喜んだ。

明治四十三年四月十二日、啄木はついに奮起して短歌二百五十五首を選び、出版社の春陽堂に持ち込んだ。不運にも啄木が知っていた編集者は外出していて「店の番頭」に原稿を託さざるを得なかった。(23)その後、春陽堂からは、啄木の歌集には興味がないと知らされた。(24)

啄木は、肉体的にも精神的にも人生でどん底の状態にあった。『二葉亭全集』の第二巻を編纂（へんさん）する名誉を与えられたが、まず第一巻を編纂した西村酔夢の仕事を完成させなければならず、同時に校正係としての通常の仕事もこなさなければならなかった。これらの仕事の重圧で、啄木は疲労困憊（こんぱい）していた。四月の二十日頃には、「今月は駄目な月だつた！」と妻に語っている。(25)

新聞社での仕事の負担に加えて、健康を害していたにもかかわらず、啄木は着実に短歌を作り続けた。『一握の砂』の版元である東雲堂書店（しののめどうしょてん）に持ち込んだ短歌の八割以上は、明治四十三年に書かれたものである。(26)

これより少し前、啄木は東京朝日新聞の社会部長渋川玄耳（しぶかわげんじ）（一八七二—一九二六）に自分の短歌を見てもらっている。三月、渋川は啄木が持参した短歌に目を通し、掲載を承諾した。渋川の回想によれば、啄木はどちらかといえば無口だったという。おそらく上司の前で緊張していたからだろうが、あるいは渋川が自分の短歌について何を言うか心配だったのかもしれない。啄木の風采（ふうさい）にも渋川は感銘を受けていない。啄木はまだ二十四歳だったが、渋民時代の傲慢（ごうまん）な態度は消えていた。啄木はその貧弱な体格のせいで、いかにも病弱に見えたともいう。(27) 疲れ切っている上に、おそらく食事も満足にとっていなかったため、我々が写真で見て感嘆する啄木の美男ぶりも衰えて見えたに違いない。

渋川は朝日の「歌壇」を担当していたが、すでにこれを廃止していた。意欲的な歌人たちが投稿してくる作品が、いずれも陳腐で期待外れだったからである。しかし啄木の短歌を読んで、その新鮮さと個性に打たれた渋川は、試しに啄木の短歌を二、三日おきに朝日新聞に掲載してもいいと思った(28)（これがきっかけとなって、のちに「歌壇」が復活され、啄木がその選者に抜擢されることになった）。啄木は四月二日の日記に書いている。

渋川氏が、先月朝日に出した私の歌を大層讃めてくれた。そして出来るだけの便宜を与へるから、自己発展をやる手段を考へて来てくれと言つた。(29)

短歌が書かれたのは東京だったが、渋民、盛岡、そして北海道と、いずれも啄木にとって特別な思い出のある土地が歌の舞台となっていた。明治四十一年以降に作った一千首以上の中から、啄木は五百五十一首を選んで歌集一巻とした。(30)本の題を『一握の砂』としたのは、おそらく最初の二首で「砂」が大事な役割を果たしているからだろう。

啄木は明治四十三年十月四日、処女歌集『一握の砂』の原稿を東雲堂書店に二十円で売った。同じ日、啄木に初めて男子が誕生した。啄木は友人や節子の叔父に短い手紙を書き、その朗報を伝えている。

節子儀今暁二時大学病院にて男児分娩、至極の安産にて母子共に健全に候　間何卒御安心被下度、赤ん坊の大きいには看護婦もたまげ居候位に候(31)

赤ん坊は、朝日新聞の恩人佐藤北江の本名から「真一」(32)と名づけられた。啄木の嬉しそうな文面にもかかわらず、誕生時にすでに病気がちだった真一は次第に衰弱して行き、十月二十八日に死んだ。その日、啄木は光子に書いている。

長男真一が死んだ、昨夜は夜勤で十二時過に帰つて来ると、二分間許り前に脈がきれたといふ所だつた、身体はまだ温かかつた、医者をよんで注射をさしたがとう／＼駄目だつた、真一の眼はこの世の光を二十四日間見た丈で永久に閉ぢた葬儀は明二十九日午後一時浅草区永住町了源寺で執行する[33]

啄木はたった一人の男子の死を悲しんだが、完全に打ちのめされたわけではなかった。たぶん三週間にわたって赤ん坊が日に日に弱って行く姿を見ていたからだろう。啄木は日記に淡々と書いている。

（『一握の砂』の）稿料は病児のために費やされたり。而してその見本組を予の閲したるは実に真一の火葬の夜なりき。[34]

真一の死について啄木は短歌八首を書き、『一握の砂』の末尾に入れた。最後の短歌は次の一首である。

かなしくも
夜明くるまでは残りゐぬ
息きれし児の肌のぬくもり

Heart-breaking—
The warmth in the skin of a child who breathed his last
Lingering till the break of day.

言うまでもなく、啄木は息子の死を大いに悲しんだ。しかしその悲しみは、処女歌集『一握の砂』を作るのに自分が深く関わることを妨げなかった。啄木は本の表紙に使われる色について指示を与え、本の題と著者の名前の位置や活字の大きさを図示している。[35]『一握の砂』を、これまで日本で作られたどの本とも違い、啄木が欲しくてたまらないヨーロッパの本と同じような美しいものにしたかったのだ。一般に短歌は一首が一行で印刷されたが、『一握の砂』の短歌はすべて不揃いの三行で印刷された。[36]

すでに述べたように明治四十三年十月、啄木は東雲堂書店と出版契約を結び、まず二十円の稿料のうち十円を受け取った。印刷部数は五百部、発行日は十二月一日だった。『一握の砂』は、渋川玄耳が藪野椋十（やぶのむくじゅう）という別号で書いた序文から始まる。軽妙な文体で書いているが、その批評が明らかにしているように渋川は啄木が卓越した詩人であると考えていた。『一握の砂』から十一首を引用し、それはだいたいにおいて名詩選の選者だったら選ばないような歌だ。この序文は『一握の砂』の先駆的研究として称（たた）えられているが、渋川の批評はあまり参考にならない。最初に引いた歌に付された解説が、その典型である。

　此（これ）ア面白い、ふン此（こ）の刹那（せつな）の心を常住（じやうぢゆう）に持（ぢ）することが出来たら、至極（しごく）ぢや。面白い処（ところ）に気が着いたものぢや、面白く言ひまはしたものぢや。

渋川の序文に続いて、啄木が書いた短い献辞がある。啄木は友人宮崎と金田一について次のように書き、亡（な）くなった真一にも触れている。

　この集を両君に捧ぐ。予はすでに予のすべてを両君の前に示しつくしたるものの如し。従つて両君はここに歌はれたる歌の一一につきて最も多く知るの人なるを信ずればなり。

また一本をとりて亡児真一に手向く。この集の稿本を書肆の手に渡したるは汝の生れたる朝なりき。この集の稿料は汝の薬餌となりたり。而してこの集の見本刷を予の閲したるは汝の火葬の夜なりき。

『一握の砂』に収録された短歌の多くは、一読して楽しめる。この歌集が広く読まれてきたのはそのためである。しかし注意深く読めば、次に引く巻頭の（そして最も有名な）短歌のように、一見単純そうな歌の中にも重層的な意味を読み取ることができる。

東海の小島の磯の白砂に
われ泣きぬれて
蟹とたはむる

On the white sand of a shore

Of a little island in the eastern sea
Soaked in tears, I play with a crab.

「小島」はおそらく日本を指しているが、まず多くの読者は誰かに教わらなければそれに気づかないだろう。さらに、なぜ「小島」が「東海」にあるのか不可解である。この歌の舞台は、ほぼ間違いなく日本の北端の島である北海道の函館の砂浜である。「東海」は、現在の東シナ海の海域を指して中国の文人たちが使った言葉だった。しかしこうしたかなり特殊な隠喩（いんゆ）は、平均的な読者にはわかりにくい。たぶん「東海」の意味と関係なく「とうかい」という音の響き自体が、違う方角にある海よりこの歌の調べにふさわしかった。(37) この歌は一般に理解されているより複雑だが、歌が読者に間違いなく喚起するのは、寂しい砂浜に独りでいる少年の忘れ難い姿である。『一握の砂』に収められた多くの歌に、読者は一読して心を奪われる。

よごれたる足袋（たび）穿（は）く時の
気味（きみ）わるき思ひに似たる
思出（おもひで）もあり

give me
the creeps
some memories
like putting on
dirty socks (38)

汚れた足袋と昔の思い出の組み合わせは、おかしくもあり心動かされもする。この歌を書けたのは啄木だけかもしれない。

たはむれに母を背負ひて
そのあまり軽(かろ)きに泣きて
三歩(さんぽ)あゆまず

kidding around
carried my mother

piggy-back
I stopped dead, and cried.
she's so light...[39]

何がなしに
頭のなかに崖ありて
日毎に土のくづるるごとし

feels like
there's a cliff
in my head
crumbling
day by day[40]

これらを始めとする数多くの忘れ難い歌が、『一握の砂』を啄木の最高傑作にした。それはすでに日本文学の古典となっており、こうした歌に現れた詩人の心の魅力は、日本の詩歌が読まれる限り人の心を動かし、また楽しませることだろう。

　これが優れた歌集であることが認められるのに、長くはかからなかった。旧友の瀬川深(せがわふかし)（藻外(そうがい)。一八八五—一九四八）に宛てた明治四十四年（一九一一）一月九日付の手紙は、啄木が読んだ『一握の砂』の書評に触れている。そのすべてが好評だった。啄木は書く。

　新聞は毎日と日報が来るから読んでゐるが、盛岡も大分変つたらしい(41)、岡山(をかやま)（儀七(ぎしち)）は毎日の編輯長(へんしふちやう)をしてゐて、今度の歌集に対して三日間ばかり批評してくれた、

（中略）

　君は知らない筈(はず)だが、北海道は僕の第二の故郷だ、今度の歌集も北海道で一番売れるだらうと思つてゐる、函館の一新聞の如きは、頼みもしないのに二段抜きの気のきいた広告を雑報の中へワリ込みで二週間もつゞけて出してくれた、さうしてその掲げてゐる批評はもう二十何回かになつてゐるがまだ終らない、恐らくこんな長い批評を受けた歌集は何処(どこ)にもあるまい、同じ函館の別の新聞も十何回かの批評を出した、小樽の新聞でも札幌の新聞でも釧路の新聞でも特に署名した批評をのせてくれた(42)、

読者から受け取る手紙のすべてに返事を書けるだろうか、と啄木は思った。

啄木は手紙の中で真一の死の悲しみについて語っているが、全体の調子は自分の本が成功したことの喜びに満ちている。長く続いた啄木の逆境は、終りを告げようとしているかのように見えた。啄木は売れた部数を自慢しなかったし、本が成功した結果として朝日新聞社が昇給してくれたとも書いていない。しかし啄木は二月十二日の日記に、二つの雑誌（有名な「早稲田文学」を含む）に歌を送った、と書いている。絶望の直後に、成功が訪れたのだ。しかしその成功は、苦しい貧困から啄木を解放しなかった。啄木とその詩歌の名声が数多くの読者に知られるのは、啄木の死後になってからである。

第十三章　二つの「詩論」

『一握の砂』の成功で、啄木は歌人としての名声を確立した。すでに明治四十二年（一九〇九）十一月、東京毎日新聞に書き始めた詩に関するエッセイで啄木は詩歌の批評家として認められ、その翌年九月には東京朝日新聞に設けられた「朝日歌壇」の選者に抜擢（ばってき）されている。二つの新聞に批評家として登場したことは、詩歌の世界における啄木の地位を揺るぎないものとした。それまで啄木は、短い記事や評論の中で同時代の詩歌や詩歌の将来について意見を述べたことはあるが、詩人としての自分の成長を持続的に語った文章は発表していなかった。その空白を埋める最初の試みが、明治四十二年十一月から東京毎日新聞に連載を始めたエッセイだった。

この一連のエッセイは、公式には『弓町（ゆみちょう）より』と題されている。これは啄木が当時住んでいた町名から取ったものだが、むしろ『食（くら）ふべき詩』というもう一つの題で呼ばれることが多い[1]。この変わった題は、啄木が電車の車内広告で見かけたビールの宣伝文句からヒントを得たものだ。啄木の説明によれば、詩は両足を「地面」につけて歌うもので、「珍味」や「御馳走」ではなく、ふだん飲むビールや日常の食事の「香の物」のようなものであるべきだ、というのである[2]。

『食ふべき詩』に語られた啄木の詩歌論は主として「詩」に関するものだが、これは大ざっぱに言って短歌でも俳句でもない日本の詩歌、という意味で使われているようである。それはどんな長さでもよくて、各行も短歌のように五音や七音である必要はなかった。自由詩の一種と言っていいかもしれない。

数多くの詩論と違って、『食ふべき詩』は初心者の手引きとして書かれたものではない。これは詩人としての啄木自身の経験を語るものであり、時に自叙伝の形を取っている。啄木は「詩」を研究した努力の片鱗を語っているが、師に学んだか独学したかについては触れていない。

『食ふべき詩』という愉快な題名であるにもかかわらず、このエッセイは絶望の時代の記述から始まり、後半に到って初めて「詩」の研究や詩作から受けた満足感について語っている。不幸な日々について啄木は、「私の今日迄歩いて来た路は、恰度手に持つてゐる蠟燭の蠟の見る〳〵減つて行くやうに、生活といふものゝ威力の為に自分の『青春』の日一日に滅されて来た路筋である」[3]と書く。啄木は「詩」によって、この陰鬱な日々から救われた。不幸な時代の記述は、そのまま「詩」に対する情熱の話へと移って行く。

以前、私も詩を作つてゐた事がある。十七八の頃から二三年の間である。其頃私には、詩の外に何物も無かつた。朝から晩まで何とも知れぬ物にあこがれてゐる心持は、唯詩を作るといふ事によつて幾分発表の路を得てゐた。さうして其心持の外に私は何も有つてゐなかつた。——其頃の詩といふものは、誰も知るやうに、空想と幼稚な音楽と、それから微弱な宗教的要素（乃至はそれに類した要素）の外には、因襲的な感情のある許りであつた。自分で其頃の詩作上の態度を振返つて見て、一つ言ひたい事がある。それは、実感を詩に歌ふまでには、随分煩瑣な手続を要したといふ事である。譬へば、一寸した空地に高さ一丈位の木が立つてゐて、それに日があたつてゐるのを見て或る感じを得たとすれば、空地を広野にし、木を大木にし、日を朝日か夕日にし、のみならず、それを見た自分自身を、詩人にし、旅人にし、若き愁ひある人にした上でなければ、其感じが当時の詩の調子に合はず、又自分でも満足することが出来なかつた。

> 二三年経つた。私がその手続に段々慣れて来た時は、同時に私がそんな手続を煩はしく思ふやうになつた時であつた。さうして其頃の所謂「興の湧いた時」には書けなくつて、却つて自分で自分を軽蔑するやうな心持の時か、雑誌の締切といふ実際上の事情に迫られた時でなければ、詩が作れぬといふやうな奇妙な事になつて了つた。月末になるとよく詩が出来た。[4] それは、月末になると自分を軽蔑せねばならぬやうな事情が私にあつたからである。[5]

日本の詩歌として古来尊重されてきた短歌でなく、なぜ「詩」を研究したのか、啄木は明らかにしていない。すでに消失している啄木初期の詩歌は、事実、少年時代に好きだった『古今集』の短歌の模倣であったかもしれないし、あるいは父一禎の正統的な嗜好に従ったものであったかもしれない。啄木が「詩」を書こうとしたのは、おそらく自分が選んだいかなる題材も扱うことができて、長さにも制限がないからだろう。短歌と違って、古来尊重され続けてきた数々の規則に拘束されることがない「詩」の自由さが啄木を惹きつけたのだ。

しかし啄木は、「詩」を書くことで短歌をやめたわけではない。啄木にとって短歌を作ることはまるで呼吸をするように自然な行為だったようで、いくらでも書くことができた。『食ふべき詩』の中では自分が作った短歌にほとんど触れていないが、反逆者であるにしては意外にも、啄木の短歌は典型的な三十一音、すなわち五音と七音が交互に現れる形式をほぼ忠実に守っている。

同時に、短歌はほとんど文語で書かれた。折に触れて口語を使っているのが現代日本語への唯一（ゆいいつ）の譲歩だが、それが啄木の短歌に時代性を与えている。またこれとは正反対に、啄木は時に語を現代的な意味よりもむしろ古語における意味で使った。「詩」は原則として伝統的な短歌の形式と言語を拒否したが、かなりの研鑽（けんさん）を積んだのち、啄木は「詩」の言語特有のロマンティックな誇張が、昔の詩歌の美辞麗句同様に退屈であり得ることを発見した。

啄木が最初に出した本『あこがれ』（明治三十八年）は詩集である。批評家の中にはその詩に現れた心の動きに称賛を示す者もいれば、その誇張された表現を一笑に付す者もいて、また与謝野晶子の模倣に過ぎないとも言われた。こうした批評に失望した啄木は、「詩」を作るのをやめた。啄木はその変化を、次のような言葉で述べている。

さうして「詩人」とか「天才」とか、其頃の青年をわけも無く酔はしめた揮発性の言葉が、何時の間にか私を酔はしめなくなつた。恋の醒際のやうな空虚の感が、自分で自分を考へる時は勿論、詩作上の先輩に逢ひ、若くは其人達の作を読む時にも、始終私を離れなかつた。それが其時の私の悲しみであつた。さうして其時は、私が詩作上に慣用した空想化の手続が、私のあらゆる事に対する態度を侵してゐた時であつた。空想化する事なしには何事も考へられぬやうになつてゐた。

　象徴詩といふ言葉が、其頃初めて日本の詩壇に伝へられた。私も「吾々の詩は此儘では可けぬ。」とは漠然とながら思つてゐたが、然し其新らしい輸入物に対しては「一時の借物」といふ感じがついて廻つた。

　そんなら何うすれば可いか？　其問題を真面目に考へるには、色々の意味から私の素養が足らなかつた。のみならず、詩作その事に対する漠然たる空虚の感が、私が心を其一処に集注する事を妨げた。尤も、其頃私の考へてゐた「詩」と、現在考へてゐる「詩」とは非常に違つたものであるのは無論である[6]。

『食ふべき詩』は時に自伝風になるが、そこに描かれた出来事や心の動きには日付もなければ年代順になっているわけでもない。各パラグラフの主題は唐突に変わり、時に啄木の思考の筋道をたどるのが困難となるが、啄木が書くことは何でも興味をそそる。

たとえば「詩を書いてゐた時分に対する回想は、未練から哀傷となり、哀傷から自嘲となつた」と、啄木は書く。

人の詩を読む興味も全く失はれた。眼を瞑つた様な積りで生活といふもの丶中へ深入りして行く気持は、時として恰度痒い腫物を自分でメスを執つて切開する様な快感を伴ふ事もあつた。(中略)何時しか詩と私とは他人同志のやうになつてゐた。会々以前私の書いた詩を読んだといふ人に逢つて昔の話をされると、嘗て一緒に放蕩をした友達に昔の女の話をされると同じ種類の不快な感じが起つた。生活の味ひは、それだけ私を変化させた。(7)

詩人としての経歴は二十歳頃で終わった、と啄木は書いている。明治四十一年(一九〇八)、啄木は釧路新聞社の仕事を始めるために、小樽から釧路へ旅立った。北海道東端の侘しい厳寒の町として知られる釧路へ行くことを啄木は躊躇したが、選択の余地がないのはわかっていた。小樽日報での哀れな事件の後、啄木を雇ってくれる人間は容易に見つからず、詩人としての啄木の収入も微々たるものだった。あたかも無慈悲な運命によって余儀なく最果ての地へと旅するかのように、啄木は振る舞った。自分に仕事を与えてくれた釧路新聞社の社主白石義郎の好意を、最初は有り難いと思っていなかったようだ。明治四十一年一月十九日、啄木は母と妻、子供を小樽に残して釧路へ向かった。

小樽の自宅を出てから釧路に到着するまでの旅について、一連の短歌二十三首を書いた(8)。これら啄木の傑作に入る短歌は『一握の砂』に収録されているが、それがすべて実際に旅の途中で書かれたかどうかは明らかではない。家族との別離の辛さを詠んだ次の短歌は、『一握の砂』が初出である。

子を負ひて
雪の吹き入る停車場に
われ見送りし妻の眉かな

The child on her back
In the station where the snow is blowing in
The eyebrows of my wife, who came to see me off.

小さな娘をおぶって凍てつくような停車場に震えながら立っている妻の眉に、啄木は眼をとめる。詩歌では多く、眼の表情で悲しみが伝えられるが、それが節子の眉であることによって、夫と妻の別離の寂しさと不安が生き生きと描き出されている。

啄木の一番深い感情は、ほとんどが短歌の形を取った。この旅を描く一連の短歌は、全体でひとつの詩を形作っているようなものではない。汽車が目的地に向かって荒野を走っている間、さまざまな考えが啄木の心の中で錯綜していたことを示唆している。

二番目の短歌は、啄木が小樽日報社で喧嘩した相手だった小林寅吉についてのものである。とどのつまり、その喧嘩が原因で啄木は釧路行きの汽車に乗っているのだった。

敵として憎みし友と
やや長く手をば握りき
わかれといふに

The friend I hated as an enemy

Shook my hand rather a long time
It was by way of farewell.

二人の男は喧嘩以来お互いに憎み合っていたが、やがて小林は自分が容赦なく啄木を打擲したことを後悔した。そして自分の敵が、はるばる遠い釧路に向けて出発しようとしているのが、自分のせいであることを知っていた。

三番目の歌は、停車場にいる人々が自分の表情から負け犬の敗北感を読み取るのではないかという啄木の思いを語っている。

ゆるぎ出づる汽車の窓より
人先に顔を引きしも
負けざらむため

As the train pulled out, I moved my face
Before anyone else from the window
To keep people from seeing me defeated.

みぞれの降る荒漠たる石狩平野を汽車が走っている時、啄木はツルゲーネフの本を読んでいた。おそらくその作品は、シベリアに流刑となった男の話だったのではないか。釧路は啄木にとってのシベリアだった。

みぞれ降る
石狩の野の汽車に読みし
ツルゲエネフの物語かな

I remember now as sleet falls
Across the Ishikari Plain
The novel by Turgenev I read on a train.

五番目の歌で啄木は、自分が釧路へと去ったことを知った時の、小樽の人々の反応について考えている。自分が何の同情も受けないことを、啄木は知っている。

わが去れる後の噂を
おもひやる旅出はかなし
死にゆくごと

The thought of their gossip, once they
Hear I've gone, makes the journey sadder,
Like going to my death.

釧路は、思っていたより快適であることがわかった。自身で誇らしげに語っているように、あっという間に町中の人間が啄木のことを知った。啄木は芸者遊びの楽しみも覚えた。しかし啄木は厳寒の釧路から逃げ、東京へと戻る。釧路滞在中、啄木は東京の詩人たちの間で思想と文学を結びつける新しい動きがあることを風の便りで知った。啄木は「思想」を社会主義革命の意味に解釈していたかもしれないが、新しい運動の仲間たちが心に描いていたのは、そうした劇的な意味ではなくて詩歌を現代の口語で書くということだった。

啄木は、すでに「詩」のロマンティシズムに興味を失い、「空想」文学にうんざりするようになっていた。啄木が経験してきた「現実」の数々の困難は、新しい運動の精神に共感を抱かせた。啄木は、詩歌は必ずしも美や愛のみを語るものではないということを運動の仲間たちを通して知った。貧困の悲惨や、ごく日常的な出来事もまた、詩歌の題材にふさわしいのだと。

啄木は書いている。

> 詩が内容の上にも形式の上にも長い間の因襲を蟬脱（抜け出すこと）して自由を求め、用語を現代日常の言葉から選ばうとした新らしい努力に対しても、無論私は反対すべき何の理由も有たなかつた。「無論さうあるべきである。」さう私は心に思つた。然しそれを口に出しては誰にも言ひたくなかつた。言ふにしても、「然し詩には本来或る制約がある。詩が真の自由を得た時は、それが全く散文になつて了つた時でなければならぬ。」といふやうな事を言つた。私は自分の閲歴の上から、どうしても詩の将来を有望なものとは考へたくなかつた。会々其等の新運動にたづさはつてゐる人々の作を、時折手にする雑誌の上で読んでは、其詩の拙い事を心潜かに喜んでゐた。[9]

啄木の議論に付いて行くのは、なかなか難しい。「新運動」に喜んで参加し、詩歌の改革を求める詩人たちに同意するのであれば、なぜ啄木は「新運動」の仲間たちによって書かれた詩が拙いことを見つけて喜んだのだろうか。また「現代日常の言葉」が詩歌にとって最適と考えるのであるなら、なぜ啄木は詩歌が散文にならないための「制約」の必要性を主張したのだろうか。

啄木は、詩歌は現代の人間の話し言葉で書かれなければならないと繰り返し断言している。明治四十年代以後の詩は明治四十年代以後の言葉で書かれなければならない、と。こうした確信にもかかわらず、啄木は自分の短歌は文語（すなわち、今や読んだり書いたりはできても誰も話さない死語）で作り続けた。啄木は、自分自身の詩歌の方法にほかならない「議論」を取り上げ、「一応尤もな議論である」と述べている。[10] その「議論」とは以下のようなものである。「人の素養と趣味とは人によって違ふ。或内容を表出せんとするに当つて、文語によると口語によるとは詩人の自由である。詩人は唯自己の最も便利とする言葉によつて歌ふべきである」——啄木は、こうした考えに基づいて口語で「詩」を作ったのではないだろうか。

なぜ現代の日本語で短歌を書かないのかを、啄木は説明していない。思うに、口語で短歌を書かない理由は、文語で歌を作るのが啄木にはあまりにも自然だからであり、また啄木が古語を愛していたからであろう。同時に文語は口語より無駄がなく簡潔で、それは三十一音節だけで短歌を作る詩人にとって何より重要なことだった。しかし啄木は一方で、文語が口語よりも優雅だからと考えて文語で詩歌を作る詩人には我慢がならなかった。『食ふべき詩』の中で、啄木はある人物の「議論」を引用して論じる。

> 詩は古典的でなければならぬとは思はぬけれども、現代の日常語は詩語としては余りに蕪雑（雑然としていること）である、混乱してゐる、洗練されてゐない。といふ議論があつた。（中略）然し此議論には、詩其物を高価なる装飾品の如く、詩人を普通人以上若くは以外の如く考へ、又は取扱はうとする根本の誤謬が潜んでゐる。同時に、「現代の日本人の感情は、詩とするには余りに蕪雑である、混乱してゐる、洗練されてゐない。」といふ自滅的の論理を含んでゐる。[11]

『食ふべき詩』の前半で、啄木は回想している。

「――新体詩人です。」と言つて、私を釧路の新聞に伴れて行つた温厚な老政治家が、或人に私を紹介した。私は其時程烈しく、人の好意から侮蔑を感じた事はなか

った。(12)

この老政治家の紹介の言葉から啄木はどんな侮蔑を感じたのか、具体的には述べていない。思うに、自分が象徴主義や外国の詩の韻律その他の特徴と結びつけて考えられたこと自体が、啄木を苛立たせたのではないだろうか。

『食ふべき詩』の後半に到って、啄木は幾つかの提案をしている。(13) なによりもまず、啄木は詩人という特殊な人間の存在を否定した。詩を書く人間を他人が詩人と呼ぶのは差し支えないが、当人は自分を詩人と思ってはいけないと言うのだ。

可けないと言つては妥当を欠くかも知れないが、さう思ふ事によつて其人の書く詩は堕落する……我々に不必要なものになる。詩人たる資格は三つある。詩人は先第一に「人」でなければならぬ。第二に「人」でなければならぬ。第三に「人」でなければならぬ。さうして実に普通人の有つてゐる凡ての物を有つてゐるところの人でなければならぬ。(14)

次に、詩はどうあるべきかを論じている。

詩は所謂詩であつては可けない。人間の感情生活（もつと適当な言葉もあらうと思ふが）の変化の厳密なる報告、正直なる日記でなければならぬ。従つて断片的でなければならぬ。――まとまりがあつてはならぬ。(15)

詩が断片的でなければならないという主張は、詩歌の批評としては珍しい。この一節は、どんな長い説明よりも啄木の短歌の特徴をよく語っている。

『食ふべき詩』の中で啄木は、ある時期に四、五百首の短歌を作ったということ以外、短歌について直接にはほとんど触れていない。(16) 短歌について多くを語り始めるのは、明治四十三年（一九一〇）の短歌誌「創作」十月号に発表された尾上柴舟（一八七六―一九五七）の『短歌滅亡私論』を読んだ後だった。

短歌はすでに行き詰まっていると柴舟は論じた。歌人たちは今や何百首もの一連の短歌を詠んでいる。それは一首ごとに読まれて分析されるよりは、むしろ長い全体の一部として見られている。これは、短歌の三十一音節では自分たちの複雑な感情を表現できないという現代の詩人の感覚から生じたものである。さらに文語――現代の考えを記述することができない死語――が相変わらず使われていることが、短歌の死を不可避なものとしている、と。[17]

柴舟の論文は、歌壇にセンセーションを巻き起こした。啄木はただちにこれに反応を示し、短歌について自分の意見を述べた。啄木が発表したこの短い文章は『一利己主義者と友人との対話』と題され、「創作」十一月号に掲載された。啄木は短歌の死を予言した柴舟を非難するどころか、その意見に概ね同意を示している。この作品は啄木自身と思われる「A」と、柴舟の意見を代弁するかのような「B」と名づけられた友人との会話の形をとっている。会話の終わりに近い部分を除いて、表面上は真の主題である詩歌とは関係のない会話が続く。この作品を読み始めた読者は、なぜ啄木がわざわざ二人の人物の平凡な会話を記録しているのか不審に思うかもしれないが、最後の数ページに到って、啄木の最も感動的な意見が展開され、短歌に対する啄木の愛情が見事に浮き彫りにされる。

対話はたとえば「A」がどうやって三等切符で一等船室に乗れたかといったようなことが語られるが、調子は次第に真面目になって、特にそれは「A」(啄木)が「B」(柴舟)に、短歌の終焉を予言したのはほかならぬ柴舟自身の短歌が行き詰まったからではないかと問う時である。「B」はユーモアをもって、かつて「A」が短歌が滅びると言ったのは「A」自身の歌が行き詰まったからではないかと応じる。[18]「A」は、おそらくにこりともせずに「さうさ。歌ばかりぢやない、何もかも行きづまつた時だつた」と応(こた)える。

一方で「A」は、仮に短歌がその当時のように長く連なる一続きのものであるにせよ、あくまで短歌を擁護する。「B」は、これに対して次のように問う。

B　君はさうすつと歌は永久に滅びないと云(い)ふのか。
A　おれは永久といふ言葉は嫌ひだ。
B　永久でなくても可(い)い。兎(と)に角(かく)まだまだ歌は長生(ながいき)すると思ふのか。
A　長生はする。昔から人生五十といふが、それでも八十位(くらゐ)まで生きる人は沢山(たくさん)ある。それと同じ程度の長生はする。しかし死ぬ[19]。

二人が一致したのは、文語と現代語が混在している詩歌の現状から、日本語が口語に統一されなければならないということだった。「B」は、現代の詩人たちの言葉がもはや五音と七音を交互に並べるリズムを失っていると指摘した。「A」は、この話をさらに進めて次のように応える。

五が六に延び、七が八に延びてゐる。そんならそれで歌にも字あまりを使へば済むことだ。自分が今迄勝手に古い言葉を使つて来てゐて、今になつて不便だもないぢやないか。成るべく現代の言葉に近い言葉を使つて、それで三十一字に纏りかねたら字あまりにするさ。それで出来なけれあ言葉や形が古いんで、なくつて頭が古いんだ。

詩歌の言語を口語にしなければならないとする啄木の断言にもかかわらず、これは啄木が自分の短歌で文語を使っている矛盾を正当化しているに等しい。最後の部分には、この対話の中で最も有名かつ感動的な「A」（啄木）の意見が登場する。

人は歌の形は小さくて不便だといふが、おれは小さいから却つて便利だと思つてゐる。さうぢやないか。人は誰でも、その時が過ぎてしまへば間もなく忘れるやうな、乃至は長く忘れずにゐるにしても、それを言ひ出すには余り接穂がなくてとうとう一生言ひ出さずにしまふといふやうな、内からか外からかの数限りなき感じを、後から後からと常に経験してゐる。多くの人はそれを軽蔑してゐる。軽蔑しないまでも殆ど無関心にエスケープしてゐる。しかしいのちを愛する者はそれを軽蔑することが出来ない。(中略)一生に二度とは帰つて来ないいのちの一秒だ。おれはその一秒がいとしい。たゞ逃がしてやりたくない。それを現すには、形が小さくて、手間暇(てまひま)のいらない歌が一番便利なのだ。実際便利だからね。歌といふ詩形を持つてるといふことは、我々日本人の少ししか持たない幸福のうちの一つだよ。[20]

ちょっと間を置いて「A」は、「おれはいのちを愛するから歌を作る。おれ自身が何よりも可愛(かはい)いから歌を作る」と続け、さらに間をとって「しかしその歌も滅亡する。理窟(りくつ)からでなく内部から滅亡する。しかしそれはまだまだ早く滅亡すれば可(い)いと思ふがまだまだ」と続ける。

ここで「B」は、対話のユーモラスな調子を保とうとして言葉を差し挟む。「いのちを愛するつてのは可いね。君は君のいのちを愛して歌を作り、おれはおれのいのちを愛してうまい物を食つてあるく。似たね」。

少し間を置いた「A」の返事は、「B」の冗談の続きではない。「A」は真面目に言う。「おれはしかし、本当のところはおれに歌なんか作らせたくない」。さらに「B」が口を挟んだ後で、「A」は次のように結論づける。

おれは初めから歌に全生命を託さうと思つたことなんかない。(間) 何にだつて全生命を託することが出来るもんか。(間) おれはおれを愛してはゐるが、其のおれ自身だつてあまり信用してはゐない。[21]

第十四章　大逆事件、入院

明治四十二年（一九〇九）六月から明治四十三年（一九一〇）十二月にかけて、啄木の日記はほとんど記載がない。この時期の啄木の生活に関する主な情報源は、友人たちに送った手紙である。手紙は興味深いことが多いが、日常の出来事、たとえば妻節子との関係についてあまり語ってくれない。もちろん、一人になりたいという願望について強調して述べている手紙から、啄木が妻と一緒に暮らしていて幸福ではないと推察することはできる。[1] また、会ったこともない九州の二人の女性（実は一人は男性だったが）に送った恋文は、それ以上に啄木が妻以外の女性を切に求めていたことを示している。しかしこうした推察は、日記から得られる啄木の意見や回想の代わりにはならない。

啄木研究家にとっては幸いにも、日記は明治四十四年一月三日に再開される。お蔭（かげ）

で我々は、より多くの自信を持って啄木の世界に入って行くことができる。この日の日記は当時として最も記憶すべき事件、すなわち明治天皇暗殺を企てたかどで幸徳秋水（一八七一―一九一一）らが検挙、起訴された、いわゆる「大逆事件」の裁判について多くを割いている。

その数年前から、国内外で日本人の結成する過激団体が増えていた。中でも一番過激だったのは米国のカリフォルニア州オークランドで結成された社会革命党（Social Revolutionary Party）で、「革命の基礎を築く手段は爆弾である」と宣言していた。[2] 明治四十年（一九〇七）、一枚のビラがカリフォルニアの日本人党員によって準備され、それは明治天皇に対する次の警告で締め括られていた。

睦仁、哀れな睦仁！　おまえの命は風前のともし火だ。爆弾がおまえを包囲し、爆発寸前になっている。おまえは終りだ。[3]

そのビラが海を越えて日本に渡り、大騒ぎとなった。明治四十三年（一九一〇）五月二十日の爆弾製造設備の発見は、有名な無政府主義者を始めとする革命家たちに断固たる処置を取る根拠を官憲に与えた。何百人という無政府主義者が拘引され、二十六人が天皇暗殺を企てたかどで起訴された。

幸徳秋水は新聞記者だったが、明治三十七年（一九〇四）、堺利彦（一八七一―一九三三）とともに「共産党宣言」の初の日本語訳を「平民新聞」に発表していた。新聞は発売禁止となり、秋水らは罰金刑に処された。明治三十八年（一九〇五）、当時の過激団体の温床となっていたアメリカに渡った秋水は、クロポトキンの『革命家の思い出』を携えていた。秋水は自分を虚無主義者と呼んでいたが、クロポトキンは虚無主義とテロリズムの混同を嘆いて次のように書いている。

　虚無主義をテロリズムと混同するのは、ストア主義や実証主義のような哲学的運動を政治的運動と取り違えるのと同様に間違いである。(4)

しかしアメリカ滞在中、秋水はマルクス社会主義から過激な無政府主義に転向した。明治四十三年十二月に始まった二十六人の被告の裁判は、「大逆罪」裁判として知られる。一般には公開されず、また（政府の命令で）新聞にも出なかったこの裁判の手順は、被告の一部ないしは全員に有罪判決を下すことに結末が予め決まっていた。啄木の友人たちの多くは、容疑者の大部分を無罪と考えていたが、一月三日、与謝野家へ年始の挨拶に訪れた啄木は、裁判に対する与謝野家の空気に落胆したと日記に記している。この日記の一節は、おそらく与謝野家の人々が被告人らの処罰を望んでいたことを示唆している。

　この日、啄木と一緒に与謝野家を訪ねたのは平出修である。弁護士の平出は「明星」の歌人として知られ、また「昴」の創刊メンバーでもあった[5]。啄木は、無政府主義者たちの裁判のそれまでの経緯を、前もって平出の家で聞いていた。平出は、もし自分が裁判長であれば、管野スガ他三人の被告は天皇暗殺計画のかどで死刑、幸徳秋水と別の一人は無期懲役[6]、また別の一人は不敬罪で五年ほどの判決、残りの被告は全員無罪にすると述べていた[7]。この日、平出は秋水が勾留中に書いた「陳弁書」を啄木に貸している。

　平出が述べた各被告にふさわしいとされる判決について、啄木は日記の中で論評していないが、二月六日付のある手紙の中で、啄木は四人の被告が有罪、残りは騒擾罪に過ぎないとして無罪という意見を表明している[8]。被告たちに対する平出の厳しい意見は、秋水を必死で救おうとした弁護人として平出の名を知っている人々を驚かせるかもしれない。裁判のこの段階で、明らかに平出は秋水が大罪を犯したと考えていた。さもなければ、秋水に無期懲役がふさわしいとは考えなかったはずである。しかし平出が秋水の書いた「陳弁書」を啄木に貸したという事実は、平出が秋水の有罪に十分な確信を持てなかったこと、そして啄木が社会主義者だとも言われていることを承知のうえで、なおその意見を聞きたいと望んだことを示唆している。

一月五日、啄木は前夜から筆写を始めた秋水の「陳弁書」を写し終わった。(9) 啄木はこの「陳弁書」から、二つの重要な問題を要約している——無政府主義についての誤解に対する秋水の反論と、検事の取り調べの不法性に対する異議申し立てである。「この陳弁書に現れたところによれば、幸徳は決して自ら今度のやうな無謀を敢(あへ)てする男でない」と、啄木は日記に記している。

たぶん「陳弁書」の最も興味深い部分は、一般に結びつけて考えられがちな無政府主義と暗殺との関係を否定したことである。無政府主義者による暗殺があったことは事実だったが、他のすべての政党および政治団体からは暗殺者は出ていないのかと秋水は問う。無政府主義は老荘思想と同様に一種の哲学であると秋水は信じていた。秋水は、現在のような権力、武力による統治制度がなくなれば無政府主義の目的である「道徳、仁愛を以(もっ)て結合せる、相互扶助、共同生活の社会」が出現するのだと述べている。(10)

秋水の「陳弁書」に感銘を受けた啄木は、西郷隆盛(さいごうたかもり)を思い出したと書いている。(11) 信念と経歴の異なる二人の男にどんな類似点を見つけたかは明らかでないが、西郷も秋水も、たとえ反政府行動に関わることになろうとも自分の良心に従った英雄だったと啄木は考えたのかもしれない。

明治四十四年五月、啄木は自分が筆写した幸徳秋水の「陳弁書」に、前書きと解説を付した原稿をまとめた。全体に“A LETTER FROM PRISON”という英語の題名をつけ、これに“EDITOR'S NOTES”として解説を付している。六月には、自分が正義の曲解だと確信する裁判に対する怒りから、啄木は『呼子と口笛』という題名の下に八篇の詩を書いた[12]。啄木の初期の詩とはまったく異なるそれらの詩は、自らの感情に一切触れることなく、特に若者たちに向けて行動を呼びかけている。冒頭の詩「はてしなき議論の後」は、次のように始まる[13]。

われらの且つ読み、且つ議論を闘はすこと、
しかしてわれらの眼の輝けること、
五十年前の露西亜の青年に劣らず。
われらは何を為すべきかを議論す。
されど、誰一人、握りしめたる拳に卓をたたきて、

'V NARÓD!'(14) と叫び出づるものなし。

この詩は、日本の若者に革命への支持を呼びかけることには成功したかもしれないが、詩としては率直過ぎて、啄木の詩に期待される含みに欠けている。もとより啄木はそれに気づいていたが、啄木の狙いは印象的な詩を作ることではなく、「民衆と共に」参加するよう若者たちを刺激することにあった。詩の一連が六行から成っているのは、啄木が詩に定型を与えると決めた証拠であり、もはや自由詩ではない。そうした詩人としての成長の意義は別として、この詩が示しているのは次の事実である。革命の「同調者」であることにもはや満足できなくなった啄木は、社会主義者ないしは無政府主義者としての自分の信念を詩の形で明らかにしたかったのだ。

これより数カ月前の明治四十四年一月九日、啄木は友人の瀬川深に宛てて書いている。

僕は長い間自分を社会主義者と呼ぶことを躊躇してゐたが、今ではもう躊躇しない、無論社会主義は最後の理想ではない、人類の社会的理想の結局は無政府主義の外にない（中略）僕はクロポトキンの著書をよんでビツクリしたが、これほど大き

い、深い、そして確実にして且つ必要な哲学は外にない[15]、

四日後の一月十三日、啄木は土岐善麿[16]（一八八五―一九八〇）に出会っている。僧侶の息子で若い頃から歌に親しんで育った土岐は、前年の明治四十三年、歌集『NAKIWARAI』を出版していた。題名が大文字のローマ字で書かれた歌集は前例がなく、新しい種類の詩歌が誕生したことを示していた。そこに収録された短歌は、それぞれが三行のローマ字で書かれている[17]。土岐の歌集に対する啄木の好意的な書評には、次のように始まる長いセンテンスが含まれている。

其作には歌らしい歌が少い――歌らしい歌、乃ち技巧の歌、作為の歌、装飾を施した歌、誇張の歌を排するといふ事は、文学上の他の部面の活動の後を引いて近一二年の間に歌壇の中心を動かした著るしい現象であつたが[18]、

初めて会った二人は、お互いが共に寺で育ち、現在は新聞社に勤めていることを知って喜んだ。より重要なのは、二人の政治観が似ていることだった。気が合った二人は、雑誌を創刊しようと決めたが、主に資金難から何度も創刊が遅れ、のちに啄木は

計画を断念するよう土岐に促した。土岐は渋々同意したが、この失望も二人の友情に影響を与えず、二人の関係は啄木に残された人生の最後まで続いた。

明治四十四年一月二十四日の日記に、「夜、幸徳事件の経過を書き記すために十二時まで働いた」とある。その日の午前、啄木は社へ行ってすぐに幸徳秋水以下十一名の死刑が始まったと聞かされた。それは啄木にとって大きな衝撃だったが、秋水を称賛していたにもかかわらず、後に続く日記は秋水の名前や大逆罪裁判についてほとんど触れていない。しかしながら、これは啄木の政治観が変わったことを意味しない。啄木は相変わらずクロポトキンを読み続けていたものの、身辺に起きた数々の大きな出来事が秋水の事件から啄木の注意を逸(そ)らしていたのである。

長男の誕生、同日に処女歌集『一握の砂』の出版契約、生まれて間もない長男真一の死、その直後の『一握の砂』の成功——こうした一連の幸不幸が、交互に啄木を訪れた。そして、これらの出来事以上に啄木の人生に影響を与えたのは深刻な病気だった。それによって啄木は執筆が不可能となり、すべての政治活動も休止せざるを得なくなったのである。

啄木が自らの病気について初めて触れるのは明治四十四年一月二十七日の日記の中で、数日前から腹が張って、坐(すわ)ったり立ったりに多少不自由を感じると記している。

二十九日は社を休んだにもかかわらず、翌三十日は何とか出社したが、「仕事をしてゐると大分苦しかつた」という。二月一日、啄木は大学病院に行って内科の診察を受けた。診察した医師は一目見て「これは大変だ」と言った。病名は慢性腹膜炎で、啄木は一日も早く入院するよう勧められた。医師は、回復まで少なくとも三カ月はかかると言った。啄木は、どうせ入院するなら一日も早い方がいいと、二月四日に入院する(19)。

ほんの二年足らず前の『ローマ字日記』で、啄木は病気になることを神に祈っていた。

一年ばかりの間、いや、一月でも、
一週間でも、三日でもいい、
神よ、もしあるなら、ああ、神よ、
私の願いはこれだけだ、どうか、
身体(からだ)をどこか少しこわしてくれ、痛くても
かまわない、どうか病気さしてくれ！
ああ！　どうか…………(20)

啄木の願いは叶えられたわけだが、望んでいたような安息の眠りはもたらされなかった。夜の病院の静寂が啄木を熟睡させず、むしろ今までうるさいと思っていた床屋の二階の生活が懐かしいほどだった。[21]

二月七日、啄木は手術を受けた。日記によれば、「下腹に穴をあけて水をとる」手術だった。手術は成功し、その一週間ばかり身体を動かすたびに自分を苦しませた痛みから啄木は解放された。

入院生活で最もつらいのは退屈な時間で、それを紛らわせてくれるのは見舞いの者か手紙だけだった。入院に先立つ二月二日には、朝日新聞社の社員が給料の前借りを持って来てくれた。啄木の恩人である佐藤北江が一時立て替えてくれたとのことだった。二月五日、節子が見舞いに来た。入院中に節子が毎日見舞いに来たことがよく指摘され、それは数々の夫婦喧嘩にもかかわらず啄木に対する節子の愛が変わらなかったことの証拠とされている。しかし入院中の三月四日以降、また退院後の啄木の日記には、節子の名前がほとんど出て来ない。[22] 節子は定期的に見舞いに来たが、啄木がそのことをいちいち日記に書かなかった可能性はある。または、入院一カ月が過ぎて自分が見舞いに行かなくても啄木は十分に回復したと節子は判断したのかもしれない。

入院患者として四十日を過ごした後、啄木は三月十五日に退院した。家に戻った啄木はふたたび節子との生活を始めたが、日記は節子のことにあまり触れていない[23]。

比較的よく見舞いに訪れたのは土岐善麿で、二月二十三日にはクロポトキンの自伝を啄木は土岐から借りている。時折、予期せぬ見舞い客が啄木を喜ばせた。三月十日午後、金田一京助が突然姿を現わし、長時間にわたって啄木と一緒にいた[24]。二人を隔てていた冷たい壁は、すでに溶けていたようである。

入院中、啄木はドイツ語の勉強をしたり、ゴーリキーやクロポトキンを読んだり、時には短歌を作って時間をつぶしたが、高熱で何もできない時もあった。三月十一日、佐藤北江が病室を訪れ、啄木に同情する朝日新聞社の同僚たちからの見舞い金八十円を手渡した。

退院後、啄木の病気は次第に快方に向かったが、まだ時に突発的な熱に苦しむことがあった。四月七日、啄木は気分がよかったので、土岐、丸谷喜市（まるやきいち）[25]（一八八七―一九七四）と一緒に電車で好きな浅草まで出掛けた。驚いたことに、啄木はもはや浅草の雑沓（ざっとう）に我慢できないことに気づき、一刻も早く逃げ出したくなった。病気が啄木の嗜好（しこう）を変えていたのだ[26]。

四月十日、啄木は初めてのエックス線検査のため病院に行き、右の肺にまだ影があることがわかった。四月二十五日、いつまでも微熱が続くので、退院して四十日にもなるのにまだ全快しないのはどうしたことかと啄木はいぶかっている。まだ執筆活動はできず、唯一(ゆいいつ)の収入は朝日新聞社からの給料の前借りだけだった。仕事に復帰してから返済する負債を考えて怖くなった啄木は、「予(よ)の前にはもう饑餓(きが)の恐怖が迫りつゝある！」と日記に記している。[27]

四月二十四日、啄木は「平民新聞」に訳載されたトルストイの『爾曹悔改(なんじらくいあらた)めよ』を筆写し始めた。[28]これは、日露戦争を強く非難するトルストイの非戦論で、明治三十七年（一九〇四）にロシア語から英訳され、「ロンドン・タイムズ」に掲載された。東京に打電された英訳を幸徳秋水と堺利彦が日本語に訳し、三十七年八月初めに社会主義の週刊新聞「平民新聞」と「東京朝日新聞」に全文が掲載された。さらに九月一日の雑誌「時代思潮」が英文の全文を掲載した。当時、「時代思潮」に掲載された英文でトルストイの論文を読んだ啄木は、それから七年後となるこの年、明治四十四年の回想で次のように記している。

> 当時語学の力の浅い十九歳の予の頭脳には、無論ただ論旨の大体が朧気(おぼろげ)に映じたに過ぎなかつた。さうして到(いた)る処(ところ)に星の如(ごと)く輝いてゐる直截(ちょくせつ)、峻烈(しゅんれつ)、大胆の言葉に

対して、その解し得たる限りに於て、時々ただ眼を円くして驚いたに過ぎなかつた。「流石に偉い。然し行はれない（註・実現は難しい）。」これ当時の予のこの論文に与へた批評であつた。さうしてそれつきり忘れて了つた。予も亦無雑作に戦争を是認し、且つ好む「日本人」の一人であつたのである。[29]

日本語訳を筆写しながら改めてトルストイの論文を読んだ啄木は、短いエッセイ『日露戦争論（トルストイ）』を書いた。それは、同じ日に起こった極めて重要な二つの出来事の記述から始まっている。

レオ・トルストイ翁のこの驚嘆すべき論文は、千九百四年（明治三十七年）六月二十七日を以てロンドン・タイムス紙上に発表されたものである。その日は即ち日本皇帝[30]が旅順港口襲撃の功労に対する勅語を東郷聯合艦隊司令長官に賜はつた翌日、満洲に於ける日本陸軍が分水嶺の占領に成功した日であつた。当時極東の海陸に起つてゐた悲しむべき出来事の電報は、日一日とその日本軍の予想以上なる成功を以て世界を駭かしてゐた。[31]

平和を希求するトルストイの声は、日本を覆った戦勝の栄光賛美に当初は搔き消された。悪いニュースが続いた後の日本陸海軍の勝利に誰もが驚嘆したが、電文の伝えたトルストイの非戦論は、さらに持続的な影響を日本人に与え、多くの人々の感情を強く刺激した。明治三十七年八月七日の「平民新聞」に全文が掲載された日本語訳は、のちに冊子としても発行された。「平民新聞」は、一週間後の社説にトルストイの論文に対する批判も掲載した。啄木は、「社会主義の見地を持してゐたこの新聞にとつては正にその必要があつたのである」と書いている。[32]

社説を書いた記者は、まず、抑え難い歓喜の声で「吾人は之を読んで、殆ど古代の聖賢若くは予言者の声を聴くの思ひありき」と書いた。勝利をめぐって興奮に沸き立った大衆が狂ったように叫びながら勢いづいている時に、「平民新聞」は反戦主義の唯一の砦を守り続けた。当局によって反戦主義が排斥されていたにもかかわらず、なお困難な闘いを続けていた。しかし一方で「平民新聞」の社説は、社会主義の立場からトルストイの反戦論の「単純」にして「正直」な「無計画」さを批判せざるを得なかった。[33]

『日露戦争論（トルストイ）』の結末で、啄木は明治四十四年の時点で改めてトルストイを読んだ反応を次のごとく記している。

その後、予が茲に初めてこの論文を思ひ出し、さうして之を態々写し取るやうな心を起すまでには、八年の歳月が色々の起伏を以て流れて行つた。八年！　今や日本の海軍は更に日米戦争の為に準備せられてゐる。さうしてかの偉大なる露西亜人はもう此世の人でない。

然し予は今猶決してトルストイ宗の信者ではないのである。予はただ翁のこの論に対して、今も猶「偉い。然し行はれない。」といふ外はない。但しそれは、八年前とは全く違つた意味に於てである。この論文を書いた時、翁は七十七歳であつた。(34)

啄木はトルストイの「論」がなぜ「行はれない」のか述べていないし、また論文を書いた時のトルストイの年齢がどういう意味を持つのかも述べていない。この結末が示しているのは、むしろ啄木の心の葛藤である。啄木は、自由な無政府主義者の世界を夢見ていたが、それでもなお日本に対する愛国心は、自分が抱いた観念より重要だった。明治三十七年と同様に四十四年でも、啄木はトルストイの反戦主義に称賛を示しつつ、しかし日本人としてそれを拒絶している。(35)

永井荷風（一八七九―一九五九）に対する啄木の意見にも、同様にして相反する葛藤があった。啄木は小説家としての荷風を高く評価していたが、愛国主義に欠ける荷風を非難した。荷風の『新帰朝者の日記』を論じて、啄木は次のように書く。

> 小生は最初此日記を読むに当り、随所に首肯せざるを得ざる幾多の冷罵を発見いたし候。何となれば小生自身も亦現代日本文明に対して満足する能はざる一人に候へば也。然も一度読了するに至りて、小生は非常なる失望——否寧ろ此作物に対する非常なる厭悪の情を禁ずる能はず候ひき。
>
> 一言にして之を言へば、荷風氏の非愛国思想なるものは、実は欧米心酔思想也。も少し適切に言へば、氏が昨年迄数年間滞在して、遊楽これ事としたる（註・遊興ばかりにふけった）巴里生活の回顧のみ。彼は日本のあらゆる自然、人事に対して何の躊躇もなく軽蔑し嘲笑す。[36]

トルストイの反戦論を勇気をもって掲載した「平民新聞」について誇らしげに語った啄木は、その一方で、「平民新聞」が社会主義者の立場からトルストイのエッセイに対する批判を掲載せざるを得なかったことを皮肉っぽく指摘した。啄木は愛国的理由でトルストイの反戦主義を拒絶したが、明治三十七年よりも明治四十四年の方が言論の自由がないことに不平を述べている[37]。啄木のトルストイ論は、生前には活字にならなかった。

トルストイ論を書いた数カ月後の明治四十四年の夏[38]、啄木は杖に頼りながら、弓町の自宅から少し離れた森川町にある金田一の家を訪ねた[39]。この時の啄木の訪問について語っているのは金田一の文章だけで、金田一は啄木の七周忌の時に頼まれた「時事新報」の追憶談で、初めてこの事実を明らかにした。金田一はその骨子を次のように書いている。

石川君の病が一時小康を得たことがある。其は四十四年の夏から秋へかけての事だったと思う。其の間に一度、杖に摑まって私の家迄来てくれたが、恐らく石川君が此世で人を訪問した最後であったろう。私が驚いて玄関へ迎えると、其処に立っているのは、石川君というよりは、石川君の幽霊といいたいようだった。其程面窶していたに係らず、気分は極めて軽そうに、やあと云ってにこにこしていた。中二階の私の室へ通って坐った時には、少し息切れがしていた様だったが、それでも目馴れがして来るうちに、いつもと違わない、いつもよりも、もっと晴やかな石川君に見えていた。挨拶しながら「きょうは本当に来たくなって、急にやって来た」

と懐しく云って、「実に愉快で堪らない今の心持を、少しも早くあなたに報告したさに来た」「私の思想問題では随分心配をかけたものだが、もう安心をして下さい」

「今僕はまた思想上の一転期に立っている(40)」

ここで金田一は「実際はどの語が先で、どの語が後だったかは判然しないが、兎に角こういう意味のことを、普通二人の間に交わす少しの敬語交りの詞遣いで立て続けに云ったあとに」という一節を挿入し(41)、続けてまた啄木の言葉を引く。

「やっぱり此の世界は、このままでよかったんです」「幸徳一派の考には重大な過誤があることを今明白に知った」そう云い切って、「今の僕の懐くこんな思想は何と呼ぶべきものだか自分にもまだ解らない。こんな正反対な語を連ねたら笑うかも知れないが、(自分でも決して適当だとは思わないが、自分のこの心持を表現するのに、仮りに云うのだということを何遍も断りながら、国言葉で、「お笑わえんすなや」と断って)――社会主義的帝国主義ですなあ」云々(42)。

この会話の中で啄木が使っている「社会主義的帝国主義」という真反対の言葉の組

み合わせは、事実、多くの啄木研究家たちの苦笑を買うことになった。啄木が金田一と交わした会話のキーワードであるにもかかわらず、研究家たちは「社会主義的帝国主義」という言葉を真剣に受けとめなかった。啄木が自分の新しい思想に与えた風変わりな名称が、金田一との会見が現実にあったことの何よりの証拠である。金田一が、「社会主義的帝国主義」のような表現を思いつくことなどあり得ないからだ。啄木は瀬川深に宛てた手紙でも、すでに普通あり得ない組み合わせの言葉を使っている。「実際家は先づ社会主義者、若しくは国家社会主義者でなくてはならぬ(43)」。

　啄木の訪問に関する金田一の話、また社会主義あるいは無政府主義をもはや信じないという啄木の宣言が研究家たちに受け入れられない主な理由は、二人が会ったとされる訪問の後に書かれた啄木の作品のどこにも、社会主義あるいは無政府主義を放棄したとは語られていないからである。啄木晩年の作品は、政治的内容を持たない数篇の詩歌を除いて、社会主義的である。また日記には、啄木が自分の思想的転換を宣言したという金田一の話を裏付けるようなことは何も記されていない。金田一の証言に対する立会人の不在もまた、学者として高く評価されている人物を嘘つきとは呼ばないまでも、研究家たちに金田一の回想の信憑性を疑わせることになった。金田一は誰もその場に居合わせなかったと書いているが、別のところで、「石川君の帰ったあと、家の者に向って、本当に石川君はえらい人になったと独語ともつかず、繰返して言った記憶もある」と記している。[44] 啄木研究家の中には、金田一との関係が壊れたと公に宣言している啄木が、金田一に対して自分の重大な思想的転換を打ち明けることなどあり得ないと主張する者もいる。

しかし啄木は平出修に宛てた明治四十四年一月二十二日の手紙で、自分が創刊したいと思っている雑誌について書いている。そこには、啄木が少なくとも一時は無政府主義者から議会制社会主義者へと政治的立場を変えたことを示す次の一節が含まれている。

> 僕は長い間、一院主義、普通選挙主義[45]、国際平和主義の雑誌を出したいと空想してゐました。然しそれは僕の現在の学力、財力では遂に空想に過ぎないのです。[46]

選挙に対する啄木の信念と、啄木が議会支持へと変化したことは、無政府主義者たちが提唱する革命とは著しく異なる態度だった。啄木が支持する国際平和の目標は、革命よりむしろ議会制社会主義の特色を示している。これが、たぶん金田一に会った時に表明した啄木の新しい立場だった。

金田一の話を信じる主な理由は、金田一が学者として疑いようもなく傑出していること、また彼を知るすべての人々から等しく信望を得ていることである。金田一の方から啄木との決裂を宣言したことは一度もなく、啄木の死の六年後にその訪問について嘘の話をでっち上げる理由は何もない。金田一は啄木の社会主義に共感しなかったが、二人の長い友情関係の中で政治が演じる役割はほとんど無かった。啄木の訪問についての話の中で、金田一は政治のことは何もわからないと言っていて、これは疑いようがない。もし金田一が啄木の無政府主義者との関わりを心配していたとすれば、それはおそらく多くの日本人と同じように金田一が無政府主義者を暗殺者と考えていたからである。そしてこれは、必ずしも間違った考えではなかった。幸徳秋水は無政府主義者が暗殺を犯したことを認めていたし、日本人は明治三十四年（一九〇一）にアメリカ大統領ウィリアム・マッキンリーが無政府主義者によって暗殺されたことを知っていた。啄木から無法者のような危険思想を捨てたと言われた時、金田一は、さぞほっとしたに違いない。

無政府主義を捨てたと金田一に告げた後で、啄木が無政府主義に戻った可能性はあり、また対立する政治思想が啄木の頭の中に常に共存していたことも考えられる。医師が診断した神経衰弱に、啄木は時々苦しんでいたかもしれない。啄木の思想の無節操が研究家たちからあまり指摘されないのは、おそらく偉大な詩人に対する愛情と思いやりによるものと思われる。

啄木訪問に関わる金田一の話について最も納得のいく解釈を示している啄木研究家は、今井泰子である。

この月（六月）の末頃、啄木が最後に金田一京助宅を訪問したとき、啄木は金田一に、社会主義の誤謬（ごびゅう）に気付き、そして今では「社会主義的国家主義」（ママ）の立場に立つに至ったと語ったという。思うに、これは微動だにしない社会の中で、手も足も出せない自分を思い知って、社会主義の正当性を認めつつも、とにかくささやかな生を望んだということであろう。あるいは、意識の奥底ではすでに自らの死を予感していたのかもしれない。(47)

「社会主義的帝国主義」は矛盾した言葉に見えるが、社会主義であれ無政府主義であれ、啄木の新しい哲学には二つの大きな願望が包容されていた。もし無政府主義が実現すれば、切望する完全な自由が得られるだろうし、帝国主義は、自分の愛する日本の安全を保障するだろうという願望が。

第十五章　最期の日々

啄木と節子の間に深刻な問題が出来(しゅったい)したのは、明治四十四年（一九一一）六月三日のことである。その夜、節子が利子を払いに質屋に出掛けようとした矢先に、節子宛(あ)てに手紙が届いた。質屋から戻った節子は啄木に、妹の孝子(たかこ)から手紙で節子に盛岡の実家に帰るように言って来た、と伝えた。孝子の手紙には汽車賃五円が同封されていて、その金は手元にあるが手紙は無くしてしまったという。孝子にどう返事したらいいかと節子は啄木に尋ねた。また、函館に転任する父が盛岡の家を売却して引っ越すことになったらしいとも付け加えた。おそらく孝子は、節子が長年暮らした家を最後に見たいだろうと考えたのではないか。

啄木は、節子の盛岡行きを許す気にならなかった。二年前、節子が娘の京子を連れて黙って家を出て盛岡の実家へ帰ったことを、啄木は決して忘れていなかったのだ。

手紙に疑いを持った啄木は、帰るなら京子を連れずに一人で帰れと応(こた)えた(1)。

翌四日朝、ふたたび節子は「私を信じてやってくれ」と啄木に頼み、京子を一緒に連れて行きたいと言った。啄木は拒み続け、ついには腹を立てて、「そんなら京の母たる権利を捨て、一生帰らぬつもりで行け」と言った(2)。

ここで節子は、昨夜孝子から手紙が来たと言ったのは嘘(うそ)であり、五円は知り合いから借りた、と打ち明けた。節子によれば、盛岡へ行きたい本当の理由は父親が家を売った金の一部を借り受けることで、その金で啄木と家族のためにもっといい部屋を東京に見つけるつもりだったという(3)。

嘘をついたことを認める節子の告白を聞き、またしても計略で自分を欺(あざむ)こうとした妻を許せない啄木は、節子に離縁を申し渡した。しかし節子は出て行こうとしなかった。啄木は無理強いはしなかったが、「かくて二人の関係は今や全く互ひの生活の方法たるに過ぎなくなつた」と日記に書いている(4)。

翌五日の夕方、啄木夫婦に口論のあったことを知らない孝子から、すぐ来るように促す電報が届いた。啄木は孝子に手紙を書いて、以後節子と直接文通することを禁じた。六日午前、さらに孝子から電報が届いた。激怒した啄木は再度孝子に宛てて手紙を書き、節子の家族がどうしても親の権利を行使しようとするのであれば、二つの家族の考え方は「氷炭容れぬもの」だから離婚するとまで書いた。[5]

このまま言い張れば本当に離縁されそうな権幕だったので、節子は実家に帰るのを諦めた。節子と啄木は、弓町の貸家で啄木の母と父、京子と一緒に住み続けた。

七月二十八日、数週間前から健康を害していた節子は医師の診察を受けた。診断は肺尖カタルで、伝染の危険があると言われた。節子は寝たり起きたりの状態が続き、家事のすべては啄木の老母にまかされた。「老体にて二階の上り下り気の毒なり」と啄木は日記に記している。

啄木一家は八月七日、宮崎郁雨の援助で弓町から久堅町の借家に引っ越した。新居は弓町の家よりかなり広かったが、相変わらず老母が家事をするのを見るに忍びなかった啄木は、休暇で北海道旭川の英国系の伝道師の女性のもとにいた妹の光子に電報を打ち、東京へ来て母を家事から解放してやってくれと頼んだ。光子はすぐに承知し、八月十日に上京した。

九月三日、父の一禎が三度目の失踪をした。一禎は着物四枚のほかに帽子、煙草入れ、光子の金一円五十銭、家計の蓄え五十銭を持って行った。啄木はこれに先立つ五月三日の日記で、父が怒って母を殴ったことに触れている。父は母カツと同じ部屋に住むことを嫌って、北海道に住む次女トラ夫婦のもとへ身を寄せたのだった。以後、一禎はカツと二度と会うことがなく、カツの葬儀にも出なかった。

啄木の人生でおそらく最大の衝撃的な事件が、明治四十四年九月十日頃に起きた。(6)光子によれば、啄木は熱で数日間寝ついていたという。その日、(いくらか具合がよかった)節子は外出中で、光子が台所にいた時に郵便が配達された。啄木宛ての手紙は、いつもなら光子が郵便箱から取って啄木に渡すのだが、この日は郵便が届いたことに気づかなかった。手紙の到着に気づいたのは、当時、家事の手伝いに来ていた啄木の姪(めい)、田村イネ(7)だった。手紙は節子宛てだったにもかかわらず、イネは世帯主である啄木に手渡してしまった。すぐに、台所にいた光子を呼び立てる啄木の甲高い叫び声が聞こえた。

慌(あわ)てて光子が部屋に行くと、啄木が「けしからぬ手紙がきた」と怒鳴りながら、封書の中から郵便為替を抜き取ってめちゃくちゃに破いていた。送り主の唯一(ゆいいつ)の手掛りは、封筒に書かれた「美瑛(びえい)の野より」という一言だけである。当時、北海道中部の美瑛には陸軍第七師団の演習地があり、啄木は、宮崎郁雨が軍務で美瑛に配属されていることをすぐに思い出した。この手紙の差出人が宮崎であることは、まず間違いなかった。

手紙には、「貴女(あなた)一人の写真を撮って送ってくれ」といった一節があったという。

そのほかに何が書かれていたか、啄木は光子に読ませようともしなかった。「まったくそばにも近寄れぬ怒り方なのだ」と光子は記している。(8)

やがて、啄木が怒っているとも知らずに節子が外出から戻ってきた。啄木は節子を枕元（まくらもと）に呼びつけると、いきなり手紙を節子の顔へ突きつけて、「それで何か、おまえ一人で写真をうつす気か？」と声をふるわせ、嚙（か）みつくように怒り出した。そして、それに続けて、「今日かぎり離縁するから薬瓶（くすりびん）を持って盛岡に帰れ！　京子は連れていかんでもよい。一人で帰れ！」と宣告した。(9)

そう命じた後も啄木は泣くように、「今までこういうこととは知らず信用しきっていた。今までの友情なんか何になるか。それとも知らず援助をうけていたのを考えると……」と怒り続けた。

隣室で啄木の声を聞いていた母カツは、啄木に同情しては泣き、一方で病気の節子を家から追い出すのはかわいそうだと心配しては涙にくれていた。

光子は、啄木のすさまじい権幕に最初は呆然（ぼうぜん）となったが、以前の節子との会話を思い出し、啄木の怒りはもっともだと思い始めた。のちに啄木について書いた本の中で光子は、節子が自分に好意を寄せた青年たちの名前を得意げに話したことに触れている。(10)それはいずれも啄木の身近な青年たちであり、節子がその名前まで気軽に挙げたので、節子の不貞について啄木は薄々感づいていたに違いないと光子は思った。しかし、啄木は節子の貞節を疑ったことなど一度もなかった。自分を裏切った証拠に見える手紙を読んで、啄木は衝撃を受けていた。

　それまで啄木は数多くの女たちと関係を持ち、そのほとんどが芸者や娼婦(しょうふ)だった。しかし当時は、そのような行為は、独り暮らしの男性にとってほかに娯楽のない釧路のような場所では一時の気晴らしに過ぎないものとされていた。これに対して女性の貞節を汚(けが)す姦通(かんつう)はまったく別の問題で、江戸期の頃までは死に値する罪と見なされていた。無断で実家へ帰ること以上の罪を節子が犯すなど想像だにしていなかった啄木が直面したのは、節子に恋人がいて、その恋人が自分の一番の親友であるという証拠だった。啄木がひどく取り乱したとしても無理はない。もしこれが署名入りの手紙であったなら、ここまで啄木を怒らせなかったかもしれないが、匿名(とくめい)の手紙だったことが、節子の不貞の決定的な証拠として啄木を打ちのめしたのである。

　手紙を突きつけられた節子は、ただ泣いて繰り返し啄木に許しを乞(こ)うばかりだった。啄木は節子の父親に離縁状と思われる長い書留(かきとめ)の手紙を書き、それをただちに送るように光子に命じた。同時に、啄木は美瑛にいる宮崎にも絶交状を書いた。これらの手紙を出した結果、啄木は妻を失ったばかりでなく、今や唯一の収入源となっていた親友との関係をも断ってしまった。

ひたすら慈悲を求める節子の泣き声は、永遠に続くのではないかと思われたが、夕方になって不意にいなくなり、やがて「ご不浄（便所）」から姿を現わした節子を見て、皆はびっくりした。ふつうの髪に結えないほど節子は髪を短く切っていたのである。光子が「そんなことはしなくってもよかったのに……」と言うと、節子は「いいえ、私決心した証拠にこうしたの、ほんとうに心配かけてすまなかったわね。光ちゃんは私の気持はわかってくれるでしょうね」と応えた(11)。光子は節子を慰め、もしイネでなく自分が手紙を取りに行っていたら、こんなことにはならなかったのにねえ、と言った(12)。

宮崎に対する節子の愛は、さんざん後悔の涙を流した後もなお消えなかったのかもしれない。イネによれば、のちに節子が帯に隠していた宮崎の写真を落として、それを啄木が見つけ、「おまえはまだ、そんな気持でいるのか」とより激しく怒ったという(13)。啄木の自尊心が打ち砕かれた、この新たな話をイネから告げられた光子は、これは実際に起こった出来事だと信じており、啄木の日記や、金田一が作った啄木の年譜にその証拠があったはずだと主張している。しかしながら、現存する啄木の日記や年譜はこの写真について言及しておらず、あるいは光子が示唆したように、「事件のあった日の頁(ページ)」と一緒に「切り取られ」たのかもしれない[14]。

啄木は不機嫌なままだったが、節子をそのまま家に住まわせた。啄木は節子を無視するようになった。何か必要なものがあっても、光子かイネを呼び、節子には頼まなかった。しかし、もう怒りを爆発させるようなことはなかった。光子が九月十四日に名古屋の学校へ戻る頃には、啄木と節子の関係は少なくとも外部の人間には平均的な夫婦のように見えた[15]。

明治四十四年九月ないし十月の啄木の日記には、妻に裏切られたことの不幸や、極端な怒りの発作を示唆するような記述は一語もない。美瑛からの手紙を受け取ったことにさえ、何も触れていない。啄木の沈黙は不可解だが、あるいは啄木は運命に身を委(ゆだ)ねていたのかもしれない[16]。日記は沈黙を守り、光子もまた節子の不貞を世間に明かそうとはしなかった。光子がこれについて公(おおやけ)にしたのは、啄木の死の十二年後になってからのことである。最初に公表した後、光子は自分だけが知っている節子の犯した過(あやま)ちについて、特に啄木が「不愉快な事件」と呼ぶ出来事について、一連の本の中で繰り返し明らかにしていった[17]。

美瑛からの手紙に関する「不愉快な事件」の話は、光子の誇張ないしはでっち上げに等しいもの、あるいは若い頃、啄木が光子やその信仰を嘲笑(ちょうしょう)したことに対する腹いせかもしれないと考えたくなる。しかし「不愉快な事件」の日については、光子が書いたもの以外に、何が起きたかについて誰かが書き記したものはない。啄木研究家たちには、節子が啄木を裏切ったとする光子の話を否定するか無視する傾向があるが、啄木にとって何か非常に重大なことが起きて、その結果、一番の親友で最も厚意を示してくれた宮崎と啄木は絶交したのだ。残念ながら、啄木が宮崎に送ったという絶交状はもはや存在しない。啄木はその中で友人の裏切り行為について苦い思いを表明したのかもしれない。「不愉快な事件」は啄木を精神的にひどく揺さぶり、作家としての経歴に終止符を打った。その後も啄木は詩歌や随筆を書き、その多くは死後に発表されたが、啄木の名声に付け加わるものは日記は別にしてほとんどなかった。

　節子との関係についての光子の話の信憑(しんぴょう)性を問われた宮崎は、二人の愛情は純粋にプラトニックなものであると主張し、光子の噂話(うわさばなし)があまりに多くの人々を傷つけたと言って、その問題について語ることを完全に拒否した。[18] 宮崎の妻ふき子は、その傷つけられた人々の一人かもしれない。宮崎とふき子が結婚したのは、宮崎が節子に手紙を書いたとされる時点から二年ほど前のことだった。おそらく宮崎は、噂を信じないようにふき子を説得しただろう。美瑛からの手紙は、ふき子との結婚生活を壊すには到(いた)らなかったが、光子によれば、啄木はふき子もまた犠牲者だと言って、たびたび彼女に同情を示していたという。[19]

啄木と宮崎の絶交という衝撃にもかかわらず、啄木の崇拝者として知られる桑原武夫（一九〇四―八八）は、この二人の関係を日本友情史上の模範の一つだと書いている。[20] この桑原の評価は、二人について書かれた多くの本にそのまま踏襲された。

宮崎に対する啄木の反感は、宮崎が住んでいる函館の町にまで及んだ。啄木は節子に函館に足を踏み入れることを禁じたが、函館は節子の両親と妹弟が住んでいる町だった。節子は、啄木の死後も函館を訪れないと誓わせられた。皮肉なことに、函館は啄木が一番気に入っていた町であり、函館を第二の故郷と呼んでいた。[21] かつて岩崎白鯨に宛てた手紙で、「僕が海といふものと親しんだのは、実に彼の青柳町の九十日間だけであつた」と書いている。[22] 啄木の有名な短歌に登場する砂は、函館の砂だった。

啄木の死の年である明治四十五年（一九一二）の日記は、元日から二月二十日までしか書かれていない。すでに啄木は金に困り切っていたので、家族の病気の治療に必要な薬を買うことができなかった。啄木はクロポトキンを読み続けたが、本は啄木に慰めを与えなかった。啄木にとって「革命」は、すでに政治の話であるよりは自分自身に関わることだった。

この年一月一日の日記は、次のように始まる。

今年ほど新年らしい気持のしない新年を迎へたことはない。といふよりは寧ろ、新年らしい気持になるだけの気力さへない新年だつたといふ方が当つてゐるかも知れない。（中略）朝にまだ寝てるうちに十何通かの年賀状が来たけれども、いそ〳〵と手を出して見る気にもなれなかつた。

いつも敷いておく蒲団は新年だといふので久し振りに押入にしまはれたが、暮の三十日から三十八度の上にのぼる熱は、今日も同様だつた。二日だけは気の張りでどうかかうか持ちこたへてゐたが、今日はとう〳〵まゐつてしまつた。先づ朝早くから雑煮がまづいと言つて皮肉な小言を言ひ、夕方に子供が少し無理を言ひ出した時には、元日だから叱らずに置かうかと自分で思つたのが癪にさはつて、却つてしたゝか頬辺をなぐつて泣かせてやつた。(23)

これは五歳の子供を扱う方法ではなかったし、啄木にもそれはわかっていた。しかし熱の苦痛の中で、自分の行動に抑えが利かなくなっていたのだ。明治四十五年のこの鬱陶しい日記の最も啄木らしいところは、日本人が一年の中で一番めでたい日と考える元日に、自分の嘆くべき振る舞いを詳細に記述せずにはいられない正直さである。

一月二日、啄木は病人に必要な薬代を払うために、なんとしてでも原稿料を稼がなければならないと思ったが、書きたいことは何も見つかりそうになかった。一月五日、土岐善麿が訪ねて来た。二人は特にまとまった話をしたわけではないが、いつも土岐は啄木と同じ意見だったし、気の合う二人は会話を楽しんだ。
節子との関係は、あまり思わしくなかった。一月七日、啄木は書いている。

昨日も今日も言ひがたき不愉快のうちに暮らさねばならなかつた不幸を、私は此処に嘆かずには居られない。妻はこの頃また少し容態が悪い。髪も梳らず、古袷の上に寝巻を不恰好に着て、全く意地も張りもないやうな顔をしてゐて、さうして時々烈しく咳をする。私はその醜悪な姿を見る毎に何とも言へない暗い怒りと自棄の念に捉へられずには済まされない。[24]

時々、熱が高くなる時には一週間ぐらい日記が書けなかった。一月十九日、啄木は三十八度一分の熱があった。京子も含めて一家の皆が病人だった。「私の家は病人の家だ」と啄木は書いている。[25]
啄木の苦難は、まだ終わりそうになかった。時々、母カツは咳にひどく苦しみ、それはカツから意志力や誇りを奪うほどだった。あとでわかったことだが、医者の診断によればカツは「もう何年前よりとも知れない痼疾の肺患」に冒されていた。そういえば十五、六歳の頃に「労性乃ち今の肺病」を患ったことがあると啄木は母の口から聞いたことがあった(26)(「労性」は正しくは「労症」。結核のこと)。のちに啄木は光子に宛てて手紙を書いている。

去年俺が入院して居る時に多少喀血した相だし、それ以前からよく咳をして居た事はお前も承知の通りである、それから田村の姉も肺病で死んで居るし、母にきいて見ると母の両親も今の言葉で言へば肺病で死んだらしい、それやこれや考へ合せると、医者の云ふ事がやはり本当だ、それを知らずに居たために節子や俺も危険な目を見たのだ(27)、

しかしこの時点では、まだ節子の肺尖カタルが一家に伝染したとばかり思っていた啄木は、残酷にも節子に告げている。「おれは去年の六月、とう〳〵お前が出てゆかない事になつた時から、おれの家の者が皆肺病になつて死ぬことを覚悟してゐるのだ(28)」。

カツの咳は悪化するばかりだった。一月二十一日、カツは咳き込むたびに血を吐いた。啄木は薬を買う余裕がなかったが、母を安心させるように「明日か明後日少し金をこしらへるから、それまで待つてくれ」と言った。[29] しかし、啄木には金の都合がつく当てなどなかった。啄木同様に貧しい友人たちは、時々少額を見舞い金としてくれたし、朝日新聞はそれより幾分か多い額の金を送ってくれた。ほとんど面識のない夏目漱石の奥さんからもらったと言って、十円を友人が持って来てくれた。こうした思いがけない親切を示してくれる人々がいる一方で、啄木が次姉のトラ夫婦に金を無心した時に夫婦から来た冷淡な返事は、母親が本当に肺病だとトラ夫婦が信じていないことを示していた。[30]

母と妻の絶え間ない咳は、啄木の神経にさわった。ある夜、京子を寝かす時に節子が激しく咳をした。啄木は、「お前も寝ろ」と節子に言った。節子が横になると、啄木は「咳の薬を買つて来るが、のむか、のまないか」と聞いた。節子は「私が明日行つて買つて来ます」と応えた。啄木は「いゝや。おれの親切はお前にはうるさいやうだけれど、お前のその咳をきくとおれは気違ひになりさうだ」と言った。[31]

啄木は日記の中で節子に慰めの言葉をほとんどかけていないが、啄木の死の二カ月後の明治四十五年六月十四日、節子は二番目の娘を出産している。節子は、赤ん坊に房江と名づけた。[32] 子供の誕生は、仮に二人の間に愛情がなかったにせよ、ほとんど最後に近い時期まで二人が床を共にしていた証拠である。

啄木の日記の最後の項は、明治四十五年二月二十日に書かれた。

> 日記をつけなかつた事十二日に及んだ。その間私は毎日毎日熱のために苦しめられてゐた。三十九度まで上つた事さへあつた。さうして薬をのむと汗が出るために、からだはひどく疲れてしまつて、立つて歩くと膝がフラ〳〵する。
>
> さうしてる間にも金はドン〳〵なくなつた。母の薬代や私の薬代が一日約四十銭弱の割合でかゝつた。質屋から出して仕立直さした袷と下着とは、たつた一晩家においただけでまた質屋へやられた。その金も尽きて妻の帯も同じ運命に逢つた。医者は薬価の月末払を承諾してくれなかつた。
>
> 母の容態は昨今少し可いやうに見える。然し食慾は減じた。[33]

啄木の母カツは、三月七日に死んだ。数え六十六歳だった。一年前に母について書いた歌は、この時の啄木の気持を暗示しているかもしれない。

もうお前の心底をよく見届けたと、
夢に母来て
泣いてゆきしかな。(34)

"At last I can plainly understand
The depth of your heart,"
Mother said in my dream
And, weeping, went away.

啄木は、母の死後一カ月と少ししか生きなかった。金田一京助は、四月十三日早朝に人力車が自分を迎えに来た時のことを書いている。(35)

車の迎えで驚いて駆けつけると、夫人が出て、『昨夜から、昏酔をつづけて、醒めては幾度も、「金田一君を呼んでくれ」くれ云うので、夜の明けるのを待ってこんなに早くお呼び立てをしまして……』ということだった。(36)上って座敷の唐紙を明けると、いきなり、かすれた大きな太い一と声、たのむ！　と、それは、風のように力のない声だった。

金田一は膝から落ちるように坐(すわ)ったまま、何も言えずに泣き伏した。啄木の眼と口は閉じたままだった。そこへ、歌人の若山牧水(わかやまぼくすい)(一八八五―一九二八)がやってきた。牧水は啄木の旧友ではなく、二人が会ったのは明治四十三年で、初めて訪ねてきたのは啄木が入院する前日だった。[37] しかし牧水は早くから啄木の詩歌の熱心な崇拝者で、[38] その出版にあたって大いに力になっていた。牧水が部屋に入ってくると、節子は「若山さんがいらっしゃいました」と何度か啄木に呼びかけた。啄木は眼をつぶったまま、「知ってるよ」と言った。

それから三、四十分たつと、啄木はより意識がはっきりしたように見えた。牧水は次のように回想している。

急に彼に元気が出て来て、物を言い得る様になった。勿論(もちろん)きれぎれの聞き取りにくいものではあったが、意識は極めて明瞭(めいりょう)で、四つ五つの事に就いて談話を交わした。[39]

啄木が牧水に最初に言った言葉は、『悲しき玩具』の出版に手を貸してくれたことへの感謝と、前日届いたという稿料の礼だった。節子は啄木が話すのを聞いて、大いにほっとした。金田一は、この分では啄木は大丈夫だと思い、予定されていた國學院大学の授業に出ることにした。啄木は金田一に学校へ行くように促した。ここで節子は、初めて啄木の枕元を離れた。牧水は次のように書く。

それから幾分もたたなかったろう、彼の容体はまた一変した。話しかけていた唇をそのままに次第に瞳があやしくなって来た。私は惶てて細君を呼んだ。細君と、その時まで私が来て以来次ぎの部屋に退いて出て来なかった彼の老父（息子の危篤を知って北海道から駆けつけていた）とが出て来た。私は頼まれて危篤の電報を打ちに郵便局まで走って帰って来てもなおその昏睡は続いていた。細君たちは口うつしに薬を注ぐやら、唇を濡らすやら、名を呼ぶやらしていたが、私はふとその場に彼の長女の（六歳だったとおもう）居ないのに気がついてそれを探しに戸外に出た。そして門口で桜の落花を拾って遊んでいた彼女を抱いて引返した時には、老父と細君とが前後から石川君を抱きかかえて、低いながら声をたてて泣いていた。老父は私を見ると、かたちを改めて、「もう駄目です、臨終の様です」と言った。そして側(そば)に在った置時計を手にとって、「九時半か」と呟(つぶや)く様に言ったが、まさしく九時三十分であった(40)。

金田一が授業を終えて駆け戻った時には、啄木は北枕に寝かされ、枕元に逆さ屏風(びょうぶ)を立て、顔には白布がかけられていた(41)。満二十六歳だった。啄木臨終の部屋には節子と牧水、そして父一禎がいた(42)。

四月十四日、啄木は荼毘(だび)に付された。佐藤北江、金田一京助、若山牧水、土岐善麿などの奔走で葬儀の準備が進められ、翌十五日、浅草の等光寺(とうこうじ)で葬儀が営まれた。この寺には数週間前に啄木の母が埋葬されていた。式の導師は、土岐善麿の兄月章(げっしょう)だった。

節子の意志で、啄木の遺骨は翌年函館に移された。現在函館の立待岬(たちまちみさき)に立っている堂々たる墓碑は、大正十五年(一九二六)、宮崎郁雨ら有志の手で建立(こんりゅう)されたものである。

最終章　死せるのちの啄木

啄木が世を去った時点では、数多くの作品がまだ発表されていなかった。中には小説の最初のパラグラフに過ぎないものもあれば、すでに書く興味を失った作品の登場人物の名前だけというものもあった。即興で作られた多くの詩歌はそのまま散逸したか、あるいは酒席かなにかで作った時に居合わせた友人たちの記憶にしか残らなかった。多くの小説、批評、そして日記は長いこと活字にならなかった。その死去のニュースが啄木に多少の名声をもたらしたのは、啄木がロマンティックな詩歌にふさわしい人物——夭折(ようせつ)した詩人——を思わせたからである。しかし、啄木の詩歌集の増刷はほとんどなかった。

死後七年を経た大正八年(一九一九)から九年にかけて最初の全集(新潮社版『啄木全集』全三巻)が刊行され、昭和三年(一九二八)から翌四年には、さらに充実した改造社版全集（『石川啄木全集』全五巻）が登場した。[1] その後数年の間にいくつかの出版社が啄木の歌集を出したが、そのうちの一部は廉価版で、おそらくは金の無い若者向けであろう。昭和十三年（一九三八）には戦前の決定版とも言うべき全十巻に及ぶ改造社版の『新編石川啄木全集』の刊行が始まり、昭和十七年（一九四二）には日記の一部が公表された。

啄木の作品に対する関心が驚くほど高まったのは、太平洋戦争が終結した直後だった。昭和二十一年（一九四六）だけでも十五種類もの歌集や詩集が出版された。啄木の作品を特徴づけている自由への欲求が、軍国主義や検閲の終った戦後の時代を謳歌していた読者たちを惹きつけたのかもしれない。同じ頃、啄木の詩歌を論じた啄木論や伝記も相次いで出始めた。

重要な作品の幾つかも、死後に初めて発表されている。中でも最もよく知られたのは『悲しき玩具』で、この百九十四首の短歌から成る歌集が出版されたのは啄木が死んで二カ月後の明治四十五年（一九一二）六月だった。そこに収録されている歌は主に明治四十四年（一九一一）の早い時期に作られたもので、これは啄木が重い病の床にあった頃である。多くの歌に詠まれているのは病院のベッドに横たわっている間に見たもの、感じたことであり、そこには、いつも啄木に着想を与えた主題である自然についての歌が欠けている。『悲しき玩具』には啄木ならではの言葉の巧妙さを見せる歌もあるが、歌集のどのページにも見られるのは似たような単調さである。

啄木は、『悲しき玩具』に満足していなかったが、病気で衰弱していたため作品に手を加えることができず、病気から回復し次第、手直しするつもりでいた。しかし歌集の版元は、すぐにも原稿を渡すように主張した。この機を逸すると『悲しき玩具』を本の形で出せないかもしれないと恐れた啄木は、土岐善麿に編集を依頼した。土岐はいくぶん躊躇（ちゅうちょ）しながらも、啄木の原稿を筆写し始めた。出版にこぎつけるまでの辛（つら）い経験について、土岐は次のように書いている。

> 石川は遂（つひ）に死んだ。それは明治四十五年四月十三日の午前九時三十分であつた。その四五日前のことである。金がもう無い、歌集を出すやうにしてくれ、とのことであつた。で、すぐさま東雲堂（しののめだう）へ行つて、やつと話がまとまつた。うけとつた金を懐（ふところ）にして電車に乗つてゐた時の心もちは、今だに忘れられない。[2]一生忘れられないだらうと思ふ。
>
> 石川は非常によろこんだ。氷嚢（ひようなう）の下から、どんよりした目を光らせて、いくたびもうなづいた。

しばらくして、「それで、原稿はすぐ渡さなくてもいゝのだらうな、訂(ただ)さなくちやならないところもある、癒(なほ)つたらおれが整理する」と言つた。その声は、かすれて聞きとりにくかつた。

「それでもいゝが、東雲堂へはすぐ渡すといつておいた、」と言ふと、「さうか」と、しばらく目を閉ぢて、無言でゐた。

やがて、枕(まくら)もとにゐた夫人の節子さんに、「おい、そこのノートをとつてくれ、――その陰気な、」とすこし上を向いた。ひどく痩(や)せたなアと、その時僕はおもつた。

「どのくらゐある？」と石川は節子さんに訊(き)いた。一頁(ページ)に四首づゝで五十頁あるから四五の二百首ばかりだと答へると、「どれ、」と、石川は、その、灰色のラシヤ帋(がみ)の表帋(へうし)をつけた中版のノートをうけとつて、ところどころ披(ひら)いたが、「さうか。では、万事よろしくたのむ。」と言つて、それを僕に渡した。

それから石川は、全快したら、これこれのことをすると、苦しさうに、しかし、笑ひながら語つた。

かへりがけに、石川は、襖(ふすま)を閉めかけた僕を「おい」と呼びとめた。立つたまゝ「何だい」と訊(き)くと、「おいこれからも、たのむぞ、」と言つた。

これが僕の石川に物をいはれた最後であつた。(3)

土岐は、啄木の歌集を編集する重責に押しつぶされそうになったことを書いている。書き直しが必要だとはわかっていたが、歌の順序、句読点、行の立て方、字を下げるところなど、啄木がノートに書いた原稿にできるだけ忠実に従うことにした。歌集の最初の二首は、その後、紙片に書いてあったものが発見され、それを冒頭に入れた。一首分空けてあるところは、ノートでページを改めてあるから、それもそのままにした。「生きてゐたら、訂したいところもあるだらうが、今では、何とも仕やうがない」と土岐は書いている。問題の一つは啄木が歌集に題名をつけていないことだった。ノートの第一ページに「一握の砂以後明治四十三年十一月末より」と書いてあるので、これをそのまま題名にしようとしたが、出版社は『一握の砂』と紛らわしくなるから困ると反対した。最終的に土岐は、啄木のエッセイ『歌のいろ〳〵』(4)の最後に「歌は私の悲しい玩具(おもちや)である」とあるのから採って、『悲しき玩具』とした。

『悲しき玩具』は、啄木の最も感動的な歌の何首かが収載されているにもかかわらず、『一握の砂』のような高い評価は受けていない。作者の病気という背景が、これら「悲しい玩具」の一つ一つに哀感を添えている。『悲しき玩具』は次の一首で始まる。

呼吸すれば、
胸の中にて鳴る音あり。
　凩よりもさびしきその音！

chest moans
when I breathe—
worse than
the winter wind
that sound (5)

中には、啄木の軽いユーモアがうかがわれる歌もある。

あやまちて茶碗をこはし、
物をこはす気持のよさを、
今朝も思へる。

accidentally
broke a teacup——
reminds me
how good it feels
to break things (6)

病室での痛みと孤独が、時に悲痛な思いを誘う。

目さませば、からだ痛くて
動かれず。
泣きたくなりて、夜明くるを待つ。

Wake up
Can't move
Ache all over——

Wanting to cry
I wait out the night.（7）

病院内で書かれた歌を集めたものなので、当然のことながら病気、医師、看護婦、そして隣のベッドの患者について詠まれた歌が多い。何の変化もない毎日が過ぎて行き、その日常を破るものと言えば時折訪れる見舞客だけだった。目を凝らすべきものもなく、共感する相手も罵る相手もなきに等しかった。幸福だった昔を振り返ることもめったになく、そこには『一握の砂』の郷愁はほとんど見られない。病院での生活は詩歌を作る助けにはならず、ついに啄木は歌を作るのを完全にやめてしまった。啄木はクロポトキンの作品を読んだが、こうした本が病院での退屈な時間を忘れさせることができたかどうか、日記は何も語っていない。しかしクロポトキンは、次のように稀なユーモアの瞬間の源となったかもしれない。

「労働者」「革命」などいふ言葉を
聞きおぼえたる
五歳の子かな。

"Worker," "Revolution," and such like words
Wherever did she pick them up?
My five-year-old daughter.

啄木は病気から回復した後の計画についてしばしば書いているが、結核は弱まる気配を見せなかった。母の死は啄木に突然の高熱をもたらし、その悲しみは病気を悪化させて、啄木は母の死後一カ月しか生きなかった。母に対する愛は、いかにも啄木らしい型破りの回想の形で表現された。

薬のむことを忘れて、
ひさしぶりに、
母に叱られしをうれしと思へる。

Forgetting to drink the medicine
For the first time in a long while

I recalled how happy it made me to be scolded by Mother.

啄木が母と同じく肺結核で死ぬ前、早くも三月三十一日には、新聞が啄木の危篤を報じている[8]。そして現実に死が四月十三日に訪れると、新聞と文学雑誌は一人の若い天才を失ったことを悼んだ。葬式の弔問者の中には夏目漱石、佐佐木信綱、北原白秋、木下杢太郎のような名士たちがいたが、全体の数は「僅に四五十名」で、「通常の市井人並みのささやかな葬儀」だった[9]。啄木は比較的少数の詩人たちを除いてほとんど世間で知られていなかった。二十年後、啄木の生涯や作品が数多くの本や論文の題材となり、またその詩歌は学校で読まれたが、啄木は孤独のうちに死んだ。啄木が死んだ時、ある文学雑誌は、啄木の名前はその詩歌を読んだ人々の記憶に残るかもしれないが、それはごく限られた人々に過ぎないと予言した[10]。与謝野晶子は、こういう人物が存在したことを世間の人々はやがて忘れるにせよ、自分は啄木のことをいつまでも忘れない、と歌に詠んでいる[11]。『一握の砂』がもたらした称賛にもかかわらず、啄木は晶子より遥かに知られていない存在だった[12]。

　啄木には、遺品がほとんど無かった。所持品はやがて処分されたが、日記だけは残された。啄木は妻節子にも日記を読ませなかったし、啄木以外の誰もその内容を知らなかったにもかかわらず、やがて、日記には啄木やそこに登場する人々の評判を傷つけるような一節が含まれているという噂が流れた。

啄木が日記の一部を読ませた唯一の人物である金田一京助は、啄木が次のように言ったと記している。「私の日誌は、あなたに遺すから、あなたが見て、わるいと思ったら焚いて下さい。それまででもないと思ったら焚かなくてもいい[13]」。

金田一は啄木の死後、当然自分が日記を受け取るものだと思っていた。しかし啄木は本や原稿を金田一ではなく土岐善麿に託し、土岐はそれをそのまま節子に渡した。節子は啄木との約束を違えて家族と一緒に住むため北海道へ引っ越した際、日記を携えて行った。その日記は、大正二年（一九一三）五月に節子が死ぬまでその手元に置かれた。節子が何かの理由で不愉快に思った日記の数ページを破って処分したのではないかとよく指摘されるが、これはいまだ事実として証明されてはいない。節子は函館にいた間ほとんど病床にあり、おそらく日記を注意深く読めるような状態にいつもあったわけではないだろう。

節子が死ぬ少し前、私立函館図書館主事の岡田健蔵が節子を訪ね、啄木の作品を函館に保存するにあたって協力を依頼した。函館は啄木が一番深い関係にあった町だと岡田は強調した。岡田は、その作品を収集し保管する「啄木文庫」を作ることを約束した。岡田と啄木の友人たちは、すでに函館で「啄木会」を組織し、啄木の一周忌の大正二年（一九一三）四月十三日に最初の会合を開いていた。

節子は、それから間もない五月五日に肺結核で死んだ。死の直前、節子は自分が所持していた啄木の原稿を、函館図書館に保管してもらうため義弟にあたる宮崎郁雨に託した。最初、節子は日記を実父の堀合忠操に託していたが、忠操は日記の一冊を除いて宮崎に渡した。忠操の説明によれば、節子が日記の中の一冊は石川家に残して、後日に父啄木の形見として子供に渡してくれと頼んだからだという(14)。

啄木の遺稿を保存することに多大な努力を払った岡田には、非凡な先見の明があった。詩人啄木の名は当時、函館の人々にまだほとんど知られていなかった。岡田は啄木が函館に深い関係があると主張することで、函館の人々の支持を得たのである。しかし実際に啄木が函館に住んだのはわずか四カ月余りに過ぎなかった。

すでに述べたように、節子は死ぬ前に啄木の未完の原稿やノート類を「啄木文庫」に託すことを宮崎に依頼し、節子の死後まもなく、宮崎を通じて遺稿はすべて函館図書館に保管された。日記について節子は、「啄木が焼けと申したんですけれど、私の愛着が結局さうさせませんでした」と宮崎に話している(15)。

日記を保存するについては、最初から反対があった。啄木の友人の丸谷喜市によれば、啄木は自分の死後に日記を焼くよう、再三、丸谷に頼んでいたという。自分で日記を焼くつもりでいた丸谷は、岡田健蔵が日記を図書館に保管する計画だと知った時も、その決心を変えなかった。大正十五年(一九二六)、丸谷は二度にわたって岡田に長文の手紙を書き、啄木の遺志を繰り返し強調し、図書館に保管されている啄木の日記はすべて焼却のため京子に渡すよう要求した。[16] 丸谷によれば、啄木は次のように言ったという。「俺が死ぬと、俺の日誌を出版したいなどと言ふ馬鹿な奴が出て来るかも知れない、それは断つてくれ、俺が死んだら日記全部焼いてくれ」[17]。

丸谷は啄木晩年の数少ない友人の一人で、彼について知られていることから判断して、おそらく丸谷が話したことは事実だろう。それは、先に引用した宮崎の伝える節子の言葉からも明らかである。

こうした事実は、最終的に函館の「啄木会」も受け入れざるを得なかった。しかし岡田は、「個人的立場は別として、職務上の責任感と、啄木が明治文壇に重要な存在である点から絶対にその焼却に反対する」という立場を取った。岡田は「若し、その焼却の実行を私に迫らるゝ時は、万事を差措いても之を保存するために、死守する覚悟」だった。[18] この勇気ある岡田の態度が功を奏して、日記を焼却しようとした丸谷の企ては消えた。一人の男の決意が啄木の傑作を救ったのだ。岡田健蔵は、(聖ヒエロニムスのように）図書館員の守護聖人として尊敬されるべきである。日記は現在、函館市中央図書館の最大の宝物となっている。

千年に及ぶ日本の日記文学の伝統を受け継いだ啄木は、日記を単に天候を書き留めたり日々の出来事を記録するものとしてでなく、自分の知的かつ感情的生活の「自伝」として使った。啄木が日記で我々に示したのは、極めて個性的でありながら奇跡的に我々自身でもある一人の人間の肖像である。啄木は、「最初の現代日本人」と呼ばれるにふさわしい。

日本で最も人気があり愛される詩人だった三十年前に比べて、今や啄木はあまり読まれていない。こうした変化が起こったのは、多くの若い日本人が学校で「古典」として教えられる文学に興味を失ったからだ。テレビその他の簡単に楽しめる娯楽が、本に取って代わった。日本人は昔から読書家として知られてきたが、今や本はその重要性を剝奪（はくだつ）されつつある。入学試験で必要となった時だけ本を読む若い男女も多い。

啄木の絶大な人気が復活する機会があるとしたら、それは人間が変化を求める時かもしれない。地下鉄の中でゲームの数々にふける退屈で無意味な行為は、いつか偉大な音楽の豊かさや啄木の詩歌の人間性の探求へと人々を駆り立てるようになるのではという期待を抱かせる。啄木の詩歌を読んで理解するのは、ヒップホップ・ソングの歌詞を理解するよりも努力が必要である。しかし、ファスト・フードから得られる喜びには限度があるし、すぐに満腹になってしまう。石川啄木の詩歌は時に難解だが、啄木の歌、啄木の批評、そして啄木の日記を読むことは、単なる暇つぶしとは違う。これらの作品が我々の前に描き出して見せるのは一人の非凡な人物で、時に破廉恥(はれんち)ではあっても常に我々を夢中にさせ、ついには我々にとって忘れ難い人物となる。

註

第一章　自信と反抗

（1）筑摩書房版『石川啄木全集』第一巻一八ページ。

（2）Carl Sesar, *Poems to Eat* 五〇ページ。カール・シーザーの翻訳の現代的な英語は、シーザーがテキストをいわば「ジャズ風に」演奏しているように見えるかもしれない。しかし彼の翻訳は事実、意味も口調も啄木の原文に忠実である。なお、特にシーザー訳と註釈で明記していない短歌の英訳はすべてキーン訳。

（3）『石川啄木全集』第一巻二〇七―二〇八ページ。

（4）Sesar, *Poems to Eat* 九九ページ。

（5）『石川啄木全集』第一巻七ページ。

（6）Sesar, *Poems to Eat* 二七ページ。

（7）Peter Gay, *Modernism* 四九―五〇ページ参照。「この破壊的な文学の一つの際（きわ）立（だ）った特徴は、往々にしてその作者たちが、あたかも陶然と酔わせる新酒を古い革袋に入れるごとく、彼らの詩的情熱を伝統的な器に注ぎ込んでいることである。あのやんちゃで創意に富んだランボーでさえ、素晴らしい十四行詩を何篇か書いた」。

（8）『石川啄木全集』第四巻二八八—二八九ページ、『一利己主義者と友人との対話』。

（9）同右二一一ページ、『食ふべき詩』。

（10）同右二一八ページ。

（11）同右二一六ページ。啄木はおそらく、ここで論じている「詩」の中に短歌を含めていなかった。

（12）『石川啄木全集』第六巻五四ページ、一二〇—一二一ページ。

（13）『石川啄木全集』第五巻四〇八ページ。

（14）啄木の全著作目録、ならびに啄木について書かれた本および論文などの文献目録は、岩城之徳『啄木評伝』三四九—四九三ページ参照。文献目録は昭和五十年（一九七五）までのものだが、優に千点を超える。おそらくその後、さらに千点が書かれていることだろう。

（15）斎藤三郎『啄木文学散歩』一九—二〇ページ。多くの研究者は、啄木の戸籍にある一八八六年出生を受け入れている。しかし、啄木が出生時にあまりに虚弱だったので、両親は彼が死ぬかもしれないと思い、肥立ちが見えるまで出生を届けなかったということは考えられる。

（16）金田一京助「晩年の石川啄木」（『石川啄木全集』第八巻）五三ページ。

（17）高松鉄嗣郎『啄木の父一禎と野辺地町』（二一七ページ）は、一禎が金銭問題に「ルーズ」であったことを認めている。

（18）長姉田村サダ（一八七六—一九〇六）は啄木の人生にめったに登場しないが、啄木の結婚を取り決めるにあたって力を貸した。次姉山本トラ（一八七八—一九四五）は鉄道員の妻で、夫千三郎は小樽中央駅の駅長となった。山本一家は、啄木の家族を何度も引き取って面倒を見た。一禎は、晩年を山本家で過した。

（19）『石川啄木全集』第一巻二八ページ。

（20）三浦光子「幼き日の兄啄木」（『石川啄木全集』第八巻）二〇ページ。

（21）『石川啄木全集』第一巻三三ページ。

（22）同右九五ページ。

（23）啄木は、ワグナーの音楽にではなくその英雄的な生涯に深い感銘を受けた。啄木は数回にわたってワグナーについて書いているが、特にエッセイ『ワグネルの思想』（一九〇三）が有名。『石川啄木全集』第四巻一五—二三ページ参照。

（24）『無題録』、『石川啄木全集』第四巻二五ページ。

（25）『石川啄木全集』第一巻一三〇ページ。英訳は Sesar, *Poems to Eat* 六四ページ。

（26）『石川啄木全集』第一巻一六ページ。

（27）同右二三五ページ。

(28) 同右二二〇ページ。

(29) 明治三十七年（一九〇四）、啄木は十七歳の時、「我は仏徒に非ず。又基督教徒に非ず」と書いている。『石川啄木全集』第五巻三二ページ。

(30) 一禎のかなりの数の短歌が、娘光子によって引用されている。三浦光子『兄啄木の思い出』二二五—二二七ページ参照。

(31) 『石川啄木全集』第六巻七七ページ、一三八—一三九ページ。

(32) 斎藤『啄木文学散歩』八五ページ。

(33) 宮崎郁雨『函館の砂』一三七ページ。

(34) 三浦「幼き日の兄啄木」（『石川啄木全集』第八巻）二〇—二一ページ。

(35) 同右二四ページ。

(36) 『石川啄木全集』第一巻一〇二ページ。

(37) 三浦『兄啄木の思い出』三二ページに引用されている。

(38) 三浦「幼き日の兄啄木」（『石川啄木全集』第八巻）二六ページ。「そのころ」とは明治三十六年（一九〇三）頃か。『みだれ髪』は与謝野晶子の有名な最初の歌集（一九〇一）、『紫』は与謝野鉄幹の詩歌集（一九〇一）、『片袖』は鉄幹編の詩歌集、ハイネ詩集は尾上柴舟の翻訳（一九〇一）、『思出の記』は徳富蘆花の小説（一九〇一）、『叙景詩』は尾上柴舟・金子薫園撰の歌集（一九〇二）。

（39）『石川啄木全集』第一巻一〇一ページ。

（40）三浦『兄啄木の思い出』三二ページ参照。光子によれば、節子（せつこ）は三日間も滞在して、当の訪ねた相手であるはずの光子とはほとんど会話しなかった。

（41）『石川啄木全集』第一巻二八ページ。

（42）同右二七ページ。解説は岩城之徳『啄木歌集全歌評釈』九三ページ参照。

（43）この連載は『百回通信』と題された。富田について書かれている部分は、『石川啄木全集』第四巻二〇四―二〇六ページ。この全二十八回の「通信」は、明治四十二年（一九〇九）十月五日から十一月二十一日にわたって「岩手日報」に掲載された。

（44）『石川啄木全集』第四巻二〇五ページ、『百回通信』。

（45）『石川啄木全集』第五巻二〇―二一ページ。明治三十五年十一月十四日の項。

第二章　上京、失意、結婚

（1）『石川啄木全集』第五巻九ページ。薬師寺行雲（やくしじぎょううん）は彫刻家高村光雲（たかむらこううん）の弟子。

（2）同右一三ページ。

（3）同右一六ページ。

（4）同右。

（5）同右一七ページ。
（6）同右。
（7）『石川啄木全集』第六巻七四ページ、一三七ページ。
（8）『みだれ髪』が刊行されたのは明治三十四年（一九〇一）八月。
（9）『石川啄木全集』第五巻一七ページ。
（10）同右二四ページ。
（11）森鷗外（もりおうがい）訳『ジョン・ガブリエル・ボルクマン』は、明治四十二年（一九〇九）に自由劇場で初演された。芝居は非常な好評を博し、若者の自由を求めた作品と誤解されて特に若い観客に人気があった。キーン『日本文学史 近代・現代篇九』（角地幸男訳・中公文庫版）六八ページ。
（12）『石川啄木全集』第五巻二一ページ。啄木はバイロンの「孤独」としてこの詩に言及している。
（13）同右。
（14）啄木はエッセイ『林中書（りんちゅうしょ）』に、「『I love the man but nature more』といふバイロン詩中の一句を五十行も六十行も並べて書いた事もある」と記している。『石川啄木全集』第四巻一〇六ページ。
（15）森一（もりはじめ）『啄木の思想と英文学』一六ページ。

(16)『石川啄木全集』第五巻二八ページ。

(17)『石川啄木全集』第一巻四三ページ。この歌は、明治三十五年（一九〇二）の気持を歌ったものだが、作られたのは明治四十一年（一九〇八）九月十四日。啄木のほとんどの短歌と同じく、自伝的である。岩城之徳『啄木歌集全歌評釈』一五八ページ参照。

(18)息子の苦境を救うために上京した一禎に関する研究の多くには、一禎がどこから旅費を工面したか書かれていない。ここに引いた話は、啄木の妹三浦光子の『兄啄木の思い出』（四〇ページ）に基づくものである。

(19)『石川啄木全集』第七巻二五―二六ページ。

(20)『石川啄木全集』第四巻一五―一三ページ。日本ではワグナーを長くワグネルとも表記してきた。

(21)啄木は、ワグナーとメンデルスゾーンの音楽を早く聴きたいものだと記しているが（『石川啄木全集』第五巻五六ページ）、それは果たせなかった。

(22)野村胡堂（のむらこどう）「石川啄木」（『面会謝絶』三四ページ）。

(23)啄木がオルガンで弾いたと記している唯一（ゆいいつ）の作曲家「ロビンソン」は、おそらく英国のオルガン奏者で音楽教師だったジョージ・H・ロビンソン（一八四〇―一九〇九）のことだと思われる。『石川啄木全集』第五巻四〇ページ参照。

(24) C.A.Lidgey, *Wagner* 八二ページ。

(25) 同右一七一ページ。この意見は、『ローエングリン』についてのリッジーの論考の中に出て来る。

(26) 同右三五ページ。

(27) 近藤典彦『石川啄木と明治の日本』一八二ページ。

(28) 『石川啄木全集』第五巻三三二ページ参照。

(29) 同右五七ページ。

(30) 同右五八―五九ページ。

(31) 同右七九ページ。

(32) 啄木が借りた家は駒込にあり、藪蚊の多いことで知られていた。啄木は、盛岡中学の後輩で仲人の上野広一宛ての手紙に「天下の呑気男なる啄木の妻となるには、駒込名物の藪蚊に喰はれる覚悟で上京せなくてはならぬ」と書いている。堀合了輔『啄木の妻　節子』五五ページ。

(33) 同右五六ページ。披露宴を控えた啄木のこのような不可解な振る舞いは、本書および後述する相沢源七の二冊の本に基づくものである。

(34) 土井八枝夫人の話は、啄木の中学の同窓生である小林茂雄との対談で語られたものである。この対談は、相沢源七編『石川啄木と仙台』三三―三七ページに再録されている。また、相沢源七『啄木と渡米志向』五二ページも参照。相沢は啄木の情報に通じているが、啄木に対して偏見を持っていたかもしれない。

（35）『食ふべき詩』、『石川啄木全集』第四巻二一〇―二一一ページ。

（36）『石川啄木全集』第二巻四七四ページに引用されている。

第三章　渋民村で代用教員となる

（1）『石川啄木全集』第五巻六三ページ。

（2）同右四三、五〇―五一ページ。

（3）この寺は、一禎の師であり妻カツの兄である葛原対月（一八二六―一九一〇）の常光寺だった。

（4）『石川啄木全集』第五巻一〇一ページ。

（5）同右一〇二ページ。

（6）同右三七ページ。

（7）同右四三ページ。しかしながら、オスカル・ヴィクトロヴィチ・スタルク提督は、旅順口で死ななかった。明らかに啄木は間違った噂を聞いた。

（8）『石川啄木全集』第四巻二三五―二三八ページ。トルストイの小論文の日本での影響に関する優れた研究として、Janine Beichman, *The Prophet and the*

Poet: *Leo Tolstoy and Yosano Akiko* がある。

(9)　『石川啄木全集』第五巻七九ページ。

(10)　同右。

(11)　同右九六―九七ページ、『石川啄木全集』第七巻九六ページも参照。

(12)　『石川啄木全集』第七巻九六ページ。

(13)　同右九八ページ。

(14)　『石川啄木全集』第五巻九四ページ。

(15)　同右九八ページ。

(16)　同右九五ページ。

(17)　同右九九ページ。

(18)　同右一〇〇ページ。

(19)　同右一〇一ページ。

(20)　同右一〇六ページ。

(21)　同右。

(22)　同右。

(23)　同右一一一ページ。

(24)　『石川啄木全集』第四巻一一〇ページ。

（25）『石川啄木全集』第五巻一一三ページ。

（26）同右。

（27）同右一一五―一一六ページ。

（28）同右一一八ページ。

（29）同右一一八ページ。一方、この日記より少し後に書かれた『林中書』の中では、啄木は同じテーマについて幾分消極的になっている。「戦争に勝つた国の文明が、敗けた国の文明よりも優つて居るか怎か？　この問題は、少なくとも数百枚の原稿紙を用意した上でなければ、詳しく説明する事が出来ぬ」。啄木はそれを読者の判断に委ねたが、「日本人は近代の文明を衣服にして纏ふて居る、露人は之を深く腹中に蔵して居る」のだと言う。一方で啄木は、日本がロシアより自由であることを認めながら、「真の自由の民は世界で唯露西亜の農民許りである」というイプセンの言葉を引用している。『石川啄木全集』第四巻一〇二―一〇三ページ参照。

（30）『石川啄木全集』第五巻一一八ページ。これより二年半ほど前の明治三十七年（一九〇四）六月、啄木は「マカロフ提督追悼の詩」と題した長篇詩を発表し、日本艦隊の旅順口急襲の際に、沈む乗艦と運命を共にした提督に哀悼の意を表している。『石川啄木全集』第二巻三六―三九ページ。啄木は、トルストイが『爾曹悔改めよ』の中で戦争を殺人として攻撃していることに影響を受けていたかもしれない。

(31) 『石川啄木全集』第五巻一一九ページ。この時、出産を控えた節子は渋民村に啄木を残して盛岡にいた。

第四章　一家離散、北海道へ

(1) 『石川啄木全集』第五巻一二九ページ。

(2) 「君が代」の原典は『古今和歌集』にあるが、のちに『和漢朗詠集』流布本から原典の「わが君」が「君が代」になったと言われる。啄木がこの国歌を歌った時、啄木の気持は当然のことながら天皇に向けられていた。

(3) 『石川啄木全集』第五巻一三〇ページ。

(4) 同右。

(5) 同右一三一ページ。

(6) 同右一三六ページ。

(7) 同右。

(8) 新約聖書のヨハネ福音書八の一一。

(9) 『石川啄木全集』第五巻一三六ページ。

（10）同右。
（11）同右。
（12）同右一三七―一三八ページ。
（13）同右一三八ページ。
（14）同右。
（15）同右。
（16）三浦光子『兄啄木の思い出』一三一―一三二、一七一ページ参照。
（17）『石川啄木全集』第五巻一四四ページ。
（18）啄木が下宿していた家の息子の斎藤佐蔵によれば、渋民村民の八〇パーセント近くが一禎の帰還を支持していた。斎藤三郎『啄木文学散歩』七五ページ参照。
（19）『石川啄木全集』第五巻一四三ページ。
（20）同右一四〇ページ。
（21）同右。
（22）同右一四五ページ。
（23）同右一四七ページ。
（24）同右一四八ページ。
（25）私（キーン）が読んだストライキの記事で最も詳細なのは斎藤三郎『啄木文学散

歩』七三―八六ページ。一九五〇年代に斎藤は、ストライキに参加した啄木の生徒たちから当時の話を聞いている。

(26)『石川啄木全集』第五巻一五〇ページ。

(27)『石川啄木全集』第一巻三四ページ。

(28)『石川啄木全集』第五巻一五〇ページ。

(29)「紅苜蓿(べにまごやし)」とは牧草にするクローバー(ウマゴヤシ)の一種で、雑誌の出版元である「苜蓿社(ぼくしゅくしゃ)」の「苜蓿」はその音読み。これらの凝った名前は、同人たちの芸術家ぶった傾向を表している。その紅苜蓿の花の絵が雑誌の表紙に描かれている。

(30)三浦光子『兄啄木の思い出』九三ページに「紅苜蓿」の表紙の写真が載っている。そこに引用されている啄木の日記「函館の夏」の一節にあるように、「紅苜蓿」は北海道で「唯一の真面目なる文芸雑誌」だった。

(31)「紅苜蓿」の出版元である苜蓿社に関する情報は、大部分が斎藤『啄木文学散歩』八七―一〇〇ページに基づく。斎藤の情報は最も意を尽くしている。

(32)同右八七ページ。

(33)同右九〇ページ。同人岩崎白鯨(いわさきはくげい)によれば、停車場前の店には妹の光子(「みつちやん」)もいた。金田一京助『石川啄木』四五二ページは、光子は桟橋から直接小樽行きの汽車に乗ったとしている。おそらく、岩崎説が正しいのではないかと思われる。

（34）『石川啄木全集』第五巻一五三ページ。

第五章　函館の四カ月、札幌に二週間

（1）『石川啄木全集』第一巻四六ページ。また岩城之徳『啄木歌集全歌評釈』一七一ページ参照。「かなし」は一般に「悲しい」の意味だが、啄木は古語の「心を強く惹かれる」の意味で使っている。つまり、この歌は家族と離れた啄木の悲しさを詠ったものではなく、詩人たちに囲まれた楽しい生活を懐かしんでいるのである。矢車草は俳句では夏の季語。

（2）松岡蕗堂は「明星」に歌が載った苜蓿社グループの最初の人物。四十九首を「明星」に発表し、全部で約三百首の短歌を残している。「紅苜蓿」第一号の歌欄の冒頭に、松岡の歌が載っている。松岡の短歌については、目良卓『啄木と苜蓿社の同人達』七二―八六ページ参照。

（3）宮崎郁雨『函館の砂』四一ページ。

（4）「紅苜蓿」の創刊号が出たのは、苜蓿社が設立された翌年の明治四十年（一九〇七）一月一日。

（5）『石川啄木全集』第一巻四八ページ。また岩城『啄木歌集全歌評釈』一七六ペー

ジ参照。大島流人（経男）は女学校の教師で、啄木が函館に来た当時の「紅苜蓿」の編集長だった。しかし教え子との恋愛から結婚の破綻を招いた。それを悔いて、大島は生れ故郷の山に隠遁した。啄木自身は厳格な人間ではなかったが、この大島の決意に深く感銘を受けた。目良『啄木と苜蓿社の同人達』九―一二ページ参照。この短歌は音節数が目立って不規則で、いつもの啄木の三行に分けるのが難しい。

（6）大島は編集長の職を啄木に委譲した。目良『啄木と苜蓿社の同人達』一二ページ。

（7）『石川啄木全集』第五巻一五九ページ、明治四十年九月四日の項。

（8）『石川啄木全集』第六巻六一、一二六ページ。『ローマ字日記』明治四十二年（一九〇九）四月九日の項。

（9）『石川啄木全集』第一巻五九ページ。また岩城『啄木歌集全歌評釈』二二四ページ参照。初出は明治四十三年（一九一〇）「創作」五月号。

（10）同右六〇ページ。また岩城『啄木歌集全歌評釈』二二六ページ参照。初出は明治四十三年五月「東京毎日新聞」。

（11）同右五九ページ。また岩城『啄木歌集全歌評釈』二二五ページ参照。初出同右。

（12）国際啄木学会編『石川啄木事典』三五四ページ。

（13）『石川啄木全集』第六巻七九、一四一ページ。

（14）宮崎『函館の砂』二四ページ。

（15）宮本吉次『啄木の歌とそのモデル』一七ページ。

（16）その友人は沢田信太郎。斎藤三郎『啄木文学散歩』九六ページ参照。

（17）『石川啄木全集』第五巻一五五ページ参照。

（18）斎藤『啄木文学散歩』九一—九二ページ。

（19）同右九二ページに引用されている。島崎藤村の詩「椰子の実」は、故郷から離れた孤独を詠んだ十四行詩で、日本に流れ着いた椰子の実を孤独の象徴として使っている。『島崎藤村』（「日本の詩歌」）三八六—三八七ページ参照。啄木もまた、漂流してきた椰子の実について歌を作っている。

何処よりか流れ寄せにし椰子の実の
一つと思ひ磯ゆく夕。

walking at night
along the sea
I feel like a coconut
washed up

from nowhere
『石川啄木全集』第一巻三一五ページ。英訳は、Carl Sesar, *Poems to Eat* 一三五ページ。

(20) 一禎は、勝手に寺を離れるわけにいかなかったかもしれない。師の対月は当時数え八十二歳で、寺の運営に関しては一禎を頼っていた。高松鉄嗣郎『啄木の父一禎と野辺地町』六一ページ参照。

(21) 『石川啄木全集』第五巻一五六ページ。

(22) 同右一五六―一五七ページ。

(23) 『谷崎潤一郎全集』第二十一巻一二―一四ページ。また、キーン『日本文学史 近代・現代篇三』（徳岡孝夫訳・中公文庫版）二七四ページ。

(24) 『石川啄木全集』第五巻一五七ページ。

(25) 向井永太郎（一八八一―一九四四）は、以前は函館の苜蓿社同人の一人で、そこで啄木と出会った。当時、向井は札幌の北海道庁に勤務していた。

(26) 『石川啄木全集』第五巻一五七ページ。

(27) 同右一六〇―一六一ページ。

(28) 同右一六一ページ。九月十二日、啄木はさらに痛切に函館への別れを惜しみ、次のように書く。「我友は予と殆んど骨肉の如く、又或友は予を恋ひせんとす。而して今予はこの紀念多き函館の地を去らむとするなり。別離といふ云ひ難き哀感は予が胸の底に泉の如く湧き、今迄さほど心とめざりし事物は俄かに新らしき色彩を帯びて予を留めむとす」（同右一六三ページ）。

(29) 同右一六二ページ。

(30) 啄木が松岡に対する嫌悪感に最初に触れたのは、明治四十年九月二日の日記である。「夜岩崎君宅に会す。神について語り、松岡君が一ケ厭ふべき虚偽の人なるを確かめぬ」。本文で指摘したように、啄木が松岡に幻滅したのは、自ら敬虔なキリスト教徒であると言い、プラトニック・ラブだけを認めていた松岡が、実は芸者と関係を持っていたからである。その不誠実な言動が、啄木を激怒させたに違いない。目良『啄木と苜蓿社の同人達』八四ページ参照。

(31) 『石川啄木全集』第七巻一四二ページ。

(32) 『石川啄木全集』第五巻一六四ページ。

(33) 九月二十四日、啄木は向井と宗教の議論をしたが、この時はニヒリズムの価値を説いている。同右一六八ページ参照。

(34) 同右一六四ページ。

(35) 彼の本名は小国善平だが、号の露堂で知られている。新聞記者の露堂は向井の紹介で啄木と会った。啄木が函館大火の後に「函館日日新聞」の職を失うと、露堂は自分が勤めている札幌の「北門新報」で働くよう啄木に勧めた。二人はのちに「小樽日報」でも一緒に働くことになる。

(36) 『石川啄木全集』第五巻一六五ページ。啄木は翌日の日記でも、この同僚の嘆くべき女性関係について語り続けている。

(37) この小品は、『石川啄木全集』第四巻一一五―一一六ページに収録されている。

(38) 『石川啄木全集』第五巻一六六ページ。

(39) 同右。

(40) 同右一六七ページ。

(41) 同右一六八ページ。

(42) 『石川啄木全集』第四巻一一六―一二二ページ。明治四十年九月十八日から二十七日までの間の「北門新報」に、四回に分けて掲載された。

第六章　小樽でも我儘を通す

(1) 『石川啄木全集』第五巻一七〇ページ。野口雨情によれば、啄木の雄弁は出席者のすべてを圧倒した。北斗露草『野口雨情が石川啄木を認めなかった理由』一三〇ページ参照。

（2）沢田信太郎「啄木散華（さんげ）」（「中央公論」昭和十三年五月号）三九〇ページ。

（3）『石川啄木全集』第五巻一七〇ページ。

（4）『石川啄木全集』第一巻五〇ページ。また、岩城之徳『啄木歌集全歌評釈』一八六ページ参照。岩城は明治四十年十二月二十七日の啄木の日記に注意を向けている。そこでは、ジャーナリストの斎藤大硯（さいとうたいけん）（一八七〇—一九三二）が「歌はざる小樽人」を称賛している（『石川啄木全集』第五巻一七八ページ参照）。「歌はざる」とは、すなわち詩趣に欠けているということである。

（5）Carl Sesar, *Poems to Eat* 六九ページ。

（6）『石川啄木全集』第四巻一四〇ページ。この話が出て来るのは明治四十一年九月に啄木が執筆した『悲しき思出（かなしきおもひで）』で、そこには啄木と雨情との交友が記されている。同右一三八—一四一ページ参照。

（7）『石川啄木全集』第五巻一七一ページ。

（8）同右。雨情はのちに、岩泉は嫌いだったが、会社の体制を覆（くつがえ）そうという啄木の試みに参加しようとは思わなかったと主張した。これは事実ではない。雨情の意見は、北斗『野口雨情が石川啄木を認めなかった理由』一三五ページ参照。一年後に書かれた啄木の記述によれば、啄木と雨情は名高い「小樽の悪路」を肩を並べて歩きながら、主筆岩泉を排斥する陰謀を企てた。しかし啄木は、共和制を作ろうという雨情の計画を聞いて「頗(すこぶ)る小供染(こどもじ)みた考へ」だと思った。『石川啄木全集』第四巻一四〇―一四一ページ参照。

(9) 『石川啄木全集』第五巻一七一ページ。雨情の情感にあふれた歌を歌うよう子供たちに勧めていた母親たちは、雨情の性格についての記述を読んで衝撃を受けたことだろう。「焉(えん)」は語調を整える助字で、漢文訓読の際には普通は読まない。

(10) 同右一七四ページ。

(11) 同右一七二ページ。肩を持つ、のここでの意味は明らかではない。白石は二人の岩泉排斥の陰謀を支持したのだろうか。それとも、ただ単に二人の仕事に感銘を受けたのだろうか。「又岩泉局長も予の為(た)めに」と続く啄木の日記の文脈から言えば、後者のように思える。

(12) 『石川啄木事典』三三〇ページ参照。啄木は白石を、肝胆相照らすところがあると思ったと書いている。十月十四日の岩崎白鯨宛書簡は、「小生が社に於(お)ける位置は目下何人(なんぴと)も及ばず、白石社長は殆んど意外な位信用してくれ、小生の意見は直ちに実行さるゝといふ様に相成候(あひなりさうらふ)」と記している。『石川啄木全集』第七巻一五八ページ参照。のちに仕事がなくて絶望していた啄木に、白石は釧路(くしろ)での仕事を世話することになる。

(13) 『石川啄木全集』第五巻一七二ページ。

（14）同右一七三ページ。
（15）同右。
（16）同右一七三―一七四ページ。
（17）同右一七三ページ。
（18）同右一七四ページ。
（19）同右。
（20）同右一七五ページ。
（21）沢田「啄木散華」三九一ページ。岩城之徳『啄木評伝』三三五ページによれば、社内では白石が「啄木の言をいれ岩泉主筆を解任」したと信じられていて、その噂は社内を動揺させた。
（22）小樽で発表された記事は、『石川啄木全集』第八巻三五五―四六二ページに収録されている。
（23）この間の日記の空白は、十月十九日から二十一日、同二十五日から二十九日、そして十一月二日から五日、同七日から十二月十日までである。
（24）沢田「啄木散華」三九四ページ。「小樽日報」は明治四十一年四月に休刊した。沢田「啄木散華」（二）二七七ページ参照。
（25）この話は、すべて沢田「啄木散華」三九五ページによるものである。ほかの資料で確認することはできなかった。啄木の日記には、ただ「十三日より出社せず。社長に辞表を送る事前後二通、」とある。『石川啄木全集』第五巻一七六ページ。

(26) 同右。

(27) 「小樽日報」に発表されたこの一文は、『石川啄木全集』第八巻四六二ページに収録されている。また岩城『啄木評伝』三三五ページにも引用されている。

(28) 『石川啄木全集』第五巻一七八ページ。

(29) 同右。

(30) 一年の最後の日である大晦日は、その年のツケの勘定や借金を一度に払わなければならないので啄木には窮地だった。

(31) 『石川啄木全集』第五巻一八四ページ。

(32) 同右。

(33) 日記を「小説化」した啄木の原稿に関する岩城之徳の解題は、『石川啄木全集』第六巻三九二―四〇三ページ参照。同巻に収録されている『林中日記』は、これらの作品のうち最も長いものである。啄木が渋民村でつけていた明治三十九年（一九〇六）の日記に基づくもので、啄木の死後、友人の平出修が編纂し、大正二年（一九一三）十二月に発表された。日記と小説との文体の違いについては、「啄木の日記と芸術」（ドナルド・キーン著作集第一巻『日本の文学』一一八―一二七ページ）参照。

（34）『石川啄木全集』第五巻一九一ページ。

（35）水野葉舟（みずのようしゅう）（一八八三―一九四七）の小説『再会』によれば、晶子は与謝野鉄幹との結婚前に二流の歌人である水野と親しくなって一緒に暮らした。鉄幹はそのことを知って激怒した。水野の小説は登場人物の名前を変えているが、鉄幹はすべて事実であると確信していた。『石川啄木全集』第五巻一九三―一九五ページ参照。

（36）『石川啄木全集』第五巻二〇五ページ。

（37）同右一七七ページ。

（38）同右二〇二ページ。

（39）同右二一〇ページ。

第七章　釧路の極寒

（1）『石川啄木全集』第七巻一六七ページ。啄木は一月三十日、金田一京助に長文の手紙を書き、渋民村で教え始めて以来の自分の生活について語っている。また追伸でアイヌに対する関心に触れている（同右一七一ページ参照）。金田一はその後、アイヌ語の権威となる。

（2）『雪中行（せっちゅうこう）』第一信、第二信は『石川啄木全集』第八巻四六六―四七〇ページに収録されている。第一信は、小樽出発のことを日記よりも詳細に述べ、続けて札幌（「詩人の市（まち）」）での短い停車、岩見沢（いわみざわ）までの雪中の列車の旅が記されている。第二信は、多くが旭川（あさひかわ）について語られている。啄木は、「旭川はアイヌ語でチウベツ（忠別）と云（い）ふさうな、チウは日の出、ベツは川、日の出る方から来る川と云ふ意味なさうで」と書いている（同右四七〇ページ）。これはおそらく、啄木が北海道の先住民に対する関心に触れた唯一の箇所である。

（3）『石川啄木全集』第一巻五五ページ。初出は「スバル」明治四十三年十一月号。

（4）沢田信太郎「啄木散華」（二）（「中央公論」昭和十三年六月号）二六一ページ。

（5）『石川啄木全集』第五巻二一一ページ。

（6）同右二一二ページ。

（7）愛国婦人会が創設されたのは義和団（ぎわだん）事件のあった明治三十三年（一九〇〇）の翌年で、中国大陸での戦闘で死んだ兵士たちの家族と傷病兵の世話をした。会員の数は、日露戦争中の明治三十八年（一九〇五）には四十六万人に達した。当初の会員は主に上流階級だったが、のちにはあらゆる女性が参加できるようになった。

（8）啄木は日記（『石川啄木全集』第五巻二一二ページ）や友人たちへの手紙に、このように書いている。しかし釧路新聞社理事の佐藤国司（さとうくにじ）によれば、啄木が初めて持つ時計を買って貸し与えたのは佐藤だった。新聞記者には時計が必要だと佐藤は思った。沢田「啄木散華」(二)二六二ページ参照。

(9)『石川啄木全集』第五巻二一二ページ。講演「新時代の婦人」は、『石川啄木全集』第八巻四七〇―四七二ページに収録されている。

(10) 一九〇六年三月九日、女性の婦人参政権論者三十人がロンドンのダウニング街十番地にある英首相官邸を訪れ、首相に面会を求めた。彼女たちは面会を拒絶された。数人がなおも要求を叫び続け、逮捕された。

(11) 啄木は英語の「ホーム」を使っている。

(12) 本人の意思を無視して両親がお膳立てをする見合い結婚に対して、このように述べている。

(13)『石川啄木全集』第八巻四七一ページ。『人形の家』の最初の邦訳は、明治三十四年(一九〇一)の高安月郊訳。

(14)『石川啄木全集』第七巻一七五―一七六ページ。

(15)『石川啄木全集』第五巻二一四―二一五ページ。

(16) 同右二一四ページ。「喇叭節」は明治時代後半に人気だったはやり唄。円太郎馬車のラッパを模した囃子詞が入っている。

(17) 同右二一三―二一四ページ。二月十日、妻と母から弁解の手紙が、二月十一日には父から不平を述べた前便を取り消す手紙が来た。同右二一六―二一七ページ。
(18)『石川啄木全集』第七巻一七四ページ参照。
(19)『石川啄木全集』第五巻二一七ページ。
(20)芸者市子の写真が、同右一九〇ページに掲載されている。写真は、啄木の日記原本に貼り付けられていた。
(21)喜望楼は釧路で一番いい料亭だったが、顧客と芸者が秘かに会う部屋があったことを文脈は示している。
(22)『石川啄木全集』第五巻二一七ページ。
(23)同右二一七―二一八ページ。
(24)同右二一九―二二〇ページ参照。
(25)同右二二五ページ。
(26)同右二二四ページ。
(27)近松門左衛門の浄瑠璃『心中天網島』で、治兵衛は妻と別れないまま芸者と恋に落ち、悲惨な結果を招く。啄木は治兵衛と同じ運命に陥ることを恐れていたのかもしれない。
(28)『石川啄木全集』第五巻二三九ページ。
(29)同右二三八ページ。

(30) 同右。

(31) 同右二三九ページ。

(32) 啄木は明治四十一年(一九〇八)に一五七六首の短歌を詠んでいて、他の年より遥(はる)かに多い。池田功(いけだいさお)『石川啄木入門』三六ページは、これを「歌が爆発した」と書いている。清水卯之助(しみずうのすけ)編『編年石川啄木全歌集』は、短歌を作成順に並べていて役に立つ。明治四十一年に作られた短歌は七三ページから始まっている。

(33) ここに挙げた短歌は、いずれも『石川啄木全集』第一巻五六ページ。岩城之徳『啄木歌集全歌評釈』二一〇—二一二ページにも解説付きで収録されている。これらの歌は、啄木が釧路を去った翌々年の明治四十三年(一九一〇)に発表された。

(34) この歌の背景は、明治四十一年三月二十日の啄木の日記(『石川啄木全集』第五巻二三四ページ参照)に「十二時半頃、小奴(こやっこ)は、送つて行くと云ふので出た。(中略)高足駄(たかあしだ)を穿(は)いて、雪路(ゆきみち)の悪さ。手を取合つて、埠頭(ふとう)の辺の浜へ出た」とある。

(35) 野口雨情が小奴に会った話は、「石川啄木と小奴」(『定本野口雨情』第六巻三二九—三三六ページ)に収録されている。

(36) 啄木歌集には、似たような言い回しの歌が見つからなかった。あるいは発表されなかったのかもしれない。

(37)『石川啄木全集』第五巻二四〇ページ。

(38)同右。電報だから仕方ないとしても、無礼なまでに短い電報の文面が啄木を怒らせたのは、病気に対する何の同情も示されていなかったからである。

(39)横山は数回にわたって啄木の日記に登場し、啄木のために雑用をこなしている。

(40)『石川啄木全集』第五巻二四一ページ。

(41)同右。

(42)同右二四二ページ。

(43)同右。

(44)同右二四三ページ。

(45)同右二四四ページ。

(46)同右。

(47)同右二四五ページ。

(48)同右。

(49)『定本野口雨情』第六巻三三四ページ。

第八章　小説の失意、短歌の昂揚(こうよう)

（1）『石川啄木全集』第五巻二四七―二四八ページ。

（2）二、三カ月後に啄木が家族と一緒になるという当然の筋書きは、言葉には出していないが暗黙の了解であったに違いない。

（3）『石川啄木全集』第五巻二四九ページ。

（4）同右二五〇ページ。

（5）与謝野鉄幹は、明治三十八年（一九〇五）に雅号（がごう）の「鉄幹」をやめ、本名の与謝野寛（ひろし）を使うようになった。ふだん啄木は鉄幹を呼ぶのに、あたりさわりのない「与謝野氏」を使っていた。本書では、歌人として一番知られた名前である与謝野鉄幹で通すことにする。

（6）『石川啄木全集』第五巻二五五ページ。

（7）同右二五六ページ。

（8）同右。

（9）落合直文（おちあいなおぶみ）（一八六一―一九〇三）は、明治時代の先覚的な歌人だった。しかし落合の重要性は、鉄幹のような若い歌人たちの擁護者だったことにある。落合の主著『ことばの泉（いずみ）』は、いわば詩的言語の辞書だった。

（10）この辞書は何度も改訂されたが、私（キーン）は鉄幹による改訂版を見たことがない。

(11) 『石川啄木全集』第五巻二五六ページ。
(12) 同右二五六—二五七ページ。
(13) 明治二十八年(一八九五)、京城(現ソウル)の学校で日本語を教えるために朝鮮へ向けて発って以来、鉄幹は「虎剣の鉄幹」として知られた「ますらおぶり」の歌を作ったが、「日本を去る歌」もその流れを汲んでいる。
(14) 『石川啄木全集』第五巻二八九ページ。
(15) 同右三〇〇ページ。
(16) 同右二五九ページ。
(17) 同右二六〇ページ。
(18) 平野万里は、鉄幹と晶子の親友だった。
(19) 『石川啄木全集』第五巻二六〇ページ。
(20) 同右二六二ページ。
(21) 同右二六三ページ。
(22) 同右。さらに啄木は、「夏目の〝虞美人草〟なら一ケ月で書けるが、西鶴の文を言文一致で行く筆は仲々無い」と書いている。
(23) 同右二六五ページ。
(24) 同右二六六ページ。

（25）『石川啄木全集』第三巻一〇五ページ。

（26）『石川啄木全集』第五巻二七一ページ。

（27）同右。

（28）明治四十一年九月十七日の日記に「少し頭が重い様なので、源氏を読みながら寝た。源氏は近頃毎晩寝てから読む」とあり、その後も続けて『源氏物語』を読んでいる。源氏は初めて読んだのかどうか、また源氏を読んでの反応もほとんど記していない。同右三三五—三四二ページ参照。これは啄木が『鳥影』を書く直前である。啄木は日本の小説に手本を探していたのかもしれない。

（29）同右三〇五ページ。啄木は、これ以前にも（六月二十七日）死への願望について書いている。自分の妻、母、娘、妹は宮崎郁雨の庇護の下に函館で生活している。啄木は何をしたらいいのか。誰かの援助なしに、おそらく啄木は家賃を払うことができなかった。八月二日、啄木はふたたび古い日記を読んでいる。この時は、死の考えが頭をもたげなかったが、函館や札幌で知っていた人々への郷愁に駆られている。同右三一四ページ参照。

（30）同右二八九ページ。

（31）同右三一一ページ。啄木は『アンナ・カレーニナ』は読んでいなかった。

（32）同右三〇八ページ。

(33) 同右三一〇ページ。
(34) 同右二七二ページ。
(35) 同右。
(36) 同右。
(37) 全文は『石川啄木全集』第二巻四四二ページ。
(38) 『石川啄木全集』第五巻二七三ページ。啄木は八月四日、鉄幹から書留で為替五円を受け取っている。おそらく「明星」に載った歌の掲載料であろう。
(39) 同右二八四ページ。父一禎が啄木を石川家の戸籍に入れる前の姓名は、工藤一だった。短歌五十八首が、明治四十一年「心の花」七月号に「工藤甫」の名で発表された。同右二九一—二九二ページ参照。また、『石川啄木全集』第八巻五四一ページも参照。短歌は『石川啄木全集』第一巻一六二—一六五ページに収録されている。
(40) 池田功『石川啄木入門』三七ページ参照。
(41) 『石川啄木全集』第五巻二八七ページ。
(42) 「東海の小島の磯の白砂に……」に始まる啄木の最も有名な歌は、明治四十一年六月二十四日朝に書かれた。岩城之徳『啄木歌集全歌評釈』九ページ参照。
(43) 『石川啄木全集』第五巻二八八ページ。

(44) 同右三〇二―三〇三ページ。
(45) 「九州」の古名で、詩語として使われる。
(46) 『石川啄木全集』第五巻二九六ページ。
(47) 同右。菅原芳子(すがわらよしこ)に宛てた手紙は、『石川啄木全集』第七巻二二三―二二六ページに全文が収録されている。手紙の中の歌八首のうち三首は、同じ頃に小田島理平治(おだしまりへいじ)(孤舟(こしゅう))に宛てた手紙にもある。同右二二二ページ参照。
(48) 『石川啄木全集』第七巻二二〇―二二六ページ。
(49) 同右二四九ページ。
(50) 同右二六三ページ。また『石川啄木全集』第一巻一六九ページ、清水卯之助編『編年石川啄木全歌集』一九八ページも参照。
(51) 『石川啄木全集』第五巻三四二ページ、明治四十一年十月二日の項。
(52) 同右三六三ページ。
(53) 『石川啄木全集』第七巻二六一ページ。
(54) 同右二六三―二六四ページ。
(55) 同右二六八ページ。
(56) 同右二四八ページ。
(57) 『石川啄木全集』第五巻三五二―三五三ページ。

(58) 同右三五九ページ。
(59) 「昴（スバル）」は、モーリス・メーテルリンクが創刊した雑誌"La Pléiade"（散開星団プレアデスの和名が「すばる」）から取ったもの。
(60) 『石川啄木全集』第七巻二六二ページ。
(61) 同右二六三ページ。
(62) 明治四十一年八月二十二日付の岩崎白鯨宛の手紙で、啄木は「大阪新報」から五十回の連載小説を依頼されたことを書いている。稿料は一回一円とある。同右二四六ページ参照。『静子（しずこ）の悲（ひ）』が、全集に収録されたこの手紙では『静子の恋』となっている。
(63) 「大阪新報」は啄木の原稿を待たず、真山青果（まやませいか）の小説を買った。啄木はそれを九月三日に知ったことを日記に書いている。『石川啄木全集』第五巻三二五ページ参照。
(64) 「東京毎日新聞」記者で友人の栗原元吉（くりばらもときち）（古城（こじょう））が、社長に説いて新聞への掲載を実現させた。
(65) 『石川啄木全集』第五巻三四七―三四八ページ。
(66) 同右三五七ページ。十一月二日の項。
(67) 同右二八一ページ。

（68）同右三四八ページ。

第九章　朝日新聞の校正係となる

（1）『石川啄木全集』第六巻五ページ。
（2）同右。
（3）同右六ページ。
（4）同右。
（5）同右七ページ。
（6）同右。
（7）厘（りん）は銭（せん）の十分の一。当時の貨幣の最小単位は一厘銅貨だった。
（8）『石川啄木全集』第六巻七ページ。
（9）同右一〇ページ。
（10）『金田一京助全集』第十三巻八五―八六ページ。金田一によれば、啄木と吉井が新詩社（しんししゃ）で与謝野夫婦の若い弟子だった頃、啄木は吉井に魅惑され、圧迫さえ感じていた。しかし次第に、吉井のいい加減なところを軽蔑（けいべつ）するようになった。
（11）啄木は与謝野夫妻を二人で一人と見なしていたようである。
（12）『石川啄木全集』第六巻一二ページ。

（13）同右二七〇ページ。

（14）『金田一京助全集』第十三巻八七ページ。おそらく金田一は、当時の紳士の間で流行していた口髭を生やすための液剤を使っている秘密を突かれて、戸惑いを覚えた。

（15）『石川啄木全集』第六巻一三ページ。啄木は結局この作品を書かなかった。

（16）同右一八ページ。

（17）同右五九ページ、一二五ページ。しかしながら啄木は、自分が絶望すると金田一に頼った。

（18）『金田一京助全集』第十三巻八六ページ。

（19）『石川啄木全集』第六巻二一ページ。

（20）小説家で詩人の太田正雄（一八八五―一九四五）のペンネーム。

（21）『石川啄木全集』第三巻四六四ページ。明治四十二年三月「早稲田文学」に発表された中村星湖（一八八四―一九七四）の「小説月評」の抜粋が引用されている。中村は「昴」第二号に載った『足跡』の第一回を読み、「誇大妄想狂式の主人公を書くのは好い、作者まで一緒になつてはたまらない」と書いた（主人公は理想的な代用教員として描かれ、厳しいが生徒を愛していて、喜んで何時間も生徒に教える用意がある。すなわち、主人公は啄木にほかならない）。

(22) 中村の『足跡』批評に対する啄木の反応は、『金田一京助全集』第十三巻三〇〇—三〇一ページ参照。
(23) 『石川啄木全集』第一巻五ページ。
(24) かつて啄木は、短歌よりむしろ詩を処女詩集『あこがれ』その他に発表していた。
(25) 『石川啄木全集』第八巻五四—五五ページ。
(26) 『石川啄木全集』第一巻五ページ。
(27) 啄木は読んだ本をどこで手に入れたか書いていない。当時の日記は、テニソンのほか主に英訳で読んだダヌンツィオ、メーテルリンク、メリメ、ダンテ、ツルゲーネフ、ゴーリキー、そしてユリウス・バッブの名前を挙げている。啄木はこれらの本を読むのに図書館へ行ったとは書いていない。友人たち、あるいは好意的な本屋の主人から借りたのかもしれないが、おそらく多くの本は買ったのではないだろうか。
(28) 『石川啄木全集』第六巻四一ページ。
(29) 佐藤北江(さとうほっこう)の略歴が国際啄木学会編『石川啄木事典』三一一ページに載っている。さらに詳しくは、太田愛人(おおたあいと)『石川啄木と朝日新聞』の特に八一ページからを参照。佐藤の本名は真一(しんいち)。「北江」は生れ故郷の盛岡市内を流れる北上川(きたかみがわ)から取った雅号。

(30) 啄木は朝日新聞社に送る前にこの手紙を金田一に見せた。金田一は手紙の内容を、『金田一京助全集』第十三巻三〇一ページに紹介している。また金田一は、啄木と佐藤北江との面会の様子も詳しく書いている。

(31) 啄木がこの小説を書くことになった経緯は、『石川啄木全集』第五巻二六九ページ、また第三巻四五六―四五七ページ参照。作品は第三巻七一―一〇五ページ。啄木によれば、東京で知り合い、釧路で再会した不運な新聞記者、佐藤衣川(さとういせん)の人生を素材にしたもの。

(32) 『石川啄木全集』第六巻三〇―三一ページ。

(33) 『金田一京助全集』第十三巻三〇四ページ。

(34) 『石川啄木全集』第六巻三一ページ。

(35) 同右。

(36) 同右。金田一によれば、啄木は上京しようとする母カツを「手紙で百方(ひゃっぽう)なだめかたに苦慮していた」。『金田一京助全集』第十三巻一〇四ページ。

(37) *Art and Morality* は、オスカー・ワイルドが自分の小説 *The Picture of Dorian Gray*(『ドリアン・グレイの肖像』)について弁明するために書いた書簡集である。書簡の編者はスチュアート・メイソン。ワイルドの傑作の一つでもないこの本を啄木が買ったのは不可思議である。

（38）『石川啄木全集』第六巻三二ページ。
（39）同右三三ページ。
（40）同右九九ページ、一五六ページ。
（41）同右一〇六、一一一ページ参照。啄木が時計を返さなくとも、二人の友情が傷つくことはなかった。
（42）『石川啄木全集』第一巻一五ページ。岩城之徳『啄木歌集全歌評釈』四三―四四ページも参照。明治四十二年四月十一日に作られた。
（43）啄木は明治四十三年三月から「東京毎日新聞」に詩歌を寄稿し始め、それ以来、「東京朝日新聞」に書くのと同じくらい多くの詩歌を「毎日」に書き続けた。清水卯之助編『編年石川啄木全歌集』二一一ページ参照。新聞各紙の熱心な読者である佐藤は、疑いもなく「毎日」に発表された詩歌を見ていた。
（44）『石川啄木全集』第六巻三五ページ。
（45）古い物語に見られる宮廷の女性の人生の叙述とは違って、自分の人生に関して真実を語るという啄木とかなり似た決意が、平安時代中期に『蜻蛉日記（かげろうにっき）』の作者である藤原道綱母（ふじわらのみちつなのはは）を突き動かした。
（46）『石川啄木全集』第六巻三七ページ。
（47）太田『石川啄木と朝日新聞』五〇ページに、『二葉亭（ふたばてい）全集』第一巻の校正に関する啄木の優れた仕事に対する評価が引用されている。評価の言葉は主筆の池辺三山（一八六四―一九一二）によるものと思われる。

(48)『石川啄木全集』第六巻八三、一四四ページ。『ローマ字日記』から。

(49)『石川啄木全集』第一巻七九ページ。初出は『悲しき玩具』。岩城『啄木歌集全歌評釈』二九四ページも参照。

(50)『金田一京助全集』第十三巻二三二ページ。年譜の明治四十二年六月の項。部屋を借りられる可能性を最初に耳にしたのは金田一だった。同右一〇五ページ参照。

(51)『石川啄木全集』第六巻二一九、一七三ページ。『ローマ字日記』から。家族の函館出発を、彼らが東京に向けて発ったしるしだと啄木が解釈したのは間違いない。

(52)同右。

(53)同右。家族の東京到着の記述は、啄木が日記の代わりに書いた明治四十二年六月の一連の出来事の要約から取った。

(54)同右一七九ページ。

(55)同右一七九―一八一ページ。明治四十三年（一九一〇）の啄木の日記は四月の項だけで、内容は不十分である。

(56)『石川啄木全集』第八巻五四六ページ。『二葉亭全集』第一巻は明治四十三年（一九一〇）五月十日に刊行された。第二巻は同年十一月十九日、第三巻、第四巻は大正二年（一九一三）に出た。

（57）『石川啄木全集』第七巻二九五ページ。

（58）『石川啄木全集』第六巻九四ページ、一五二ページ。『ローマ字日記』から。

第十章　傑作『ローマ字日記』

（1）この日記は啄木によって名前をつけられていないが、「明治四十二年当用日記」として知られている。

（2）啄木が北原白秋（きたはらはくしゅう）のことを「幸福」と呼んでいるのは、白秋が裕福な家庭の生まれで詩作に専念できたからである。

（3）『石川啄木全集』第六巻四二ページ。

（4）同右四四ページ。

（5）ワイルドの小説 *The Picture of Dorian Gray*（『ドリアン・グレイの肖像』）が出版された時、これを不道徳だとして当時の新聞に数々の非難の投書が寄せられた。ワイルドは、これらの投書に対して反論の手紙を新聞に書いた。*Art and Morality* は、投書も含めてワイルドの反論の手紙を編集者が註釈を付してまとめた書簡集。

（6）Oscar Wilde, *Art and Morality* 七ページ。

（7）『北原白秋』（中央公論社版「日本の詩歌」）九ページ。この詩全体の英訳は、キーン *Modern Japanese Literature* 二〇四―二〇五ページ参照。

（8）イエズス会の伝道出版について詳しくは、David Chibbett, *The History of Japanese Printing and Book Illustration* 六一―六七ページ参照。この出版社から刊行された全著作のリストは、同右六四―六五ページにある。

（9）Peter Kornicki, *The Book in Japan* 一二六―一二七ページ参照。

（10）Michael Cooper, *Rodrigues the Interpreter* 二三〇ページ参照。この和歌は、*A Waka Anthology*, I 一四〇―一四一ページに Edwin A. Cranston の訳で収められている。

To what
Shall I compare the world?
It is like the wake
Vanishing behind a boat
That has rowed away at dawn.

世の中を

何に喩(たと)へむ
朝開(あさびら)き
漕(こ)ぎ去(い)にし舟の
跡なきごとし

本文に引用したロドリゲス編纂の中にある和歌は『拾遺集(しゅういしゅう)』からの引用で、ここに掲げたのは『万葉集(まんようしゅう)』から引いたもの。語句が部分的に異なっている。

（11）shi を xi と表記するなどが著しい例である。

（12）日本式ローマ字表記についての外国人の典型的な不満は、「なぜ編纂者たちは、英語圏の読者が発音できないようなローマ字表記にこだわるのか」というものだった。この意見を述べたのは、Leonard Holvik である。*Monumenta Nipponica*, 53:1, 1998, 一三〇ページ参照。

（13）『石川啄木全集』第六巻五四ページ、一二〇―一二一ページ。

（14）『ローマ字日記』の原文を収録している日本の書物のほとんどが漢字仮名交じり表記の、いわば「日本語訳」をつけているのは、日本人読者にとってローマ字が読みにくいからにほかならない。

（15）啄木研究家の池田功は、『ローマ字日記』は日記としてよりはむしろ「文学」として読まれるべきだとしている。

(16) 池田功『石川啄木　その散文と思想』六七―七〇ページ参照。

(17)『石川啄木全集』第六巻五三ページ、一二〇ページ。

(18) 同右五六―五七ページ、一二二―一二三ページ。

(19) 同右五三―五四ページ、一二〇ページ。

(20) 同右五四―五五ページ、一二一ページ。一家離散のテーマがローマ字日記の冒頭にあり、最後は家族の再会で締め括られる。

(21) 同右七九―八〇ページ、一四一ページ。

(22) 同右五四ページ、一二一ページ。

(23) 同右八〇ページ、一四一ページ。

(24) 同右六六ページ、一三〇―一三一ページ。

(25) 同右六七ページ、一三一ページ。

(26) 同右六七―六八ページ、一三二ページ。*The Three of Them* はゴーリキーの作品。

(27) 同右六八ページ、一三二ページ。

(28) 同右。この詩全体の英訳は、キーン *Modern Japanese Literature* 二二一―二二二ページ参照。

(29) 同右六九ページ、一三三ページ。
(30) 同右六四ページ。
(31) 同右七一ページ。
(32) 同右六五ページ、一三〇ページ。
(33) 同右八二ページ、一四三ページ。
(34) 同右八二ページ、一四二—一四三ページ。
(35) 同右八三ページ。
(36) 同右六五ページ、一三〇ページ。
(37) 同右六三ページ、一二八ページ。
(38) 同右六四ページ、一二九ページ。
(39) 同右七四ページ、一三七ページ。
(40) 同右八五ページ、一四五ページ。
(41) 同右七四—七五ページ、一三八ページ。
(42) 同右九六ページ、一五四ページ。ここで啄木の書いている英文は、書き直せば I have been lost from everything. すなわち I feel rejected by everything. という意であろう。
(43) 同右一〇三ページ、一五九ページ。

（44）同右一〇八ページ、一六四ページ。
（45）同右一一一ページ、一六六ページ。
（46）同右一一三ページ、一六八―一六九ページ。
（47）同右一一四ページ、一六九ページ。
（48）同右一〇〇ページ。
（49）同右一一三ページ、一六八ページ。
（50）同右一一七ページ、一七一ページ。
（51）同右一一九ページ、一七三ページ。

第十一章　啄木の悲哀、節子の悲哀

（1）『石川啄木全集』第六巻一七七ページ。
（2）金田一は「厳父の嬉（うれ）しそうな顔を見て君は涙ぐましかった」と書いている。『金田一京助全集』第十三巻二三四ページ。
（3）『石川啄木全集』第六巻一七七ページ。
（4）『石川啄木全集』第七巻二八五ページ。
（5）『金田一京助全集』第十三巻二三一ページ。
（6）堀合了輔『啄木の妻　節子』二九三ページにある手紙。節子は函館時代から宮崎のことを「兄さん」と呼び始めた。宮崎が節子の妹ふき子と結婚して形の上では「義弟」となった後も、この呼び方を使っている。

（7）『石川啄木全集』第一巻二〇一ページ。「飼う」と「買う」は違うが、英語ではこの方が自然なので英訳ではboughtとした。

（8）同右。

（9）『金田一京助全集』第十三巻二五七ページ。

（10）同右二三二ページ。他にこの事実を傍証する資料はない。

（11）同右二五九—二六〇ページ。

（12）同右二五七—二五八ページ。

（13）同右二五八ページ。

（14）同右二六一—二六二ページ。金田一は日記が欠落している年月日を列挙し、欠落の可能性として明治四十一年八月の部分は植木貞子（うえきていこ）、また四十年以後の節子の問題を含む部分は節子の仕業と見ている。

（15）同右四三八ページ。

（16）金田一によれば（同右四三八ページ）、明治四十四年の元日に啄木が「金田一君とも絶えてしまった」と言ったということの宣言は、この時期の啄木の日記にも手紙にもない。一月三日の項には、ただ「留守中に金田一君が年始に来て、甚だキマリ悪さうにして帰ったさうである」とある。明治四十四年当用日記補遺の「前年（四十三）中重要記事」としてまとめた要約の中で、啄木は「金田一君との間に疎隔を生じたる」と記している。『石川啄木全集』第六巻二二六ページ参照。

（17）今井泰子『石川啄木論』二八七ページ。

（18）同右二八八ページ。三月十三日に送られた宮崎への手紙は、『石川啄木全集』第七巻二九四―二九七ページ。

（19）書かれたのは明治四十三年五月から六月にかけてだが、発表されたのは啄木没後の大正元年八月から九月の読売新聞紙上でである。

（20）宮崎は三度にわたって、光子との結婚の承諾を啄木から得ようと試みた。啄木は光子を友人にやることはできないと言って断った。おそらく、自分の妹を高く買っていなかったのだろう。啄木は、節子の妹のどちらかと結婚するように勧めた。宮崎は啄木との絆を維持しようとして承知した。堀合『啄木の妻　節子』（一三七ページ）によれば、宮崎は下の妹の孝子を気に入っていたようだが、妹が先に片づくと姉のふき子が可哀そうだと思い、順序としてふき子を選んだということらしい。

（21）堀合『啄木の妻　節子』二九七ページ。

（22）同右二九八ページ。

(23) 同右。私キーンが読んだ京子に関する話で一番行き届いているのは、京子にひたすら同情的な吉田孤羊『啄木発見』である。
(24) 堀合『啄木の妻　節子』三〇六ページ。
(25) 『金田一京助全集』第十三巻二五一―二六二ページ。このエッセイの内容は題名に見合っていないし、それまでに書かれていないことはほとんど出て来ないが、金田一が描く、自己犠牲に殉じる節子の姿は感動的である。
(26) 小坂井澄『兄啄木に背きて』一八二ページ。

第十二章　悲嘆の中の『一握の砂』の成功

(1) 特に、今井泰子「啄木における歌の別れ」(『石川啄木全集』第八巻)二九二―三〇三ページを参照。
(2) 『石川啄木全集』第六巻六二―六三ページ。
(3) 同右一七九ページ。
(4) 同右六二ページ、一二七―一二八ページ。
(5) 今井「啄木における歌の別れ」二九二―二九五ページ。
(6) 『石川啄木全集』第四巻二五一―二五二ページ。
(7) 今井「啄木における歌の別れ」二九二ページ。

（8）『石川啄木全集』第四巻二五二ページ。
（9）『石川啄木全集』第六巻一七九ページ、明治四十三年四月六日の項。
（10）『石川啄木全集』第四巻二五三ページ。
（11）同右。坪内逍遙（つぼうちしょうよう）（一八五九—一九三五）は優れた批評家、劇作家、そしてシェイクスピアの翻訳家。
（12）『金田一京助全集』第十三巻三〇七ページ。
（13）『石川啄木全集』第六巻一一五—一一六ページ、一七〇—一七一ページ。
（14）同右二八ページ。
（15）『石川啄木全集』第四巻二五五ページ。
（16）同右。
（17）三浦光子『兄啄木の思い出』一〇一—一〇二ページ参照。
（18）『金田一京助全集』第十三巻三三八—三三九ページ。三浦光子『悲しき兄啄木』七九—八〇ページも参照。
（19）『石川啄木全集』第六巻七九ページ、一四一ページ。
（20）堀合了輔『啄木の妻　節子』二九二—二九四ページ。
（21）小坂井澄『兄啄木に背きて』九三ページ。
（22）同右三九ページにも引かれている宮崎郁雨『函館の砂』の一節（一〇四ページ）

によれば、宮崎が光子との結婚の許可を得ようと頼んだ時、啄木は「あいつは駄目だ。あいつは僕の友人の処(ところ)へは絶対にやらない」と答えたという。

（23）『石川啄木全集』第六巻一八〇ページ。啄木は四月十二日の宮崎に宛てた手紙でも、歌の原稿を春陽堂(しゅんようどう)に持ち込んだことに触れ、ユーモアたっぷりに、「十五両にはするつもりだつたのだ」と書いている。『石川啄木全集』第七巻二九七ページ参照。啄木はまた歌人の金子薫園(かねこくんえん)（一八七六―一九五一）などは原稿料なしで歌集を出版してもらうのだと書いている。同右。『石川啄木事典』二七三ページも参照。

（24）出版を断ってきたのは、啄木が原稿を持って行った数日後のことだった。

（25）『石川啄木全集』第六巻一八一ページ。

（26）近藤典彦編『一握の砂』に付した近藤の解説三一四―三一六ページに、この歌集ができるまでの経緯が簡潔に記されている。

（27）『石川啄木事典』三二五ページに引用されている「吉田孤羊への談話」から。

（28）同右。『石川啄木全集』第八巻の年譜（五四六ページ）によれば、三月十八日から三十日までの間に八回にわたって計四十首の短歌が東京朝日新聞に掲載されている。

（29）『石川啄木全集』第六巻一七七―一七八ページ。

（30）『石川啄木全集』第一巻六ページ。啄木自身の序文から。

（31）『石川啄木全集』第七巻三〇三ページ。妹光子に宛てた同様の手紙が、同日に送られている。

（32）佐藤は本名が真一だが、ふつうは雅号の北江で知られている。

（33）『石川啄木全集』第七巻三一〇—三一一ページ。

（34）『石川啄木全集』第六巻二二六ページ。

（35）『石川啄木全集』第七巻三一二ページ。

（36）啄木研究家の中には、こうした啄木のやり方が岩手の歌人グループの歌の影響を受けたと考える者もいるが、その歌を調べることができなかった。この行の分かち方は同時代生れで親しかった土岐善麿（ときぜんまろ）（一八八五—一九八〇）の歌に似ているが、おそらく啄木には啄木なりの考えがあってのことだろう。

（37）たとえば「北海（hokkai）」の二重子音（しいん）は、「東海（tōkai）」の長い母音（ぼいん）よりも耳障（みみざわ）りな音になる。

（38）Carl Sesar, *Poems to Eat* 七七ページ。

（39）同右三三ページ。

（40）同右五六ページ。

（41）ここで傍点のある二つの新聞は「岩手毎日」、「岩手日報」で、どちらも盛岡で発行されていた。盛岡の住民は、いつも啄木に好意的であったわけではない。

(42)『石川啄木全集』第七巻三二四―三二五ページ。

第十三章　二つの「詩論」

(1) この題名は「食うべき詩」と発音されることがあるが、啄木が意図した読みは「食(くら)うべき詩」だった。『石川啄木全集』第四巻二一四ページ参照。

(2) 同右二一五ページ。

(3) 同右二一〇ページ。

(4) 借金の支払いは、慣例として月末にまとめて行われた。通常であれば遣(や)り繰(く)りに苦慮していて、詩歌を作るのにふさわしい時期ではない。

(5)『石川啄木全集』第四巻二一〇―二一一ページ。

(6) 同右二一一―二一二ページ。

(7) 同右二一二ページ。

(8)『石川啄木全集』第一巻五二―五五ページ。岩城之徳『啄木歌集全歌評釈』一九六―二〇七ページも参照。

(9)『石川啄木全集』第四巻二一三ページ。

(10) 同右二一五ページ。

（11）同右二一六ページ。
（12）同右二一二ページ。
（13）同右二一六―二一七ページ。
（14）同右二一七ページ。
（15）同右二一八ページ。
（16）同右二一四ページ。
（17）尾上柴舟「短歌滅亡私論」（『近代文学評論大系』第八巻）二八六―二八七ページ。今井泰子『石川啄木論』三二一ページも参照。
（18）『石川啄木全集』第四巻二八七ページ。
（19）同右。
（20）同右二八八―二八九ページ。
（21）同右二八九ページ。

第十四章　大逆事件、入院

（1）『石川啄木全集』第七巻三〇〇ページ、明治四十三年六月十三日付の手紙を参照。
（2）John Crump, *The Anarchist Movement in Japan, 1906-1996* 三ページ。啄木は明治四十四年二月六日付の手紙で、自ら合理的生活をする試みに失敗した後、知らず知らずのうちにSocial Revolutionist（社会主義革命家）になっていた、と書いている。それがいつのことか、啄木は明らかにしていない。『石川啄木全集』第七巻三四一ページ参照。

（3）Crump, *The Anarchist Movement in Japan, 1906-1996* の六ページに引用されている社会文庫編『在米社会主義者・無政府主義者沿革』補遺から。膨大で極めて雑然としたこの引用原典を通読したが、引用箇所を見つけることはできなかった。社会文庫は、社会運動家の鈴木茂三郎（一八九三―一九七〇）が収集した日本の社会思想・社会主義関係文献のコレクション。

（4）『石川啄木全集』第四巻三六〇ページ、また『石川啄木集』（『明治文学全集』第五十二巻）二八〇ページ。

（5）平出は弁護士で、同時に歌人としても知られていた。

（6）「別の一人」は大石誠之助（一八六七―一九一一）である。渡米してオレゴン大学で医者としての訓練を受け、日本に帰国後、幸徳秋水や堺利彦と付き合った。天皇暗殺を謀った仲間の一人として大石は逮捕、起訴され、死刑に処された。

（7）『石川啄木全集』第六巻一八五ページ、明治四十四年一月三日の項。

（8）『石川啄木全集』第七巻三四二ページ、大島経男宛の手紙から。

（9）啄木が日記で使っている「陳弁書」という言葉は、私の英訳では"letter of

vindication" とした。英語で書かれた本では、よく "declaration on being arrested" と訳されている。本文で述べたように、啄木がつけたタイトルは "A LETTER FROM PRISON" である。『石川啄木全集』第四巻三三八ページ。

(10) 同右三四〇ページ。

(11) 『石川啄木全集』第六巻一八五ページ。啄木が実際に日記に書いている言葉は「幸徳と西郷！　こんなことが思はれた」である。

(12) 『呼子と口笛』原本には詩八篇があるが、同じ六月に作られた別の詩が昭和十四年（一九三九）に発見され追加された。この詩集の発行の経緯は複雑である。大岡信「解説」（『啄木詩集』）一七七―一七八ページ参照。

(13) 「はてしなき議論の後」という言い回しは、クロポトキン『革命家の思い出』の英訳から翻訳されたものである。今井泰子・上田博編『石川啄木』（「鑑賞日本現代文学⑥」）七〇―七一ページ。ここに引いた詩は『石川啄木全集』第二巻四一六ページ。なお同右四〇九ページには、同じく「はてしなき議論の後」と題して別稿が収録されている。

(14) ロシア語の号令は「人民の中へ！」という意味である。これは一八七四年、農民たちに革命への参加を呼びかけたロシアの学生たちのスローガンだった。『石川啄木事典』一八四ページ参照。このスローガンはクロポトキンの著作の一節に由来する。

（15）『石川啄木全集』第七巻三三五―三三六ページ。

（16）土岐善麿は「哀果（あいか）」の号でも知られる。

（17）啄木は短歌を三行で書く土岐の方法を模倣したとよく指摘されるが、啄木は啄木なりの考え方で短歌を一行で書く慣例に対して嫌悪を表明している。『石川啄木全集』第四巻二八八ページ参照。

（18）同右二五九ページ。

（19）『石川啄木全集』第六巻一九三―一九四ページ。

（20）この詩の完全な英訳は、キーン *Modern Japanese Literature* 二二一―二二二ページにある。

（21）『石川啄木全集』第六巻一九四ページ。

（22）三月三日までの日記には、ほとんど毎日のように「せつ子」「妻」の記述がある。

（23）四月一日「妻が社へ行つて金を受取つて来た」、四月二十七日「夜にせつ子がチユリツプとフレヂヤの花を買つて来た」との記述がある。

（24）『石川啄木全集』第六巻二〇四ページ。

（25）啄木が明治四十三年（一九一〇）に親しくなった経済学者。啄木と政治的問題について盛んに議論した、啄木晩年の親しい友人だった。『石川啄木事典』四二一ページ参照。

(26)『石川啄木全集』第六巻二〇七ページ。

(27)同右二一〇ページ。四月二十二日、啄木は羽織(はおり)を質入れしたことに触れ、自分の不幸の原因は「金!」だと記している。

(28)同右、四月二十四日の日記。

(29)『石川啄木全集』第四巻三三七―三三八ページ。Janine Beichman, *The Prophet and the Poet* 六四ページも参照。

(30)啄木は「天皇」の代わりに外国の君主の称号「皇帝」を使っている。

(31)『石川啄木全集』第四巻三三五ページ。

(32)同右。この一文は単なる事実として読むこともできるが、エッセイの結末から見て啄木は皮肉を言っているようである。

(33)同右三三五―三三六ページ。

(34)同右三三八ページ。

(35)中山和子(なかやまかずこ)「啄木のナショナリズム」(今井・上田編『石川啄木』三二二―三三八ページ)参照。

(36)『石川啄木全集』第四巻一九四ページ。『百回通信』(明治四十二年)からの引用。

(37)『石川啄木全集』第六巻二一二ページ。五月七日の日記。

（38）それが何月のことだったか思い出せなかった金田一は、自分で作成した年表の中で、たぶん七月か、その少し前だったと述べている。『金田一京助全集』第十三巻二三九ページ。別のところで、金田一は晩夏だったと言っている。この時期の啄木の日記は、一部が散逸したか処分されたようである。

（39）金田一によれば距離は「七八町（ちょう）」（約七六〇―八七〇メートル）だったという。

（40）『金田一京助全集』第十三巻二一〇―二一一ページ。

（41）同右一一一ページ。

（42）同右。

（43）『石川啄木全集』第七巻三二六ページ。

（44）『石川啄木全集』第八巻六〇ページ。

（45）地位、教育、性別等に関係なく選挙権を認める選挙制度。この自由を達成する運動は、明治二十年代に始まった。しかし完全に実現したのは、昭和二十年（一九四五）である。

（46）『石川啄木全集』第七巻三三一ページ。

（47）今井泰子「石川啄木の人と作品」（今井・上田編『石川啄木』）二四ページ。

第十五章　最期の日々

（1）『石川啄木全集』第六巻二一四ページ。啄木は明らかに、節子が京子を連れて行き、二度と戻って来ないことを恐れていた。

（2）同右。

（3）啄木一家は弓町の部屋を出るように求められていて、別に住む場所を探していた。

（4）『石川啄木全集』第六巻二一四ページ。

（5）同右二一五ページ。

（6）「九月十日ごろ」というのは、三浦光子『兄啄木の思い出』一一六ページに書かれている日付である。岩城之徳作成の啄木の年譜にも、金田一の年譜にも、節子と宮崎の恋愛事件のことは触れられていない。しかし岩城『啄木評伝』（三四三ページ）は、九月に起きた「家庭のトラブル」がもとで啄木は宮崎と義絶する、と書いている。宮崎に宛てた啄木の最後の手紙は明治四十四年八月三十一日付、節子が宮崎の妻である妹ふき子に宛てた最後の手紙は明治四十三年九月二十七日付である（堀合了輔『啄木の妻　節子』三〇九ページ）。散逸した手紙も幾つかある。

（7）田村イネは、啄木の長姉で明治三十九年（一九〇六）に死んだ田村サダの娘である。

（8）三浦『兄啄木の思い出』一一七ページ。この手紙に関する記述の多くは、光子の回想によるものである。光子は必ずしも常に信用できるわけではないが、彼女の回想は啄木の人生の危機的瞬間を語る唯一の資料である。

（9）同右一一七―一一八ページ。

（10）自分が好意を寄せられていることに関する節子の回想については、同右一一九ページ参照。名前を挙げられた男たちと節子がどれほどの関係にあったかを示す事実は何もない。

（11）同右。

（12）同右。

（13）同右一二五ページ。イネの証言は、誰かが光子に「不愉快な事件」の「発頭人(ほっとうにん)」であると言ったことに対して、それを否定する意味で光子が引用したものである。書き方は曖昧(あいまい)だが、イネは啄木が節子の帯に隠していた宮崎の写真を見つけた時に、どうやらその場にいたようである。

（14）同右一二二ページ。

（15）同右一二〇ページ。

（16）明治四十三年六月十三日付の岩崎白鯨宛の手紙で、啄木は「『運命』といふ奴(やつ)は決して左程(さほど)恐るべき敵ではないらしい。どうもさうらしい。此方(こっち)が冷(ひや)かな眼をしてゐれば、先方も冷やかな顔をしてゐるけれども、此方で先に笑つて見せさへすれば、どうやら先方でも愛想笑ひ位はしてくれさうだ」と書いている。『石川啄木全集』第七巻三〇〇―三〇一ページ。

（17）光子が最初に節子と宮崎との関係についての経緯を発表したのは、大正十三年（一九二四）四月の「九州日日新聞」だった。これに続けて光子は数冊の本を書き、その話をさらに詳しく述べている。

（18）姉節子の評伝を書いた堀合了輔は、岩城之徳『石川啄木』（人物叢書）から次の一節を引用している。岩城が関係者に調査したところによれば「宮崎氏より節子夫人にあてた書簡は確かに九月中旬美瑛村に滞在中発送されているが、匿名ではなく、またその内容も六月に堀合家より啄木のもとに送られて絶交の直接の原因となった書簡と同じく、貧困と病苦に悩む不幸な節子夫人に対する肉親またはそれにつながる身内の者としての愛情を表現したものであって、啄木が激怒したのは、その愛情の表現に多少の行過ぎがあったため」だという。堀合『啄木の妻節子』一六三ページ参照。

（19）三浦『兄啄木の思い出』一二六ページ。宮崎がふき子と結婚したのは、ふき子が姉の節子に似ていたからだという説もある。堀合『啄木の妻　節子』一六二ページ参照。

（20）桑原武夫編訳『ROMAZI NIKKI（啄木・ローマ字日記）』解説二四九ページ。桑原は、「啄木には、多くの天才がそうであるように、つねにひとの友情をそそりたて、献身的行為を生ぜしめる何ものかがあった」と指摘している。
（21）『石川啄木全集』第七巻三一六ページ。
（22）明治四十三年六月十三日の手紙、同右三〇〇ページ参照。
（23）『石川啄木全集』第六巻二三五ページ。
（24）同右二三八ページ。
（25）同右二四一ページ。
（26）同右二四三ページ。
（27）『石川啄木全集』第七巻三八三―三八四ページ。
（28）『石川啄木全集』第六巻二四一ページ。
（29）同右。
（30）同右二四七ページ。
（31）同右二三九ページ。
（32）子供の名前は、生まれた千葉県南部の古名「房州」から取られた。房江について詳しくは吉田孤羊『啄木発見』二〇三―二二〇ページ参照。
（33）『石川啄木全集』第六巻二四七ページ。

（34）『石川啄木全集』第一巻九一ページ。解説は岩城之徳『啄木歌集全歌評釈』三四五―三四六ページ参照。これは『悲しき玩具』一〇四番目の歌。

（35）この一節も含めて啄木の最後の数時間についての金田一の回想は、『金田一京助全集』第十三巻三二三―三二五ページによる。

（36）この「たのむ!」は、英語では"Do me a favor."とか、"I'm counting on you."に相当するだろう。啄木は自分の死後のことを、もろもろ金田一に頼んだのだった。

（37）『石川啄木全集』第六巻一九四ページ参照。明治四十四年二月三日の項。

（38）すでに明治四十三年十二月十二日、牧水は東京朝日に『一握の砂』の広告文として示唆に富む歌集と書き、歌人としての啄木はまったく束縛から自由であると言っている。牧水と関係のある短歌雑誌「創作」の明治四十四年二月号には、啄木の短歌が掲載されている。

（39）若山牧水『若山牧水随筆集』二九〇―二九一ページ。

（40）同右二九一ページ。

（41）『金田一京助全集』第十三巻三二四ページ。

（42）一禎は北海道室蘭に住む次女トラ夫婦の家に厄介になっていて、葬式の後またそこへ戻った。トラは父に東京までの汽車賃を与えた。

最終章　死せるのちの啄木

（1）改造社版『石川啄木全集』の内容に関する簡潔な記述は、『石川啄木事典』五〇二ページ参照。全集の編纂者は吉田孤羊、監修者は土岐善麿、金田一京助。
（2）原稿料は二十円で、当時としても大した金額ではなかった。
（3）『石川啄木全集』第一巻一〇三―一〇四ページ。
（4）『石川啄木全集』第四巻三〇〇ページ参照。
（5）Carl Sesar, *Poems to Eat* 九一ページ。
（6）Sesar, *Poems to Eat* 一一一ページ。
（7）Sesar, *Poems to Eat* 一一九ページ。
（8）今井泰子『石川啄木論』四二六ページ。読売新聞は啄木危篤（きとく）を「小さく報じた」。
（9）同右四二七ページ。
（10）同右。
（11）同右四二八ページ。
（12）同右四二九―四三〇ページ。
（13）『金田一京助全集』第十三巻三四三ページ。
（14）節子の死後、遺（のこ）された娘の京子と房江は節子の実家である函館の堀合家に引き取られた。大正十五年（一九二六）に京子が結婚した石川正雄（旧姓・須見）は啄木研究家となる。だが京子は昭和五年（一九三〇）十二月六日、二児を遺して二十三歳で死去し、続けて房江もわずか十三日後の十二月十九日に十八歳で死去した。

(15) 『石川啄木全集』第五巻四〇六ページ。

(16) 同右四〇八ページ。

(17) 同右。

(18) 同右。

参考文献

相沢源七『啄木と渡米志向』宝文堂、一九八七年
相沢源七編『石川啄木と仙台　石巻・荻浜』宝文堂、一九七六年
阿部たつを『啄木と函館』ぷやら新書刊行会、一九六七年
阿部たつを『新編 啄木と郁雨』洋々社、一九七六年
池田功『石川啄木　国際性への視座』おうふう、二〇〇六年
池田功『石川啄木　その散文と思想』世界思想社、二〇〇八年
池田功『啄木日記を読む』新日本出版社、二〇一一年
池田功『啄木　新しき明日の考察』新日本出版社、二〇一二年
池田功『石川啄木入門』桜出版、二〇一四年
『石川啄木』「新潮日本文学アルバム」新潮社、一九八四年
『石川啄木』「ちくま日本文学全集」筑摩書房、一九九二年
『石川啄木・正岡子規・高浜虚子』「日本の文学15」中央公論社、一九六七年
『石川啄木集』「明治文学全集52」筑摩書房、一九七〇年
『石川啄木全集』全八巻、筑摩書房、一九七八―一九八〇年

石川正雄編『定本 石川啄木全歌集』河出書房新社、一九六四年
今井泰子『石川啄木論』塙書房、一九七四年
今井泰子・上田博編『石川啄木における歌の別れ」(『石川啄木全集』第八巻、筑摩書房)
岩城之徳『啄木評伝』学燈社、一九七六年
岩城之徳『啄木歌集全歌評釈』筑摩書房、一九八五年
岩城之徳校訂・注釈・解説『石川啄木』「近代文学注釈大系⑦」有精堂出版、一九六六年
碓田のぼる『石川啄木と「大逆事件」』新日本新書、新日本出版社、一九九〇年
大岡信編『啄木詩集』岩波文庫、一九九一年
太田愛人『石川啄木と朝日新聞　編集長佐藤北江をめぐる人々』恒文社、一九九六年
太田登『与謝野寛晶子論考　寛の才気・晶子の天分』八木書店、二〇一三年
小田切秀雄「詩人としての啄木」(日本近代文学館編『日本の近代詩』)読売新聞社、一九六七年
尾上柴舟「短歌滅亡私論」『近代文学評論大系⑧』角川書店、一九七三年
小山田泰裕『啄木　うたの風景　碑でたどる足跡』岩手日報社、二〇一三年
『北原白秋』「日本の詩歌⑨」中公文庫、一九七四年

金田一京助『石川啄木』文教閣、一九三四年
『金田一京助全集』第十三巻、三省堂、一九九三年
久保田正文編『新編　啄木歌集』岩波文庫、一九九三年
桑原武夫編訳『ROMAZI NIKKI（啄木・ローマ字日記）』岩波文庫、一九七七年
高坂正顕『明治思想史』「京都哲学撰書」第一巻、燈影舎、一九九九年
国際啄木学会編『石川啄木事典』おうふう、二〇〇一年
小坂井澄『兄啄木に背きて　光子流転』集英社、一九八六年
近藤典彦『石川啄木と明治の日本』吉川弘文館、一九九四年
斎藤三郎『啄木文学散歩　啄木遺跡を探る』角川新書、一九五六年
沢田信太郎「啄木散華」（『中央公論』一九三八年五月、六月号）中央公論社、一九三八年
『島崎藤村』「日本の詩歌①」中央公論社、一九六七年
清水卯之助編『編年石川啄木全歌集』短歌新聞選書、一九八六年
社会文庫編『在米社会主義者・無政府主義者沿革』「社会文庫叢書①」柏書房、一九六四年
高松鉄嗣郎『啄木の父一禎と野辺地町』青森県文芸協会出版部、二〇〇六年
『啄木歌集』岩波文庫、一九八八年

『定本 野口雨情』第六巻、未来社、一九八六年
野村胡堂『面会謝絶　胡堂対あらえびす』乾元社、一九五一年
堀合了輔『啄木の妻 節子』洋々社、一九七四年
三浦光子『兄啄木の思い出』理論社、一九六四年
三浦光子『悲しき兄啄木』「近代作家研究叢書⑦」日本図書センター、一九九〇年（復刊）
三浦光子「幼き日の兄啄木」（『石川啄木全集』第八巻、筑摩書房）
宮崎郁雨『函館の砂　啄木の歌と私と』東峰書院、一九六〇年
宮本吉次『啄木の歌とそのモデル』蒼樹社、一九五三年
目良卓『啄木と苜蓿社の同人達』武蔵野書房、一九九四年
目良卓『響きで楽しむ「一握の砂」』桜出版、二〇一四年
森一『啄木の思想と英文学』洋々社、一九八二年
森義真『啄木　ふるさと人との交わり』盛岡出版コミュニティー、二〇一四年
山本玲子『新編　拝啓　啄木さま』熊谷印刷出版部、二〇〇七年
山下多恵子『啄木と郁雨　友の恋歌　矢ぐるまの花』未知谷、二〇一〇年
吉田孤羊『啄木発見』洋々社、一九六六年
遊座昭吾編『なみだは重きものにしあるかな　啄木と郁雨』桜出版、二〇一〇年

若山牧水『若山牧水随筆集』講談社文芸文庫、二〇〇〇年

Beichman, Janine. "The Prophet and the Poet: Leo Tolstoy and Yosano Akiko." *Asiatic Society of Japan*, fifth series, 5, 2013

Chibbett, David. *The History of Japanese Printing and Book Illustration*. Tokyo: Kodansha International, 1977

Crump, John. *The Anarchist Movement in Japan 1906-1996*. Anarchist Communist Editions, pamphlet no.8, and Pirate Press, autumn 1996

Davis, A. R. *Modern Japanese Poetry*. St. Lucia, Queensland, University of Queensland Press, 1978

Lidgey, Charles A. *Wagner*. London, Dent, 1904

Romaji Diary and Sad Toys. trans. by Sanford Goldstein and Seishi Shinoda, Tuttle, 1985

Sesar, Carl. *Takuboku: Poems to Eat*. Tokyo: Kodansha International, 1966

Ueda, Makoto. *Modern Japanese Poets and the Nature of Literature*. Stanford, Calif: Stanford University Press, 1983

Wilde, Oscar. *Art and Morality: A Defence of "The Picture of Dorian Gray."* Edited by Stuart Mason. London: Jacobs, 1908

解説　私達自身のような「夭折の天才」

平野啓一郎

ドナルド・キーン氏の前著『正岡子規』は、俳句のみならず詩歌全般の革新者としての子規の実像を、偶像化を排し、ほとんど「写生」的に描き出した評伝文学の傑作だった。一読三嘆した私は、その感動を直接にお伝えしたのだが、キーン氏は、それを慎ましやかな笑顔で喜ばれつつ、意外な言葉を口にされた。

「『正岡子規』はどちらかというと、書かなければならないと思って書いた本でした。けれども、今連載している『石川啄木』は、書きたいと思って書いている本です。」

確かにキーン氏は、子規の文学観への賛同をしばしば慎重に留保し、母や妹への態度に手厳しい批評も加えているが、それが著者としての窮屈さを感じさせることがまったくなかっただけに、私は却ってキーン氏の仕事の公正さに感銘を受けた。同時に、『石川啄木』を読むのがますます楽しみになった。

本書を読むと、啄木の異能が、鷗外や漱石、或いは、与謝野鉄幹・晶子夫妻といった当代の目利きのみならず、直に接した多くの者たちに感得せられていたことがよくわかるが、その割に、当の与謝野晶子でさえ、彼の死後の名声については、実に心細い、懐疑的な言葉を残している。

勿論、私のような世代は、いつ誰から教わったともなく、啄木を近代日本文学を代表する歌人として知っていたし、その短歌を、中学の国語の教科書で勉強している。しかし、その人物像や作風については、大した説明もなく、ほとんど何の印象も残らなかった。満二十六歳で死んだ「夭折の天才」というような話も、特段、強調されなかったように思う。

それでも、啄木の短歌は、キーン氏が「『一握の砂』に収められた多くの歌に、読者は一読して心を奪われる。」と語る通り、彼のことをまったく知らない人間でさえ、よくわかると感じるような不思議な普遍性を備えている。

私が教科書で学んだ彼の短歌は、一つは有名な「ふるさとの訛なつかし／停車場の人ごみの中に／そを聴きにゆく」だったが、まだ中学生だった私は、本書で非常に丹念に描き出された――啄木の複雑な望郷の念が痛いほどにわかる――その渋民村時代を知らず、また、自身も特に「ふるさと」から遠く離れて生活した経験がないにも拘らず、この歌の心境が、なぜかつくづく理解された。

私が教科書で知ったもう一首の啄木の歌は、『悲しき玩具』に収められた「何となく、／今年はよい事あるごとし。／元日の朝、晴れて風無し。」で、これまた、啄木最晩年の病苦と貧困を一切知らず、そうした現実とも無関係なまま、私を含めた多くの生徒が「好き」だと感じたのだった。

これは、どういうことだろうか？

キーン氏は、『食ふべき詩』の次の一節を「どんな長い説明よりも啄木の短歌の特徴をよく語っている」として引用している。

「詩は所謂詩であつては可けない。人間の感情生活（もつと適当な言葉もあらうと思ふが）の変化の厳密なる報告、正直なる日記でなければならぬ。従つて断片的でなければならぬ。――まとまりがあつてはならぬ。」

『正岡子規』の読者は、出自も、その生活も、創作態度も、凡そ啄木とは懸け離れた子規の中に、これと相通ずる認識があったことを思い出すであろう。子規は言う。

「俳句はおのがまことの感情をあらはす者なり。おのが感情を曲げて作らんとするも何処にか真の感情あらはるゝ者なり。」

キーン氏はこれを次のように解説する。

「子規は、膨大な俳句の研究と分類のお蔭で、俳人が俳句で自分の感情を伝え得ることのいかに稀であるかを知った。これは特に初期の俳人たちがそうで（中略）巧妙さとは、感情から切り離された途端に退屈になるか、苛々させられるものであることを、子規は嫌というほど知っていた。」

創作の方法論的には、極めて直感的だった啄木に対し、子規はマニアックなほどに周到だったが、この二人は、いずれにせよ、短歌、俳句の「近代」に於ける革新者であり、その点に注目するならば、詩の「近代性」について、誰よりも早い自覚を持ったボードレールが、やはり「素朴さ naïveté」を非常に重視していたことも、併せて想起すべきだろう。

この「正直」さの故に、私たちは、啄木の短歌に、まるで我がことのように感動する。しかし、先述の通り、必ずしも、彼の生に、短歌を通じて直接アクセスするわけではない。彼自身が「象徴芸術」という言葉を用いている通り、彼とその短歌との間には、独特の二重性がある。文学とは、そもそもそういうものだが、啄木の特徴は、短歌というこの極めて限定的な詩型に固有の難問を、ほとんど逆手に取ったような自由さを獲得している点である。

啄木の短歌で気になるのは、先ほどの歌にもあった「何となく」という語である。

『一握の砂』、『悲しき玩具』のいずれの歌集に於いても、この類の語が頻出する。「何となく汽車に乗りたく思ひしのみ／汽車を下りしに／ゆくところなし」、「何がなしに／息きれるまで駆け出してみたくなりたり／草原などを」、「何がなしに／頭のなかに崖ありて／日毎に土のくづるるごとし」（以上『一握の砂』）、「何となく、／案外に多き気もせらる、／自分と同じこと思ふ人。」、「何となく、／自分を嘘のかたまりの如く思ひて、／目をばつぶれる。」、「五歳になる子に、何故ともなく、／ソニヤといふ露西亜名をつけて、／呼びてはよろこぶ。」（以上『悲しき玩具』）

「何となく」というのは、特に理由もなく、という意味である。しかし正確には、理由がわからないまま、と解すべきだろう。

カール・シュミットは、『政治理論とロマン主義』という評論の中で、「ロマン主義をトータルに定義するものが何かあるとすれば、それはロマン主義が因果適合性などにはほとんど縁がないという点である。」と記している。彼は、「モーツァルトにとってオレンジを見たことが二重唱『たがいに手を取り合って』を作曲するきっかけとなったように」と、メーリケの小説中の逸話を引きながら、こうした不合理な因果関係を、合理的な「原因と結果」に対置して、「起因と結果」と概念的に区別する。そして、現実を悉く美的な創作の「きっかけ」に過ぎないものとして処理するロマン主義の政治的無力を批判するのである。

シュミットのロマン主義批判の妥当性はともかく、この現実の起因化は、芸術創作全般に、大なり小なり、当て嵌まる話である。彼のこの一九二一年の論文は、こうした不合理性に着目した精神分析学や心理学と同時代的であり、ついでに言えば、遠く離れた極東での啄木の短い歌人としての活動の直後だった。

啄木が、例えば、「何となく汽車に乗りたく思ひしのみ／汽車を下りしに／ゆくところなし」と詠む時、彼はその衝動的な行動の起因を省略している。或いは「何となく、／今年はよい事あるごとし。／元日の朝、晴れて風無し。」のように、元日の朝の清々しい風景を、そうした予感の「原因」としてしまう単純さを、まさしく「近代人」として拒絶する。が、実際にそう感じたこと自体は事実である。その時、彼に「人間の感情生活の変化の厳密なる報告」として、それをそのまま表現することを可能にさせる語こそが、つまりは「何となく」だった。

啄木は、そうして、状況を説明する前後の歌物語もなければ、和歌の歴史的な教養に依存することもないまま、一首の短歌を詩歌として自立させることに成功した。これは実は、そのまま、子規の問題意識でもあった。キーン氏が「書かなければならない」と感じていた『正岡子規』は、この「書きたい」と思って書いた『石川啄木』と、併せて読まれるべき必然があると私は思う。

啄木の「何となく」の作品世界を具体的に理解するためには、彼の生活の何が起因となり、彼という歌人がどういう人間だったからこそ、オレンジが『たがいに手を取り合って』に化けるのかを知らねばならない。なぜ啄木は、「何となく」そんなことを感じ、そんな振る舞いをしたのか？　キーン氏の『石川啄木』は、その生の軌跡の丹念な追跡と、日記の読解による内的生活の表現とを通じ、読者にその非常に豊かなヒントを与えている。それは、啄木の「何となく」の可能性を殺さないまま、より一層の理解と愛着とを以て、我々を啄木の世界へと深入りさせる。キーン氏は、啄木を「極めて個性的でありながら奇跡的に我々自身でもある一人の人間」と評するが、本書はその二重性の間に渡された架け橋のようである。

自他共に認めるその天才故に、啄木の倨傲はほとんどランボー的であり、酒と女に入り浸る自滅的な生活は、我々の単純な共感からはひとまず遠い。金田一京助との友情を、唐突に「束縛」と断じ、彼を傷つけてしまうようなエキセントリックな一面もある。自分の身近に彼がいたなら、果たしてつきあいきれただろうかと、私は何度となく考えた。

結婚式をすっぽかしたり、函館で長らくほったらかしにしていたりと、夫の天才を信じつつ、姑や義妹との不仲、貧困、病苦に耐え、啄木に寄り添い続けた節子への仕打ちは、やはり酷いと言うより他はない。

しかし、我々にとって、啄木の存在を最悪のところから救済しているのは、偽善とはむしろ反対の彼の「正直」な言葉である。

何と言っても若い啄木の生活へのひたむきさは、その収入の安定と不安定との繰り返しで、読者を一喜一憂させる。『一握の砂』で名声を確立するに至っては、こちらまで晴れ晴れとした安堵を覚える。その間の艱難辛苦を思い、やっと、とは感じるものの、実はまだ二十四歳であり、自身の適性を見極め、ようやく短歌の創作に集中してからは、あっという間のめざましい成功だった。キーン氏は、「啄木の散文の基本的な構造は、時間の推移がもたらす変化を捉えることにあり、……」と指摘しているが、その前提は、彼の生の時間のこの例外的な濃密さにあるのかもしれない。

他方、シュミットのような厳めしい政治学者に言及したのは、啄木に、個人と国家との緊張関係を肌身で感じ取り、表現し得るような鋭敏な政治感覚があったからである。彼の批評的知性が、現実を、より実効的な因果適合性に基づいて解釈し、政治行動へと向かわしめる可能性があったのかどうか。『*A LETTER FROM PRISON*』

で、「無政府共産党」という語義矛盾を揶揄する「法学士」に反発する彼であってみれば、金田一の伝える「社会主義的帝国主義」という言葉も、啄木本人のものだったのではないか。

女を装ってファンレターを送ってきた男に騙されたエピソードなど、本書はユーモアにも事欠かない。キーン氏の著作の愛読者は、それを、例によって、いかにも淡々と、客観的に記述しながら、その実、にっこり微笑んでいたであろう、著者の執筆中の表情も思い浮かべるに違いない。

なるほど、キーン氏の嘆く通り、「多くの若い日本人」は、今や啄木でさえ読まなくなっている。しかし、「啄木の絶大な人気が復活する機会があるとしたら、それは人間が変化を求める時」であるという言葉を信じるなら、それはまさに今日であり、本書がその最良の導き手となることは間違いない。

（小説家、「新潮」二〇一六年四月号に初出）

本書に登場する人物の年齢は、原則として「満年齢」としました。

本文とは別立てとなっている引用文に付された傍点「○○○○○○」「、、、、、、」などは、引用原典である『石川啄木全集』などにおいて付されているものです。ただし、ほぼすべての語に付されているような場合は省略しました。

本書の引用・解釈・記述の一部には、今日の観点から、差別的とみなされる語句や表現があります。しかし、作品の文学性、歴史性、資料性に鑑み、原文通りの表記としました。引用・記述した著者の意図も、もとよりそうした差別を助長しようとするものではありません。

この作品は二〇一六年二月新潮社より刊行された。なお、底本は
『ドナルド・キーン著作集第十五巻　正岡子規　石川啄木』とした。

小林秀雄著
ゴッホの手紙
読売文学賞受賞
ゴッホの絵の前で、「巨(おお)きな眼」に射竦(いすく)められて立てなくなった小林。作品と手紙から生涯をたどり、ゴッホの精神の至純に迫る名著。

小林秀雄著
近代絵画
野間文芸賞受賞
モネ、セザンヌ、ゴッホ、ゴーガン、ルノアール、ドガ、ピカソ等、絵画に新時代をもたらした天才達の魂の軌跡を描く歴史的大著。

岡潔著
森田真生編
数学する人生
自然と法界、知と情緒……。日本が誇る世界的数学者の詩的かつ哲学的な世界観を味わい尽す。若き俊英が構成した最終講義を収録。

三木清著
人生論ノート
死について、幸福について、懐疑について、個性について等、23題収録。率直な表現の中に、著者の多彩な文筆活動の源泉を窺わせる一巻。

今野勉著
宮沢賢治の真実
―修羅を生きた詩人―
蓮如賞受賞
猥、嘲、凶、呪……異様な詩との出会いを機に、詩人の隠された本心に迫る。従来の賢治像を一変させる圧巻のドキュメンタリー！

黒田龍之助著
物語を忘れた外国語
『犬神家の一族』を英語で楽しみ、『細雪』のロシア人一家を探偵ばりに推理。言語学者にして名エッセイストが外国語の扉を開く。

吉村昭著　**彰義隊**

皇族でありながら朝敵となった上野寛永寺山主の輪王寺宮能久親王。その数奇なる人生を通して江戸時代の終焉を描く畢生の歴史文学。

吉村昭著　**ニコライ遭難**

〝ロシア皇太子、襲わる〟——近代国家への道を歩む明治日本を震撼させた未曾有の国難・大津事件に揺れる世相を活写する歴史長編。

吉村昭著　**大本営が震えた日**

開戦を指令した極秘命令書の敵中紛失、南下輸送船団の隠密作戦。太平洋戦争開戦前夜に大本営を震撼させた恐るべき事件の全容——。

吉村昭著　**海の史劇**

《日本海海戦》の劇的な全貌。七カ月に及ぶ大回航の苦心と、迎え撃つ日本側の態度、海戦の詳細などを克明に描いた空前の記録文学。

遠藤周作著　**人生の踏絵**

もっと、人生を強く抱きしめなさい——。不朽の名作『沈黙』創作秘話をはじめ、文学と宗教、人生の奥深さを縦横に語った名講演録。

佐藤賢一著　**遺訓**

「西郷隆盛を守護せよ」。その命を受けたのは沖田総司の再来、甥の芳次郎だった。西郷と庄内武士の熱き絆を描く、渾身の時代長篇。

新潮文庫最新刊

伊坂幸太郎著
クジラアタマの王様
どう考えても絶体絶命だ。製菓会社に勤める岸が遭遇する不祥事、猛獣、そして——。現実の正体を看破するスリリングな長編小説！

辻村深月著
ツナグ 想い人の心得
僕が使者(ツナグ)だと、告げようか——？ 死者との面会を叶える役目を継いで七年目、歩美に訪れる決断のとき。大ベストセラー待望の続編。

加藤シゲアキ著
チュベローズで待ってる AGE22
就活に挫折し歌舞伎町のホストになった光太は客の女性を利用し夢に近づこうとするが。野心と誘惑に満ちた危険なエンタメ、開幕編。

加藤シゲアキ著
チュベローズで待ってる AGE32
気鋭のゲームクリエーターとして活躍する32歳の光太は、愛する人にまつわる驚愕の真相を知る。衝撃に溺れるミステリ、完結編。

早見和真著
あの夏の正解
2020年、新型コロナ感染拡大によりセンバツに続き夏の甲子園も中止。夢を奪われた球児と指導者は何を思い、どう行動したのか。

小池真理子・桐野夏生
江國香織・綿矢りさ著
柚木麻子・川上弘美
Yuming Tribute Stories
悔恨、恋慕、旅情、愛とも友情ともつかない感情と切なる願い——。ユーミンの名曲が6つの物語へ生まれ変わるトリビュート小説集。

石川啄木（いしかわたくぼく）

新潮文庫　き－30－8

令和四年七月一日発行

著者　ドナルド・キーン
訳者　角地幸男（かくちゆきお）
発行者　佐藤隆信
発行所　株式会社新潮社

郵便番号　一六二－八七一一
東京都新宿区矢来町七一
電話　編集部(〇三)三二六六－五四四〇
　　　読者係(〇三)三二六六－五一一一
https://www.shinchosha.co.jp

価格はカバーに表示してあります。

乱丁・落丁本は、ご面倒ですが小社読者係宛ご送付ください。送料小社負担にてお取替えいたします。

印刷・大日本印刷株式会社　製本・株式会社大進堂

ISBN978-4-10-131358-0 C0195